눈알이 제일 맛있단다

눈알이 제일 맛있단다

THE·EYES·ARE·THE·BEST·PART

모니카 김 장편소설

박소현 옮김

MONIKA·KIM

다산책방

일러두기
주석은 모두 옮긴이 주다.

엄마에게

차례

1

엄마는 항상 눈알이 제일 맛있는 부위라고 말했다.

　나는 저녁 식탁 앞으로 몸을 숙인 엄마를 바라봤다. 검은 머리카락을 귀 뒤로 단정하게 넘긴 엄마. 손톱마다 곱게 매니큐어를 바른 엄마의 손가락이 접시 위에서 더없이 재빠르고 능숙하게 움직였다. 지금까지 이골 나게 해온 일이니, 엄마라면 눈을 감고도 할 수 있을 것이다. 가장 먼저 하는 일은 구운 생선을 반으로 가르는 일이다. 쇠젓가락 끝으로 콕 찍어 생선 대가리와 등지느러미가 만나는 윗부분부터 부서뜨리면 거의 눈에 보이지 않을 만큼 여린 잔가시들이 죽 늘어선 뼈대가 드러난다. 생선의 속살은 여전히 김이 훅훅 솟아오를 만큼 뜨겁지만, 엄마는 그런 열기 따위에는 아무런 영향을 받지 않는 것처럼 보인다. 중심에 놓인 등뼈를 조심스럽게 잡아당기면 뼈대 전체가 통째로 깔끔하게 떨어져 나오는데, 이를 접시 한쪽으로 치워두고 나면 본격적으로 부드럽고 하얀 살점에 주의를 기울일 차례다.

엄마가 솜씨 좋게 살을 발라내고 나면 생선은 그야말로 완벽하게 해체되어 먹음직스러운 살점만 남고, 접시 옆의 종이 냅킨 위에는 굵은 뼈부터 잔가시까지 차곡차곡 쌓인 작은 탑이 생겨난다. 고개를 들고 지현이와 나를 쳐다보는 엄마의 얼굴 가득 미소가 번져나갔다. 우리는 엄마가 무슨 말을 꺼낼지 이미 알고 있으면서도 여전히 불편한 기분이 올라와 몸을 움찔거렸다.

"눈알 먹을 사람?" 엄마가 젓가락으로 접시를 가리키며 물었다. 바싹 구워진 생선은 입을 쩍 벌린 채로 우리를 멍하니 바라보고 있었다.

내 동생 지현이는 열다섯 살인데, 내가 아는 사람 중에 얘처럼 입맛이 까다로운 애도 없다. 심지어 그 흔한 토마토를 먹을 때도 미끌미끌한 식감이 메스껍다며 헛구역질을 할 정도다. 엄마가 생선 눈알 이야기를 꺼낼 때마다 지현이의 얼굴은 하얗게 질리고 이마에 식은땀이 맺힌다. 오늘도 예외는 아니다.

"절대 싫어." 동생은 고개를 절레절레 흔들며 식탁에서 한껏 몸을 뺐다. "차라리 죽고 말지."

지현이의 격한 반응에도 그저 태연하기만 한 엄마는 내 쪽으로 고개를 돌렸다. 나를 바라보며 웃는 엄마의 입꼬리가 한층 높이 올라가는 것 같았다. 실제로 그럴 수만 있다면 말이다.

"지원이 너는 어때? 눈알 먹어보지 않을래?"

나는 몸서리를 쳤다. "아니, 진짜 먹기 싫어."

"그럼 엄마만 더 먹고 좋지!" 엄마가 쾌활하게 말했다. 엄마는 젓가락 한 짝을 들어 가엾은 생선의 머리를 콱 찍었다. 내 옆에서 지현이가 헉하고 숨을 들이켜는가 싶더니 힘이 쭉 빠지는 듯 한숨을 토해냈다. 혐오감에 잔뜩 찡그린 표정일 게 안 봐도 뻔했다. 나 역시 굳은 얼굴일 테니, 우리 표정은 거울을 보듯 똑같았을 것이다.

곧 엄마는 자신이 목적했던 것을 찾아냈다. 엄마는 젓가락을 허공에 들어, 한 쌍의 가느다란 쇠막대 사이에 야무지게 집힌 작고 하얀 구체를 나랑 지현이가 똑똑히 볼 수 있게 했다. 엄마는 의기양양한 표정을 지으며 눈을 번득였고, 우리가 미처 말리기도 전에 그 작은 공을 입안에 쏙 집어넣었다.

"아유, 맛 좋다!" 생선 눈알을 씹으며 엄마가 감탄했다. 심지어 우리가 눈으로 확인할 수 있도록 꿀꺽 삼킨 입을 쫙 벌려 보이기까지 했다. "봤지? 엄마 거짓말하는 거 아니야. 너네는 진짜 맛을 모른다니까."

밥맛이 확 떨어져 버렸다. 지현이와 나는 식탁 중앙에 놓인 생선 요리를 피해 애써 요리조리 젓가락질하며, 아직도 따뜻한 김을

내뿜는 쌀밥과 밑반찬 몇 가지에만 시선을 고정한다. 엄마가 생선 대가리에서 눈알을 뽑아내기 훨씬 전부터 그 물고기는 이미 죽어 있었지만, 어쨌든 엄마의 이런 행동은 너무 극단적이다.

엄마가 이런 짓을 습관처럼 하기 전만 해도 아무런 거부감 없이 생선을 먹었다. 저녁 식사에 생선 요리가 나올 때마다 나는 왕성한 식욕을 뽐냈다. 잔뼈에 붙은 살점 하나하나를 발라가며 그야말로 게 눈 감추듯 먹어댔다. 그렇지만 지금은 식탁 위에 오른 생선을 볼 때마다 잔혹하다는 생각밖에 들지 않는다. 눈알이 뽑힌 생선도 한때는 살아 숨 쉬는 생명체였다. 보고 느끼고 생각할 수 있는 존재였다. 어쩌면 가족이나 친구도 있었을지 모른다.

시무룩해진 우리 자매의 분위기를 전혀 눈치채지 못한 채, 엄마는 계속 수다를 이어나갔다. 이따금 한 숟갈 가득 푼 쌀밥과 생선 살을 함께 입안에 밀어 넣으면서 말이다. 입에 음식이 가득 찼는데도 엄마는 쉴 새 없이 말한다. 그 때문에 반쯤 씹다 만 밥알이 식탁 위로 떨어질 때도 있다. 그뿐인가, 설상가상으로 갈색으로 바삭하게 튀겨져 기름방울이 뚝뚝 떨어지는 생선 껍질까지 엄마는 야무지게 집어 먹는다. 엄마의 어금니가 그걸 산산이 으깨며 씹어 먹는 소리가 요란하게 난다.

"너네 둘 다 아직 어려서 그래." 엄마가 웃으며 말했다. "나도 지현이 나이 때는 생선 껍질이나 눈알 같은 거 되게 싫어했지. 아마 부모님이 억지로 먹으라고 해서 그랬을 거야. 우리 집은 가난해서 쌀 한 톨 버리는 것도 아까워했거든. 그래서 눈알을 먹으면 행운이 온다고 하셨는데, 그래도 나는 끝까지 안 먹고 버텼지. 나이를 더 먹고 나서야 이런 음식이 좋아지더라. 캘리포니아까지 와서 너희 아빠를 만나고 나서야……."

엄마는 갑자기 말을 멈췄다. 이어가지 못한 말끝에는 어색하고 견딜 수 없는 침묵이 내려앉았고, 지현이와 나는 불안한 눈길로 서로를 바라보았다. 굳이 말하지 않아도 각자 무슨 생각을 하는지 알 수 있었다. 아빠가 2주 전 갑자기 집을 떠난 이후로 엄마가 아빠 얘기를 꺼낸 건 이번이 처음이다.

엄마는 앞머리를 이마에서 쓸어 올린다. 입꼬리가 이상하게 실룩댄다. 지금 엄마가 쥐어짜 낸 미소는 억지다. 갑자기 엄마가 벌떡 일어나자 의자 다리가 리놀륨 바닥에 긁히며 이상하리만치 큰 소리가 났다. "아유, 정말 맛있게 잘 먹었다, 그렇지?" 엄마가 말한다. "너무 배가 불러서 터질 것 같다, 참."

나는 아무 감정도 드러나지 않도록 무표정한 얼굴로 고개를 끄덕인다. "맛있었어."

엄마는 자신이 먹은 그릇들을 싱크대에 놓고 수도꼭지를 틀었다. 지현이와 나는 세제 거품이 인 수세미가 엄마 손안에서 뽀득거리는 소리, 그리고 설거지통으로 떨어지는 물소리를 가만히 듣고 있었다. 설거지가 끝나자 엄마는 말 한마디 없이 자기 방으로 사라진다. 조용하고 힘없는 발걸음이다.

우리 아파트는 작다. 주방과 거실이 바로 옆에 붙어 있고, 모퉁이를 돌면 짧은 복도와 우리가 모두 같이 쓰는 욕실이 있다.

그 옆을 지나면 방이 두 개 나온다. 전체 면적이라고 해봤자 19평이 될까 말까 하는 정도라서, 집에서 나는 소리는 뭐든 다 들린다. 식구들의 숨죽인 속삭임, 발걸음, 가구가 삐걱대는 소리, 변기 물 내리는 소리까지 누가 뭘 하든 하나도 놓치지 않고 매번 들을 수밖에 없다.

나는 엄마의 방문이 닫히는 소리가 날 때까지 기다렸다가 자리에서 일어난다. 엄마 혼자서 반쯤 먹다 남긴 생선 접시를 치운다. 눈알이 있어야 할 곳에는 텅 빈 구멍이 나 있다. 접시는 여전히 따뜻하다.

"이거 더 안 먹을 거지?" 나는 지현이에게 묻는다. 지현이는 고개를 한쪽으로 기울이며 찌푸린 눈으로 나를 빤히 바라본다.

"당연하지."

나는 쓰레기통으로 걸어가 접시에 남아 있던 생선 조각들을 긁어모아 버린다. 철제 포크 끝이 세라믹 접시 표면에 닿을 때마다 신경을 긁는 소리가 난다. 너덜너덜해진 생선은 커피 찌꺼기 한 줌과 돌돌 말려 있던 양파 껍질 위에 떨어진다. 그 자리에서 마치 내가 자기한테 끔찍한 짓을 한 사람이라도 되는 것처럼, 텅 빈 눈알 구멍으로 나를 째려보는 것 같다. 마침 지현이가 옆에 없었다면 나도 모르게 대뜸 이렇게 말했을지도 모르겠다. "나 아니야. 나는 너한테 이런 짓 하지 않았어."

쓰레기통 뚜껑이 닫히고 나서야 일종의 안도감 비슷한 게 느껴졌다.

2

솔직히 말하면, 2주 전까지만 해도 사람들이 생선 눈알까지 먹는다는 사실을 전혀 몰랐다. 처음으로 그 광경을 보았을 때 나는 아빠가 떠나서 엄마가 제정신을 잃었다고 확신했다.

아빠가 집을 나간 지 이틀 정도 지나서였다. 엄마는 아무도 감히 다가갈 수 없을 만큼 지독한 슬픔에 빠져 있었다. 엄마 방에서는 밤새도록 흐느껴 우는 소리가 멈추지 않았다. 지현이와 내 앞에서는 애써 감추려 했지만, 얼굴만 봐도 뻔히 드러나는 사실이었다. 다음 날 아침에 나타난 엄마의 붉은 눈두덩이는 퉁퉁 부어 있었고, 코끝 살갗도 새빨갛게 헐어 있었다. 게다가 이미 전날 밤 지현이와 내가 함께 쓰는 침대에 나란히 누워, 얇은 벽을 타고 흘러 들어오던 엄마의 애끓는 신음과 서러운 고통이 가득한 울음소리를 고스란히 듣고 있었던 터였다. 말똥말똥한 정신으로 우리는 서로를 어색하게 바라보았다.

먼저 운을 뗀 사람은 지현이었다. 들릴락 말락 한 소리로, 동생은 속삭였다. "뭔가 위로의 말이라도 해야 하지 않아?"

"아니." 나는 입속으로 중얼거렸다. "엄마를 부끄럽게 하고 싶지 않아."

사실은 겁이 났다. 지현이는 내가 이 상황에서 주도권을 잡고 제대로 언니 역할을 하길 원하는 눈치였다. 어쩌면 정말 그랬어야 했을지도 모른다. 하지만 그 방에 들어가서 엄마가 베개를 끌어안은 채 축 늘어져 있는 모습을 본다고 생각하니 금방이라도 토할 것처럼 속이 울렁거렸다. 나는 그저 자고 싶었다. 지금 내게 일어나는 모든 일을 다 무시한 채로. 하지만 눈을 감을 때마다 엄마의 울먹이는 소리가 점점 커져, 더는 내가 숨을 쉴 수 없을 만큼 온 방을 가득 채웠다.

지현이가 팔꿈치로 나를 슬쩍 밀었다. "왜?" 내가 물었다.

"아빠 다시 돌아오겠지?" 지현이가 속삭였다. "이렇게 우리를 내버려두고 가진 않을 거잖아."

나는 그저 우리가 덮고 있는 이불을 내려다보았다.

"아빠는 절대 그렇게 끔찍한 일을 할 사람이 아니니까." 지현이가 말을 이었다. "언니도 그렇게 생각하지?"

그때 나는 진실을 알고 있었다. 우리 아빠는 돌아오지 않을 것이다. 하지만 깜깜한 어둠 속에서도 나는 동생이 어떤 표정을 짓고 있는지, 이마에 잡히는 주름이 어떤 모양인지 볼 수 있었다. 그 모습이 내 마음을 너무 아프게 했기에, 나는 어금니를 악물고 천연덕스럽게 거짓말을 하고 말았다.

"물론 아빠 다시 돌아오지."

지현이는 내 쪽으로 돌아눕더니 아랫입술을 잘근잘근 씹었다. "어떻게 그렇게 장담해?"

"그냥 확실한걸, 뭐."

그렇게 다짐을 받고 나서야 안심한 지현이는 익힌 새우처럼 내 옆에 몸을 웅크리고, 두 발이 침대 밖으로 삐져나가 매달린 자세 그대로 잠을 청했다. 나는 그 애가 잠들 때까지 검은 비단결처럼 부드러운 머리카락을 쓰다듬어 주면서, 숨을 쉴 때마다 그 애의 가슴이 살짝 부풀었다가 꺼지는 것을 지켜보았다. 동생의 자는 모습이 너무도 평화롭고 편안해 보였기에 나는 거짓말을 했다는 죄책감도 거의 들지 않았다. 엄마까지 조용해진 뒤에도 나는 내 곁의 지현이가 코 고는 소리를 들으며 한참이나 깨어있었다. 그제야 우리가 처한 상황의 끔찍함이 다시 내 마음속으로 파도처럼 밀려들어 왔다.

다음 날 저녁, 엄마는 엄청난 만찬을 준비했다. 그날 아침 엄마가 얼마나 무기력하고 비참해 보였는지를 생각하면, 전혀 기대

하지 않았던 일이라 우리는 깜짝 놀랐다. 일찍 퇴근해서 집에 온 엄마는, 지현이가 바닥에 늘어놓은 숙제 더미는 물론 지현이까지 마구 밟고 다니면서, 오후의 모든 시간을 순전히 요리하는 데만 바쳤다. 엄마의 이마에서 땀방울이 뚝뚝 떨어졌다. 그 이마를 쓱 닦아내고 나서 엄마는 높은 목소리로 우리를 불렀다. "얘들아, 저녁 먹자!"

방에서 나와보니 온 집이 주방에서 나온 연기로 가득했다. 요리하는 내내 엄마가 주방에서 거실까지 바삐 왔다 갔다 하는 소리를 듣긴 했지만, 우리 집의 조그만 정방형 식탁이 지금처럼 빈틈없이 음식으로 꽉 찬 모습은 처음 보았다. 정중앙에는 아빠가 가장 좋아하는 갈비찜이 담긴 큰 돌솥이 자리 잡고 있었다. 그 옆에는 통째로 튀긴 생선 한 마리가 기름기로 얼룩진 냅킨 위에 놓여 있었다. 대파를 고명으로 얹은 푸딩 같은 달걀찜과 양념장을 두른 연두부는 우리가 움직일 때마다 탱글탱글하고 탄력 있게 흔들렸다. 엄마는 다채로운 색감이 돋보이는 나물 반찬도 여러 종류 만들었다. 참기름을 듬뿍 넣은 진녹색 시금치나물, 노란색 머리를 빼꼼 내민 콩나물무침, 다진 마늘과 함께 볶은 갈색 고사리나물까지. 심지어 엄마는 흰 배춧속을 새빨간 고춧가루로 버무려 겉절이도 새로 담근 모양이다. 내 팔꿈치를 얹을 공간조차 없어서, 거한 상차림의 무게에 식탁이 푹 꺼질 것 같았다.

우리 셋이 먹기에는 너무 많은 양이었지만, 평소 아빠가 앉던 자리에 따로 수저와 밥그릇이 놓여 있는 걸 보고 나는 단번에 이해했다. 지현이와 나는 우리가 늘 앉던 자리에 앉아 여러 접시와 그릇에 둘러싸인 채 묵묵히 밥을 먹기 시작했다. 반면에 엄마는 의자 가장자리에 불안하게 걸터앉아, 밥을 뜨는 둥 마는 둥 하며 숟가락을 느슨하게 쥐고 있었다. 엄마의 시선은 오직 현관에 고정되어 있었다. 금방이라도 아빠가 그 문을 열고 들어올 것처럼.

지현이는 나를 향해 눈썹을 치켜올리며 엄마의 잔뜩 긴장한 몸을 향해 고갯짓했다. 나는 크게 헛기침을 하고 말했다. "엄마, 이렇게 정성 들여 차렸는데 조금이라도 더 먹어."

마지못해 엄마는 갈비찜 한 조각을 뜯어 자기 밥그릇 위에 올려놓았다. 김이 모락모락 나는 음식을 엄마가 한 입 먹으려고 하던 찰나, 복도 바깥에서 뭔가 조용하게 짤그랑대는 소리가 났다. 열쇠 소리였다. 엄마는 벌떡 일어나 현관으로 달려갔다. 나는 숨을 죽이고 엄마가 문 앞에 버티고 선 채 문손잡이에 살며시 손을 올려두는 모습을 지켜보았다. 손잡이가 돌아갈까? 우리는 문이 열리기를 기다리고 있었다. 그런데 그 대신, 쇳소리처럼 꽥꽥대는 목소리가 들려왔다.

"여기가 아니구먼. 미안하네!"

그건 이웃에 사는 노인이었다. 노환 때문에 정신이 없고 건망증이 심해서, 적어도 일주일에 한 번은 우리 집 문을 열려고 하는 게 습관인 사람이었다. 엄마는 손으로 얼굴을 가린 채 바닥에 주저앉았다. 목이 멘 듯한 흐느낌이 입술 사이로 새어 나왔다. 지현이와 나는 서둘러 엄마에게 다가갔다. 내가 어깨를 살며시 만지자 엄마는 거칠게 몸을 빼냈다. 엄마가 나를 향해 고개를 돌리자, 공들여 바른 마스카라가 엄마의 뺨을 타고 흘러내리는 게 보였다.

지현이와 나는 힘을 합쳐 엄마를 일으켜 세우고 다시 식탁으로 데려와 앉혔다. 메마른 꽃처럼 한순간에 시들어버린 엄마는 머리까지 헝클어진 모습으로 힘없이 앉아 있었다. 엄마는 눈을 들어 처음에는 지현이를, 그다음에는 나를 바라보더니 갑자기 웃기 시작했다. 지나치게 깔깔대는 웃음소리가 뭔가 낯설고 소름이 끼쳤다.

"너네도 내가 복이 없다고 생각하니?" 엄마가 물었다.

"아니." 지현이가 작게 대답했다. 식탁 가장자리를 꽉 쥔 손가락 마디가 하얗게 튀어나와 있는 걸 보니 동생은 겁에 질린 게 분명했다. "왜?"

엄마는 어깨를 으쓱하더니 식탁 위에 놓인 생선을 가리켰다. "옛말에 생선 눈알을 먹으면 복이 온다더라. 내가 이걸 먹으면, 너희 아빠가 다시 돌아올지도 몰라."

내가 뭐라고 말하기도 전에, 엄마는 생선 머리에서 눈알을 뜯어냈다. 젤라틴처럼 투명하고 끈적이는 물질과 바삭한 껍질, 그리고 흰 살점이 여전히 붙어 있었다. 망설이지도 않고 엄마는 그 눈알을 통째로 입안에 넣고 야금야금 씹기 시작했다. 지현이와 나는 동시에 비명을 질렀다.

"얼른 뱉어!"

우리에겐 공포 그 자체였지만, 엄마는 개의치 않고 입안에 든 것이 목구멍 안쪽까지 넘어가도록 꿀꺽 삼켜버렸다. 우리가 느끼는 혐오감은 전혀 의식하지 못한 채, 엄마는 생선을 뒤집었다. "봐! 여기 눈알 하나 더 있어. 누가 먹어볼래?"

지현이와 내가 식탁을 밀치며 동시에 물러나자 몰캉몰캉한 두부가 거세게 흔들렸다. 지현이의 의자는 뒤로 넘어가면서 바닥에 쿵 소리를 내며 떨어졌다.

그날 저녁 처음으로, 엄마는 겉치레 아닌 진심으로 크게 웃었다. "너희보고 억지로 먹으라곤 안 할 거야." 웃다 못해 눈물까지 흘리면서 엄마가 말했다. "너희가 먹지 않겠다니 차라리 잘됐어. 지금 온 세상 모든 복이 절실한 사람은 바로 너희 엄마니까."

3

사실 아빠는 다른 여자가 생겨서 우리를 떠났다. 나는 이걸 아빠한테서 직접 들어서 안다.

7월이 시작될 무렵이었다. 독립기념일은 이미 지났지만, 사람들은 여전히 도시 전역에서 불꽃놀이를 즐기고 있었다. 나는 갑작스러운 굉음에 놀라 잠에서 깼다. 눈을 뜨자마자 창문 밖에서 폭죽이 터지면서 공기 중에 연기가 느릿하게 피어오르는 모습이 보였다. 짜증스러운 신음을 흘리며, 몸에 감긴 이불을 걷어내고 가슴 위에 묵직하게 얹힌 지현이의 팔을 치웠다. 방은 숨이 막힐 정도로 후덥지근했고, 동생의 몸과 가까이 맞붙어 있다 보니 체감 온도는 더욱 높게 느껴졌다. 어쩐 일인지 이처럼 날카로운 폭발음에도 동생은 잠에서 깨지 않고 여전히 깊이 잠든 모양이었다. 밖에서 누군가 언성을 높이는 소리가 났다. 이웃 사람들이 또 싸우는가 보다 싶었다. 나는 얼굴을 문지르며 벽을 향해 귀를 기울였다.

금세 나는 그 목소리가 밖에서 들려오는 게 아님을 깨달았다. 우리 옆방인 부모님 침실에서 나는 소리였다. 자정이 넘은 시간이었지만, 아빠는 종종 늦게 자러 들어가곤 했기 때문에 그때까지 엄마 아빠가 깨어 있는 건 이상할 게 없었다. 평소와 다른 것은 엄마의 목소리였다. 무슨 말을 하는지 정확히 알아듣지는 못했지만, 뭔가 큰 문제가 생겼다는 건 알 수 있었다.

엄마는 무던하고 수동적인 여성이었다. 우리 집안의 제왕이자 신적인 존재로 군림하는 아빠에게 감히 대들어 볼 엄두도 내지 못하는 사람이었다. 아빠의 말은 곧 법이었고, 우리는 그의 명령을 따르는 졸병이나 다름없었다.

완전히 잠에서 깨어, 나는 벽에다 귀를 바짝 붙였다. 그러자 두 사람이 나누는 모든 대화가 선명하게 들렸다. 아빠의 말투는 날카롭고 신랄하기 그지없던 반면, 엄마가 내뱉는 목소리는 물에 흠뻑 젖은 듯 축축했다. 누군가 엄마의 머리를 물속에 처박아 버리기라도 한 것처럼. 엄마는 울고 있었다.

"그렇지만 왜?" 엄마가 물었다. "당신이 왜 떠나겠다는 건지 모르겠어. 내 생각은 안 해? 애들은 걱정 안 돼?"

"물론 애들은 신경 쓰고 있어." 아빠가 쏘아붙였다. "이 문제에 지원이랑 지현이까지 끌어들이지 마. 걔네랑은 관계없는 애기잖아."

"그럼 도대체 이유가 뭔데? 정말 나 때문에 그래? 여보, 제발. 내가 더 잘해볼게, 한 번만 기회를 줘. 당신 말이 맞아. 요즘 내가 좋은 아내라기엔 좀 부족했어. 당신 내조하는 데 부쩍 소홀했지. 이제 나도 알겠어. 앞으로는 더 잘할 수 있어. 더 잘할게. 응?"

엄마의 그 말을 듣자 뭔가가 가슴속을 꽉 조여오는 것 같았다. 나는 얼른 벽에서 떨어져 더 이상 듣지 말았어야 했다. 그러나 동시에 나는 어떤 일이 일어나고 있는지 알아야만 한다는 욕구에 압도당했다. 아빠는 어떻게 반응할까? 뭐라고 말하려나? 나는 숨을 죽이고 기다렸다.

아빠의 목소리가 어찌나 낮고 침울했는지, 나는 그 말을 알아듣기 위해 어깨가 저릴 만큼 벽에 몸을 붙인 채 귀를 기울여야 했다. "나는 이 집에 있을 수 없어." 아빠가 말했다. "다른 사람이 생겼어."

잠깐의 침묵이 지나간 뒤에 끔찍한 소리가 들려왔다. 그 소름 끼치는 소리는 아주 느릿하게 시작되었지만, 곧 눈덩이처럼 급격히 불어나서 아파트 전체를 뒤덮을 만큼 거대하게 울려 퍼졌다. 나는 두 손으로 귀를 꼭 막았다. 무슨 일이 벌어지는지 도저히 이해할 수가 없었다.

그건 엄마가 야생의 짐승처럼 울부짖는 소리였다. 엄마의 울음소리에 들어차 있는 상처와 고통이 너무 강렬해서 내 목의 잔털까지 쭈뼛하게 설 정도였다. 나는 당연히 깼을 거라 확신하며 동생 쪽으로 몸을 돌렸다. 하지만 지현이의 눈꺼풀은 여전히 감겨 있었다. 나는 지현이 곁의 이불 속으로 기어들어 갔다. 전신의 피부가 더위와 긴장으로 뜨겁게 따끔따끔했다.

더는 듣고 싶지 않았다. 더는 알고 싶지도 않았다. 내가 원하는 건 그저 곧장 잠에 빠져, 방금 있었던 일을 모두 잊어버리는 것뿐이었다. 그러나 그 밤이 다 가도록 엄마가 흐느끼는 소리는 그치지 않았다. 아빠는 그런 엄마 옆에 누워서, 이 괴로운 소리를 도대체 어떻게 견디는 건지 알 수가 없었다. 베개로 머리를 감싸고 아무리 소리를 차단해 보려 해도 소용이 없었다. 마치 엄마가 내 방에 함께 있는 것 같았다.

4

그날 밤 이후 두 달이 지났다. 엄마는 여전히 기다린다. 온종일 시간이 날 때마다 아파트 현관 입구를 맴도는 엄마의 모습은 인간보다는 유령에 더 가깝다. 틈날 때마다 현관 옆에 놓인 신발장이나 수납장을 뒤집어엎곤 하는 유령은 그 좁은 공간에서 벗어날 생각을 좀처럼 하지 못한다. 수납장에 보관 중인 것이래야 고작 낡고 오래된 외투, 망가진 우산, 그리고 몇 년째 꺼내지도 않은 크리스마스 장식품 따위다. 엄마는 그런 것조차 매일 새로 정리해야 하는 일거리처럼 꾸며대지만 나는 진실을 안다. 엄마는 현관 근처에 머물면서 아빠의 발걸음, 그 묵직한 발소리에 귀를 기울이는 것이다. 아직도 아빠가 마음을 바꾸고 돌아올 것이라는 희망을 품고 있다. 그런 엄마를 볼 때마다 해주고 싶은 말이 혀끝에서 맴돈다. "괜한 헛수고 그만해." 혹은 "의미 없는 일이야." 나는 엄마에게 이렇게 말하고 싶지만, 그 역시 아무래도 상관없다는 걸 안다. 어차피 엄마는 내 말을 들으려고도 하지 않을 테니까.

엄마는 기다림에 익숙한 사람이다. 사실 엄마는 지금까지 살아오면서 불쑥 나서기보다 잠자코 기다리는 데 더 많은 시간을 보내왔을 것이다.

엄마가 자라나던 1970년대 한국은 극심한 가난에 시달리고 있었다. 대부분의 국민에게 끼니를 때울 음식조차 충분하지 않았다. 엄마네 일곱 식구가 살던 서울의 작은 마을은 상황이 더욱 끔찍했다. 엄마네는 물론이고 주변 사람들 모두 굶어 죽기 일보 직전이었다. 엄마와 형제들은 옷이라곤 낡아빠진 누더기 두 벌이 전부였고, 하루에 겨우 한 끼 정도만 챙겨 먹을 수 있었다. 그마저도 쌀보다 물이 더 많은 희멀건 죽이었다.

엄마의 부모님, 그러니까 내 외조부모님은 큰 난관에 직면해 있었다. 곧 겨울이 다가올 참이었는데 그해는 특히나 혹독한 추위가 기승을 부릴 거라는 말까지 돌았다. 가족에겐 따뜻한 옷도 필요했고, 쌀과 밀가루, 소금과 약도 필요했다. 영양실조에 걸린 아이들이 툭하면 아팠기 때문이었다. 하지만 돈을 벌 수 있는 일자리는 턱없이 부족했고, 실제로 일을 다니는 사람은 아무도 없었다.

이웃집 딸이 배를 곯다 못해 잠결에 그 옅은 생명까지 잃었을 때, 그 죽은 아이의 몰골은 앙상한 해골 그 자체였다. 이 소식을 들고 나서 우리 할머니와 할아버지는 크게 동요했다. 장례식장에서 아이의 바짝 마른 시신을, 뼈대밖에 남지 않은 몸뚱이에 실오라기처럼 걸쳐진 옷가지를 본 후에야 그들은 자식들을 먹이려면 어떻게든 다른 곳으로 떠나야 한다는 걸 깨달았다. 다른 선택지는 없었다.

한밤중에, 할아버지는 장남인 하준을 깨웠다. 부모님이 돈 몇 푼을 손바닥에 쥐여주며 귓가에 두서없는 지시를 속삭일 때만 해도, 하준 외숙부는 잠에서 덜 깬 정신이 없었다고 했다. 무슨 일이 벌어지고 있는지 제대로 이해하기도 전에, 할머니와 할아버지는 벌써 싸리문을 빠져나가 쌀쌀한 가을 공기 속으로 사라져 버렸다. 그들이 마을을 떠나는 모습을 실제로 본 사람은 아무도 없었다.

조부모가 남기고 간 돈은 사탕이나 잡지 같은 시시한 것들을 사느라 한 달 안에 몽땅 사라졌다. 처음부터 얼마 남아 있지도 않았던 쌀은 완전히 바닥났고, 아이들은 계속 굶고 있었다. 아이들이 자기 자신을 돌보는 법을 몰랐다는 게 정말로 놀라운 일일까? 당시 하준은 고작 열네 살이었다.

노련한 전문가들이 이미 예언했던 것처럼 그해 겨울은 유난히 혹독했다. 서울과 그 주변 지역은 차가운 얼음과 눈으로 뒤덮였다. 양철 지붕을 덮은 그들의 작은 판잣집은 단열이 전혀 되지 않았고, 아이들은 추위에 시달리다 병이 들었다. 머리와 몸은 고열로 뜨끈뜨끈했고, 옷소매는 누런 콧물이 그대로 굳어 딱딱해졌다. 하준은 폐가 덜컹거릴 만큼 심한 기침을 했다.

두 번째 폭설이 쏟아졌다. 휘날리는 눈발은 심지어 이전보다 더 두껍고 습했다. 그래서 하준은 형제들을 이끌고 부모님의 뒤를 따라 일자리를 찾아 떠나기로 했다. 사실은 부모가 자신들을 버렸고 아무도 그들을 찾으러 오지 않을 거라고 그는 마음속으로 확신하고 있었다.

다른 형제들도 한마음이 되어 큰형의 뜻을 따르기로 했다. 유일한 예외가 바로 우리 엄마였다. 엄마 혼자만 집에 남겠다고 떼를 썼다. 하준 숙부는 끝까지 엄마와 싸우며, 머리채를 휘어잡고 집 밖으로 끌고 나가기까지 했지만, 엄마는 큰오빠를 발로 차고 고함을 지르며 필사적으로 저항해서 결국 하준도 엄마를 놓아줄 수밖에 없었다.

모두가 떠나던 날, 하준은 눈물을 멈출 수가 없었다. 그는 어린 여동생을 혼자 남겨둔다는 게 어떤 의미인지 알고 있었다. 정작 당사자는 너무 어리고 바보 같아 세상천지 구분을 못 한다 해도 말이다. 하준은 집에서 한 발짝 멀어질 때마다 뒤를 돌아보며 여동생을 다시 불렀다. "정말 괜찮겠어? 이제라도 늦지 않았으니 같이 가자!"

"나는 괜찮아."

또 한 걸음. "정말 확실해? 진짜 괜찮겠어?"

"응, 괜찮아!"

그 후 몇 달이 지났다. 살아남기 위해, 엄마는 하얗게 쌓인 눈도 먹고 나무껍질도 벗겨 먹고 가끔은 절박한 노력 끝에 겨우 사로잡을 수 있었던 토끼나 들쥐도 먹었다. 대체로 엄마는 거친 추위에 몸을 떨며 집 안에서만 지냈다. 그러다 봄이 되자 엄마는 산과 들에 자라난 달래, 마늘, 쑥, 미나리를 캐서 간도 하지 않고 끓인 맛없는 국을 끼니 삼아 버텼다. 여름에는 나무에서 세차게 우는 매미들을 잡고 숲속에서 버섯을 땄다.

기적처럼 엄마는 살아남았지만 대가는 혹독했다. 늦가을쯤 마침내 조부모님이 집에 돌아왔을 때, 뼈와 가죽만 남은 엄마는 그 또래 아이의 절반도 안 되는 몸집으로 극심하게 쇠약해져 있었다.

조부모님은 어린 엄마가 혼자 살고 있었던 걸 보고 깜짝 놀라 최악의 상황까지 우려했다. 당시 엄마는 실어증에 걸린 것처럼 말도 거의 하지 못했고 주변 상황을 제대로 인지하지도 못하는 것 같았다. 결국 조부모님은 여러 방면으로 수소문하여 남쪽 지방에 흩어져 있던 하준과 나머지 형제들을 찾아낼 수 있었다. 하준 숙부는 우리 엄마를 보자마자 얼굴이 하얗게 질려 엄마 발아래 주저앉았다. 그는 지난겨울 동안 엄마가 죽었을 거라 굳게 믿었기에, 눈앞의 창백한 시체 같은 아이가 자신을 꾸짖으러 온 여동생의 혼백이라고 생각했다.

나는 그때 어린 엄마가 고집을 부려 홀로 남지 않고 자기 형제들을 따라갔다면 과연 어땠을지 궁금하게 여기지 않을 수 없었다. 그래도 엄마는 여전히 이런 사람이 되었을까? 자신을 원하지도 않는 아빠를 한없이 기다리는 사람?

때때로 나는 엄마가 너무 낯설고 이해할 수 없는 사람처럼 느껴진다. 엄마가 처음 자기 어린 시절에 대해, 혼자 남기로 선택했던 그 고된 몇 달에 관해 이야기해 주었을 때, 나는 엄마를 마구 흔들며 소리를 지르고 싶었다. 이야기 속의 엄마나 그걸 마치 무용담처럼 늘어놓는 엄마 모두 너무 바보 같고 어리숙해 보여서 견딜 수가 없었다.

"왜 그랬어?" 내가 물었다. 내 생각과는 다르게 목소리가 떨렸다. "할머니랑 할아버지가 정말 안 돌아오시면 어떡할지 걱정도 안 됐어?"

"전혀. 당연히 돌아오실 거라고 믿었어. 한순간도 의심한 적 없어."

"하지만 어떻게 그렇게 확신했어?"

"내 부모님이니까." 엄마가 부드럽게 말했다. "돌아올 걸 알았지."

나는 내 안을 가득 채우며 불어나는 짜증과 좌절감을 억누르지 못해 입을 살짝 열었다. 뭔가 못된 말, 칼날처럼 마음에 상처를 내는 말을 쏘아붙이고 싶었다. 엄마의 한없는 어리석음을 지적하며 그의 무지한 믿음을 깎아내리고 싶은 욕구가 담즙처럼 솟아올랐다. 엄마가 조그맣게 위축되는 모습을 보고 싶었다. 하지만 끓어오르던 그 분노의 감정은 이내 슬픔에 자리를 내주었다. 나는 엄마가 불쌍했다. 엄마가 살아온 인생의 모든 부분이 비참한 불행으로 요약될 수 있다는 게 안쓰러웠다. 지금도 엄마가 괴로워하고 있다는 게 미안했다.

엄마의 눈은 초점을 잃고 멍해져 있었다. 엄마는 이미 자신의 상념에 빠져서 엄마로 인해 내 기분이 얼마나 우울해졌는지 전혀 알지 못했다. 하지만 나는 엄마가 어디에 있는지, 그리고 무엇을 기억하고 있는지 알았다. 엄마는 그 작은 양철 지붕 판잣집으로 돌아가 있었다. 거친 우박이 벽에 부딪쳐 한껏 시끄러운 소리를 내던 그 집. 추운 겨울이었고 엄마는 혼자였다. 어린 엄마가 아무리 크게 울부짖어도, 더 세찬 바람 소리에 그 모든 오열이 뒤덮여 갔다.

무슨 수를 쓰더라도 진정 탈출할 수 없는 것들이 있다. 겉으로는 벗어났다고 생각하지만, 실제로는 절대 아닌 것들. 아마 그래서 지금도 엄마는 그 머나먼 과거에 갇혀 있는 것인지도 모른다. 다른 사람은 이미 모두 새로운 곳으로 떠나버렸는데 말이다.

5

"지난밤에 재미있는 기사를 하나 읽었단다." 모서리가 뾰족하게 올라간 독서용 뿔테 안경알 너머로 우리를 힐끔거리며, 엄마가 말한다. 다리를 꼰 자세로 소파에 앉아 있는 엄마의 얼굴은 현관문 쪽을 마주 보고 있다. 아마 지현이는 엄마의 사소한 변화를 눈치채지 못한 것 같지만, 나는 알아챘다. 적어도 이제는 현관 수납장이나 신발장을 정리하는 척하며 현관 근처를 서성이지 않은 지 한참 되었는데, 내 기준에서는 그것만 해도 아주 큰 발전이다.

학기가 시작된 지 2주 정도 되었지만, 나는 벌써 산더미처럼 쌓여가는 과제 속에서 허우적대고 있다. 책들을 아무렇게나 펼쳐둔 주방 식탁에서 고개를 들어보니 지우개 부스러기가 사방에 흩어져 있다. 내 스웨터에도 붙어 있는 가루를 대충 떨어내자, 바닥으로 폴폴 흩날린다. 내 옆자리에는 지현이가 한쪽 팔로 무릎을 끌어안고 앉아서, 다른 쪽 손으로는 자기 휴대폰 화면을 무심하게 훑어내리는 중이다. 방금 엄마가 한 말을 들었는지 말았는지 아무런 반응이 없다.

엄마는 목을 가다듬고 조금 더 큰 목소리로 말했다. "그 기사 참 깊이 있게 잘 썼더라. 흥미롭게 읽었어."

요즘 엄마는 자꾸 터무니없는 대화 주제로 우리의 신경을 긁는다. 인터넷에서 읽었다는 음모론이나, 정상적인 사람이라면 도저히 사실이라고 믿을 수 없는 뉴스 등 말도 안 되는 이야기를 꺼낸다. 얼마 전 밤에는, 달 착륙이 조작된 거라고 주장하기도 했다. 지현이와 내가 반박하기 시작하자 엄마는 내심 즐거워하는 듯했다. 심지어 그 말다툼이 한 시간이나 계속되면서 결국 지현이가 황당해하다 못해 눈물을 보이는 사태로까지 번졌는데도 말이다. 엄마가 외로워서인지 심심해서인지 나는 정확히 모르겠지만, 아무튼 이제 지현이와 나는 엄마의 대화에 말려들지 않으려 조심하고 있다.

"이 딸내미들아, 왜 불쌍한 너희 엄마를 무시하는 거니?"

"무시 안 하거든." 지현이가 휴대폰에서 고개도 들지 않은 채 심드렁하게 말했다.

"무시하는 것 같은데."

"그렇게 생각하든지."

집중이 잘 되지 않지만 나는 책장을 넘긴다. 이번 학기에 듣는 과목은 '철학 4: 현대 도덕 문제의 철학적 분석'이다. 점수 따기 어려운 수업인 데다 읽어야 할 자료도 많고 내용도 난해하다. 내가 힘들다고 툴툴댈 때마다 지현이는 내 기준이 너무 높은 거라고 말한다.

"됐어." 엄마가 쏘아붙인다. "너희 둘 다 나를 발톱의 때만큼도 신경 안 쓴다 이거지? 나는 그냥 무덤 파고 들어가 죽을란다. 내가 없어지고 나면 진작 엄마한테 잘해드릴걸 하고 뼈저리게 후회하겠지."

엄마의 목소리에는 어딘가 위태로운 절박감이 묻어난다. 엄마의 말이 더욱 빨라지면서 우리가 잘 이해하지 못하는 한국어가 물 흐르듯 흘러나온다. 평소에는 우리가 알아들을 수 있도록 단어와 단어 사이를 끊어가며 천천히 말해주곤 하는데, 지금은 전혀 그렇지 않다. 지현이가 눈살을 찌푸린다. 동생도 나처럼, 우리가 계속 이렇게 엄마를 무시하면 엄마가 곧 울음을 터뜨리거나 불같이 화를 낸다는 걸 알고 있다. 한숨을 내쉬며 나는 연필을 내려놓고 손목에 묻은 흑연 자국을 문질러 닦아낸다. "무슨 기산데? 말해줘 봐."

엄마의 얼굴이 순식간에 환해진다. 조금 전까지의 침울한 분위기는 온데간데없고, 두 손을 모은 채 몸을 앞으로 당겨왔다. 엄마가 앉아 있는 소파에서는 갑작스러운 움직임에 항의라도 하듯 심하게 삐걱대는 소리가 났다. "남자 100명이랑 100번의 데이트를 해봤다는 어떤 여자가 쓴 기사였어." 엄마가 신나게 이야기했다. "어떤 남자가 최악의 데이트 상대고, 어떤 남자가 최고의 상대인지 알아보기 위한 일종의 실험이었대."

이건 지현이의 호기심을 자극하는 내용이다. 지현이는 휴대 폰을 슬그머니 내려놓고 기대에 찬 눈빛으로 엄마의 다음 말을 기다리고 있다. 나는 킥킥 터져 나오는 웃음을 꾹 눌러 참는다. 내 동생은 지금 또래 남자아이들에게 푹 빠져 있는데, 딱 그럴 만한 나이이기도 하다. 혹시 학교에 좋아하는 남자애가 있는지 물어볼 때마다 지현이는 입을 꾹 닫은 채 감정을 감추려고 애쓴다. 하지만 내가 옷장에서 발견한 지현이의 일기장에는 "앤드루"라는 아이에 관해 엄청 상세하게 쓰여 있다. 물론 지현이는 내가 자기 일기장을 발견했다는 사실 자체를 모르지만.

"그랬는데?" 지현이가 묻는다.

"그런데 뭐?" 엄마가 빙글빙글 웃으며 말한다.

"그만 좀 놀리고 말해봐." 지현이가 부루퉁하게 웅얼댄다. "데이트하기 최고로 좋은 사람이랑 최악인 사람은 누구였대?"

엄마가 깊게 숨을 내쉬었다. "결국 최고의 데이트 상대는 백인 남자고, 한국 남자가 최악이라더라."

"왜 그런 건데?" 나도 모르게 불쑥 물었다. 엄마가 또 다른 이상한 대화로 우리를 끌고 가려 한다는 걸 느낄 수 있었지만, 그래도 참을 수가 없었다. 나도 이유가 궁금했기 때문이다.

"뻔하지 않니? 한국 남자는 예의도 없고, 똥고집에, 변덕은

죽 끓듯 하고 그놈의 성질머리는 급하기 짝이 없잖아." 엄마는 크게 콧방귀를 뀌고 문 쪽을 힐끗 쳐다봤다. "한국 남자는 상대방을 배려하는 방법 자체를 몰라. 세상천지 누구보다 자기가 제일 잘난 줄 알지. 이 글을 쓴 여자가 데이트했던 한국 남자는 교묘하게 꾀를 부려서 저녁 식사 계산까지 떠넘기고 나선, 곧장 전화로 이별 통보를 했다더라."

"그건 딱히 아무 의미도 없는 것 같은데." 나는 조심스럽게 단어를 고르며 말한다. 엄마를 화나게 하거나 또 다른 말다툼을 시작하고 싶지 않다. "그 남자가 끔찍한 상대였다고 해서 모든 한국 남자가 다 끔찍하다는 뜻은 아니잖아."

"아니, 다 그래." 엄마가 콧방귀를 뀐다. "아무나 붙잡고 물어보렴. 내가 마트에서 같이 일하는 직원들 좀 봐. 그 여자들 남편 중에 제대로 된 놈 하나 없다. 아무짝에도 쓸모없는 기생충 놈팡이들. 그리고 그 남편이란 놈들 공통점이 뭔지 아니? 전부 한국인이라는 거야!"

"하지만 글쓴이가 실제로 데이트한 사람은 몇 명인데?" 흥분한 엄마의 말을 중간에 자르며 내가 물었다. "만약에 한국 사람 한 명만 만나봤는데 단지 그 경험만으로 한국인은 모두 끔찍하다고 썼다면 좀 이상하지 않아? 왜 어떤 사람들의 전체 집단을 두고 멋대로 가정하는 거야? 꼭 남들이 내가 동양인이라는 이유만으로 수학을 잘할 거라거나, 운전이 서툴 거라고 넘겨짚을 때처럼……."

"실제로 언니 운전은 형편없잖아." 지현이가 끼어든다. 나는 동생을 째려본다.

엄마는 인상을 쓰면서 팔짱을 낀다. "너넨 한 번만이라도 엄마 말이 옳다고 해줄 수는 없니?"

나는 고개를 절레절레 내젓고, 지현이는 현명하게도 대화의 주제를 바꿔본다. "나는 왜 백인 남자가 최고라는 건지 그게 더 궁금해." 동생이 말한다.

"너 설마 이렇게 너절한 잡소리를 믿는 건 아니지?"

"엄마 말 좀 들어줘. 난 듣고 싶다고, 언니."

엄마가 지현이를 향해 활짝 웃는다. "아이고, 우리 착한 막냉이." 엄마는 아기를 어를 때처럼 다정하게 콧소리를 낸 뒤 말을 이어갔다. "글쓴이 말로는 자기가 데이트해 본 사람 중에선 백인 남자가 가장 예의 바르고 사려 깊었대. 이야기를 주의 깊게 잘 들어주기도 하고, 쓸데없는 적대감을 드러내지 않고도 본인의 감정을 솔직하고 자유롭게 표현한다고. 데이트 장소를 정할 때도 글쓴이가 어디에 가고 싶은지 먼저 묻고, 사소한 문제들로 쩨쩨하게 다투려 들지 않고 말이야. 몇몇은 첫 데이트 날 꽃을 선물하는 낭만도 알고 있었다더라."

"그건 낭만이 아니라 한물간 건데." 지현이가 말한다.

"지금은 그렇게 말하지, 너도 나이 먹어봐라." 엄마가 안경을 코 위로 밀어 올린다. 엄마의 얼굴은 피지로 번들거렸고 이마에는 땀방울이 작은 구슬처럼 맺혀 있었다. "그때는 남자가 갖다

주는 꽃다발 받고 싶어질걸. 내 장담한다. 어쨌든, 백인 남자가 자기 여자친구나 아내를 함부로 대한다는 얘기를 들은 적 있니? 난 없거든!"

"말도 안 돼. 엄마가 알고 지내는 백인 남자가 한 명이라도 있어?" 내가 말한다.

"아니야. 나 백인 남자 여럿 알아. 가끔 마트에 장 보러 오는 사람도 몇 명 있는데, 하나같이 친절하고 잘생겼어. 키도 훤칠하니 크고." 엄마는 손을 쭉 뻗어 장신을 표현한다.

"엄만 그냥 본인이 느끼는 불만을 엉뚱한 데 투사하는 거야." 지현이가 대꾸한다. 엄마는 '투사'가 무슨 의미인지 잘 모르지만, 뭔가 나쁜 얘기라는 건 안다. 엄마의 입술이 얇은 선으로 앙다물어지고 턱이 덜덜 떨리기 시작한다. 눈에 눈물이 가득 고이더니 갑자기 엄마가 서럽게 통곡하기 시작한다. 지현이와 나는 놀라서 자리에서 벌떡 일어나 서로를 쳐다본다.

"왜 엄마 말을 귀담아듣지 않니? 너희 둘에게 최고만을 바라는 내 마음이 그렇게 잘못됐어?" 엄마가 꽥 소리를 쳤다. "이 세상에서 내가 가진 건 너희뿐이야. 너희 빼곤 나한텐 아무도 없어. 우리 딸내미들에게 원하는 건 그저 귀하게 보살핌받고, 너희한테 극진히 잘해줄 사람을 만나는 거야. 나처럼…… 나처럼 이렇게 되는 건 싫어." 엄마는 허공에 두 손을 뻗었다. 엄마의 몸이 앞으로 구겨지듯 푹 수그러졌다. "나는 늙고 얼굴도 못난 여자야. 누가 날 사랑해 주겠니. 죽을 때까지 혼자겠지. 너희 아빠와 결혼하지 말았어야 했어······. 기다려서······ 착한 백인 남자를 만났어야 했어. 그러면 이런 끔찍한 꼴이 되지도 않았겠지."

시간이 멈춰버린 것 같다. 속이 바짝바짝 타는 듯한 뜨거운 열기가 내 가슴을 가득 채운다. 엄마가 이처럼 고통스러워하는 모습은, 슬픔으로 입을 크게 벌린 채 닭똥 같은 눈물을 셔츠 위로 뚝뚝 떨구는 모습은, 견딜 수 없을 만큼 괴롭다. 나는 이 집에서 도망쳐 이 세상에서 아예 사라져 버리고 싶다. 엄마는 왜 저렇게 계속 우는 걸까? 나는 눈을 질끈 감았다. 시끄러운 오열을 뚫고 지현이의 단호한 목소리가 들려온다.

"엄마 나이 아직 한창이야. 늙긴 뭘 늙었대." 동생이 말한다.

지현이의 말을 듣고 엄마가 울음을 잠시 멈춘다. "내가 안 늙었다고?"

"엄마 이제 겨우 쉰세 살이잖아. 요즘 그 정도면 아직 젊지. 그리고, 어떻게 자기 입으로 자기가 못났다고 할 수 있어? 내 친구들은 다 엄마 엄청 예쁘다고 그래. 그리고 아빠 말고 다른 사람이랑 결혼했다면, 언니랑 나는 태어나지도 않았을 거잖아."

내 가슴을 조여오던 압박감이 차츰 풀어진다. 내 동생은 아무렇지도 않게 갈등을 중재하고, 긴장을 완화하고, 분위기를 띄우는 재주가 있다. 반면에 나는 서툴고 어색하다. 스트레스가 높아지는 상황이 되면 나는 완전히 당황해서 굳어버린다. 엄마는 줄곧 지현이가 눈치가 있어 빠릿빠릿하다고 말한다. 임기응변에 능하고 재치가 많은 걸 보면 나보다 지현이가 더 한국인답다고 말이다.

"엄마는 진짜 그랬으면 좋겠어?" 지현이가 말을 이어간다. "우리 말고 다른 딸내미 둘이 있는 게 더 좋아?"

나는 숨도 쉬지 못한 채 엄마의 반응을 기다린다. 다행히도 엄마의 곡소리는 킥킥대는 웃음소리로 바뀐다.

"아유, 네 말이 옳다." 엄마가 손을 뻗어 지현이의 뺨을 어루만지며 중얼거린다. "우리 막냉이 작은딸, 똑똑하기도 하지." 지현이와 나는 엄마를 폭 끌어안고 우리의 고민거리를 잊은 채 한순간이나마 행복한 일체감을 느꼈다. 그러다 엄마가 다시 진지한 표정으로 돌아와 눈썹을 찡그렸다. "그래도, 엄마가 괜한 말 하는 건 아니야. 물론 너희 둘 다 결혼은 아직 멀었지만, 지금부터 알아둬야 해. 한국 남자? 절대 안 된다. 엄마처럼 폭삭 망할 가능성이 조금이라도 있다면 그런 상대를 뭐 하러 만나니?"

나는 망설이지도 않고 새끼손가락을 걸어 엄마의 조언을 따르겠다고 약속했다. 어차피 그게 나랑 무슨 상관이람? 내가 신경 쓰는 건 오직 지금의 이 평화를 유지하는 것뿐이다. 1초라도 빨리 이 대화에서 벗어나 식탁으로 돌아가, 과제를 하느라 교과서를 뒤적이는 안전한 시간으로 도피하고 싶다.

반면에 지현이는 고개를 내저으며 말한다. "난 아무것도 약속하지 않을 거야."

운이 좋았다. 이번만큼은 엄마가 먼저 말문을 닫았으니.

6

오늘 저녁 메뉴도 생선이다. 지현이와 내가 지켜보는 동안 엄마는 평소처럼 생선 껍질을 벗기고 뼈와 살을 분리한다. 내가 다리를 떠느라 발로 바닥을 자꾸 치자 식탁 전체가 흔들린다. 지현이가 내 무릎에 손을 얹어서 그 행동을 제지한다.

오늘 아침, 엄마가 냉동실에서 생선을 꺼냈을 때 나는 용기를 내보기로 다짐했다. 꽁꽁 얼어 있던 고등어는 조리대 위에 몇 시간이고 누운 채 천천히 해동되면서 커다란 물웅덩이를 남겼고, 그 물줄기는 싱크대로 쫄쫄 흘러내려 갔다. 물을 마시러 싱크대로 갈 때마다 물고기는 마치 내가 무슨 짓을 하려는지 다 알고 있다는 듯 나를 노려보았다.

죄책감이 들었지만, 그래도 나는 이 일을 해내야 했다. 오늘 엄마의 기분은 지독히도 안 좋았고, 심지어 평소보다 더 울적해 보였다. 아침에 지현이와 나는 무기력한 엄마를 억지로 침대에서 끌어내다시피 했는데, 그 이후 엄마는 계속 맥이 빠져 있다. 내가 생각할 수 있는 한, 이것만이 엄마의 기운을 북돋워 주고, 내가 엄마를 걱정하고 있다는 걸 보여줄 유일한 방법이다.

어젯밤에 아빠가 전화를 걸어왔다. 집을 나간 후로는 처음 듣는 아빠 목소리였다. 그런데도 아빠는 별로 말이 없었고, 주로 내가 먼저 말을 붙였다. 내가 뭘 물어보든 아빠는 성급하고 모호하게 얼버무렸다.

"지금은 뭐 하고 지내?" 내가 물었다.

"아, 그냥 이것저것." 그가 말했다.

"어디 있는데?"

"요 근처야."

아빠가 가능한 한 전화를 빨리 끊으려고 한다는 게 느껴졌다. 아마 지금 아빠랑 같이 있는 사람 때문일 것이다. 누군지는 몰라도, 매우 조용히 있으려고 하는 눈치였지만, 그 노력은 실패로 돌아갔다. 아빠의 목소리 너머로 주변 소음이 들려왔다. 뭔가 조그맣게 딸깍거리는 소리, 유리잔이 부딪치는 소리, 입을 막고 하는 듯한 재채기 소리. 나는 수화기를 귀에 더 바짝 댔다. 누굴까? 아빠의 새 여자친구일까? 목소리는 어떨까? 예쁜 목소리일까? 나는 호기심에 가득 차 질문을 쏟아내면서 아빠를 잡아두려고 애썼다. 그러나 고작 1분 정도 지나자 아빠는 갑자기 잘 있으라는 인사를 남기며 전화를 끊었다. 엄마에 대해서는 일절 묻지 않았다. 내게서 전화를 넘겨받으려고 손까지 뻗고서 기다리던 엄마의 표정이 허탈하게 무너졌다. "나랑은 얘기하고 싶지 않대?" 엄마가 물었다.

나는 순간 거짓말을 할까 고민했다. 하지만 엄마도 이미 알고 있는 사실을 굳이 부정할 필요가 있을까?

"그런가 봐." 나는 매우 미안한 마음으로 말했다. "이만 가봐야 한댔어. 바쁜 것 같더라."

"그렇구나." 엄마가 아주 작은 목소리로 말했다.

그 후 엄마는 정신 나간 것처럼 열정적으로 대청소를 했다. 지현이는 방에서 방으로 옮겨 다니며 바쁘게 움직이는 엄마 곁을 맴돌며 어깨 너머로 내게 불안한 눈빛을 보냈다. 나는 엄마가 이러는 이유를 알았다. 아빠는 집을 나간 뒤에도 따로 짐을 챙기러 오지 않아서, 아직도 집 안 곳곳에 아빠의 물건이 흩어져 있었다. 그것들은 언제나 우리가 완전히 무방비인 최악의 상황에서 예기치 않게 불쑥 나타나 우리를 놀라게 했다. 나는 이번에는 엄마가 무엇을 발견할지 걱정되었다.

얼마 전 밤에는 화장실 빨래 바구니 뒤에서 아빠의 땀에 젖은 까만 양말 한 켤레를 우연히 발견했다. 몇 달 동안이나 거기 처박혀 있어서 모두가 잊어버린 물건이었나 본데, 밤중에 갑자기 그걸 보니 눈물이 왈칵 솟을 뻔했다. 또 주방 서랍에서는 유효기간이 한참 지난 옛 신용카드 여러 장이 아빠 앞으로 온 미개봉

우편물 더미 아래 숨어 있는 것도 찾아냈다.

하지만 정말 최악이었던 건 아빠가 담배 대신 즐겨 먹던 빨간색과 하얀색이 섞인 작은 사탕들을 발견했을 때다. 아빠는 그 사탕을 입에 달고 살다시피 했었다. 이제 나는 페퍼민트 향을 맡거나 버석거리는 사탕 비닐을 벗기는 소리를 들을 때마다 온몸에 전기가 쫙 통하는 것 같은 짧은 전율을 느낀다. 나한테도 아빠가 있었다는 사실을 떠올리게 해주는 기억.

✂

"오늘 밤에 용기 내볼 사람 있니?" 엄마가 묻는다. 엄마의 젓가락이 생선 머리 위를 맴돌고 있다.

"나. 눈알 한번 먹어볼게." 나는 용기를 끌어모아 말한다.

엄마의 얼굴에 커다란 미소가 피어오른다. 나는 옳은 결정을 한 것이다. "정말? 먹어볼 거야?"

나는 입을 열기가 무서워서 고개만 끄덕인다.

엄마는 생선 눈알을 파내서 비어 있는 내 접시 위에 내려놓는다. 눈알이 빙글빙글 요란하게 돌다가 접시 중앙에서 멈춘다.

"자, 어서 먹어보렴!" 엄마가 재촉한다.

생선 눈알은 매우 미끄럽다. 내 젓가락질 실력은 애초에 그리 능숙하지도 못한데 이제 아예 쓸모없는 수준이 되어버렸다. 집중한 끝에 마침내 젓가락 끝으로 눈알을 집어 드는 데 성공했지만, 이내 다시 떨어뜨리고 말았다. 작은 안구가 세라믹 접시 표면에 달라붙는 쫀득한 소리가 조그맣게 들린다.

"그냥 손가락으로 집어 먹어!" 엄마가 말한다.

"알았어." 나는 눈을 꾹 감은 채 접시를 더듬거려서 엄지와 검지로 눈알을 잡았다. 내가 상상했던 것과는 달리 놀라울 만큼 단단했다. 떨리는 손으로 입안에 그걸 떨어뜨렸다. 혓바닥에 닿자마자 반사적으로 헛구역질이 나왔다.

"웩!" 지현이가 비명을 지르며 식탁에서 벌떡 일어났다.

나는 심호흡을 하고, 나 자신이 아니라 엄마를 위해서 하는 거라고 마음을 다잡는다. 엄마가 더없이 사랑스러운 눈빛으로 나를 바라보고 있었기에 나는 이 낯선 물질을 와락 내뱉고 싶은 마음을 억누르며 억지로 입안에 물고 있다. 초반의 메스꺼움이 서서히 가라앉자, 나는 입안에 든 생선 눈알을 혀로 살살 굴리며 뺨 안쪽에 와 닿는 느낌을 음미한다. 뭔가 괴상한 느낌이다. 눈알의 표면은 거의 물컹한 젤리처럼 찐득찐득했는데, 생선 비린내와 소금의 짠맛이 살짝 스친다. 끈적이는 젤라틴 안에는 단단하고 흰 구체가 있었는데, 정작 거기선 아무런 맛도 나지 않는다. 나는 그 구체를 꼭꼭 씹으면서 엄마를 향해 씩 웃어 보이곤 꿀꺽 삼킨다.

"짜잔!" 나는 입을 최대한 크게 벌렸다. 지현이가 자기 눈을 가린다. 엄마는 짝짝 손뼉을 친다.

"와, 지원아!" 엄마가 흥분한 상태로 말한다. "이건 네가 한층 성숙해졌다는 뜻이야. 이제 다 큰 어른이 되었구나."

"내가?"

"그래."

나는 내가 이미 열여덟 살이라는 걸 굳이 지적하지 않는다. 대부분 사람에게는 확실히 성인으로 여겨지는 나이다.

"믿을 수가 없어." 지현이가 불쾌한 표정으로 말한다. "언니 그렇게 역겨운 걸 잘도 먹네."

"괜찮아! 너도 먹어봐. 여기……." 나는 동생을 향해 접시를 밀지만, 지현이는 내 손을 뿌리친다.

"하지 마, 이 생선 눈알 먹는 괴물들. 난 입맛이 다 떨어졌어."

"이 눈알이 너한테 큰 복을 가져다줄 거야." 엄마가 명랑하게 말한다. "두고 보렴! 어쩌면 올해 지원이한테 남자친구가 생길 지도 모르겠다. 과연 본인은 어떻게 생각하시나요?"

나는 얼굴이 빨개졌다. 엄마는 내 연애사에 과도하게 집착한 다. 남자친구는 없는지, 짝사랑하는 애는 없는지 끊임없이 물어 보는데, 매번 나는 너무 바쁘고 공부에 집중할 시간도 부족하다 고 대답해도 변함이 없다. 하지만 만약 내가 단 한 번이라도 연 애는 하고 싶지 않다고 말한다면, 그것 또한 거짓말일 것이다.

엄마는 생선을 뒤집어 나머지 한쪽 눈알도 파낸다. 나는 갑자 기 식욕이 돋아 그쪽으로 손을 뻗었지만, 내가 무슨 말을 하기도 전에 엄마는 미소를 지으며 눈알을 자기 입안에 쏙 집어넣었다. 그날 밤만큼은 아빠에 관한 생각을 완전히 잊은 듯한 미소였다.

7

아빠는 큰 꿈을 품은 사람이었다. 영리하고 치열하게 살았지만, 매번 운명의 손길에 발목이 잡혀 성공을 한 발 앞둔 자리에서 좌절을 겪고 마는 그런 사람. '운명'을 뜻하는 한국말은 '팔자'다. '운명의 네 가지 기둥'이라는 의미의 '사주팔자'에서 유래한 말이다. 이 네 가지 기둥이란 한 사람이 태어난 해, 달, 날짜, 시각을 기준으로 한다. 아빠 말에 따르자면 이렇게 무의미해 보이는 요소들로, 우리가 삶을 시작하기도 전에 이미 그 짧은 생애의 재앙과 복록이 결정된다고 한다.

내가 기억하는 한 아빠는 늘 자신이 타고난 팔자를 원망했다. 어렸을 때 그는 부산에서 가장 빈곤한 동네에서 자랐다. 과연 그게 가능한지 모르겠지만, 엄마와 외가 식구보다 더 가난했다고 한다. 아빠의 부모님은 원래 농사를 지었는데, 일제 강점기에 자신의 소작지에서 쫓겨나 가진 것이라곤 몸에 걸친 옷 한 벌뿐이었다. 그들은 평생 아무런 교육을 받지 못했고, 학교 문지방도 넘어본 적이 없었기에 글을 읽거나 쓸 줄 몰랐다. 아빠와 두누이도 비슷한 운명이었다. 세 남매는 걸음마를 떼고 말을 할 수있게 된 순간부터 가족의 생계를 돕기 위해 일을 했다. 길거리한 모퉁이에서 군고구마를 팔며, 또래 아이들이 학교에 가는 모습을 부러운 눈으로 바라보았다. 아빠의 누이들에겐 결국 그게다였다. 그들은 자신의 운명을 체념하며 받아들였다. 그렇게 고구마를 팔고 또 비슷한 날품팔이로 하루하루 입에 풀칠하며 살다가, 자신처럼 혹독한 팔자를 타고난 가난뱅이 무지렁이 남자와 결혼하면 그만이었다.

하지만 아빠는 매번 자신의 운명에 맞서 싸웠다. 그는 쓰레기더미를 뒤져가며 버려진 신문을 찾아서 독학으로 글자를 읽고쓰는 법을 터득했다. 거리에서 돈을 구걸하거나 일자리를 찾지않는 시간에는 신문을 처음부터 끝까지 머릿속으로 소리를 짚어가며 읽느라 밤을 새우기도 했다.

아빠에게 모든 단어는 마법 같았다. 말과 글을 어떻게 사용하는지 아는 사람들, 그리고 그것을 자기 뜻대로 다듬어낼 줄 아는사람들은 멋진 집에 살면서 매끼 고기를 먹으며, 근사한 서양식의복을 입고 다녔다. 빳빳한 정장과 셔츠를 차려입은 모습이 어찌나 고급스러운지, 그들이 지나갈 때마다 그 원단의 감촉을 손끝으로라도 느껴보고 싶을 정도였다. 신문에 검은 잉크로 찍혀 있는 단어들이 바로 그 세계로 들어가는 통로라는 걸 아빠는 알았다.

결국 아빠는 대학 입학시험에 응시할 수 있을 만큼 돈을 모았다. 아빠의 시험 점수는 신문 2면에 네 줄짜리 작은 기사로 실렸고, 그 결과 아빠는 전국 최고 대학인 서울대에 합격했다.

만일 아빠가 다른 사람이었더라면 그쯤에서 아빠의 고생은 끝났을 것이다. 사회의 모든 문이 닫혀 있을지라도 서울대라는 학력은 또 다른 문을 열어주는 열쇠가 되기 때문이다. 하지만 이상하게도 아빠는 졸업 후 제대로 된 직장을 구하지 못했다. 그를 도와줄 사람은 아무도 없었다. 그가 매일 동경하며 올려다보던 고층 건물 사무실에 들어갈 수 있게 연결해 줄 만한 사람도 전혀 나타나지 않았다. 수년을 헛되게 시도한 끝에 아빠는 크고 막연하기만 했던 꿈을 포기하고, 성취감 없는 단순노동으로 생계를 꾸려가는 삶을 받아들였다.

그러던 어느 날 아빠는 우편으로 편지 한 통을 받았다. 오랫동안 연락이 끊겼던 친구 민호 아저씨에게서 온 편지였다. 민호 아저씨는 미국 캘리포니아로 이주해 구두 수선점을 열었다. 가게가 잘되어 도와줄 일손이 필요한 참이었다. 아저씨는 아빠가 성실하고 손재주가 좋은 사람이었다는 걸 기억하고 있었다.

자네가 올 수만 있다면, 일자리를 마련해 줄 수 있어. 편지에는 그렇게 약속되어 있었다. *후회하진 않을 거야. 캘리포니아는*

정말 멋진 곳이거든. 편지 아래에는 민호 아저씨의 미국 주소가 적혀 있었다.

아빠는 캘리포니아에 대해 전혀 아는 게 없었다. 외국 영화에서 스쳐 간 모습이나 지나가는 말로 들은 게 다였다. 한국에서는 상상할 수 없을 만큼 거대한 집에 살면서 시끄러운 미제 자동차를 타고 다니는 사람들이 몸도 재산도 피둥피둥 불려가는 곳이라고들 했다. 아득한 꿈들이 실현되는 곳.

큰 결단에는 오랜 시간이 걸리지 않았다. 일주일 만에 아빠는 그동안 저축한 돈을 모두 털어 로스앤젤레스행 편도 비행기표를 샀다. 여행용 가방에 들어가지 못한 짐은 전부 남에게 나눠주었다. 미국행 비행기에 오르면서, 아빠는 자신의 불운을 모두 떨쳐버리겠다고 맹세했다.

><:

캘리포니아에 도착하자마자 아빠는 일을 시작했다. 구두 수선은 전에 해본 적 없는 일이었지만, 아빠는 손재간이 뛰어나고 뭐든 빨리 배우는 사람이었다. 민호 아저씨 말이 맞았다. 아빠는 곧 서울에 있었을 때보다 더 많은 돈을 벌기 시작했다. 한 해가 지났을 때, 민호 아저씨의 부인이 아빠에게 엄마를 처음으로 소개해 주었다. 네 사람은 저녁 식사와 술자리를 종종 같이하며 커플 데이트를 했다. 민호 아저씨 부부가 집으로 돌아간 뒤에도 엄마와 아빠는 식당에 한참이나 남아 있었다고 한다. 그렇게 6주라는 짧은 시간이 흘러간 뒤 엄마와 아빠는 결혼하게 되었다. 아빠는 그때 자기 운명이 완전히 바뀌었다고 확신했다.

아빠와 어떻게 만났는지 내게 들려주면서, 엄마는 그게 첫눈에 반한 사랑이었다고 했다. "당연히 내 쪽에선 아니었지." 엄마가 깔깔 웃었다. "네 아빠가 날 보고 그렇게 반했다는 거야. 나를 처음 본 순간부터 저 여자랑 결혼해야겠다는 예감이 딱 들었다고 하더라. 아빠는 나를 글래드스톤스에 데려갔어. 말리부 해변에 있는 식당 이름이야. 들어봤니? 유명한 곳인데."

><:

지현이가 중학생이고 내가 고등학생일 때, 엄마와 아빠는 폐업 직전의 세탁소를 헐값에 사들였다. 이전 주인은 가게를 포기한 상태라 그저 팔아넘기기에 급급했다. 아빠는 고민하지 않았다. 그는 칠이 벗겨진 벽과 갈라진 천장에서 가능성을 엿보았다. 아빠는 매일 오랜 시간을 들여 가게 구석구석을 직접 페인트칠하고 꼼꼼히 수리해 나갔다. 그 노력은 곧 결실을 맺었다.

세탁소를 운영하며 벌어들인 돈을 모아 부모님은 집을 샀다. 특별히 좋은 집도 아니었다. 작고 허름한 단층 주택. 우리가 당시 살았던, 바퀴벌레가 들끓는 아파트보다 아주 약간 더 큰 집이었지만, 그 집 한 채는 아빠에게 모든 것을 의미했다.

우리가 그 집으로 이사한 지 몇 달 후, 엄마가 꿈을 꾸었다. 꿈 속에서 가게와 집, 우리가 소유한 모든 것이 거친 불길에 휩싸였다고 한다. 엄마는 공포에 질려 깨어났지만, 아빠는 그 꿈 이야기를 듣고 크게 흥분했다. 아빠의 해몽에 따르면, 화재는 행운의 징조였다.

그로부터 8개월 후 갑자기 민호 아저씨가 아빠에게 전화를 걸어왔다. 수년 동안 자연스레 연락이 끊겼던 아저씨는, 아빠에게 좋은 투자 기회가 있다고 제안했다. 우리가 사는 곳과 가까운 코리아타운에 조만간 새로운 사업을 시작할 계획이라고 했다. 엄마는 이제 와서 우리 삶에 뜬금없이 다시 나타난 민호 아저씨 때문에 불안해했지만, 아빠는 이게 바로 엄마의 꿈에 나타났던 길조라고 확신했다.

불행히도 엄마의 예감이 맞았다. 좋은 투자 기회도, 사업의 실체도 없었다. 민호 아저씨는 도박 중독으로 큰 빚을 진 상태였고, 빚쟁이들의 협박이 두려워 아빠가 투자금으로 건넸던 현금 다발을 들고 달아났다. 이후 다시는 그와 연락이 되지 않았다. 엄마와 아빠가 지금까지 피땀으로 일궈놓은 모든 것이 하룻밤 만에 한 줌의 먼지가 되어 날아갔다.

살아가며 한 번쯤은 자신의 운명을 속일 수 있다. 운이 좋으면 두 번까지도 가능할 것이다. 그러나 한국 사람인 우리는, 결국 인생이란 게 자기 팔자소관대로 흘러간다는 걸 잘 알고 있다.

아빠가 이 집에 있었을 때, 비록 엄마와 동생은 전혀 눈치채지 못했더라도 적어도 나는 아빠의 간절한 열망을 느낄 수 있었다. 깊은 생각에 빠졌을 때 아빠의 얼굴에 떠오르던, 꿈꾸는 표정. 한낮을 보내는 동안 가끔 아빠의 입이 멍하니 벌어지던 모습. 그럴 때마다 나는 아빠가 지금 자신의 작고 보잘것없는 삶에서 벗어나는 방법을 상상해 보고 있다는 걸 알았다. 우리가 함께하는, 작고 보잘것없는 삶에서.

아빠는 집을 날리고 나서 새로 얻은 이 비좁은 아파트를 싫어했다. 이 집의 방 두 개가 서로 붙어 있는 탓에 사생활이 보장되지 않는다는 사실을 싫어했다. 아빠는 내가 남자아이로 태어나지 않았다는 걸, 그리고 지현이마저 아들이 아니라는 걸 싫어했다. 엄마의 찌그러진 20년 된 혼다 자동차도 싫어했지만, 아빠의 고물 트럭은 더 싫어했다. 아빠는 우리 아파트 주인과 매달 집세 문제로 다투는 것도 싫어했다. 세탁소 사업이 고작 2년 만에 문을 닫게 되었다는 사실도 싫어했다.

그 무엇보다도, 아빠는 자신이 걸어왔던 인생 전부가 오직 자신의 실패를 상기시키는 산물로 남았다는 것을 싫어했다.

나는 아빠를 탓하지 않는다. 어쩌면 나도 가질 수 없는 것을 향한 욕망으로 가득한 삶이 어떤 것인지 알기 때문인지도 모른다. 아빠의 마음속에서 나른하게 날갯짓하던 절망을 내가 알아볼 수 있었던 이유도 바로 거기에 있었다. 그건 나 역시 오랫동안 느껴왔던 감정이었다.

8

생선 눈알을 처음 먹어봤던 밤에 나는 좀처럼 잠들지 못했다. 말똥말똥한 눈으로 누운 채, 여전히 입속을 맴도는 짭조름한 맛의 기억으로 잠을 설쳤다.

아침에는 몇 분 간격으로 울리는 알람을 끄고 다시 잠들기를 반복했다. 결국 지현이가 나를 흔들어 깨운 듯하다. 눈을 뜨니 나를 내려다보는 지현이가 보인다. 길게 늘어진 동생의 머리카락 끝이 내 얼굴을 간지럽힌다.

"언니 버스 놓쳤다." 지현이가 좀 이상하리만치 쾌활하게 말한다.

"뭐?" 잠이 확 깬 나는 침대에서 허둥지둥 일어난다. "뭐야, 지현아? 왜 이렇게 오래 자게 놔뒀어?"

동생이 얼굴을 찡그린다. "내가 뭐 언니 깨우라고 있는 사람인가." 서둘러 문을 나서는 동생의 옷소매가 언뜻 눈에 띈다. 익숙한 연보라색, 내가 가장 아끼는 라일락 스웨터다.

"내 옷 입은 거 다 봤다!" 나는 지현이의 등 뒤에 대고 고함친다. "또 내 물건 몰래 뒤지면 넌 죽을 줄 알아!"

다행히도 엄마는 별말 없이 차 열쇠를 건네준다. 나는 등굣길에 엄마를 직장에 데려다주면서, 속도를 줄이라는 엄마의 요구를 계속 무시한다. 위험천만하게 차선을 바꾸는 동안 다른 차들이 우리를 향해 경적을 울린다. 엄마가 일하는 마트에 도착했을 때 엄마 얼굴은 완전히 사색이 되어 있다. "그런 식으로 운전할 거면, 핸들 잡지도 마." 엄마는 내게 따끔한 설교를 하고 나서야 휘청이는 다리를 끌며 마트로 들어간다.

그렇게 전속력으로 달렸건만 결국 나는 철학 강의에 10분 늦게 도착한다. 유일하게 남은 자리는 맨 뒤쪽 구석이다. 나는 다른 학생들의 시선이 내게 쏟아지는 걸 느끼며 그 자리로 슬금슬금 다가간다. 털썩 자리에 앉으면서 실수로 옆자리의 예쁜 흑인 여학생과 무릎을 부딪친다. 순간 귓가를 수놓듯 요란하게 뚫려 있는 그의 피어싱에 잠시 시선을 빼앗겼다가, 다시 정신을 차리고 그 학생에게 급히 사과의 말을 속삭인다. 그는 고개를 끄덕이며 입 모양으로 '괜찮아'라고 말해준다.

반대편에 앉아 있던 어떤 남학생이 나와 눈을 마주치더니 잇몸을 드러내며 활짝 웃는다. 그는 백인이고, 큰 갈색 눈동자에다 귀 뒤쪽으로 머리카락을 넘길 수 있을 만큼 장발이다. 윗입술 위쪽으로 가느다랗게 콧수염도 길렀다. 뭐라고 문구가 적힌 검은색 티셔츠를 입고 있는데, 내가 앉은 각도에서는 제대로 읽을 수없다. 등 뒤에 굵은 글씨로 새겨진 "그 여자는 저항했다"라는 문구만 보일 뿐이다. 그 남자애가 몸을 돌리자, 티셔츠 앞면에는 이렇게 적혀 있다. "그럼에도 불구하고,"◉

버스를 놓쳐 서두르느라 한껏 뿜어져 나왔던 아드레날린이 곧 잦아든다. 그 대신 멍한 피로감이 온몸을 푹 적신다. 고개가 점점 책상 위로 기울어진다. 강의 시간 내내 꾸벅대며 졸다가 끝나기 직전에야 퍼뜩 깬다. 푹신한 베개 하나만 있다면 바랄 게 없겠다는 생각이 든다.

할 수만 있다면 지금 당장 집에 돌아가 침대로 기어들어 가 하루 종일 자고 싶다. 하지만 오늘 들어야 할 강의가 두 개나 더 남아 있고, 그사이 한 시간 정도는 공강이다. 그리고 오늘 아침에 늦잠을 잤기 때문에 집을 나서기 전에 커피를 챙길 시간도 없었다. 나는 캠퍼스에서 가장 가까이 있는 커피숍 밖에 앉아 메뉴판을 빤히 바라본다.

◉ "그럼에도 불구하고, 그 여자는 저항했다(Nevertheless, she persisted)." 2017년 2월 7일 미국 상원에서 민주당 의원 엘리자베스 워런의 발언을 제지하며 당시 상원 다수당 대변인이던 미치 매코널이 책망하듯 했던 말이다. 이 발언은 역풍을 맞아, 남성이 중심 혹은 다수인 사회에서 쉽게 무시당하거나 침묵하도록 요구받는 여성의 압박감을 시사하는 동시에 더욱 강력하고 활발한 여성 저항의 필요성을 알리는 메시지로 확장되었고 SNS상에서 해시태그 현상이 일어나는 등 그해 페미니즘 운동의 표어로 남았다.

이 가게에서 파는 것들은 전부 과하게 바가지를 씌운 가격이다. 평소에는 커피 한 잔에 무려 7달러를 쓰는 호구가 된다는 생각만으로도 치가 떨리지만, 오늘은 너무 피곤해서 나 자신과 타협하기로 한다. 문을 열고 들어가자 풋풋한 흙 내음과 스모키한 향이 어우러진 원두 냄새가 향긋하게 풍겨온다.

언제나처럼 줄이 길다. 카페인 충전을 기다리며 서 있는 사람들의 표정은 모두 힘들고 비참해 보인다. 나는 두툼한 색색의 머그잔과 신선한 원두 봉투가 전시된 진열대를 지나쳐, 키가 크고 어깨가 널찍한 백인 남학생 무리 뒤에 선다. 바깥 날씨가 쌀쌀한데도 그들은 헐렁한 민소매 티셔츠와 운동복 반바지 차림이다. 상·하의 모두 똑같은 그리스어 문양이 찍혀 있는 걸 보니 교내 남학생 친목 클럽 회원들인 모양이다. 맨 앞에 있는 남자애는 모자를 거꾸로 쓰고 있었는데, 그 밝은색 머리카락이 어딘가 눈에 익었다. 대체 어디서 보았는지 궁금한 마음에 그를 관찰하면서 한 발짝 더 다가가 옆모습을 자세히 훑어본다.

가게 안은 상당히 시끄럽다. 원두를 빻는 기계가 큰 소리를 내며 돌아가다 멈추기를 반복한다. 드문드문 소음이 잦아들 때마다 그들의 대화 내용이 조금씩 들려온다.

"나 어젯밤에 샤론이랑 제대로 엮였잖냐……." 모자를 거꾸로 쓴 녀석이 능글맞은 웃음을 흘리며 말한다. 창백한 살결을 가진 그의 뺨은 연분홍빛이고 턱에는 깊은 보조개가 파여 있다.

"야, 한 건 했네!"

"걔 정도면 이쁘긴 한데 젖통이 너무 작다는 게 아쉬운……."
키 크고 주근깨가 가득한 쪽이 대답한다.

"그렇긴 해. 근데 막상 침대에 데리고 들어가 보니까 충분히 만회하고도 남아. 원하는 건 뭐든지 다 해주고, 심지어 더 해달라고 난리야. 동양 여자애들은 어떻다더라, 다들 하는 말 있지? 완전 다 사실임."

"그런 말도 있잖아. 아시아 쪽 애들한테 맛 들이고 나면 백인이랑은 절대 다시 못 사귄다고." 주근깨가 말한다. 그들은 와르르 한꺼번에 웃음을 터뜨리고 나는 비틀거리며 뒤쪽으로 한 걸음 물러난다. 그 자리에서 완전히 사라지고 싶은 마음만이 간절해진다. 잔뜩 성이 난 열기로 빨갛게 달아오른 내 얼굴이 따끔따끔하다. 나는 실수로 내 뒤에 서 있던 사람의 발을 밟아버린다. 뒷사람이 놀라 비명을 지른다.

"정말 미안해요." 나는 땅바닥을 쳐다본 채 말한다. 지금 내 앞에 서 있는 역겨운 새끼들과 눈을 마주치는 것만은 피하고 싶기 때문이다.

"괜찮아요. 어, 잠깐만……. 혹시 방금 끝난 수업 같이 듣지 않았나?"

깜짝 놀라서 나는 고개를 든다. 철학 4 강의실에서 봤던 "그 여자는 저항했다" 티셔츠 남자애다. 그는 내게 손을 내밀었고, 나는 마지못해 악수를 했다. 손에 땀이 나서 청바지에 손바닥을 닦았다. "이름이 뭐야?" 그가 묻는다.

"지원." 나는 말한다. 불안한 눈빛으로 앞쪽 남학생들을 힐끗 본다. 걔들도 지금 나를 보고 있을까? 이제 그들은 내 쪽을 완전히 등지고 있지만, 그래서 더 수상하다. 조금 전까지 걔네가 떠벌리던 말을 내가 다 들었다는 걸 눈치챈 걸까?

철학 강의를 같이 듣는 남학생은 계속 뭔가 주절주절 이야기하고 있다. 나는 그의 말을 도중에 끊는다. "미안, 가볼게."

"아, 어디로?"

"몰라. 어디든. 여기서 나가려고."

남자애는 나를 따라 줄에서 벗어나더니 내 어깨 너머로 조심스럽게 손을 뻗어 가게 문을 열어준다. 나는 도망치듯 문 사이로 빠져나가 근처에 널려 있던 탁자 아무 자리에나 앉는다. 분노로 후들거리는 심장이 멈출 때까지 기다린다.

"아까 안에서 내 이름 말하던 중이었는데." 그가 내 옆에 앉아 계속 얘기한다. "나는 제프리야. 그런데 J가 아니고 G를 쓰는 제프리. 철자는 G-E-O-F-F-R-E-Y."

"너도 쟤네가 뭐라고 하는지 들었어?" 내가 다시 그의 말을 자르며 물었다.

"아니. 왜?" 그가 눈을 가느다랗게 뜨며 귀를 기울인다.

나는 심호흡을 한다. 내 목소리가 떨린다. "난 정말 싫은 게 뭐냐면……."

G로 시작하는 제프리가 몸을 앞으로 숙이며 다리를 꼰다. 오른쪽 팔꿈치가 무릎 위에 닿는다. 우리는 거울에 비친 듯 똑같은

자세로 앉아 있다. "함부로 판단 안 할 테니 편하게 얘기해."

내 얼굴이 점점 뜨끈해진다.

그는 한쪽 눈썹을 위로 치켜뜬 채 참을성 있게 기다린다. "기분 나쁜 일이 있었던 거지? 내가 도와줄까?"

나도 모르게 내 눈에 눈물이 가득 고인다. 나는 눈물이 떨어지지 않도록 눈에 힘을 주고 내 무릎을 한참이나 내려다본다. 내 어깨에 가벼운 손길이 닿았다. 나는 놀라서 고개를 들고, 제프리의 손이 부드럽게 내 팔을 토닥이는 모습을 본다. 지현이가 어렸을 때 울거나 화를 내면 나도 그런 방법으로 동생을 달래주어야 했던 순간들이 전부 한꺼번에 떠오른다.

"울지 마." 그가 말한다. "네가 얘기하기 싫으면 굳이 안 해도 돼." 그러고 나서 제프리는 손을 거두고 입술을 깨물었다. "미안. 나는 사람들 감정 풀어주는 걸 잘 못해서. 어떻게 해야 할지 항상 잘 모르겠어."

"아냐, 아냐." 내가 대답한다. "무슨 말인지 알아. 나도 사람들 위로하는 게 서툴러. 언제나 내가 해줘야 할 말과는 정반대로 말이 나와버리거든. 그러니까 이해해. 그리고 이미 기분도 나아진 걸."

긴 침묵이 우리 사이에 흐른다. 그래서 나는 새삼 긴장한다. 생각을 거치지 않고 그냥 말을 내뱉어 버린다. "가게 안 저 남자애들이 아시아 여자에 대해 얘기하고 있었거든. 동양 여자들은 어떻다면서 역겨운 말들을 잘도 하더라." 나는 힘겹게 침을 삼킨다. "그러니까, 이런 얘기 처음 듣는 것도 아냐. 전혀 새롭지도 않아. 그리고 걔네가 나를 특정해서 하는 이야기도 아니었어. 하지만 왠지 나한테 하는 말처럼 느껴지는 거야. 무슨 말인지 알겠어?"

제프리는 험상궂은 표정으로 이를 악물고 두 주먹을 꽉 쥔다. "어떤 놈들이었지, 걔네가?" 그는 서둘러 커피숍으로 다시 들어가 보기라도 할 것처럼 주변을 둘러본다.

"아니야! 괜찮아." 내가 당황해서 말한다. "내가 했던 말은 그냥 잊어버려."

"괜찮은 게 아니지. 완전 개자식들인데. 구글에다 '해로운 남성성'이라고 쳐봐. 그런 멍청이들 사진이 끝도 없이 뜰 거야. 걔네는 너희 여자들이 참아내야 하는 게 얼마나 많고 힘든지 전혀 이해하지 못해. 나는 여자들이 내 주변에서만큼은 안전하다고 느끼는 게 굉장히 중요해. 네가 부끄러워할 건 아무것도 없어. 부끄러움을 느껴야 하는 건 그 나쁜 놈들이지."

나는 어리둥절한 표정으로 그를 바라본다. "네 말이 맞아."

제프리가 탁자에서 일어난다. "이제 난 다음 강의 들으러 가야 하거든. 그래도 이제 넌, 괜찮지?" 그는 주먹 쥔 오른손을 내밀어 내 주먹과 살짝 맞대는 인사를 하려 한다.

나는 고개를 끄덕이고 주먹 쥔 손을 그와 맞부딪친다. "이렇게 남아서 나랑 얘기해 줘서 고마워."

"언제든지. 그럼 목요일 철학 수업 때 또 보자."

나는 그가 여러 무리의 학생들 사이에 뒤섞여 사라지는 모습을 지켜보다가 자리에서 일어난다. 이상한 일이다. 누군가 나한테 이처럼 상냥하게 대해준 적이 마지막으로 언제였는지 기억이 나지 않는다.

9

오후 늦게서야 집에 돌아오니 지현이 혼자 방 안을 이리저리 맴돌고 있다. 방이 원체 작아서, 그래봤자 몇 걸음 안 되지만. 우리가 함께 쓰는 침대랑 한쪽 구석으로 밀어둔 책상 사이의 거리는 겨우 두세 발짝 떼고 나면 땡이다. 그게 문제가 아니라, 지현이가 불안해하고 있다는 게 눈에 뻔히 보인다. 나는 등에 메고 있던 가방을 바닥에 내려놓는다.

"왜 그래? 학교에서 무슨 일 있었어?" 내가 묻는다.

"아니." 지현이가 말한다. "언니는 요즘 엄마한테서 뭔가 이상한 거 못 느꼈어?"

나는 침대 가장자리에 앉아서 양말을 하나씩 벗는다. 지현이는 내가 '외출할 때 입었던 옷'을 벗지도 않은 채 침대에 앉거나 눕는다고 자주 불평했는데, 신기하게 오늘은 아무 말도 하지 않는다. "별로 못 느꼈는데. 왜?"

"최근에 엄마가 누구랑 통화하는 거 못 들었어? 밤에?" 지현이는 얼굴을 찡그리며 침대 옆자리에 앉는다. "방에서는 안 하는데, 화장실에서 몰래 전화하는 것 같아. 우리가 못 듣게 환풍기를 틀어놓고."

"뭐? 네 맘대로 상상해서 지어내는 얘기 아니야?" 나는 장난스럽게 동생의 팔을 꼬집었지만, 지현이의 얼굴에는 웃는 기색조차 떠오르지 않았다.

"장난 아니거든. 남자랑 통화하는 것 같아."

"그럴 리가 있냐. 엄마는 아직……. 뭐, 너도 알잖아."

"내 생각은 달라. 이제 거의 3개월이 다 되어가는데, 그러니까 그 이후로……." 지현이는 머뭇거리다가 말끝을 흐리며 입을 다물었다. 지현이의 손이 자기 발목 위를 맴돈다. 지현이는 온갖 걱정을 사서 하는 성격이다. 앞으로 일어날 일들을 10단계 이상 미리 가정하면서 끊임없이 생각한다. 어린 아기였을 때 지현이는 자기 발목을 피가 나고 염증이 생길 때까지 박박 긁어서 병원까지 간 적이 있었다. 의사는 지현이가 이처럼 자기 몸을 맹렬히 긁는 행동이 스트레스에서 유발된 증상이라고 말했다. 엄마와 아빠는 그 말을 듣고 와서 웃었다고 했다. "두 살짜리 아기가 스트레스받을 일이 대체 뭐가 있다는 거람?" 하지만 지금도, 동생의 발목에는 짙은 보랏빛 흉터가 남아 있다. 그 일만 없었다면 잡티 하나 없이 뽀얀 발목이었을 텐데. 불안감이 올라오거나 예민해질 때마다 지현이는 무심코 그 부위를 문지르곤 한다.

나는 지현이의 손목을 잡았다. "그만해." 동생에게 단호히 말한다. "자꾸 만지면 더 안 좋아져."

"이 이상 나빠질 수도 없는데 뭘." 지현이는 중얼거린다. 그러다 갑자기 동생은 나를 똑바로 바라본다. "나 이혼 서류 온 거 봤어. 아빠가 집 나가자마자 바로 제출했더라. 숙려 기간이 있지만, 앞으로 3개월 안에는 완료될 거야."

그 순간 심장이 멈춘 듯했다. 엄마는 이혼에 대해 아무런 언급도 하지 않았다. 그리고 내 생각엔 어떤 방법으로든, 그러니까 지현이와 나는, 우리 둘 다 입에 올리지는 않았어도, 엄마와 아빠의 관계가 원래대로 돌아올 거라 믿었다. 우리 문화권에서 이혼이란 거의 상상할 수 없는 일처럼 여겨진다는 점도 내 마음을 한층 무겁게 했다. 적어도 우리 부모님이 아는 불행한 부부들은 무슨 일이 있어도 함께 지냈다. 그게 불문율이었다.

"오늘 밤 엄마가 뭐 하는지 잘 지켜봐." 지현이가 작은 목소리로 말한다. 동생의 머리가 내 어깨에 툭 얹어진다. 우리 둘 다 아무 말도 하지 않았지만, 나는 동생이 무슨 생각을 하는지 걱정스럽다.

지현이는 7월의 그날 밤을 떠올리고 있는 걸까? 앞으로 우리 가족은 어떻게 될지, 과연 모든 게 괜찮아질 수 있을지 나한테 물어봤던 날을? 동생이 불안해할까 봐 내가 거짓말을 했다는 걸 기억할까?

지현이 말이 옳았다.

엄마는 쾌활해 보인다. 지나칠 만큼 쾌활하다. 엄마를 자세히 살펴보니, 안색도 유난히 환해졌다. 아빠가 처음 떠났을 때 홀쭉하게 빠졌던 살도 다시 붙고, 뺨에도 탄력이 생겨 인상이 동글동글해지자 전보다 더 젊어 보이는 듯하다. 눈빛은 생기가 돌고 활기차다. 다 같이 앉은 저녁 식탁에서 엄마는 몇 번이나 자리를 비운 채 화장실로 사라진다.

나는 환풍기가 윙윙 돌아가는 소리 틈새로 엄마가 무슨 얘기를 하는지 들어보려고 애쓴다. 조용히 숨을 죽인 엄마의 웃음소리가 우리 쪽으로 흘러나오자 동생은 눈썹을 치켜올린다. "내가 뭐라고 했어?" 지현이가 속삭인다. "우리가 뭔가 손을 써야 해." 동생의 손은 이미 자기 발목에 찰싹 달라붙어 흉터 자국을 격렬히 문지르고 있었다.

"하긴 뭘 해? 엄마한테 남자친구가 있다는 게 뭐가 어때서?"

"난 싫어! 몇 달이나 되었다고 벌써!" 지현이의 목소리가 한 톤 높아진다. "지금 엄마는 슬픔 때문에 나약해져 있는데, 그 남자가 사기꾼이면 어쩌려고? 쉽게 넘어갈 만한 상태라는 걸 노리고 접근한 거라면? 엄마가 왜 이렇게 빨리 누굴 만났는지 이상하다는 생각 안 들어? 만약 그 남자가 연쇄 살인범이라면? 언니는 그런 생각 안 해봤어?"

우리 엄마는 매일 일정이 빡빡해서 새로운 사람을 만나거나 사귀기 어렵다. 엄마는 집에서 몇 킬로미터 떨어진 한인 마트에서 일한다. 아침부터 저녁까지 종일 근무하며 휴일 신청도 거의 하지 않는다. 엄마는 특별한 취미도 없고, 친구도 몇 사람 안 되는데 그나마 아빠가 떠난 뒤로는 그 모두와 연락을 끊었다. 우리는 엄마가 자기 '상황'이 부끄러워서 그랬을 거라고 짐작한다.

"마트에서 같이 일하는 사람일 수도?" 내가 던져본다.

"언니는 그게 말이 된다고 생각해? 엄마 직장 동료 중에 싱글 남자가 어딨어?"

하긴 엄마와 함께 일하는 직원은 거의 모두 여자다. 남자라곤 이 점장님뿐인데, 그 노인네가 엄마의 비밀 남자친구일 리는 없다. 나이를 먹을 대로 먹은 할아버지인걸.

지현이가 입을 열고 또 말을 꺼내려는 찰나에 화장실 문이 삐걱대며 열린다. 우리는 잽싸게 제자리로 돌아와 서로 아무 얘기도 나누지 않은 척 시치미를 뗀다. 식탁 자리에 앉는 엄마의 두 뺨이 붉은 장밋빛으로 물들어 있다.

"누구랑 통화했어?" 지현이가 묻는다.

"뭐? 그런 거 아니야. 엄만 화장실만 쓰고 나왔는데." 엄마가 다급히 말한다. 머리카락을 귀 뒤로 자꾸 넘기는 모습이 어쩐지 어색하다.

"언니가 그러는데 엄마가 화장실에서 누구랑 통화하는 소리가 났대." 지현이가 끈질기게 캐묻는다. 나는 식탁 밑으로 다리를 뻗어 있는 힘껏 동생을 걷어찬다. 그렇지만 지현이는 움찔하는 기색도 없다.

엄마가 긴장한 듯 피식 웃는다. "아니야, 지원아. 너도 참 별상상을 다 한다." 엄마가 내 어깨를 토닥이며 말한다. 나는 지현이를 사납게 째려본다. 내 생각이 동생의 머릿속으로 제대로 전달되기를 바라면서.

너는 오늘 내 손에 죽었어. 지현이가 나를 향해 혀를 쏙 내미는 모습을 보니, 텔레파시가 확실히 통한 것 같다.

우리 방으로 돌아오자 나는 지현이를 무섭게 쫓아 바닥에 쓰러뜨려 누른다. "사과해." 내가 말한다. "죽기 싫으면 사과해." 동생은 주먹으로 나를 마구 때리며 반항해 보지만, 그래 봤자 소용없다. 내 몸집이 지현이 두 배는 되니까. 나는 동생이 새된 비명을 지르며 웃다 못해 눈물이 뺨을 타고 줄줄 흐를 때까지 인정사정없이 간지럼을 태운다. 마침내 내가 놓아주자 지현이는 엄청 화를 내면서 내 머리를 향해 발차기를 날린다. 물론 빗나간다. 피하는 속도도 내가 동생보다 더 빠르기 때문이다.

"언니가 세상에서 제일 싫어! 다시는 언니랑 얘기하나 봐라." 지현이가 잔뜩 분을 터뜨리며 방을 나간다.

10

일주일 후, 엄마가 마침내 우리에게 숨겨왔던 진실을 털어놓는
다. 그때쯤엔 엄마도 아무 일도 없는 척 비밀을 이어가기가 불가
능해졌기 때문이다. 엄마의 귀가 시간은 점점 늦어지고 있었다.
엄마는 마감 업무가 길어져 야근까지 하게 되었다는 식으로 둘
러댔지만, 지현이와 나는 엄마가 일하는 마트가 매일 저녁 7시
면 완전히 문을 닫는다는 걸 잘 알고 있었다. 화장실에 달려가
은밀한 통화를 하는 횟수도 훨씬 잦아지면서, 엄마가 누군가에
게 전화하려고 화장실에 간다는 사실이 점점 명백해졌다.

  "엄마가 우리 딸내미들한테 말할 게 있는데 잠깐 얘기 좀 할
수 있을까?" 엄마가 묻는다. 잔뜩 긴장하고 안절부절못하는 태
도로, 엄마는 색 바랜 소파 쿠션을 만지작거린다. 소파 옆의 작

은 탁자 위에는 크게 금이 간 꽃병이 놓여 있다. 예전부터 아빠가 지독히도 싫어했던 물건이다. 아빠가 그걸 내다 버리고 싶어 할 때마다, 엄마는 오래전 돌아가신 외할머니가 남겨준 선물이라며 절대로 못 버리게 했다. 엄마는 손가락을 뻗어 그 꽃병의 갈라진 부분을 매만진다. 지금 엄마가 떠올리는 사람은 아빠일까, 아니면 외할머니일까? 지현이가 몸을 웅크려 소파의 엄마옆자리를 파고든다. 엄마는 동생의 어깨를 살며시 끌어안는다. 나는 주머니에 손을 찔러넣은 채 몇 걸음 떨어져 어정쩡하게 서있다.

"뭔데? 무슨 얘기 하려고?" 내가 묻는다.

"엄마가 사귀는 사람이 있어." 엄마가 작은 여자아이처럼 수줍어하며 말한다. 평소보다 톤이 높아진 엄마의 한국말 억양에서 흥분감이 느껴진다. 단어마다 끝이 살짝 올라가며, 마치 노래하는 것처럼 들린다. "만난 지는 한 달 조금 넘었고."

"진짜?" 지현이가 전혀 몰랐던 척 놀란 연기를 하며 묻는다. "진지하게, 정식으로 만나는 거야?"

"그럼." 엄마가 말한다. "안 그랬으면 너네한테 말도 안 했겠지. 그 사람은 너랑 네 언니에 대해서도 다 알고 있고, 둘 다 얼른 만나보고 싶어 해. 그래서 우리 넷이 같이 점심을 먹을까 하는데, 어떻게 생각하니?" 엄마가 지현이의 등을 두드렸다.

지현이가 뻣뻣하게 굳어진다. "그 남자가 누군데? 우리도 아는 사람이야?"

"아니, 아냐." 엄마의 뺨이 붉은색으로 진하게 물든다. 엄마가 요리할 때마다 엄청나게 자주 쓰는 고춧가루 색이랑 똑같다. "일하다 만난 사람이거든."

"일하다가?" 지현이와 내가 동시에 내뱉었다. 동생 쪽으로 고개를 돌리자, 지현이의 입이 믿을 수 없다는 듯 쩍 벌어져 있다.

"제발 이 점장님은 아니라고 해줘." 내가 신음처럼 말한다.

"당연히 아니지. 바보 같은 소리 마라. 그 남자는 마트에 장보러 왔던 손님이야." 이 충격적인 소식을 내가 제대로 소화하기도 전에 엄마는 계속 중얼거린다. "몇 가지 식료품을 사러 왔었는데 잘 모르는 게 있다고 나한테 좀 도와줄 수 있냐고 부탁하더라고. 떠나기 전에 고맙다며 내 번호를 물어보더라. 그래서 따로 몇 번 만나보다가, 서로 진지하게 사귀기로 했지 뭐니. 그 사람 이름은 조지야. 아주 멋있는 남자고, 직업도 번듯하고, 정말 매력이 넘쳐. 너희도 만나보면 분명 좋아하게 될 거야. 엄마가 약속해."

"그러게, 우리 마음에 쏙 들겠지." 빈정거리듯 대꾸한 지현이가 엄마를 등지고 나한테만 보이도록 눈알을 굴린다.

"아, 그리고 또……." 엄마가 머뭇거린다. "조지는 백인이야."

"뭐? 그걸 제일 먼저 말했어야지!" 지현이가 외친다. 귀청이 떨어져 나갈 만큼 큰 소리다. 나는 좀 조용히 하라는 뜻으로 지현이의 입을 손으로 틀어막는다. 하지만 동생은 아랑곳하지 않고 오히려 내 손을 자근자근 깨물어서, 내 손바닥은 지현이의 침으로 흥건해진다.

"그런데 어떻게 한인 마트에서 백인 남자를 만났어?" 내가 셔츠에 손을 닦으며 묻는다. 손바닥에는 동생의 잇자국이 초승달 모양으로 남아 있다. 나는 이따가 지현이에게 제대로 갚아주겠다고 속으로 다짐한다.

"엄마가 보기에도 좀 흔치 않은 상황이긴 한데, 조지는 정말 특별한 남자야. 그동안 내가 만나봤던 사람들이랑은 완전히 다른 거 있지. 모든 문화의 가치를 잘 이해하고 다방면으로 조예가 깊은데, 특히나 한국 문화에 아주 밝아. 예전에 군대에 있었는데 서울에 주둔했기 때문이래. 이렇게 신기한 인연이 또 있을까? 심지어 우리말도 할 줄 알아! 적어도 너나 지현이보다는 조지의 한국말이 더 유창하더라. 참 놀랍지 않니?"

"엄마가 그렇게 말한다면야." 지현이가 말한다.

대화가 잠시 잠잠해졌다. 뒤따른 침묵 속에서 나는 내 몸에서 이탈해 마치 끈 떨어진 풍선처럼 주변을 둥둥 떠다니는 기분을 느낀다. 우리가 사는 아파트가 생전 처음 와보는 장소처럼 낯설게 보인다. 현기증이 난다. 페인트칠한 부분이 갈라져 아무렇게나 금이 가 있는 벽과 마감 시공을 생략한 싸구려 천장을 흘낏 훑어본다. 물 자국이 남긴 저 얼룩은 원래부터 저 자리에 있었나? 바닥의 카펫은 항상 이렇게 색이 바래 있었던 건가? 왜 우리가 가진 건 모두 형편없이 망가져 있을까? 깨진 꽃병, 흠집투성이인 데다 상판이 긁혀나간 탁자, 얼마 전부터 엄마도 포기해

버려 죽어가는 화초들까지. 블라인드 살이 몇 개 없어져 이 빠진 듯 듬성듬성한 틈새로 석양빛이 희미하게 비쳐 든다.

"그래서 엄만 행복해?" 지현이가 불쑥 엄마에게 묻는다. 정적을 깨버린 동생의 질문이, 고요한 공기 중에 부유하던 의식을 다시 내 몸 안으로 불러들인다. 나는 어지러운 머리를 흔들어 털고 다시 나 자신이 된다.

"응, 많이 행복해." 엄마가 미소를 지으며 말한다.

가슴속이 갑갑하게 조여드는 느낌과 동생의 얼굴에 떠오른 표정 중 어느 쪽이 더 견디기 힘든지 나도 잘 모르겠다. 너무 순식간에 지나가 버려서 엄마는 미처 알아차리지 못한다. 하지만 그 순간 지현이의 슬픔과 고통, 그 모든 것이 표정에 너무도 선명하게 쓰여 있어서, 나는 동생을 꽉 끌어안고 싶은 충동을 애써 억누른다. 그러자 아무렇지 않은 척 감정을 감추는 우리만의 방어벽이 다시 작동한다.

"잘됐네." 지현이가 말한다. "진짜, 정말 잘됐어. 남자친구 생긴 거 축하해, 엄마."

11

우리는 토요일에 조지를 만난다. 이른 아침, 예고도 없이 몰려온 짙은 잿빛 구름이 하늘을 가득 채운다. 굵직한 빗방울이 우리 발코니 창문을 거세게 때리자, 유리창은 물론 창틀까지 덜컥대며 심하게 흔들린다. 이처럼 눈에 띄게 불어나는 강수량은 거의 반년 만에 처음 본다. 창밖을 온통 뿌옇게 만드는 폭우를 빤히 바라본다. 갑작스러운 날씨 변화가 심상치 않다. 뭔가 오늘 일어날 일에 대한 불길한 징조가 아닐까? 나는 이런 생각을 애써 떨쳐버린다.

엄마의 방에서 지현이의 화난 목소리가 흘러나온다. "나 그 촌스러운 원피스 절대 안 입어! 밖이 어떤지 안 봤어? 지금 비 온다니까!"

"일기 예보에서는 비 온다는 말 없었는데."

"일기 예보가 무슨 상관이야? 그냥 엄마 눈에도 보이잖아!"

"그렇지만 조지랑 처음 만나는 자리인데, 근사해 보이고 싶지 않니?" 엄마가 애원한다. "이 원피스가 어때서, 귀엽고 예쁘기만 하고만. 그럼 뭐 입고 가게? 그 운동복 바지는 절대 안 된다. 어디 입겠다고 말하기만 해봐……."

"누가 운동복 입는대? 그냥 청바지 입을 거야!"

"근데 지원이는 치마를 입었는데, 네가 청바지를 입으면 서로 안 어울리잖아."

지현이는 화가 나서 콧숨을 훅훅 들이켜지만, 결국 엄마의 고집을 꺾지는 못한다. 얼마 지나지 않아, 내 동생은 흑백 물방울 무늬 원피스를 억지로 걸친 차림으로 엄마 방에서 나온다. 무릎을 살짝 덮는 기장의 치맛단이 나팔꽃처럼 하늘하늘하게 펴지는 스타일이다. 도끼눈을 뜬 지현이가 팔짱을 낀 채 내 옆 소파에 털썩 앉는다. 나는 빵 터질 뻔한 웃음을 간신히 참는다.

"아무 말도 하지 마. 뭐라도 얘기하면 언니고 뭐고 주먹부터 나갈 거야." 동생이 퉁명스럽게 말한다.

나는 내 치마의 주름을 편다. "나쁜 얘기 하려던 게 아닌데." 내가 말한다. "그 옷 입으니까 너 정말 예쁘다." 나는 지현이를 열받게 하려고 일부러 더 밝은 표정을 지었는데, 역시나 효과가 있다. 동생은 벌떡 일어나더니 다른 쪽 소파로 건너가서 나를 등진 채 앉는다.

내가 입을 옷도 엄마가 직접 골라주었다. 길고 하늘거리는 새틴 치마에, 나한텐 한 치수 정도 큰 헐렁한 크림색 블라우스다. 평소에 내가 즐겨 입는 스타일은 전혀 아니다. 지현이처럼 나도, 청바지나 스웨터 같은 단순하면서도 편안한 일상복을 선호한다. 하지만 불평은 하지 않을 것이다. 그래봤자 소용이 없으니까. 지현이와 나랑 있을 때 엄마는 늘 고집스럽게 자기 뜻을 관철하려 한다. 아마 아빠에게는 털끝만큼도 거역할 수 없었기 때문인지 모른다.

내가 입은 블라우스는 원래 엄마 옷이다. 10년 전에 입었다는 걸 오늘 아침 엄마가 창고에서 꺼내 왔다. 내가 몸을 움직일 때마다 오래된 먼지와 좀약이 뒤섞인 냄새가 코끝을 스친다. 엄마는 내가 귀걸이도 달게 했다. 투박하리만큼 굵은 금빛 고리 모양인데, 내가 머리를 흔들 때마다 머리카락이 끼어 엉킨다. 그래도 지현이에 비하면 내 의상은 차라리 나은 편이다. 저 끔찍한 원피스보다는 좀약 냄새를 풍기는 블라우스가 훨씬 덜 창피하다. 우리는 투둑투둑 떨어지는 빗소리와 함께 엄마가 고데기로 머리카락을 펴느라 치직대는 소리를 들으며 말없이 앉아 있다.

엄마는 외모를 치장하는 데 지나칠 만큼 열심이다. 언제나 그래왔다. 그걸 알면서도 지현이와 나는 드디어 방에서 나온 엄마를 보고 새삼 깜짝 놀란다. 윤기 나는 머릿결은 일자로 길게 찰랑거리고, 얼굴은 잡티 하나 드러나지 않을 만큼 꼼꼼하게 화장했다. 거기에 새하얀 시폰 원피스를 입어 산홋빛 립스틱을 칠한 입술 색이 한층 돋보인다.

우리의 놀란 표정을 보자 엄마는 주춤한다. "너무 과한가? 부담스러워?" 엄마가 자신 없이 묻는다.

"아니야, 딱 좋은데 뭐." 가벼운 주말 점심 식사치고는 확실히 과하지만 나는 그냥 그렇게 말한다.

우리가 밖으로 나가자마자 지현이는 크게 한숨을 내쉰다. 거센 비가 끊임없이 내리고 있기 때문이다. 엄마는 곧 그칠 거라 장담했지만, 갑작스러운 이 폭우는 전혀 사그라들 기미가 보이지 않는다. 설상가상으로 엄마가 몇 달 전 현관 수납장을 싹 정리하던 때에 실수로 멀쩡한 우산을 갖다 버린 탓에 쓸 만한 우산도 찾지 못한다.

엄마는 완벽한 직모로 펴서 맵시를 낸 머리카락을 손가락으로 빗어 내리며 침울하게 비를 바라본다. 현관 처마를 벗어나는 순간 기껏 손질한 엄마의 머리가 망가질 게 뻔하지만, 이미 시간이 늦었다. 더는 지체할 수 없었다. "가자." 나는 엄마와 지현이의 손을 잡으며 말한다. "얼른 뛰어가면 돼. 비 좀 맞는다고 얼마나 나빠지겠어?"

간신히 차에 도착했을 때 우리는 그야말로 흠뻑 젖은 생쥐 꼴이었다. 그 많은 시간과 정성을 들여 꾸몄던 엄마의 몸단장이 모두

헛수고가 되었다. 검은 마스카라는 지저분하게 번지고, 얇은 원단의 흰색 원피스는 물에 젖어 속이 비칠 정도였다. 곱게 편 머리카락은 다시 부스스하고 헝클어진 상태로 돌아갔다. 엄마는 입술을 파르르 떨며 화장 거울을 꺼내 보려 한다. 내가 손을 뻗어 단숨에 거울을 닫는다.

"괜찮아." 내가 다급히 말한다. "아까랑 똑같이 예뻐, 엄마. 그렇지, 지현아?"

지현이는 우리 둘 다 쳐다보지도 않은 채, 이를 앙다물고 창밖을 응시한다. 단단히 뿔이 난 동생의 이마에는 정맥 한 줄이 굵게 도드라져 움찔거린다. 엄마는 우리의 반응이 불만족스러웠는지 다시금 거울을 열어보려 한다. 나는 엄마를 막는다. 지금 엄마가 자기 머리 꼴을 본다면 분명히 난리가 날 테고, 다시 집까지 올라가 이 지긋지긋한 과정을 처음부터 다시 해야 한다고 생각하니 속이 울렁거린다. 나는 그냥 빨리 식당으로 가서 이 바보 같은 만남을 제발 끝내고 싶었다.

"조지에 대해서 우리한테 더 얘기해 줄 건 없어?" 내가 묻는다. "우리가 미리 알아두면 좋을 거?"

엄마의 표정이 밝아진다. 지금까지 엄마는 조지 얘기를 늘어놓고 싶어서 입이 근질근질한 참이었다. 나는 엄마가 말을 하던 도중에 애써 입을 다물고 자제하는 모습을 여러 번 지켜봤다.

"엄마가 어떤 사람인지 알잖니. 나는 그렇게 쉽게 사랑에 빠지지 않아. 너희 아빠는…… 내 마음 얻느라 노력깨나 들여야 했지. 그래서 나도 못 이기듯 승낙했고." 엄마는 '아빠'라고 말하면서 살짝 말을 더듬었다. 나는 눈치채지 못한 척한다. "그런데 조지하고는 단순히 마음이 잘 통하더라. 그는 정말 겸손한 사람이야. 너희 아빠랑은 완전히 반대지." 이번에는 더듬지 않고 또박또박 발음했다. 엄마는 나를 힐끔 쳐다보더니 백미러에 비친 지현이에게도 슬쩍 눈길을 주었다. 마치 우리의 허락을 구하듯이.

그게 무슨 의미일까?

사실은 알고 싶지도 않다.

"엄만 참 운이 좋아." 엄마가 말한다. "혼자서 정말 외로웠는데, 이제 조지가 있으니까." 엄마가 내 손을 토닥인다. "그리고 물론, 너희 둘도 있고."

12

조지가 고른 장소는 우리가 들어본 적도 없는 낯선 중국 식당이다. 우리 셋이 도착했을 때는 정오가 조금 지나 점심 식사가 한창일 시간이었는데도 주차장은 텅 비어 있었다. 주차 중인 건 포드 트럭 한 대뿐이다. 엄마는 그 트럭을 가리키며 말한다. "저게 조지 차야." 트럭은 뽑은 지 얼마 안 된 새 차처럼 보인다. 우리가 그 옆을 지나갈 때 나는 차 뒤쪽에 붙어 있는 범퍼 스티커 하나를 발견한다. 스티커에는 이런 문구가 적혀 있다. *"우리 모두가 복지를 받을 수는 없기에, 나는 공화당원이다."*

식당에 들어서기 직전에 엄마는 정원에 들어선 나비가 팔랑팔랑 날갯짓하듯 지현이와 내 주변을 바삐 맴돈다. 비에 홀딱 젖은 우리 머리카락을 다듬어주고, 우리 옷에 붙어 있던 미세한 실밥들도 뽑아준다. 엄마는 긴장한 모습이다. 나는 엄마의 립스틱을 다시 발라주고 눈가에 번진 마스카라 자국도 닦아준다.

"나 괜찮아 보이니?" 엄마가 묻는다.

"아주 멋져." 나는 생각할 겨를도 없이 대답한다.

우리는 회전문을 거쳐 들어간다. 미소를 띤 여자 종업원이 조지가 기다리고 있는 별실로 우리를 안내한다. 스무 명이 들어가도 충분할 만큼 큰 방이다. 그렇게 넓은 공간을 떡하니 차지한 채 홀로 앉아 있는 조지를 본 순간 나도 모르게 코웃음이 나왔다. 뭔가 우스꽝스러운 모습이었기 때문이다. 마치 대단한 왕좌에 앉아서 자기 신하들이 들어오기를 기다리는 왕 같은 꼴이다.

내가 뭘 기대했는지 모르지만, 조지는 완전히 평범한 남자다. 특별한 매력도 없고 전혀 미남도 아니다. 지금까지 내가 봐왔던 모든 중년 백인 남자랑 똑같이 생겼다. 심지어 키도 작아서 엄마보다 고작 머리 하나가 클 뿐이다. 머리카락은 모래처럼 엷은 갈색이고 눈썹은 덥수룩하며, 입술은 얄팍해서 웃을 때마다 거의 입안으로 말려 들어간다. 콧구멍이 위로 향한 들창코라서, 몇 가닥 삐죽 튀어나온 코털까지 눈에 들어왔다. 그가 움직일 때마다 종이처럼 얇고 탄력 없는 목의 피부가 턱끝까지 위태롭게 늘어진다. 만약 이 남자와 길거리에서 지나친다 해도 굳이 돌아볼 일은 절대 없을 듯한 인상이다. 우리가 방에 들어서자마자 조지는 의식적으로 자기 손목시계를 내려다보고, 나는 그의 시선을 따라간다. 롤렉스를 차고 있잖아? 나는 놀란 기색을 감추려고 노력한다. "당신들 늦었어."

"조지, 자기야! 미안해서 어쩜 좋아!" 엄마가 큰일이라도 난 것처럼 비명을 지르다시피 외쳤다. 우리를 밀치듯 후다닥 달려가 그 남자를 끌어안을 때, 엄마의 어깨에 걸려 있던 짝퉁 샤넬 가방이 거칠게 흔들린다. 조지는 엄마의 어깨를 붙잡고 감히 우리 눈앞에서 역겹게도 입을 벌린 채로 엄마에게 진하게 키스한다. 두 사람이 입술을 떼어내자 조지의 입가에는 붉게 짓이겨진 립스틱 자국이 번져 있다. 엄마가 재빨리 테이블 위의 냅킨을 하나 낚아채서 그걸 닦아낸다. 적어도 엄마에겐 민망하다는 의식 정도는 있었다. 나는 정작 엄마와 아빠가 서로 입 맞추는 모습은 한 번도 본 적이 없다.

"이런, 좀 꼴불견이었나?" 조지가 실실 웃으며 말한다. "너희 엄마 보니까 너무 좋아서 그만." 지현이도 나도 대답하지 않는다. 엄마의 등을 주무르듯이 만져대던 조지의 미간이 뜻밖의 염려로 찌푸려진다. "다들 물에 쫄딱 젖었잖아! 무슨 일이야? 빗속에서 조깅이라도 했나?"

"우산이 없었어요." 지현이가 중얼거린다.

"이러면 안 되지." 조지가 말한다. 그 남자는 자기 지퍼 재킷을 벗어 엄마의 어깨에 둘러주었다. "잠깐 기다려. 내 트럭에 가서 좀 찾아볼게. 애들이 입을 만한 여벌 옷도 있을 거야……."

"우린 괜찮아요." 내가 고개를 저으며 말한다.

조지는 부드러운 목소리긴 해도 엄마를 질책한다. "이러다 다들 감기 걸리겠어. 도착 전에 나한테 미리 전화했어야지. 그러면 내가 기꺼이 우산 들고 당신 차까지 마중 나갔을 텐데. 웨이트리스가 주문받으러 오면 히터 좀 틀어달라고 할게." 마침내 그는 지현이와 내 쪽을 향해 몸을 돌리고 손을 내밀어 악수를 청한다.

"사랑스러운 아가씨들, 드디어 만나는구나. 정말 반가워." 조지가 나를 똑바로 바라보며 말한다. "네가 지현?"

'지현'이라고 말하는 그 남자의 발음은 마치 자갈 한 줌을 입에 문 듯 어설펐다. 그의 입으로 듣는 내 동생의 이름은 본래 음절이 뭔지 거의 맞힐 수도 없을 만큼 엉망진창으로 변해 있었다.

"아니, 아니야." 엄마가 웃음을 터뜨린다. "걔는 지원이. 기억 안 나요? 내가 저번에 그 사진들 보여줬잖아."

"기억나. 지원." 내 이름도 형편없이 뭉개지긴 마찬가지다. 그는 내가 무슨 시골 장터 벽에 걸린 경품이나 되는 듯이, 그리고 자신이 막 그 경품을 타낸 사람인 것처럼 내 이름의 '원'을 잘못 발음했다.

"우리 이름 발음이 틀렸어요." 지현이가 끼어든다. 동생의 말투는 딱딱하고 퉁명스럽다.

엄마가 지현이를 노려본다. 조지는 여전히 어색하게 미소 짓고 있지만, 내 동생의 지적이 그 남자의 마음에 들지 않는다는 걸 나는 장담할 수 있다. 힘없는 입꼬리가 아래로 축 처지며 그의 얼굴이 일그러진다. 이 사람이 남의 지적을 받는 데 익숙하지 않은 남자라는 것쯤은 나도 이미 뻔히 알고 있다. "좋아. 그럼 내가 어떻게 발음해야 할까?" 그는 열다섯 살짜리 여자아이한테 훈계를 받으며 서 있느니 차라리 다른 일을 하고 싶다는 기색이 역력했다.

"첫음절은 '지니어스(genius)'라는 단어를 말할 때랑 비슷해요." 지현이가 설명한다. "그리고 당신은 '원' 발음도 너무 세게 하고 있어요. 그보다는 그냥 가벼운 '어' 소리에 더 가까워요. '지원'."

조지가 얼굴을 붉힐 때 가장 먼저 시뻘겋게 달아오르는 부위는 이마다. 그 진홍색이 그 남자의 목덜미까지 점점 번져 내려간다. 아무도 입을 열지 않는다. 엄마는 긴장한 눈치로 지현이의 얼굴과 조지의 얼굴을 번갈아 바라본다. 마치 영원처럼 느껴지는 시간이 흐른 후, 조지가 말한다. "알겠어. 알려줘서 고맙구나." 그 남자의 목소리는 차분하고 정중하다. 그가 짓고 있는 표정과는 전혀 어울리지 않는다. "예전에 내가 서울에 있었을 때는 한국어 많이 배웠는데, 너무 오래전이라서……. 그리고 솔직히 말하자면, 발음은 내 주특기가 아니야. 너희 이름을 잘못 부르는 게 그렇게까지 신경 쓰인다면, 대신 내가 두 사람한테 별명을 지어주면 되지."

지현이의 눈초리가 가늘어졌다. "별명?"

"그래. 너는 '제이에이치(JH)'라고 부르면 되고, 너는……." 조지가 집게손가락으로 나를 가리킨다. "너는 '제이더블유(JW)'라고 부를게."

지현이가 따지려고 입을 여는 순간 엄마가 가로막는다. 엄마는 테이블 중앙에 아무렇게나 쌓여 있던 메뉴판을 집어 탁 내려놓는다. 플라스틱 커버가 나무 탁자에 부딪히며 큰 소리를 낸다.

"그만하면 됐어." 엄마가 말한다. "우리 이제 음식 주문하자. 배고파 죽겠다." 엄마는 조지와 멀리 떨어진 의자로 지현이를 이끌고 그들 사이에 나를 앉혔다. 불편한 긴장감이 감도는 분위기를 우리 모두 의식하고 있다. 얼어붙은 공기를 부드럽게 풀기 위해 엄마는 조지를 향해 몸을 돌리고 대화를 시작한다.

두 사람이 서로 이야기하는 것을 듣는 게 영 어색하다. 엄마의 영어는 그리 능숙하지 않다. 가끔 마트에 영어만 할 줄 아는 손님이 들렀을 때 그럭저럭 의사소통하며 대처할 수 있는 정도다. 하지만 그 이상으로 복잡한 상황일 때, 예를 들어 공문 양식에 따라 서류를 작성한다거나 학교나 병원 등에 일정 예약을 잡는 일 같은 건 엄마 혼자서는 도저히 처리할 수 없다. 엄마가 우리한테 얘기할 때는 한국말만 쓰는데, 지현이와 내가 못 알아듣는 단어가 있을 때면 자기 휴대폰에 깔아둔 번역 앱을 이용한다.

엄마가 조지의 한국어 능력을 실제보다 훨씬 더 과장해서 말했다는 것도 곧 드러났다. 우리는 조지가 하는 한국말을 하나도 알아들을 수 없다. 발음에는 자신이 없다던 그의 말도 사실이었다. 그 남자의 한국어 발음은 끔찍하기 짝이 없다. 그의 괴상한 억양은 우리 귓가에 친숙하게 내려앉아야 마땅할 단어들을 완전히 다른 언어로 바꿔버리고, 그 말들이 본래 간직하고 있던 의미도 그의 둔중한 혀 놀림 아래 무겁게 가라앉아 흐려진다. 하지만 조지는 눈치채지 못한다. 그 남자는 오히려 스스로 만족스러워하고 있다. 마치 우리 고유의 언어를 저렇게 난도질해 놓는 꼴을 보고 우리가 깜짝 놀라 감탄이라도 해야 한다는 듯 말이다.

"아-눌 모우-햇-손?" 조지가 우리에게 묻는다. 그가 무슨 말을 하려는 건지 해석하는 데 잠시 시간이 걸렸다. 뜻을 알아들은 사람은 나뿐인 것 같다. 그는 '오늘 뭐 했어?'라고 묻고 있다. 하지만 지현이는 매우 당황한 모습이고 엄마도 무슨 말인지 전혀 못 알아들은 게 분명하다. 엄마는 그저 미소를 지으며 고개를 끄덕이다가 전혀 상관없는 말로 대꾸한다.

"나 중국요리 좋아해요." 엄마가 서툰 영어로 말한다. "식당 잘 골랐어."

조지가 얼굴을 찡그린다. "아니, 그게 아니고." 그가 말한다. 이윽고 그 남자는 다시 시도해 본다. "아-누어 마-해-수?"

"중국 음식." 엄마가 목소리를 높여 말한다. 그리고 손짓으로 메뉴를 가리킨다. "탕수육 알아요?"

"엄마, 저 사람은 우리가 오늘 뭐 했냐고 묻는 거야. 음식 얘기를 하는 게 아니라."

"아!" 엄마의 표정이 밝아진다. "오-늘 뭐-했어-요?" 엄마가 조지의 엉망인 발음을 고쳐주며 또박또박 말한다. 엄마의 말을 따라 하려고 노력하는 조지의 잔주름 가득한 입술이 잔뜩 일그러진다. 그러다 몇 초 지나지 않아 그는 짜증스러운 기색으로 더는 못 하겠다는 듯 두 손을 머리 위로 올린다.

잠시 후 두 사람의 토막 대화가 다시 벽에 부딪힌 듯 끊겨버리는 것도 전혀 놀랍지 않다. 그들은 서로의 말뜻을 이해해 보려고 노력하지만, 거의 쓸모없는 짓이다. 엄마와 조지는 전혀 맥락이 이어지지 않는 대화를 띄엄띄엄 나눈다. 사실상 각자 딴소리를 하는 거나 다름없다. 그럴 때마다 지현이와 나는 그들의 의사소통을 도와주느라 개입할 수밖에 없다. 부조리극처럼 보이는 이 이상한 연극에서, 우리에게 맡겨진 역할은 통역뿐인 것 같다.

말도 통하지 않으면서 어떻게 지금까지 만나온 걸까? 나는 두 사람이 석기 시대 원시인들처럼 서로를 향해 손가락질하거나 끙끙대는 소리로만 소통하며 함께 돌아다니는 모습을 상상해 본다.

"앞으로 며칠 동안 비가 쏟아질 거래." 조지가 말한다.

"쏟아부어?" 조지의 말을 알아듣지 못한 엄마가 당혹해하며 물었다. 엄마는 테이블 중앙에 있는 물통으로 손을 뻗는다. "물 따라줘요?"

"아니." 조지가 말한다. 그는 엄마의 손목을 붙잡아 말린다. "쏟아진다고." 엄마의 표정은 여전히 혼란스럽다. 조지는 양손을 들고 손가락을 아래쪽으로 꿈틀거려 비가 떨어지는 모습을 묘사한다. "비가 내려."

"비? 쏟아져요?"

"엄마." 내가 답답한 마음을 감추지 못하고 끼어든다. "앞으로 며칠 동안 비가 많이 올 거라고 얘기하는 거야. 비가 쏟아진다는 건 그런 뜻이잖아……."

"나도 안다." 엄마가 성급히 손을 흔들고 내 말을 끊으며 말한다. "나도 알아."

나는 기가 차서 눈알을 굴린다. 조지가 엄마의 어깨에 팔을 두르더니 자기 품으로 끌어당긴다.

"당신 갈 때 내 우산 꼭 가져가. 아마 차에 하나 더 있을 거야. 둘 다 가져가." 이 말을 들은 엄마의 얼굴이 환해진다. 엄마의 표정이 어찌나 행복해 보이는지 내 속이 다 뒤집히는 느낌이 든다.

조용히 문을 두드리는 소리가 들린다. 조지가 외친다. "들어와요." 미닫이문이 열리더니 우리 테이블 담당 웨이트리스가 등장한다. 빨간색과 금색 자수 장식이 들어간 치파오 차림의 날씬한 동양인 여자다. 그는 방 안으로 들어오기 전에 우리 한 사람 한 사람에게 차례로 허리를 굽혀 인사한다. 칠흑같이 검은 머리카락은 굵은 타래로 말아서 머리 꼭대기에 깔끔하게 쪽을 찌었고, 동그란 경단 모양의 머리 다발 중앙에는 그가 입고 있는 치파오와 같은 색의 빨간 젓가락 한 짝이 비녀처럼 꽂혀 있었다.

웨이트리스가 들어오자 조지의 눈이 커진다. 그는 끈적한 눈길로 웨이트리스의 호리호리한 몸을 천천히 훑어보다가 가슴께의 부드러운 몽우리에 한참이나 시선을 멈춘다. 그 남자의 뻔뻔함에 나는 구역질이 난다.

"아가씨가 여기 와줘서 천만다행이야." 그가 말한다. "우리다 배고파 죽을 뻔했거든."

뻔한 수작이 역겹다.

웨이트리스는 입을 가리고 키득거리며 웃는다. 엄마는 조지가 다른 여자에게 노골적으로 추근대는 꼴에 기분 나빠하기는 커녕, 오히려 그 남자의 어깨에 편히 머리를 기댄 채 싱긋 웃고 있다. 어떻게 엄마는 지금 돌아가는 상황이 전부 잘못되었다는 걸 전혀 감지하지 못하는 걸까? 나는 지현이를 재빨리 훔쳐본다. 동생 역시 밥맛 떨어진다는 표정이다.

"뭐 드시겠어요?" 웨이트리스가 묻는다.

나는 당연히 우리가 뭘 먹고 싶은지 조지가 우리에게 물어볼 것으로 기대했지만, 그는 그러지 않았다. 그 남자는 엄마를 포함하여 우리 모두를 완전히 무시하고, 혼자서 열광적으로 주문을 시작한다.

"차우멘 하나, 쿵파오 치킨 하나, 새콤달콤하게 양념한 돼지고기 요리° 하나, 그리고 브로콜리 소고기 요리도 하나 주문할게. 아…… 그리고 볶음밥도 하나 추가. 새우 들어간 걸로. 매운 양념은 넣지 마."

"그런데 난 매운 음식 좋아하는데." 지현이가 끼어든다. "그리고 너무 많이 시키지 않았어요? 우리 넷밖에 없는데."

"맵지 않게." 엄마가 말한다. "조지는 매운 거 못 먹어."

⊙ 탕수육의 미국식 표기.

　　　　　　　　　　　　　　물론 조지는 매운 음식을 존나 못 먹겠지.

　주문 내용을 수첩에 바삐 적어 내려가던 웨이트리스가 연필을 멈춘다. "좋아요." 그 여자가 말한다. "혹시 더 필요하신 게 있다면 말씀해 주세요."

　"셰셰." 조지가 불쑥 말한다. 양손을 모아 합장한 자세로 고개를 숙여 보이기까지 한다.

　"셰셰." 웨이트리스는 익숙하게 대답하고, 머리를 살짝 숙여 인사한 뒤 자리를 뜬다.

　조지는 웨이트리스가 사라진 후에도 1분 가까이 그 여자가 나간 문을 뚫어지게 쳐다본다. "여기 서비스는 정말 끝내줘." 그가 아쉬운 한숨을 내뱉으며 말한다. "모든 레스토랑이 다 이 집만 같으면 좋겠어." 그 남자는 엄마를 끌어안고 있던 팔을 풀어낸다. "잠깐만. 당신 얼굴에 뭐가 묻어 있네⋯⋯." 조지가 집게손가락으로 엄마의 콧날을 살살 문지른다. "이제 됐어, 떨어졌다."

　지현이와 나를 무시한 채 두 사람은 또다시 우스꽝스러운 대화를 시작한다. 언어의 장벽에도 불구하고 조지와 엄마는 함께 있는 게 꽤 즐거워 보인다. 그 사실을 인정하자니 마음속에서 깊은 실망감이 피어올랐다. 지현이도 계속 두 사람을 힐끔거린다. 동생의 손은 테이블 위에 놓여 있지만, 이따금 손가락이 경련하듯 움찔거린다. 머릿속으로는 자기 발목을 피가 나도록 긁고 있다는 걸 나는 다 안다.

　문이 다시 열린다. 검은색과 흰색 옷차림의 종업원들이, 밥과

고기 요리가 담긴 접시를 팔에 한가득 안고 들어온다. 조지는 목
을 길게 빼고 문밖을 내다본다. 우리 주문을 받았던 웨이트리스
가 다른 방에 드나드는지 찾아보는 것이다. 지현이가 두 주먹을
불끈 쥔다.

　우리는 테이블 위에 산더미처럼 쌓인 음식을 바라본다. 우리
앞에 차려진 양만 해도 엄청나서 나는 마음이 불안해진다. 조지
는 웨이트리스 여자를 찾는 걸 포기하고 다시 테이블로 시선을
돌리더니, 국수와 밥을 자기 접시에 가득 퍼 담는다. 외식할 때
우리 아빠는 항상 엄마나 우리에게 먼저 음식을 덜어 주곤 했는
데, 조지에겐 그런 생각조차 들지 않는 모양이다. 우리 가족에겐
외식 자체가 흔치 않았지만, 식당에 갈 때면 아빠는 늘 우리가
충분히 먹었는지 확인한 뒤에야 비로소 자신도 음식을 입에 대
기 시작했다.

　엄마가 몸을 기울여 조지의 접시에 담긴 돼지고기와 닭고기
를 잘게 썰어준다. 지현이는 재스민차를 한 모금 크게 들이켰다.
아직 음식에는 눈길조차 주지 않았다. 나는 테이블 밑으로 동생
을 툭 쳐본다. 지현이는 나만 볼 수 있도록 미세한 몸짓으로 고
개를 흔든다. 나는 스트레스에 예민한 동생의 상태가 괜찮은지
물어보고 싶지만, 동시에 엄마와 조지가 갑자기 지현이에게 주
목하게 되는 것도 바라지 않는다.

　요리는 정말 별로다. 단맛이 너무 강한가 하면 또 너무 짜기
도 해서 엄마의 혈압이 걱정될 정도다. 얼굴을 찡그리며, 나는

미지근한 물 한 모금을 입에 머금고 거의 씹지도 못한 음식물을 억지로 삼켰다.

"정말 맛있지 않니?" 조지가 우레처럼 큰 목소리로 말한다. "중국 식당이라면 여기가 세계 최고야!"

"그래요?" 나는 넌더리가 나서 코를 찡그린 채 묻는다. "별로 정통 중화요리 식당 같지는 않은데……. 내 생각엔 샌 개브리엘 밸리에 있는 다른 중식당들이 좀 더……."

"나는 중국에 가본 적이 있는데. 넌 가봤니?"

"아, 아니요. 그렇지만……."

"그럼 내 말을 믿어봐. 나는 1987년에 한 달간 상하이에 있었다. 그리고 이 식당은 그때 거기 있었던 식당들보다 훨씬 훌륭해. 우리 어머니 목숨을 걸고 맹세하지!"

지현이가 맹렬한 눈초리로 조지를 쏘아본다. 자기 어머니의 목숨을 두고 맹세한다는 발상은 너무도 미국적이고, 백인의 관점에서나 나올 법한 생각이라 우리 둘 다 도저히 이해할 수 없다. 우리 문화권에서는 어머니의 목숨을 걸고 맹세하는 것 자체가 최악의 불효자이자 가장 끔찍한 죄로 여겨질 것이다. 자신을 낳아준 어머니, 아버지, 혹은 조부모님보다 더 중요한 게 무엇이란 말인가? 조지는 한국 문화를 설명할 때 결코 빼놓을 수 없는 효라는 사상에 대해 아예 들어본 적도 없는 것 같다.

음식이 나오고 한 시간이 족히 흐르고 나서도, 우리가 일주일은 걸려야 다 먹을 수 있을 만큼 많은 음식이 테이블 위에 그대로 남아 있다. 엄마는 남은 요리를 포장 용기에 하나씩 퍼 담고 비닐봉지에 차곡차곡 넣는다. 음식을 다 담고 나자 봉투에 달린 양쪽 고리를 깔끔한 리본으로 묶어 대령한다. "당신이 가져가요." 엄마가 조지한테 말한다. "이번 주 당신 저녁." 조지는 열렬히 고개를 끄덕이곤 100달러짜리 지폐 한 장을 테이블 위에 찰싹 내려놓으며 계산서를 정산한다. 얼핏 보인 그 남자의 지갑에는 현금이 가득하다. 지폐가 얼마나 두둑하게 들어 있는지 지갑의 가죽이 살짝 늘어나 있을 정도다. 지금까지 살면서 내가 그렇게 많은 돈을 본 적이 있었는지나 모르겠다. 다 합치면 1000달러, 어쩌면 2000달러 같기도 하다. 엄마도 흘낏 그 돈을 쳐다보다 얼른 고개를 돌리지만, 이미 한발 늦었다. 나는 이미 엄마의 눈에 스쳐 간 갈망의 빛을 봐버렸다.

><===

밖으로 나오자 엄마는 조지에게 찰싹 매달린다. 그들은 두 손을 꼭 맞잡고 있다. 엄마는 조지와 이대로 헤어지고 싶지 않은 눈치다. 모처럼 우리 자매까지 함께하는 이 시간을 끝내기가 아쉬운 것이다. 엄마의 예측대로 비는 그쳤고, 하늘에는 여전히 구름이 끼어 있었지만, 그 사이로는 쾌청한 푸른빛 조각과 밝은 햇살이 새어 나왔다.

"정말 아름다운 날이야." 엄마가 중얼거렸다. "이렇게 좋은

날을 그냥 흘려보내긴 아쉽잖아. 우리 다 같이 산책하러 갈까?"

지현이가 짜증스럽게 신음한다. "난 싫어." 평소 지현이답지 않게 어린애처럼 칭얼대는 말투다. "다 젖었는데 산책은 무슨."

"오, 바보처럼 굴지 마, 제이더블유." 조지가 말한다. "네 엄마가 산책하고 싶으시다면 산책하러 가야지."

도끼눈을 뜬 지현이가 조지를 노려본다. "난 지현이에요. 지원이가 아니라."

"그렇구나. 내 실수야, 제이에이치."

우리는 어쩔 수 없이 엄마와 조지를 따라 좁은 인도를 걷는다. 지현이와 내가 천천히 걸어서, 우리와 그들 사이의 거리는 반 블록 가까이 벌어진다. 그제야 동생이 나를 붙잡고 뒤로 확 잡아당긴다.

"야! 왜 이래?"

"저 남자 너무 싫어." 지현이가 내 귓가에 쇳소리로 속삭인다. "도대체 이 얼간이를 어떻게 없애지? 다신 보고 싶지 않아."

"그만 좀 할래? 나도 마음에 안 들지만, 적어도 우리가 어느 정도는 기다려야……."

"기다리긴 뭘 기다려? 이건 말도 안 돼!"

우리 한참 앞에서 엄마와 조지가 갑자기 걸음을 멈춘 듯했다. 그들은 몸을 돌리고 우리에게 손을 흔들며 어서 오라고 손짓한다. 조지가 두 손으로 손나팔을 만들며 큰 소리로 우리를 부른다. "빨리 안 오고 뭐 하는 거냐, 이 느림보들아?" 나는 날 붙잡고 있던 지현이의 손을 떨쳐내고 서둘러 발걸음을 옮긴다. 지현이는 내 뒤에서 계속 뭐라고 투덜대며 이전과 다름없이 느릿느릿하게 걷는다.

거의 허물어져 가다시피 하는 상점가에서 그들은 아이스크림 가게 한 곳을 발견한다. 우리가 안으로 들어가자 문에 달린 종이 딸랑딸랑 울린다. 순간, 마치 시간 포털을 통해 80년대 아이스크림 가게로 순간 이동한 것 같다. 가게 내부 장식은 요즘 감각과는 한참 뒤떨어진 구식 스타일인 데다 낡아빠졌다. 바닥은 짙은 얼룩과 깊은 흠집으로 가득하다. 뭔가 불쾌하고 시큼한 냄새가 공기 중에 감돈다. 조지가 감회 어린 표정으로 주변을 돌아본다. "이런 가게가 요즘은 거의 없지." 그가 말한다. "그 옛날 좋은 시절이 그리워. 요즘 애들은 너무 나약해."

엄마는 내가 콘을 하나 주문할 때까지 계속 쪼아댄다. "네가 안 먹으면 나도 못 먹지. 내가 뭐라도 먹어야 조지도 먹는다니까." 엄마가 나를 타박하는 동안 지현이는 내내 가게 한구석에 도도하고 새초롬한 얼굴로 서 있다. 조지는 럼이 들어간 건포도 아이스크림을, 엄마는 바닐라 아이스크림을 고른다. 나는 민트 초콜릿 칩을 주문한다.

"이봐, 해가 나오고 있어!" 조지가 창밖을 내다보며 말한다. "저기 있는 벤치에서 우리 아이스크림 먹자."

모든 것이 아직 비에 흠뻑 젖어 물기로 번들거린다. 엄마는 벤치에 앉으면 옷이 축축해질 거라며 한바탕 소동을 피운다. 조지가 눈살을 찌푸린다. "너희 여자들은 너무 까다로워." 그가 불평한다. "그냥 빗물일 뿐이잖아. 어디 다칠 일도 아니고." 그 남자는 갑자기 엄마를 붙잡고 아래쪽으로 강하게 끌어당긴다. 벤치 한가운데 고여 있던 얼음처럼 차가운 물웅덩이에 풍덩 주저앉게 된 엄마는 새된 비명을 지른다. 조지는 껄껄 웃음을 터뜨리더니 이번엔 나를 향해 그 털북숭이 팔을 뻗는다. 나는 얼른 몸을 돌리지만, 그의 손길이 더 민첩하다. 내 갈비뼈를 살짝 스쳐 지나간 그 남자의 손가락이 내 팔등을 와락 휘감았다. 그가 나까지 벤치에 억지로 앉히는 순간 내 손에 들려 있던 아이스크림이 땅바닥에 철퍼덕 소리를 내며 떨어졌다. 화가 난 목소리로 엄마가 언성을 높여 뭔가 얘기하고 있다. 하지만 지금 내가 보고 들을 수 있는 대상은 조지뿐이다. 갈피를 잡지 못하는 시선으로 내 목 언저리를 훑다가 내 가슴의 부드러운 부분까지 힐끔거리며 내려오는 그의 눈빛.

처음으로 나는 조지의 눈동자가 푸른색이라는 걸 깨달았다. 얼음처럼 차가운 그 연푸른색, 6년 전 방학 때 아빠가 우리를 데리고 갔던 나이아가라 폭포를 떠올리게 했다. 투명하게 떨어져 내리던 그 물살과 완전히 똑같은 빛깔인데, 왜 지금까지 눈치채지 못했는지 모르겠다.

13

나는 냉장고 상자 크기쯤 되는 방에 있다. 너무 좁고 갑갑해서 밀실 공포증이 도질 것 같다. 사방으로 나를 옥죄는 벽은 내 얼굴에서 겨우 2.5센티 정도 떨어져 있을 뿐이다. 몸을 움직일 공간도 없고, 조명도 너무 어두워서 앞이 거의 보이지 않는다. 숨이 막혀온다. 어지러워서 고개를 돌려보려 하지만, 소용이 없다.

극심한 공포감을 뿌리치고 정신을 집중해 보니 벽에 무언가 반짝거리는 걸 볼 수 있다. 나는 그 기이한 광택이 나는 물체들을 손가락 끝으로 더듬어보며, 탈출구를 찾으려고 애쓴다. 그것들은⋯⋯ 뭔가 물컹한 덩어리들? 다양한 형태와 크기의, 둥글고 미끌미끌한 멍울들이다. 나는 손에 잡히는 대로 쿡쿡 누르고 쥐어짜 보기도 하면서, 대체 이게 무슨 상황인지 이해하려 한다.

대체 뭐야? 나는 어디에 있는 거지?

잠들기 전 저녁에 뭔가 수상한 일이라도 있었는지 기억해 보려고 하지만, 아무것도 없었다. 그저 평범한 밤이었다.

조지의 눈에 관해 생각하고 있었다는 것만 빼면.

갑자기 날카롭게 윙윙대는 소리가 고막을 찌른다. 소음이 어디서 나는지 찾아보려던 순간 번쩍 불이 켜진다. 눈부시게 밝은 불빛에 눈을 깜박인다. 마침내 시야가 적응되었을 때, 나는 비명을 지른다.

눈알. 사방에 눈이 있다.

무수한 눈들이 나를 지켜보며 내 모든 움직임을 추적한다. 멀건 유리 같은 물고기의 눈알이 구슬처럼 빛난다. 어떤 건 토끼 눈알 같기도 하다. 3학년 때 우리 반 교실에서 키웠던 토끼 한 마리가 떠오른다. 어느 날 아침 우리는 토끼집 안에서 죽어 있는 녀석을 발견했고, 반 전체가 울음바다가 되었다. 선생님은 학생들을 진정시키려 애썼지만 다들 몸을 들썩이며 흐느꼈던 기억이 난다. 어떤 건 사슴의 눈알로 보인다. 아마도 언젠가 아빠가 길 위에서 사고로 치어버렸던 그 사슴의 눈인지도 모른다. 사슴과 부딪치면서 아빠의 차 앞 범퍼도 떨어져 나갔었다. 이것까지 기억해 내자 내 입에선 다시 비명이 터져 나오기 시작했다. 어떻게든 여기서 빠져나가고 싶은 마음이 간절하다. 나는 주먹으로 벽을 쾅쾅 두드렸다. 지진이 나듯 모든 게 흔들리면서, 벽에 박혀 있던 눈알들이 내 몸 위로 빗방울처럼 떨어져 내린다.

나는 여기서 죽고 말 거야. 이게 끝이다. 아무도 내가 사라졌다는 걸 모른다.

엄마. 2주 전 저녁 식사 때 뇌리에 박혔던 이미지가 다시 떠오른다. 접시 위에서 굴러다니던 생선 눈알. 그걸 삼킬 때 내 몸 전체를 짜릿하게 관통하던 흥분감. 나는 떨리는 손을 뻗어 벽면의 눈알을 매만진다. 매끈한 눈알들은 벽에서 쉽게 빠져나와 내 손 안으로 들어온다. 나는 거의 맛도 보지 않고 눈알 하나를 통째로 입에 넣어 삼킨다. 그러자마자 어디선가 쉭 하고 공기가 빠져나가는 소리가 들린다. 내가 갇힌 공간이 조금 넓어진다.

그러니까 이게 바로 탈출 방법이구나.

나는 망설이지 않는다. 벽에 박힌 눈알들을 하나씩 연이어 뽑아내어, 게걸스럽게 입안에 털어 넣는다. 그것들이 모두 뒤섞여 걸쭉해질 때까지 어금니로 갈아 으깨면서, 건더기가 뭉친 덩어리들이 차례차례 목구멍 안쪽으로 미끄러져 내려가는 걸 생생하게 느낀다. 눈알로 배가 가득 차서 아파질 때까지, 사방의 벽이 텅 빌 때까지 나는 먹고 또 먹는다. 점점 넓어진 방은 긴 복도까지 생겨났을 만큼 확장되었다. 나는 재빨리 두 발로 일어나 귀를 쫑긋 세운 채 걷기 시작한다. 어쩐지 익숙한 곳이다. 나는 여기가 어딘지 알아본다.

이곳은 우리가 전에 살았던 바로 그 집이다. 지금은 완전히 비어 있다는 점만 다르다.

"계세요?" 내가 부른다. "누구 있어요?" 점점이 울려 퍼지는 내 말은 메아리가 되어 다시 내게 돌아온다.

복도 끝에, 엄마와 아빠가 쓰던 안방이 보인다. 텅 비어 있는 것처럼 보이지만 나는 그쪽을 향해 간다. 문지방을 넘어서자 내 머리 위로 불빛 하나가 깜박인다. 눈이 멀 정도로 밝은 빛이다.

바닥에 무언가가 있다. 접시다. 중앙에는, 파랗게 갈라진 틈 새로 희미하게 빛을 발하는 작은 구체가 있다. 나는 몸을 웅크려 자세히 살펴본다.

눈알이다. 사람의 안구. 맑고 깨끗한 흰자에 잡티 하나 없이 아름다운, 홍채 둘레로 검은 띠가 둥근 고리처럼 떠 있는 눈이 다. 너무도 익숙한 푸른빛. 나는 눈을 뗄 수가 없다. 내가 봐온 것 중 이만큼 황홀한 것도 없을 것이다.

이번에는 두렵지 않다. 참을 수 없는 배고픔이 내 원동력이 된다. 간절한 욕구. 손을 뻗어 접시 위의 눈알을 낚아챈다. 일말 의 망설임도 없다. 나는 눈알을 통째로 입안에 욱여넣는다. 젤라 틴 육질이 두툼하고 쫀쫀하다. 몇 번 깨물자 구체가 터지면서 짭 조름한 액체가 목구멍을 타고 술술 넘어간다. 그 감칠맛이 너무 좋다. 약간의 단맛과 톡 쏘는 맛이 한데 어우러지는 게 꼭 방울 토마토 같다.

마지막 한 방울까지 삼키고 나서 집이 한층 더 커지는 걸 지 켜본다. 여전히 우리가 살던 그 집이 맞지만, 이제는 엄청나게 넓어졌다. 학교 가는 길에 가끔 지나치던 대저택만큼이나 크다. 나는 이처럼 넓은 집 안에 들어와 본 적이 없다.

더는 그 비좁고 밀폐된 공간에 갇혀 있지 않은데도, 두려움이 완전히 가시지 않는다. 나는 아직도 내가 어디에 있는지, 왜 여기로 불려 온 건지 모른다. 떠나고 싶다. 여기서 나가고 싶다.

환했던 불빛이 점차 사그라든다. 방은 조금씩 어두컴컴해진다. 나는 내 손을 내려다본다. 양손 모두 끈적끈적하고 어두운 액체로 뒤덮여 있다. 휘청거리는 발로 한 걸음 물러나서 부들부들 떨리는 손가락을 흐릿한 불빛에 비추어 본다.

피. 내 손은 온통 피로 뒤범벅되어 있다.

><

나는 번쩍 몸을 튕기며 잠에서 깨어난다. 심장 뛰는 소리가 귀에까지 들린다. 내 얼굴은 땀과 눈물로 흠뻑 젖어 있다. 옆에서는 자기 베개를 꼭 끌어안은 지현이가 자고 있다. 침대보 위에 지현이의 검고 긴 머리채가 마치 합죽선처럼 펼쳐져 있다. 블라인드 사이로 비스듬히 새어 들어온 달빛이 우리 자매가 쓰는 책상 위를 비춘다. 동생이 모으는 보블헤드 인형들이 달빛을 받아 반짝인다. 태양광을 동력으로 하는 그 인형들은 어쩐 일인지 밤인데도 쉬지 않고 고개를 주억거린다. 만화 같은 그들의 눈동자가 나를 일제히 따라다닌다.

나는 방금 꿨던 꿈의 조각들을 이어 붙여 그 의미를 파악해 보려고 애쓴다. 그런데 뭔가 설명할 수 없는 이유로, 예전에 엄마가 가꾸던 정원의 모습이 떠올랐다.

우리가 처음으로 우리 집을 갖게 된 날, 아빠는 차 뒷좌석에 이삿짐 상자를 가득 싣고 라디오에서 흘러나오던 모든 노래를, 심지어 모르는 노래에도 힘차게 손뼉을 치며 흥얼거렸다. 아빠는 행복감에 취해, 기쁨에 들떠서 어쩔 줄 몰랐다. 지현이와 나는 서로 무언의 눈빛을 교환했다. 아빠가 이런 모습을 보인 적이 좀처럼 없었기에, 보는 우리가 다 민망할 정도였다. 평소의 아빠도 불행한 사람은 아니었다. 말하자면 꼭 그렇지만은 않았다. 하지만 화가 났을 때 그가 내뿜는 분노는 너무도 강렬하고 무시무시해서, 그 욱하는 성미가 추한 얼굴을 드러낼 때마다 우리는 허둥지둥 숨기 바빴다. 그 격렬함에 비하면 아빠가 표현하는 행복은 상당히 절제되고 차분한 수준이었다.

아빠가 이렇게 기뻐하는 모습을 보았던 건 세탁소 사업을 시작하기로 했다는 소식을 전하던 날뿐이었다. "앉아라." 아빠가 지현이와 나를 소파로 이끌며 말했다. 엄마는 두 손을 깍지 낀 채 아빠 뒤에서 계속 서성댔다. 묘한 분위기를 느낀 내 동생이 처음으로 보였던 반응은 걱정스러움이었다. 엉거주춤하게 앉아서 자기 손가락이 발목까지 내려가도록 내버려둘 만큼, 지현이는 불안해했다. 지금껏 아빠가 우리에게 이처럼 격식을 차린 적이 없어서 어리둥절했다. 마치 우리가 이 집 딸들이 아니라 손님이라도 된 것처럼 소파에 '앉아보라'고 한 적도 없었다. 처음엔 아빠의 표정을 도무지 읽을 수 없었다. 하지만 아빠의 입에서 점점 빠른 속도로 말이 쏟아져 나왔고, 결국 아빠는 붉게 상기된 얼굴로 우리가 알아들을 수 없는 말을 웅얼거렸다. 아빠의 종잡을 수 없는 행동이 나를 혼란스럽게 했다.

"다 괜찮은 거야?" 내가 내뱉었다.

"그래." 아빠가 말했다. 아빠는 웃음을 터뜨리는 동시에 눈물을 흘리며 울고 있었다. "맞아. 모든 게 다 괜찮아."

우리가 새집에 도착했을 때, 아빠는 부드럽고 다정하게 엄마의 손을 잡았다. 아빠가 그렇게 드러내놓고 애정을 표현하는 경우는 아주 드물었다. 아빠가 엄마의 손을 잡고 이끈 곳은 바로 집의 뒤뜰이었다. 잡초가 무성히 자라나 있는 자그마한 뒷마당엔 노랗게 피어난 민들레꽃들이 산들바람에 가만가만히 흔들리고 있었다. 남들 보기엔 별것 아닌 풍경일지 몰라도, 아마 그 장소가 우리 것이었기에 그 작은 안뜰이 그토록 아름답게 느껴졌나 보다. 지현이는 주변을 둘러봤다. 나는 내리쬐는 햇빛에 눈이 부실세라 동생의 얼굴 위로 손을 펴서 그늘을 만들어주었다. 우리는 말없이 서로에게 찰싹 달라붙었다. 지현이가 지금 무슨 생각을 하는지, 어떤 감정을 느끼는지 말하지 않아도 전해져 왔다. 동생은 행복해하고 있었다.

곧 엄마는 뒷마당을 일구어 싱그럽고 풍성한 정원으로 가꿔냈다. 땅에 씨앗을 심지 않은 흙이라곤 한 뼘도 남지 않을 때까지 정성껏 가꾸었다. 각종 과일과 채소, 보라색 히아신스, 향기로운 꽃들이 탐스럽게 달린 천사의 나팔 나무가 있었다. 가끔 저녁이 되면 지현이와 나는 꽃나무에 핀 분홍색 꽃잎을 하나씩 따다가 머리가 어질어질해질 때까지 그 달콤한 향취를 들이마시곤 했다. 봄이 되면 우리 정원에 열린 양배추와 당근, 무를 먹었다. 여름에는 빨갛고 과즙이 풍부한 딸기와 온갖 크기의 탐스러운 토마토를 수확했다.

특히나 이 토마토들이 정말 대단했다. "마트에 아무리 가봐야 이만큼 튼실한 건 구할 수가 없지." 아빠가 토마토 과육을 베어 물며 자랑스럽게 외쳤다. 우리는 맨발로 뒤뜰을 걸어 다녔다. 이슬에 젖어 아직도 촉촉한 잔디와 흙이 우리 발가락 사이에 달라붙었다. 미소 짓는 아빠의 잇새에 토마토 씨앗이 끼어 있었다. 그때 나는 토마토를 싫어했지만, 아빠가 기뻐하는 모습을 보니 미처 몰랐던 욕망이 내 안에서 피어났다. 나는 덩굴에 열린 토마토를 한 알 따서 탱글탱글한 껍질을 이로 꽉 깨물었다. 햇볕에 잘 익은 토마토의 과육은 단단했고, 짭짤하면서도 달콤한 과즙이 혀 위에서 폭발했다.

옆에서 지현이가 낮게 코를 골기 시작하더니 몇 번 움찔거리다 옆으로 돌아눕는다. 동생의 무릎이 내 등을 파고들지만, 나는 아직 우리 가족의 추억이 묻힌 지하 미로에서 헤매고 있다.

다시 잠들기 직전에 어떤 깨달음이 찾아온다. 꿈에 나왔던 접시 위의 눈알은 조지의 눈과 똑같이 생겼다. 새파란 눈동자. 타오르는 불꽃처럼 차갑게 빛나는, 푸른색.

14

"지원!"

제프리가 손을 흔들며 내 쪽으로 뛰어온다. 오늘 그는 동그란 금속 테 안경을 쓰고 작은 책 한 권을 품에 안고 있다. 깔끔하게 다림질한 버튼다운 셔츠를 입고 허리에는 스웨터를 둘렀다. 운동화는 새로 샀는지 광택이 난다. 나는 제프리가 들고 있는 책의 표지를 슬쩍 넘겨다본다. 치마만다 응고지 아디치에의 『우리는 모두 페미니스트가 되어야 합니다』라는 책이다. 그는 내 시선을 의식하고 손을 뻗어 내게 책을 건넨다. "이 책 읽어봤니?"

나는 고개를 젓는다.

"한 번쯤은 읽어봐야 해. 정말 굉장한 책이야. 원한다면 내가 다 읽고 나서 빌려줄게. 내가 수강하는 여성학 강의에서 이 책에 대해 논의하고 있거든. 이 작가 정말 대단해. 아주 심오하고 명석한 여성이야." 그는 손톱으로 책등을 탁탁 두드린다.

"주말 어떻게 보냈어?" 제프리가 묻는다.

"엄마가 새로 사귄다는 남자친구를 만났어." 나는 어깨를 으쓱해 보이며 말한다. 무심한 일처럼 넘겨보려 하지만, 제프리의 눈이 커진다.

"오, 젠장. 그거 완전 정신없었겠네."

그는 내가 더 설명하길 기다리는 듯하더니, 내가 아무 말도 덧붙이지 않자 다시 묻는다. "어땠는데?"

"복잡했지."

"어떻게?" 그가 묻는다.

나는 망설인다. 내가 말하기 꺼린다는 걸 감지하고 제프리는 이렇게 말한다. "나도 사실 그런 쪽으로 약간 경험이 있어. 우리 부모님은 내가 어렸을 때 이혼하고 각자 다른 사람이랑 재혼했거든. 그래서 나는 새엄마도 있고 새아빠도 있지. 적응하는 데 시간이 좀 걸렸어. 게다가 새아빠는…… 살짝 재수 없는 놈이야. 벌써 6년째인데, 여전히 새아빠랑은 별로 사이가 좋지 않아."

"짜증 나겠다." 나는 주저하며 입을 열었다가 다시 다문다. "이상해. 애들 절반은 부모가 별거하거나 헤어진 가정에서 큰다는 얘기를 계속 들어왔거든. 근데 나는…… 내가 그 집단에 속하게 될 거라곤 전혀 예상하지 못했어." 나는 말을 내뱉고 나서야 뒤늦게 너무 솔직하게 말했다는 생각이 들어 부끄러워졌다.

"예상 못 했던 건 나도 마찬가지야."

"새아빠랑은 왜 사이가 안 좋은 거야? 혹시 불편하면 대답 안 해도 돼." 내가 덧붙인다.

제프리는 눈을 가늘게 뜨더니 발밑의 돌멩이를 발로 찬다. 시멘트 바닥에 떨어진 돌이 요란한 소리를 내며 굴러간다. "그 남자는 자기만 옳다고 생각해. 그래서 자주 싸워. 내 옷차림이 마음에 안 든다거나, 내가 건방지게 군다고 생각하거나……. 나도 모르겠어. 그러니까 나한테 트집 잡을 게 항상 있다는 거지. 너는 어때?"

나는 내 손톱의 큐티클을 이로 뜯어낸다. "그 사람 때문에 정말 불편했어." 조지를 묘사할 수 있는 적절한 단어를 찾으려고 노력하면서 나는 천천히 말한다. "내 동생도 엄청나게 불편해했지. 중년 백인 남자 중에…… 동양 여자들한테만 집착하는 유형이 있다는 거 알아?"

"뭐, 무슨 성적 페티시처럼?" 제프리가 코웃음을 쳤다.

"정확히 그거야. 우리한테 엉터리 한국말을 하다가 중국 식당 웨이트리스한테는 아주 자연스럽게 '셰셰'라고 하는 거야. 그리고……." 나는 말을 멈췄다. "엄마가 그 남자한테 그렇게 푹 빠지지 않았다면 훨씬 좋았을 텐데."

제프리가 침울한 표정을 지으며 고개를 끄덕인다. "나도 우리 엄마한테 존을 얼마나 싫어하는지, 그리고 제발 그 사람과 결혼하지 말라고 말하고 싶을 때가 참 많았어. 그렇지만 결국 엄마

인생이고 엄마가 내려야 하는 결정이잖아. 나는 엄마한테 내 마음을 강요하고 싶지 않았어. 아들인 내 처지에서 개입하는 건 공정하지 못하니까. 그래도 정말 힘든 상황이긴 해."

"너는 정말 성숙하구나."

제프리는 어깨를 으쓱하고 안경을 코 위로 밀어 올린다. "그러려고 노력하지. 있잖아, 안 그래도 치마만다 응고지 아디치에가 이런 관점을 다루는 TED 강연을 한 적이 있어. 아주 흥미로운 내용인데, 어떤 주제에 관하여 한쪽 관점만 듣는 데서 오는 위험성과 그로 인한 일반화나 선입견에 대한 거야. 그 조지란 남자가, 네가 가진 선입견과 실제론 다른 사람일 수도 있지 않겠어? 너희 부모님은 언제 이혼하셨는데?"

"이혼 안 했어." 나는 재빨리 대꾸한다.

"아, 그렇구나. 그러면 별거 중?"

"이제 세 달 반 정도 됐어."

"그럼 지금이 아마 딱 그 시기라서 네가 엄마의 새 남자친구를 부정적으로 바라보는 것일 수도 있어."

"어쩌면 그럴지도. 딱히 아시아계 여자뿐 아니라 그냥 모든 여자한테 그런 사람일 수도 있겠지." 농담조로 한 말이었는데, 막상 말을 뱉고 나니 얼굴이 화끈거릴 정도로 부끄러웠다.

그래도 제프리는 너그러운 웃음을 터뜨렸다. "말할 상대가 필요하다면 난 언제나 대기 중이야."

전혀 예상치 못한 순간에 제프리가 내 삶에 나타났다는 사실이 놀랍다. 그와 나란히 걸으며, 그의 팔이 내 팔에 스칠 때마다 나는 제프리와 얼마나 가까이 있는지를 예민하게 의식한다. 이 남자와 이렇게 친해질 줄은 몰랐는데. 그의 지성과 박학다식함, 이 세상에 대한 폭넓은 지식에 나는 깊은 감명을 받았다. 내가 지금까지 교류해 본 사람들의 유형이나 범주 자체가 상당히 제한적임에도, 나는 제프리 같은 사람을 만나본 적이 없었다. 그가 나를 좋아해 주기를 바라는 마음이 점점 간절해진다. 이런 감정을 느껴본 것도 꽤 오랜만이다. 나는 그가 내 친구가 되기를, 내가 안심하고 믿을 수 있는 사람이 되기를 원했다.

하지만 옛 친구들에게 네가 무슨 짓을 했는지 기억하니?

고등학교 시절 나와 가장 친했던 친구들인 제니, 한별, 세라는 졸업 후에 나만 내버려두고 떠났다. 그 이후로는 새로운 사람을 만날 때마다 부쩍 경계심을 품고 조심스러워졌다. 외롭지 않았다면 거짓말이겠지. 나는 캠퍼스에 삼삼오오 모여 있는 학생들을 바라본다. 그들이 큰 소리로 웃고 떠드는 동안 나는 그저 한자리에 우두커니 서 있을 뿐이다. 대체 왜 나는 늘 남들과 자연스럽게 어울리지 못하는 걸까.

✂

제프리와 나는 강의 시간보다 일찍 도착해서 맨 앞줄에 우리가 앉을 자리를 찾는다. 가장 명당인 1열 중앙은 개강 첫날 나와 무를을 부딪쳤던 바로 그 예쁜 흑인 여학생이 이미 차지했다. 그는 나를 올려다보더니 살짝 미소를 지었고, 나는 곧장 그 학생의 옆 자리로 가서 앉는다.

나는 그의 왼쪽에 앉았다. 그가 내 쪽으로 몸을 돌리자 나는 그 사람의 아름다운 외모에 넋이 나간다. 반짝이는 꿀방울이 흥 건하게 고여 있는 것 같은 눈동자는 순금이 녹아 흐르는 듯한 금 빛이었고, 마스카라 광고에 나올 법한 두껍고 진한 속눈썹이 눈 주변을 촘촘하게 둘러싸고 있다. 곧게 선 콧날을 가로지르며 한 무리의 별처럼 뿌려진 주근깨는 마치 밤하늘의 은하수 같다. 나 는 내가 그 여자의 얼굴을 너무 빤히 쳐다보고 있다는 걸 깨닫고 허둥지둥 시선을 돌리며 내 가방을 뒤지는 척한다.

"안녕." 그 학생이 웃으며 말한다. "나는 알렉시스야." 나는 그가 내민 손을 잡고 악수한다. 나도 모르게 악수가 너무 길어진 다. 그러다 내 왼쪽 자리에 앉아 있는 제프리가 찡그린 얼굴로 이 모든 과정을 지켜보고 있다는 걸 알아챈다. 나는 알렉시스에 게 제프리를 소개하다가 정작 내 이름은 말하지도 않았다는 걸 바로 깨닫는다.

"얘는 제프리야. 나는 지원이라고 해."

"만나서 반가워. 지원, 이렇게 부르는 거 맞아?" 알렉시스는 조금도 우물거리지 않고 한 번에 내 이름을 완벽하게 말한다. "너 나랑 문학 강의도 같이 듣지? 홀레인 교수님 수업?"

"아 맞아! 다른 과목도 같이 듣는 줄 몰랐어."

우리가 이야기하는 동안 강의실에 들어온 알다나 교수님이 헛기침하며 목을 가다듬는다. 주목하라는 신호를 알아들은 우리는 곧 앞을 향해 몸을 돌리지만, 나는 알렉시스에게 향하는 눈길을 거둘 수 없었다. 옆자리의 제프리는 내 시선이 우왕좌왕하는 걸 눈치챈 모양이다. 그는 의아한 표정으로 고개를 갸웃거린다.

"걔가 너한테 뭐래?" 강의가 끝나자 제프리가 내게 묻는다. 양손을 주머니에 깊이 찔러 넣은 채, 아까만 해도 손에 들고 있던 책은 온데간데없는 모습이다. 뭔가 단단히 짜증이 난 것처럼 보여서 나는 왠지 긴장이 된다.

"누구?"

"네 옆에 앉았던 여자애. 알렉사였나, 그 비슷한 이름이었는데. 아까 걔가 뭐라고 하는지 잘 못 들어서."

"아, 알렉시스. 우리가 다른 수업도 같이 듣는다는 얘기였어. 홀레인 교수님의 문학 강의."

"문학? 그거 말고도 걔랑 같이 듣는 과목이 또 있어?"

"그것뿐인 것 같아."

"질투 나는데. 나는 너랑 같은 수업이 하나뿐인데, 걔는 두 개나 같이 듣잖아." 제프리는 이를 활짝 드러내며 밝게 웃어 보인다. 하지만 눈빛에는 웃음기가 없어서, 묘하게 위화감이 도는 미소다. 그는 장난스럽게 말하고 있지만, 사실 농담하는 게 아니라는 생각이 들기 시작한다.

그게 무슨 감정인지 나는 안다. 우정이라는 관계 속에서 평생 힘들었던 사람으로서, 누구보다 그 감정을 잘 이해한다. 처음에는 다 같이 친해졌던 친구들이 자기들끼리는 계속 가까워지는데 나 혼자만 점점 겉돌고 멀어지는 걸 경험하면서, 친구들에게 집착하며 억지스러운 소유욕을 부렸던 적이 어디 한두 번이었던가? 그런 의미에서 제프리와 나는 똑같다. 우리 둘 다 밖에서 안을 들여다보는 것에 더 익숙한 사람들이다.

"따라잡으려면 다음 학기엔 적어도 세 과목은 같이 들어야겠는걸." 제프리가 농담을 건넨다.

"당연하지." 내가 대답한다. "까짓것, 네 과목도 같이 들을 수 있어."

제프리는 웃음을 터뜨린다. "좋아, 댐 쌓는 비버처럼 열렬히 공부하겠다, 이거지. 네 과목은 좀 많은 것 같은데."

나는 앞니 두 개를 내밀고 양손을 발처럼 모아 비버 흉내를 낸다. 빵 터진 제프리는 웃느라 맥을 못 춘다. 깔깔대다 넘어지지 않기 위해 내 어깨를 붙잡아야 할 정도다.

"어쨌든 알렉시스는 정말 상냥하더라." 그런데 내가 알렉시스의 이름을 언급하자마자 제프리의 얼굴에서 유쾌한 웃음기가 미끄러지듯 사라지더니, 끝내 입을 다물고 조용해진다. 그가 안심할 수 있도록 나는 덧붙인다. "걔 때문에 괜히 걱정할 필요 없어. 나는 네 마음 다 이해하니까."

제프리는 이 말에 약간 놀란 듯하지만, 이내 고개를 끄덕인
다. 이번에는 다분히 의도적으로 내 어깨에 손을 얹는다. "우린
참 잘 통하네."

"맞아."

우리는 서로 마주 보며 한참 서 있다. 새들은 우리 주변을 맴
돌며 지저귀고, 공기는 기분 좋게 따스하다. 우리가 서 있는 사
각형 안뜰을 둘러싼 나무의 잎들은 저마다 붉은빛과 금빛 단풍
으로 물들어 가고 있다. 캠퍼스 사방에서 학생들이 걷고, 이야기
하고, 웃음을 터뜨린다. 이제 나도 그들 중 하나다. 그들이 상쾌
한 가을 날씨를 한껏 즐기고 있듯이, 지금 우리도 그렇다.

예고도 없이 제프리가 내 주머니에서 휴대폰을 빼내 간다. 그
동작이 워낙 친밀해서 순간 나는 당황한다. 제프리가 자기 번호
를 누르고 전화를 걸자, 다른 손에 있던 그의 휴대폰 화면이 밝
게 켜진다.

"자." 그가 말한다. "이제 우리는 원할 때면 언제든지 서로 통
화할 수 있어."

15

오늘 밤 조지가 우리 집에서 자고 간다. 우리 방에서는 잔뜩 성난 지현이가 자기 베개를 걷어차고 있다. 베개는 벽에 부딪혀 카펫 위에 떨어진다. 솜이 죽어 납작하게 쭈그러든 모습이 처량해 보인다. 그만 좀 하라고 외치고 싶은 마음이 반쯤 들지만, 어차피 지현이는 내 말을 귓등으로도 안 들을 것이다.

"우리한테 그래도 되냐고 물어보지도 않고." 지현이가 말한다. 발에 차인 베개가 다시 퍽 하고 벽에 부딪힌다. "우리가 불편해하는 건 신경도 안 쓰이나? 엄만 어떻게 이게 괜찮다고 생각할 수 있어?"

우리가 조지와 만난 지 몇 주밖에 안 됐지만, 예의상 그를 환영해 주는 척하기도 이미 지쳐가고 있었다. 그 남자는 거의 매일 우리 집에 왔고, 원래 우리 아빠가 앉던 자리를 차지했다. 저녁 식탁에서 비어 있던 한 자리, 소파의 맨 오른쪽 자리. 모든 게 잘 못되었다. 하지만 나는 미소를 지으며 고개를 끄덕이고 괜찮은 척한다.

조지의 날카로운 눈빛은 나와 지현이를 계속 주시하고 있다. 우리를 지켜보고, 우리를 평가한다. 마치 우리를 한 겹씩 벗겨내는 것 같다. 우리가 그의 먹잇감인 것처럼 그 남자의 시선에는 어떤 굶주림이 서려 있다. 가끔 고개를 돌려 그의 노골적인 시선과 마주칠 때가 있다. 우리를 훑어보지 않은 척하는 최소한의 예의조차 차리지 않는 조지의 눈을 보면 내 꿈이 떠오른다.

"언니가 엄마한테 뭐라고 말 좀 해줄 수 없어?" 지현이가 묻는다. "아직 안 늦었잖아."

"무슨 말?"

"지금도 맨날 여기 와 있는데. 진짜 잠까지 자고 가야 해?"

"불만 있으면 네가 직접 말해."

지현이가 나를 노려본다. "왜 그냥 한 번이라도 내 편 들어주면 안 돼?"

"난 항상 네 편이야." 내가 짜증스럽게 쏘아붙인다. 지현이가 땅에 떨어져 있던 베개를 집어 든다. "너, 그걸로 나 때리기만 해봐……."

퍽. 나는 펄쩍 뛰어올라 지현이를 붙잡고 바닥에 쓰러뜨린다. 동생은 비명을 지른다. 그때 방문이 삐걱대며 열리더니 문 앞에,

우리 앞에 조지가 서 있다. 그 남자의 눈이 반짝 빛난다. "워, 우와. 너희 나 없을 때 베개 싸움 하는 거니? 최소한 구경이라도 하게 해줘야지!"

우리는 즉시 서로에게서 떨어진다. 지현이는 팔짱을 끼고, 나는 헝클어진 머리를 빗어 내린다. 조지는 껄껄대며 우리를 향해 손바닥을 내보인 채 양손을 들어 올린다. "장난이야, 얘들아. 엄마가 너희더러 조용히 좀 하란다." 그는 돌아서며 문을 닫는다. 그 남자가 나가자마자 지현이가 침대 위로 몸을 던진다.

"저 인간 너무 역겨워. 싫어 죽겠어."

나는 지현이의 머리를 부드럽게 쓰다듬는다. "나도 알아."

"근데 왜 우리는 아무것도 못 해? 언니가 뭐라고 말할 수 없어?"

"넌 엄마가 내 말을 들어줄 것 같아?" 내 대꾸에 지현이는 입을 삐죽인다. "딱 하룻밤이잖아." 내가 말한다. "이런 좁아터진 아파트에 하룻밤 이상 자고 싶어 한다면 그게 더 놀랍겠다. 그리고 엄마 옆에서 잔다는 것도 사실 어려워. 예전에 네가 엄마 옆에서 낮잠 잘 때 엄마 잠버릇이 얼마나 심했는지 기억 안 나?"

지현이가 한숨을 내쉰다. "언니 말이 맞아."

"그냥 엄마 행복하게 해주자." 내가 말한다. "엄마가 지금까지 겪었던 일을 생각하면, 엄마도 행복해질 자격 있지 않아?"

"그래." 지현이는 옅은 숨을 고르며 대답했다. "엄마도 행복할 자격 있어. 내가 아는 그 누구보다 더." 동생은 눈을 감고 내

가슴에 머리를 기댔다. 인공적인 과일 향이 나는 동생의 샴푸 냄새가 내 콧속으로 흠뻑 스며든다. 동생은 깃털처럼 가볍다. 어쩌면 공기보다 더. 자칫 스치는 바람결에라도 흩날려 가지 않도록, 나는 두 팔로 동생의 어깨를 감싼다.

지현이가 모르는 것들이 있다. 나만 아는 것들.

아빠가 떠나고 나서 일주일 후, 집에 돌아와 보니 엄마가 바닥에 덩그러니 앉아 있었다. 집 안은 어두웠고, 무심코 불을 켜자 눈에 들어온 유령 같은 형상에 덜컥 겁이 나서 나는 그만 비명을 질렀다. 헝클어진 머리카락이 얼굴 위로 흘러내리고, 헐렁한 흰색 잠옷을 입은 엄마였다.

순간적인 공포로 솟구친 아드레날린이 가라앉은 후에야 나는 그게 엄마라는 걸 깨달았다. 나는 몸을 숙이고 엄마의 어깨를 가볍게 짚었다. "엄마?"

엄마는 넋이 나간 채 정면을 응시하고 있었다. 생기 없는 눈빛이 공허했다. 나는 엄마의 창백한 얼굴 앞에서 여러 번 손가락을 튕기고 손뼉을 치기도 했다. 그래도 엄마는 움직이지 않았다. 나는 엄마를 세게 흔들고, 머리카락을 잡아당기고, 핼쑥한 뺨에 물을 뿌리기도 했다. 불쌍한 엄마가 망가져 버린 줄 알았다. 내게 남은 건 빈 껍데기 같은 엄마라고. "엄마." 내가 소리쳤다.

"그만 깨어나 봐! 정신 차려!"

나는 아빠에게 전화하고 싶었지만, 우리에게 이런 짓을 한 장본인이 바로 아빠라는 걸 기억했다. 그가 우리를 이렇게 갈라놓은 사람이었다. 엄마가 이렇게 된 이유도 아빠였다. 어쨌든 아빠가 전화를 받을지 확신할 수 없었고, 실제로 받지 않을까 봐 너무 두려워서 시도조차 할 수 없었다. 가슴이 심하게 들썩였다. 덜덜 떨리는 손가락으로 911을 누르려던 순간 엄마가 나를 올려다봤다.

"죽고 싶어." 엄마가 말했다.

피가 차갑게 식었다. 내가 잘못 들었나? 나는 엄마가 그렇게 끔찍한 말을 했다는 걸 믿을 수 없었다. 하지만 엄마는 되풀이해 말했다. 이번에는 한 꺼풀 더 작고 부드러운 목소리였다. 그 짧은 문장의 모든 단어가 하나씩 허공에 흩어져 사라져 버리는 듯했다. "나. 죽고. 싶어."

"그만해." 나는 흐느끼며 말했다. "그만해. 엄마, 나 무서워."

"나 좀 안아줄래?" 엄마가 물었다.

지금까지 엄마가 내게 그런 부탁을 한 적은 한 번도 없었다. 그래서 엄마를 향해 팔을 뻗으면서도 뭘 어떻게 해야 할지 모르는 내 모습이 서툴고 바보같이 느껴졌다. 덜덜 떨고 있는 엄마의 몸을 껴안았다. 엄마의 피부가 얼음처럼 차가워서 나까지 소름이 돋았다. 엄마의 눈물이 내 손으로 흘러서 카펫으로 뚝뚝 떨어졌다. 그 눈물방울을 바라보던 나는 문득 우리의 역할이 뒤바뀌었다는 걸 깨달았다. 어찌 된 건지, 나는 이제 엄마의 어머니였고 엄마는 내 딸이었다. 내 가슴에 머리를 얹은 채 축 늘어진 엄마의 무게가 다소 버거웠다. 내 심장이 얼마나 빨리 뛰고 있는지 엄마가 들을 수 있을지 궁금했다. 섬세하고 미약한 실 한 가닥이 지금 우리를 하나로 묶어주고 있었다. 내가 조금이라도 움직이면, 이 투명한 실이 끊어져 버릴까? 그게 두려워서 나는 동상처럼 뻣뻣하게 굳은 채 꼼짝하지 않고 가만히 있었다.

마침내 엄마는 나에게서 멀어졌다. 엄마의 얼굴에 떠 있던 공허한 표정은 이제 사라졌다. 그제야, 너무 오랫동안 엄마를 안고 있었던 두 팔이 뻐근하게 저려왔다. 내 셔츠는 엄마의 눈물로 흠뻑 젖어 있었다.

16

"오늘 자리 바꿔서 자도 돼?" 내가 묻는다. 조지와 엄마가 안방으로 들어간 지 한 시간쯤 지났을까, 내가 책을 읽는 척하는 동안 지현이는 내 옆에서 머리를 빗고 있다. 물기가 채 마르지 않은 머리카락을 빗어 내릴 때마다 작은 물방울이 내 팔에 튄다. 지현이가 의아한 표정으로 나를 바라본다. 내가 자리를 바꿔달라고 부탁한 적이 한 번도 없기 때문이다.

"왜?"

"그냥."

"그냥?"

"사사건건 그렇게 따지고 들어야 직성이 풀려?" 내가 묻는다. "어젯밤에 네가 자면서 하도 밀어대는 바람에 침대에서 떨어질 뻔해서 그런다, 왜. 딱 하룻밤이라도 편하게 자고 싶어."

지현이가 입술을 꾹 다문다. "그러면 뭐 해줄 건데?"

"됐어." 나는 내 자리로 기어들어 가며 단숨에 말한다. 지현이는 이상하다는 표정을 지으며 책상 위에 빗을 내려놓는다.

"원하면 안쪽에서 자."

나는 아무 말 없이 지현이의 자리 쪽으로 몸을 뒤집는다. 동생은 내 옆자리로 기어들어 와서, 내 성질을 더 돋우려고 차가운 발로 내 허벅지의 맨살을 건드린다. 내가 밀어내지 않고 그냥 내버려두자, 지현이는 곧바로 잠들어 버린다. 일정하고 고르게 이어지는 동생의 숨결을 들으며 이젠 완전히 숙면에 빠졌다고 확신이 들었을 때야, 나는 벽에 머리를 바짝 대고 귀를 기울인다. 힘껏 밀착하면 옆방에서 나는 숨소리도 들린다.

조지의 숨소리.

그 소리를 들으니 온몸에 전율이 느껴진다. 조지는 빨리도 잠든 모양이다. 숨을 들이쉴 때마다 호흡이 막히는지, 컥컥거리며 헐떡인다. 어둠 속에서도 그 남자의 눈을 선명하게 볼 수 있을 것만 같다. 그 눈알이 얼마나 밝고 아름다운지. 정말 가까이 있는데, 이 벽 너머에⋯⋯.

오늘 밤 엄마의 방은 평소와 달라 보인다. 커튼도 파란색, 러그

도 파란색, 이불도 파란색이다. 모든 것이 파랗다. 창백한 흰빛이 천장에 뚫린 채광창을 통해 엄마와 조지가 잠들어 있을 침대 중앙으로 쏟아져 내린다. *언제부터 우리 집에 저런 채광창이 있었지?* 엄마와 조지는 머리끝까지 이불을 덮은 채 몸을 옹송그리고 있다.

그런데도 내 몸은 자동으로 움직이듯 매트리스 위에 덩어리진 형체를 향해 나아간다. 나는 이불에 손을 뻗는다. 그러면 안 된다는 걸 알면서도, 그들이 잠에서 깨어나 내게 화를 낼 거란 걸 알면서도 이불을 걷어낸다.

한순간 움직임이 흐려진다. 젖은 휴지 뭉치가 타일 바닥에 툭 떨어지는 듯한 축축한 소리가 난다. 나는 목구멍에서 올라오는 비명을 틀어막는다. 침대 위에 도사리고 있는 건 엄마가 아니다. 조지도 아니다.

그건…… 거대한 눈알이었다. 조지의 눈알. 축축하고 질척질척한 데다 인간만큼이나 큰 눈알의 홍채는 이른 아침에 피어난 나팔꽃처럼 밝고 새파란 색깔이었다. 그 눈동자가 천천히 내 쪽으로 돌아가며, 내 모든 움직임을 뚫어지게 주시한다. 눈을 꼭 감고 비명을 지르는 내 얼굴을 무언가가 세게 내리친다.

눈을 뜨니 어둠 속에서 동생의 얼굴이 내 얼굴 위를 맴돌고 있다. 불안하고 창백한 표정으로 허공에 둥실 떠 있는 그 얼굴이 꼭 희끄무레한 달처럼 보인다. "언니." 지현이가 쉰 목소리로 말한다. "왜 그래, 괜찮아?"

"어." 나는 몸을 일으켜 앉으며 말한다. "괜찮아." 지현이는 걱정스러운 눈빛으로 나를 바라보다가 이내 다시 눕는다.

지현이가 잠들고 나자, 나는 다시 벽에 귀를 찰싹 붙인 채 조지의 숨소리를 듣는다.

17

추수감사절 아침, 아파트는 고요하다. 잠에서 깨어보니 바닥에 주저앉아 발톱에 매니큐어를 칠하고 있는 지현이가 보인다. 선홍색 앵두 빛깔로 반짝이는 그 매니큐어는 분명히 내 것이다.

"일어났어?" 고개도 들지 않고 동생이 말한다. "조지가 왔어. 오늘 저녁은 추수감사절 만찬 대신 중국집에서 외식할 거래."

아빠 없이 맞는 첫 명절인데, 우리 집은 찬물을 끼얹은 듯 조용하기만 하다. 기분이 이상하다. 나는 엄마가 가스레인지 앞에 서 있기를 바라면서 거실로 살금살금 나가본다. 하지만 엄마는 조지의 팔에 감싸인 채 소파에 앉아 있다. 두 사람은 TV를 보면서 낮고 웅얼거리는 목소리로 서로에게 뭔가 소곤대고 있다. 나는 슬그머니 방으로 되돌아온다.

아빠는 항상 추수감사절이 가장 미국적인 명절인 만큼, 다른 사람들에게 우리가 어디에 속하는지 확실히 밝히기 위해서라도 더욱 성대하게 축하하고 기념해야 하는 날이라고 말했다. 우리 또한 나무랄 데 없이 떳떳한 미국인이라는 걸, 남들에게 보여야 한다고 말이다.

"우리가 동양인이니까 더 힘든 거야." 아빠가 엄숙하게 말했다. "우리는 남들에게 증명해야 할 게 많거든."

아빠는 엄마를 시켜서 큼지막한 칠면조 한 마리를 사곤 했다. 엄마가 몇 시간이나 땀투성이로 쩔쩔맨 끝에야 간신히 완성되는 칠면조 통구이는 대체로 퍽퍽하고 맛이 없었다. 그런데도 아빠는 부지런히 살코기를 잘라 우리의 접시에 쌓아 올려주며 참 맛나게도 먹었다.

오늘 밤, 최소한 우리 아빠 기준에 맞춰보자면 우리는 훌륭한 미국인이 못 된다. 전통적인 칠면조 만찬을 나누는 대신, 우리는 조지의 트럭을 타고 '록앤롤'이라는 이름의 중국 식당에 간다. 우리 집에서 별로 멀지 않은 번화가에 있는 곳인데, 요리들은 뜻밖에도 꽤 먹을 만하다. 물론 정통 조리법을 따른 건 아니지만, 음식 자체가 맛있다. 식당에서 내주는 재스민차는 혀를 델 만큼 뜨겁다. 김이 모락모락 피어나는 찐만두 속 돼지고기는 부드럽고 육즙도 가득하다. 잘게 자른 당근, 완두콩, 그리고 달걀이 들어간 볶음밥의 풍미도 좋다. 미묘한 상황 속에서도 어쩐지 좋은 하루를 보내는 것 같다. 조지가 고른 식당이 생각보다 맛있어서 지현이도 행복해하고, 마침 우리 테이블 담당 웨이트리스가 '에밀리'라는 이름의 젊은 동양 여자라서 조지의 기분도 좋아 보인다. 넋을 놓고 그 웨이트리스를 쳐다보던 조지는 우리가 주문한 식사가 다 나왔는데도 목을 길게 빼고 그 여자를 찾는다.

다른 웨이트리스가 조지의 몸짓을 인지하고 우리 쪽으로 다가온다. 키가 큰 금발의 백인 여자다. 그 여자를 보자마자 조지의 표정은 확 달라진다.

"안녕하세요. 뭐 필요하신 게 있으신가요?" 웨이트리스가 묻는다.

조지는 자기 무릎에 펼쳐둔 천 냅킨을 꽉 움켜쥔 채 입을 꾹 다물고 고개를 사납게 가로젓는다. 웨이트리스가 테이블을 떠나자마자 그는 고개를 돌려 여자의 뒷모습을 노려본다. "다시는 이 식당에 오나 봐라." 조지가 으르렁거리는 소리로 내뱉는다.

돌아오는 차 안에서 조지는 우리에게 일장 연설을 늘어놓는다. 백미러에 비친 우리를 향해 연신 성난 손가락질을 해댄다. 마치 지현이나 내가 일부러 그의 기분을 상하게라도 한 것처럼 구는 그 남자의 태도에 모두 아연실색하고 만다. "우리가 외국 요리 전문 식당에 뭘 먹으러 온다는 건 말이지, 아무렇게나 배나 채우러 오는 게 아니잖아. 음식을 통해 그 나라의 문화를 경험하러 가는 거야. 정통에 충실한, 진정한 이국의 문화 말이야. 그런 문화를 즐길 수 없다면 우리한테 뭐가 남아? 아무것도 없지!"

지현이가 한마디 툭 던진다. "여긴 정통 중국 식당도 아닌데."

순간 조지가 급브레이크를 밟아서 우리는 모두 좌석 앞쪽으로 튕겨 나갈 만큼 몸이 쏠린다. 조수석의 엄마가 얼른 몸을 돌려 한 손으로 지현이의 입을 틀어막는다.

"당신 말이 맞아, 자기야." 잔뜩 화가 나서 엄마의 손을 떼어내려는 지현이를 무시한 채 엄마가 말한다. "우리 다시는 그 식당에 가지 말아요."

조지의 트럭이 우리 아파트 주차장에 멈춰 설 때쯤, 내 휴대폰에 진동음이 울린다. 고등학교 때 친구였던 제니가 보낸 문자 메시지다.

혹시 내일 시간 되니? 우리 모두 집에 온 김에, 다 같이 네 얼굴 보고 싶어서. 커피 한잔 어때?

갑작스러운 문자에 나는 깜짝 놀란다. 솔직히 처음엔 그냥 무시해 버리고 싶었다. 하지만 제니는 자기가 옳다고 확신할 땐 정말 끈질긴 성미다. 내가 승낙하는 것 외에 다른 선택지가 없을 때까지 나를 계속 밀어붙이겠지. 내가 한 시간 정도 답장하지 않은 채 회피하는 동안에도 제니는 문자를 두 번이나 더 보내왔다. 더는 무시할 수 없다. 나는 딱 한 단어로만 답장한다.

좋아.

18

다음 날 일찍 눈이 떠졌다. 멍하니 천장을 바라보는데 불안감이 느껴진다. 고등학교 동창들이 내게 무슨 말을 하려는지 두렵다. 우리가 마지막으로 만나서 얘기했던 게 언제였더라……. 뭐, 그때려나. 걔네가 다 대학 간다고 한꺼번에 떠났을 때.

물론 잘못은 나한테 있었다. 나도 그건 안다. 하지만 그랬다 한들, 적어도 우리가 좋은 마음으로 헤어졌다는 걸 그들도 이해해 주었으면 좋겠다.

나는 옷을 입고 양치질을 하며 거울에 비친 내 모습을 바라본다. 눈그늘이 한층 더 짙어져 있다. 나는 눈 밑의 애굣살을 문지르며 어두운 안색이 사라지기를 빌어본다. 밖으로 나와서 고개를 한껏 뒤로 젖힌다. 계절은 가을로 접어들었지만, 날씨는 아직 따뜻하고 하늘은 초현실적일 만큼 새파랗다. 조지의 푸른 눈동자가 내 머릿속을 스쳐 지나간다. 나는 고개를 저어 이상한 생각을 떨쳐버리지만, 차에 타자마자 그 이미지는 다시 생생하게 떠오른다.

운전대를 꽉 잡은 손에 어찌나 힘을 줬는지, 손가락 마디가 하얗게 질린 빛깔로 변한다. 제니, 세라, 한별, 그리고 나까지, 우리 넷은 중학교 1학년 첫날 처음 만난 이래 계속 친하게 지내왔다. 우리 모두 중학교와 고등학교를 함께 다녔고, 공휴일이나 여름방학에도 서로 만나지 않았던 날은 거의 없었다. 그러니까, 네 사람 중 세 명이 나란히 버클리 대학에 붙어서 나 혼자만 남겨두고 모두 떠나게 되기 전까지는 말이다.

그러니 어떻게 내가 걔네를 원망하지 않을 수 있겠어?

어렸을 때, 내게 UC 버클리에 가야 한다고 말했던 사람은 바로 아빠였다. 미국에 건너와서도 그는 인생을 성공으로 이끄는 최적의 열쇠는 교육과 학력이라는 생각을 포기하지 않았다. 매주 아빠는 두꺼운 코팅 용지로 제작된 대학 입학 안내 책자들을 한 무더기씩 집에 가져왔다. 책자들의 표지에는 모두 비슷비슷하게 아이비 덩굴로 뒤덮인 벽돌 건물을 배경으로 밝은 미소를 짓고 있는 학생들이 담겨 있었다. 하지만 그중에서 최고는, 아빠 말에 따르면, 표지에 시계탑이 있는 학교였다.

"왜?"

"여기가 바로 UC 버클리거든." 아빠가 자랑스럽게 말했다. 아빠는 항상 '벌-클-리(Berkeley)'에 들어가는 r을 빼먹은 채 '벅-클-리(Buckley)'라고 딱딱하게 발음했고 나는 아무 생각 없이 그걸 지적했다.

"아빠, '벅클리'가 아니라 '벌클리'라고 발음하는 거야."

아빠의 얼굴이 어두워졌다. "버-어-클리." 그는 입을 천천히 움직이며 말했다. "이제 맞니?" 아빠의 발음은 여전히 틀렸지만, 나는 미소를 지었다.

"맞아."

이후 아빠는 영어가 아닌 한국어로 바꿔 말하기 시작했다. 마치 다시 나한테 발음을 교정받는 일이 생길까 봐 두렵기라도 한 것처럼. "아주 훌륭한 학교다. 세계 최고 대학 중 하나가 바로 여기 캘리포니아에 있는 거야! 하버드에도 뒤지지 않고, 아빠가 다닌 서울대만큼이나 좋은 학교인데……." 아빠는 크게 숨을 들이쉬며 가슴을 부풀렸다. "게다가 등록금은 명문 사립 학교의 절반도 안 돼!"

나처럼, 내 친구들도 한국계 미국인이었다. 우리 넷은 관심사와 취미도 비슷했고, 언젠가는 UC 버클리에 가고 싶다는 꿈도 똑같았다. 마치 운명이 우리를 하나로 묶어준 것 같았다. 남의 집에서 자고 와도 된다고 외박을 허락해 주는 한국계 가정은 흔치 않았기에, 우리는 밤새도록 넷이서 전화 통화를 하면서 미래 계획을 짜고 앞으로의 인생을 설계했다. 일단 다 같이 버클리에 진학해서 기숙사에서도 함께 생활하고, 졸업하고 나면 같이 취업하고……. 그렇게 안정된 삶을 다지다가 행복한 결혼을 하면, 그렇게 태어난 우리 아이들도 결국 우리처럼 절친한 친구가 될 거라고 굳게 믿었다.

하지만 완벽해 보이던 계획에 차질이 생겼다. 우리 중 그 누구도 예상치 못했던 오차였다. 내가 버클리에 불합격한 것이다. 나 혼자만. 우리는 모두 성적이 비슷비슷했고, 대입 준비도 넷이서 함께했기 때문에 우리가 수행한 과외 활동 내용도 똑같았다. 완전히 말도 안 되는 일이었다. 왜 나만 떨어졌지? 도대체 왜?

내 통제력을 벗어난 일이었다는 걸 인정하긴 했어도, 솔직히 나는 아직도 이해가 가지 않는다. 우리를 하나로 묶어주었던 운명이 그만큼 쉽게 우리 사이를 갈라놓을 수도 있다니. 내가 할 수 있는 건 아빠가 그랬듯 그저 내게 주어진 팔자를 받아들이는 것뿐이었다.

합격 통지서는 4월에 왔다. 우리는 세라네 집에서 만났다. 걔네 집이 가장 크고 좋기도 했지만, 세라 부모님은 자녀의 사생활을 인정하고 존중해 주었기 때문이다. 우리 엄마와 아빠는 절대 이해하지 못할 것이다. 우리를 맞이한 세라 어머니는 화려하게 장식된 도자기 쟁반에 예쁘게 담아낸 쿠키와 차를 내주시곤 곧바로 자리를 비워주셨다. 인정하고 싶지 않았지만, 나는 마음속으로 세라를 질투했다. 세라는 모든 걸 다 가진 아이 같았다. 걔네 부모님도 우리 부모님과 거의 비슷한 시기에 서울에서 건너왔지만, 세라네 가족은 우리보다 훨씬 더 잘살았다. 건설 개발 회사를 운영하는 세라 아빠가 돈을 엄청나게 벌어들였기에 세라 어머니는 일할 필요가 없었다. 가끔 나는 세라 어머니가 종일 뭘 하면서 지내는지 너무 궁금해서, 그 집에 놀러 갈 때면 침실 문틈을 살짝 훔쳐보기도 했다. 하지만 아무것도 보지 못했다.

"셋까지 세면, 다들 자기 봉투를 가운데에 놓는 거야." 제니가 말했다. 동생을 셋이나 둔 맏딸이었기에 제니는 늘 대장처럼 굴었다.

그런데 이상하게도 내 봉투는 크기가 가장 작았고 나머지 세 개와는 뭔가 달랐다. 딱 봐도 납작하고 얄팍하게 보였는데, 반면 내 친구들의 손에 들린 봉투는 모두 묵직하고 두툼했다. 버클리 신입생을 위한 오리엔테이션과 과외 활동에 관한 안내 책자와 팸플릿으로 가득 차 있다는 암시가 그 두께에서 뿜어져 나왔다. 내가 절대로 알지 못하게 될 것들이 그들의 봉투 안에는 이미 들어 있었다.

"다들 얼른 열어봐." 내가 억지로 미소를 지어 보이며 말했다. 순간 시야가 뿌옇게 흐려졌지만, 친구들 앞에서 눈물을 흘리는 것만은 차마 허락할 수 없어서 눈에 힘을 꽉 주었다. "내 건 그냥 쓰레기통에 버려야겠다."

"그래도 열어는 봐야지." 제니가 말했다. "아마 대기자 명단에는 올라 있을 거야. 아니면, 하필 네 걸 인쇄할 때 종이가 떨어졌을 수도 있잖아."

나는 얇디얇은 봉투 입구를 쭉 찢었다. 가슴에서 심장이 튀어나올 듯 쿵쾅거렸다. *상관없어, 상관없다고,* 나는 연신 나 자신에게 말했다. *계속 반복하면 그렇게 아프지 않을지도 모르니까. 정말로 그 말을 믿게 될지도 모르니까.*

"어디 읽어봐." 세라가 말했다. 연민으로 가득한 세라의 목소리가 어찌나 부드러웠는지, 한 대 꽉 때려주고 싶을 정도였다.

"임지원 님 귀하." 내가 읽기 시작했다. "보내주신 입학 서류를 신중하게 검토한 결과, 귀하는 2017학년도 본교 신입생으로 진학이 불가함을 알려드리게 되어 매우 유감스럽습니다. 공교롭게도 올해 지원자 수는 역대 최고를 기록하여……."

"괜찮아." 세라가 내 어깨를 덥석 끌어안으며 말했다. "솔직히 진짜 실력으로 치면 넌 여기 붙고도 남았어. 입시가 얼마나 복불복으로 정해지는지 알잖아, 지원아. 이런 건 아무 의미도 없어."

"알아." 내가 말했다. 억지 미소를 짓느라 뺨 전체가 마비된 것 같았지만, 그래도 애써 굳은 표정을 유지했다. "나 화 안 났어. 이미 다른 좋은 학교에도 합격했는걸. 엄청나게 괜찮은 학교야. 심지어 거기선 일부 장학금도 나온다고 했고. 별일 아니야."

넌 도대체 누굴 설득하려는 거니?

누군가 망치로 내 심장을 세게 두드리는 것 같았다. 나는 거칠게 떨리는 숨결을 목 안으로 욱여넣었다. 딱 1초 정도, 간절히 부탁한다면 친구들이 떠나지 않고 여기 머물러줄지도 모른다는 미친 생각이 스쳐 갔다. 자존심이고 뭐고 다 버리고 부디 제발, 제발 내 곁에 있어 달라고 손이 발이 될 만큼 빌어본다면. 하지만 다행히 그 순간은 곧 지나갔고 나는 다시 혼자가 되었다. 제니의 입술이 우스꽝스러울 정도로 느릿느릿하게 움직이며 뭔가 말하고 있었다. 나는 제니가 무슨 말을 하는지 들으려고 정신을 집중했다.

"우리가 자주 찾아올게, 지원아." 제니의 말이었다. "버클리는 그렇게 멀지도 않고, 세라는 자기 차도 갖고 가잖아. 우리가 매달 오면 되지. 너만을 위해서. 우리 사이는 아무것도 변하지 않을 거야. 무슨 일이 있어도, 우리 넷은 언제나 젤 친한 친구들이잖아."

"그래, 우리 계획은 계속 진행되고 있어." 세라가 입술 한쪽 끝만 올라가는 특유의 미소를 지으며 말했다. "대학 졸업하고 나면, 우리 모두 취업하고 가까운 데서 모여 살 거니까."

나는 그 말을 믿지 않았다. 내가 그들의 삶에 계속 남아 있을 거라고 생각하다니 바보 같았다. 친구들에게는 각자의 꿈과 고민이 있었다. 나라는 존재는 그들에게 또 다른 짐이 될 뿐이다. 애초에 넷이 함께 세운 계획에서 내가 빠진다면, 그들이 그걸 계속 이어갈 이유가 있을까?

코를 풀어야겠다는 핑계로 세라의 방을 빠져나왔다가 나는 문득 한별의 가방 앞에 멈춰 섰다. 한별의 반지를 찾는 건 어렵지 않았다. 한별은 언제나 가방 앞쪽 가장 작은 주머니에 그걸 보관해 둔다는 걸 우리 모두 알고 있었다. 그건 한별이 가장 아끼는 물건이자, 자기 할머니로부터 물려받은 가보였다.

세라는 항상 한별의 그 반지를 부러워했다. 자기는 태어나서 할머니와 할아버지를 만나본 적도 없기 때문이라고 우리 모두에게 말하곤 했다. 세라의 조부모님은 일찍 돌아가셨고, 집안에 특별히 내려오는 유산 같은 건 전혀 없었다. 그러니 세라네 아빠가 아무리 돈을 많이 벌어도, 아무리 큰 부자로 살더라도, 오랜 가문의 전통과 기품이 어려 있다는 한별의 그 반지만큼은 세라가 절대로 가질 수 없는 단 한 가지였다. 방으로 다시 돌아와서, 나는 마침 열려 있던 세라의 책상 서랍에 그 반지를 살짝 흘려 넣었다. 떨어지는 순간까지 반짝 빛나던 반지는 금방 서랍 안쪽에 어지럽게 널린 은색 클립들과 여러 볼펜 사이에 가려져 거의 보이지 않게 되었다.

><

혹시 너희들 내 반지 못 봤니? 나 어떡해, 잃어버렸나 봐. 한두 시간 후 한별에게서 다급한 메시지가 도착했다. 문자를 읽는 내 심장이 크게 뛰었다.

마지막으로 봤던 장소가 어딘데? 제니가 응답했다.

세라네 집에 가자마자 바로 확인해 봤었거든. 😟 그땐 분명히 가방 안에 있었는데 지금은 없어. 그러니까 좀 찾아봐 줄래? 제발 부탁해…….

몇 분 내로 세라의 답장이 떴다. 네 가방 있던 곳 근처까지 다 찾아봤는데 아무것도 없어. 😟

나는 숨도 쉬지 않고 문자를 입력했다. 별아, 세라네 갔을 땐 분명히 있었던 게 맞지? 그랬다면 어딘가 떨어졌을지도……. 세라야, 내일 우리 다 같이 너희 집에 가서 찾아봐도 될까?

당연하지!!! 학교 끝나고 와. 별아, 우리가 찾아낼 거야. 걱정하지 마. 😊

다음 날 오후 우리 넷은 세라네 아름다운 저택 거실을 기어다니다시피 하며 사라진 반지의 행방을 찾았다. 얼마나 엎드려 있었던지 나중엔 허리에 통증이 느껴질 정도였다. 그동안 한별은 내내 훌쩍거리며 흐느낌을 멈추지 못했고, 그렇게 한두 시간이 꼬박 흘러가고 나서야 제니가 우리 모두를 멈추게 했다.

"아무래도 여긴 없는 것 같아." 안쓰럽다는 듯 한별의 어깨를 감싸며 제니가 말했다. "아래층 전체를 이렇게 구석구석 뒤졌는데도 안 나오는 걸 보면……."

"잠깐만." 내가 천천히 말했다. "세라 방 어딘가에 떨어졌을 수도 있지 않아?"

"아니야." 한별이 말했다. 눈물이 그의 뺨을 타고 흘러내렸다. 셔츠 앞부분은 이미 흠뻑 젖어 있었다. "바로 여기 아래층에 놔뒀어. 가방은 위층에 가져가지도 않았단 말이야."

"그래도." 내가 고집했다. "확인은 해봐야지. 혹시 모르는 일이잖아."

"물론 얼마든지." 세라가 말했다. "나는 괜찮아. 그 반지가 너한테 얼마나 소중한 물건인지 아는데."

우리는 한 줄로 나란히 서서 위층으로 올라가 수색을 시작했다. 세라의 침대 아래도 살펴보고, 방에 깔려 있던 고급스러운 하얀 카펫의 복슬복슬한 털까지 헤집으며 그야말로 샅샅이 뒤졌다. 시간이 지날수록 한별은 점점 더 자제력을 잃고 안절부절 못했다. 그리고 마침내 내 시선은, 세라의 책상 서랍 안쪽, 찬란한 은빛 클립 사이에서 거의 보일락 말락 하게 반짝이는 작은 금붙이에 고정되었다.

"저게 뭐지?" 내가 물었다.

다음 순간 한별이 황급히 달려와서 그것을 집어 들었다. "내 반지!" 새된 외마디 비명이 터져 나왔다. 한별의 콧구멍에서는 눈물 섞인 콧물이 뚝뚝 떨어지고 있었다. 세라를 향해 몸을 돌린 한별은 목이 꽉 메어 흐느끼는 목소리로 말했다. "네가 어떻게 이럴 수 있어?"

세라가 뭐라 대답하기도 전에, 한별은 잔뜩 성난 발걸음으로 방문을 박차고 나가버렸다.

"지금 이게 무슨 상황이야?" 제니가 어처구니없다는 듯 물었다. 세라는 고개를 가로저으며 동그랗게 토끼 눈을 떴다.

"내가 한 짓 아니야. 맹세해."

"그럼 누가 또 있어? 세라 네가 그 반지를 얼마나 오랫동안 질투하고 탐냈는지 우리 다 아는데. 솔직히 네 말 못 믿겠어!"

"나 아니라고!"

"그렇게 계속 우겨보든가." 제니가 중얼거리며 방에서 나갔다.

세라는 내게 몸을 돌려 애원하는 목소리로 말했다. "지원아, 너는 나 믿지, 그렇지?"

나는 천천히 고개를 저었다. "너 참 대단한 애다. 모든 걸 다 가졌으면서, 왜 한별이가 유일하게 가진 하나까지 뺏으려고 해? 철 좀 들어." 그 말을 남기고, 나는 세라 혼자 울음을 터뜨리도록 내버려둔 채 방을 나왔다.

그 사건 직후 한 달 동안, 나는 온갖 수단을 동원하여 치졸하고 야비한 방해 공작을 펼쳤다. 세라에게는 제니 특유의 말버릇을

흉내 내어 익명의 이메일 여러 통을 보냈다. (제니의 말투는 바로 구두법 표기에서 드러났다. 제니는 온점 대신에 쉼표를 쓰는 습관이 있었고, 문장 중간에도 툭하면 쉼표를 남발하는 걸 좋아했기 때문이다) 또 나는 제니가 짝사랑하는 상대인 척 연기하면서, 모르는 번호로 제니에게 문자를 보냈고, 가까운 카페에서 만나자고 가짜 데이트까지 약속한 뒤 바람을 맞혔다. 한별이와 만날 때는 세라가 얼마나 이기적이고 못된 애인지 계속해서 은밀하게 속삭였다. 우리보다 훨씬 더 풍족하고 부유한 환경을 누리고 있으면서, 어떻게 그렇게 소중한 것 하나까지 빼앗아 가려 할 만큼 뻔뻔할 수 있냐고 말이다.

그때쯤 우리는 예전처럼 넷이서 모이지도 않았고 서로에게 말을 걸지도 않았다. 나는 우리 네 사람 사이를 거의 완전히 갈라놓았다. 참 오래도록 정답게 지내왔는데도, 이처럼 짧은 시간에 혼돈과 분열을 만들어냈다는 게 꽤 만족스러웠다. 같은 대학에 진학해 여길 떠나더라도, 이제 그들은 영영 친구로 남지 못하겠지.

뭔가 이상하다는 걸 가장 먼저 깨달은 사람은 제니였다. "최근 우리 모두 이렇게 나쁜 일만 벌어지는데, 유독 너한테만 전혀 그런 일이 생기지 않는다는 게 뭔가 신기하네?" 제니가 의심스럽다는 듯 물었다. 날카로운 질문에 깜짝 놀라서 침을 꿀꺽 삼키자 두 뺨이 화끈 달아오르는 게 느껴졌다.

"나도 몰라. 그냥 운이 좋은 거겠지?"

제니는 눈을 가늘게 뜬 채 내 표정의 변화를 찬찬히 살펴보았고, 나는 내가 꾸며낸 모든 작전이 끝나버렸다는 걸 알았다. 나중에, 한 달이 넘도록 침묵으로 얼어붙어 있던 단체 대화방에 나를 향한 메시지가 올라왔을 때도 나는 아무런 감정도 느끼지 못했다. 그저 무감각한 마비 상태가 내 온몸을 뒤덮었다.

네가 무슨 일을 저질렀는지 우리 다 알게 됐어……. 그동안 우리한테 벌어졌던 모든 일을 돌이켜 보면 널 다시 본다는 게 쉽지는 않지만, 네 마음이 어디서부터 어긋나기 시작했는지는 어느 정도 이해해. 우린 기숙사에 들어가느라 다음 주 초에 떠날 거야. 추수감사절 연휴 때 집에 돌아오면 그때 다시 얘기하자.

그걸 읽는 동안 나는 숨을 쉴 수가 없었다. 실제로 질식하는 것만 같았다. 휴대폰의 전원을 꺼버리고 침대에 기어들어 가 이불 아래 몸을 동그랗게 웅크렸다.

아마도 그때가, 내 인생의 실타래가 과연 어떤 방향으로 풀려나가게 될지 정해져 버린 순간이었는지도 모른다. 아니면 불합격 통지서를 손에 쥐었을 때, 심장이 터져버릴 만큼 막막하게 가슴이 조여오던 그 순간이었는지도. 내 친구들이 우리 동네를 떠나던 날, 나는 아무도 눈치채지 못하는 곳에서 그들이 왁자지껄 출발하는 걸 몰래 지켜보았다. 나도 모르게 눈물이 흘러 얼굴 아래쪽으로 뚝뚝 떨어졌다. 내 몸이 가벼워지다 못해 거의 무중력 상태가 된 느낌이었다. 어딘가 멀리 뒤떨어진 곳에 잘못 끼어버려서, 바람이 빠진 채 홀로 남겨진 풍선 같았다. 그 후 3주의 시간이 화살같이 흘러가고 나서, 나는 아빠도 우리를 떠난다는 이야기를 들었다.

결국엔, 모두가 떠나버리고 만다.

19

잔뜩 힘을 준 어깨로 묵직한 문을 밀어 열자 실내의 서늘한 에어컨 공기가 돌풍처럼 내게 쏟아진다. 카페 안은 내 또래 정도로 보이는 젊은 손님들로 가득하다. 저마다 손에는 차가운 얼음이 달각대는 냉커피나 버블티 컵을 들고 있다. 제니가 친구들과 도착했다는 문자 메시지를 보내왔고, 나는 주변 사람들의 얼굴을 힐끔거리며 그들을 찾아본다. 어떤 이유에선지 내 기억 속에 남은 걔네 모습은 희뿌연 유리창 너머의 형상처럼 흐릿하다. 마음 한구석에서는 완전히 달라진 그들의 모습을 내가 전혀 알아보지 못할까 봐 엷은 걱정이 피어오르기도 한다. 그러다 다음 순간 나는 친구들을 발견한다. 모서리 자리의 널찍한 초록색 빈백 소파에 앉아, 서로 얼굴을 맞댄 채 조용히 대화를 나누고 있다.

그들은 대체로 예전과 다름없어 보이긴 하지만, 세 명 모두 여기 있을 때보다 밝은 햇볕을 더 많이 쬐었는지 살짝 그을린 피부가 활기차 보였고 무엇보다 더 행복해 보인다. 사랑스럽고 따스한 분위기가 그들에게서 뿜어져 나온다. 다리에서 힘이 쭉 빠져나가는 것 같다. 나는 비틀거리며 몇 발짝 뒤로 물러나 커다란 화분에 담긴 식물 뒤에 쭈그리고 앉아 친구들을 지켜본다. 유리창을 투과하며 곱게 걸러진 햇빛이 공기 중에 떠다니는 먼지들을 하나하나 비추고 있다. 보잘것없이 작은 먼지 조각들이 느릿하게 회전하며 허공을 부유한다. 나는 숨을 참는다.

친구들에게 가봐야 한다. 가서 인사를 해야 한다. 스토커처럼 이 식물 뒤에 몰래 웅크리고 있는 지금의 상태에서 빨리 벗어나야만 한다. 그렇게 하려면 도대체 어떻게 해야 할지 몰라 나는 무심결에 휴대폰을 꺼낸다. 그러자마자 아침에 제프리가 보냈던 문자가 떠올랐다. 오늘 오랜만에 애들을 만난다는 불안감 때문에, 미처 답장하는 것도 잊어버렸던 그 메시지다.

그의 메시지는 이렇다. 추수감사절 잘 보냈어? 지금은 뭐 해?

괜찮았어. 지금 화분 뒤에 숨어 있어. ㅋㅋ 넌 연휴 잘 지냈어?

ㅋㅋㅋ!!! 그게 무슨 말이야???

설명하자면 복잡해. 나는 이렇게 답장한다.

너는 항상 모든 게 다 복잡하지…….

갑자기 식물의 커다란 초록 잎이 좌우로 갈라진다. 그 너머로 황당한 표정을 짓고 있는 제니가 나를 바라본다. "저기, 지원아? 바닥에 앉아서 뭐 하는 거야?"

"어? 아무것도 아니야. 방금 귀걸이 한쪽을 잃어버려서……." 나는 웅얼거린다.

"귀걸인 찾았어? 우리가 도와줄 수도 있는데……."

"찾았어." 내가 말한다. "신경 쓰지 마."

나는 어색하게 몸 옆쪽으로만 제니를 끌어안으며 인사하고 그를 따라 걔네가 나란히 앉아 있던 소파로 갔다. 세 명으로 이미 가득 차버린 소파엔 공간이 없어서, 나는 탁자 맞은편에 홀로 외롭게 놓여 있던 스툴에 앉는다. 등받이도 팔걸이도 없는 둥근 스툴의 높이는 그들이 앉은 소파보다 더 낮아서, 뭔가 친구들이 나를 내려다보며 내 가치를 평가하는 듯한 느낌이 들었다.

"귀걸이를 얼마나 오랫동안 찾고 있었길래?" 제니가 묻는다. "우린 여기서 계속 너 기다리고 있었지."

"한 1~2분 정도."

"그동안 어떻게 지냈어, 지원아?" 세라가 화제를 돌린다. 세라는 항상 상냥한 태도로 나를 배려해 주는 친절한 아이였다. 안정적인 가정환경과 돈 많은 부모님을 두었다는 이유로, 내가 세라에게 느껴왔던 원망과 반감은 결코 온당하지 못했다.

"아무 일도 없었는데." 내 손에서 휴대폰이 진동한다. 나는 힐끗 내려다본다. 또 제프리의 문자다.

잠깐. 근데 화분 뒤에 숨어 있다는 그 부분 좀 자세히 설명해 줄래? 정말로 궁금해져서.

나는 킥 웃었지만, 답장은 하지 않고 탁자 위에 휴대폰 화면을 엎어놓는다. 이내 다시 진동이 울린다. 아무 생각 없이 나는 바로 손을 뻗는다.

너 진짜 이렇게 나 괴롭힐래? 궁금해 죽기 직전!!!

이번에는 그만 웃음이 터져버린다. 맞은편의 친구들이 의아한 표정을 지으며 눈썹을 치켜세운다.

"지원아, 지금 누구랑 얘기하는 거야?" 한별이 묻는다. "너 이런 모습 처음 봐."

"아무도 아니야." 나는 다소 급하게 느껴질 만큼 빠르게 대답한다. "미안, 문자는 나중에 할게."

"내가 네 것까지 미리 주문해 놨어." 세라가 탁자 중앙에 놓인 음료 잔을 가리키며 말한다. "아이스티 괜찮아? 싫으면 다른 걸로 다시 시킬 수도……."

"아냐, 이걸로 됐어." 나는 얼른 유리잔을 들어 올린다. 얼음이 녹으며 유리잔 바닥에 고여 있던 물이 거의 한 바가지나 후드득 떨어져 내린다. 나는 냅킨을 가져와 사방으로 튄 물기를 닦아내며, 그 일에 지나치게 몰두한 척한다.

세라가 헛기침을 하며 목을 가다듬는다. "그러니까…… 서로 좀 불편하더라도, 일단 대화할 건 해야겠지. 우리가 떠나기 전에 있었던 일 말이야."

"우리가 꼭 그래야 할까?" 자제력을 발휘해 보기도 전에, 내 입에서 경솔한 말이 먼저 튀어나온다. "내가 왜 그랬는지, 너희도 그 이유는 이해했다며. 그러니까 그냥 묻어버리고 넘어가면 안 돼? 진짜 심각하게 나쁜 일이 생겼던 것도 아니고……."

세 사람은 서로 의미심장한 표정을 교환한다.

"들어봐." 제니가 말한다. "우리는 정말 차근차근 짚어가면서, 어떤 일이 있었는지 말하고 싶어."

"내가 그럴 수 있을지는 잘 모르겠다."

"왜?" 한별이 묻는다. 눈썹을 찡그린 걸 보니 화가 난 모양이었다. "지원이 너 정말 왜 이러는 거야? 너는 뭔가 잘못할 때마다 우리가 널 당연히 용서하겠거니 생각하지. 예전에 네가 제니기차표 가져갔을 때 기억나? 제니가 나랑 샌디에이고 못 가게 하려고 그랬잖아. 너도 가고 싶은데 못 가니까, 우리 여행을 엄청나게 시기했어. 우리가 도대체 왜 그런 짓을 했냐고 물었을 때도 넌 거짓말을 했어. 그 이후 제대로 사과한 적도 없고. 항상 우리한테만 그냥 넘어가라고, 이제 그만하라고 하잖아. 하지만 우리도 그러는 게 쉽지 않아. 그리고 이번에 네가 벌인 짓은 솔직히 용서할 수 있는 범위를 넘어섰어. 난 네가 도대체 왜 그랬는지 알고 싶어, 지원아."

나는 입술을 꾹 다물었다. "난 얘기 못 하겠어." 친구들의 실망한 얼굴을 더는 보고 싶지 않아서, 나는 손에 든 휴대폰 화면만 빤히 내려다본다. 바로 그 순간, 제니가 탁자를 양손으로 쾅 내리친다. 어찌나 세게 쳤는지 탁자 전체가 덜덜 떨린다.

"야, 임지원. 지금 누구랑 얘기해? 완전 말도 안 돼. 우리가 너한테 얼마나 심각한 상처를 받았는지 말하고 있는데 넌 이 일에 아예 관심조차 없네. 새로 시작한 삶이 그렇게 바쁘다 이거야? 이제 우린 필요도 없어? 우린 너한테 아무런 의미도 없니?"

"어, 네 말이 맞아." 내가 조용히 말한다. 여기 앉아 있던 시간 내내, 내가 강박적으로 찢어낸 냅킨이 수십 조각으로 나뉜 채 흩뿌려져 있는 탁자를 나는 가만히 내려다본다. 내가 어질러버린, 엉망진창의 쓰레기 현장. 깊은숨을 크게 들이쉬고 나서 나는 말한다. "나는 새 인생 사느라 너무 바쁘고, 새로 사귄 친구들도 있어. 모든 일이 다 잘됐어. 우리 가족도 완벽 자체고. 모든 게 딱 좋아."

나는 자리에서 일어나서 내 물건을 챙긴 뒤에 카페 문밖으로 나간다.

20

12월, 엄마가 지현이와 나에게 폭탄 발언을 한다. 기말시험 주간이라 물에 빠져 숨도 못 쉬는 기분이다. 온종일 쉴 새 없이 책을 읽고 필기하느라 손이 너무 저려서 밤마다 얼음찜질을 해야 할 정도로 힘들다. 지현이도 지리 수업에 제출해야 할 큰 과제가 있어서 매일 저녁 식사가 끝나면 우리 자매는 엄마가 음 소거 상태로 TV를 보는 동안 주방 식탁에 둘러앉아 공부한다.

오늘 밤도 다르지 않다. 지현이가 탁자 위에 색연필을 펼쳐놓고 세심하게 지도를 그리는 동안 나는 철학 교과서를 자세히 훑어본다. 어쩌다 한 번씩 내 휴대폰이 진동한다. 나는 책에서 눈을 떼고 잠시 휴대폰을 확인한다.

이 사진 보니까 네 생각이 나서, 제프리의 문자 메시지다. 첨부된 이미지를 열어보자 무심결에 코웃음이 나온다. 주황색 고양이 한 마리가 테이블 위에 고개를 파묻은 채 엎드려 있는 사진이다.

ㅎㅎ 딱 지금 내 모습이네. 읽어야 할 자료가 너무 많아.

그럴 줄 알았지. 철학 공부는 다 했어? 너만 괜찮다면 만나서 예상 문제 몇 개 같이 준비해 볼 수도 있는데. 아니면 그냥 이렇게 내가 보내는 고양이 이모지로 대신할 수도 있고…….

🐱🐱🐱
🐱🐱🐱

제프리에게 답장을 쓰기 시작하는데, 엄마가 갑자기 말을 꺼낸다. "얘들아? 새로운 소식이 있어." 나는 휴대폰 화면에서 고개를 들어 엄마를 올려다본다. "조만간 조지가 우리 집에 이사 올 거야. 잠깐만, 별로 오래 있진 않을 거고." 엄마가 덧붙인다. "조지 아파트에 공사가 잘못돼서 물이 엄청나게 샌대. 그래서 수리 끝날 때까지 우리 집에 와서 지내도 된다고 했어. 아마 한 달쯤, 길어야 두 달 정도 있을 거야."

지현이가 어이가 없다는 듯 곧장 입을 열어 반대하려 했지만, 엄마가 무서운 표정으로 째려보자 결국 아무 말도 못 하고 입을 다물었다. 지현이는 대신 내 쪽을 돌아본다.

"뭐라도 좀 말해봐." 동생이 우는 소리를 냈다.

"무슨 말?" 내가 퉁명스럽게 대꾸했다. 그러자 지현이는 잔뜩 화가 난 기색으로 벌떡 일어나더니 우리 방으로 뛰어 들어가서 문을 쾅 닫았다. 마음속에 깊은 압박감이 밀려오는데, 오늘 밤까지 공부해야 할 교재 분량은 아직 70쪽이나 남아 있다. 지금은 도저히 이 상황을 감당할 수 없다.

지현이가 들어가 버리자, 엄마는 아예 TV 볼륨을 높인다. 나는 똑같은 페이지, 같은 줄의 같은 문장을 몇 번이고 반복해서 읽는다. 의미는 전혀 들어오지 않고, 머릿속엔 그저 단어들이 아무렇게나 뭉쳐진 채 흐릿해질 뿐이다. 점점 분노가 치밀어 오른다. 마침내 나는 신경질적으로 책을 덮어버렸다.

🐱 믿을 수가 없어. 나는 제프리에게 메시지를 보낸다.

우리 엄마가 방금 자기 남친이 당분간 우리 집에 들어와 살 거래. 그 남자 아파트에 무슨 문제가 있다나.

엥, 어떻게 그럴 수가. 사귄 지 얼마 안 되지 않았어?

그러니까! 이건 말도 안 돼. 난 지금 기말시험 준비 중인데. 나한테 얼마나 중요한 시기인지 엄마도 알면서. 완전 어이없어.

진짜 황당하겠다. 나까지 마음이 안 좋네. 괜찮다면 우리 집에 와 있을래? 🐱 🐱 🐱 🐱 🐱 우리 엄마랑 새아빠는 월요일부터 여행 갈 거라서 몇 주간 집을 비우거든. 네가 내 방을 쓰면 되고, 나는 거실 소파에서 잘게. 사생활 완전 보장. 혼자 조용히 집중할 수 있을 거야.

제프리의 스스럼없는 권유에 내심 깜짝 놀라지만, 이건 문화적인 차이다. 제프리는 그저 친절을 베푸는 것이다. 미국 아이들에게 이런 말은, 좋은 친구라면 당연히 할 수 있는 말이다. *어, 부모님이랑 싸웠다고? 그러면 우리 집에 와서 지내.* 아마 제프리가 한국의 관습과 문화에 대해서 알게 된다면 크나큰 혼란에 빠질 만할 것이 많겠지.

아니야, 괜찮아. 말만으로도 고마워. 어떻게든 되겠지.

마음 바뀌면 바로 얘기해. 제안은 언제든 유효하니까. 🐱

다음 날 조지가 커다란 짐 상자 세 개를 들고 나타나서, 주저하거나 미안해하는 기색도 없이 우리 거실에 볼썽사납게 패대기쳤다. "오, 내 새로운 룸메이트들!" 그 남자는 지현이와 나에게 말했다.

조지는 즉시 원래부터 자신이 이 집에 살고 있던 것처럼 제멋

대로 편안하게 행동한다. 샤워 후에는 젖은 수건을 욕실 바닥에 그대로 던져두고, 치약을 쓰고 난 뒤 뚜껑은 절대로 닫은 적이 없다. 싱크대에는 식사 후 애벌 헹굼조차 하지 않아서 조지가 먹던 음식물이 그대로 묻은 채 딱딱하게 굳어가는 접시들이 산더미처럼 쌓여간다. 냉장고에 있는 우유란 우유는 몽땅 혼자서 마셔버리고, 심지어 빈 우유 통은 씻어서 쓰레기통에 정리하는 게 아니라 엉뚱하게 그대로 냉장고에 넣어버린다. 그리고 저녁 시간, 우리가 거실에 나와 있을 때 그 남자는 은근히 우리 자매의 모습을 찬찬히 지켜본다. 누군가의 끈질긴 응시에 노출되어 있다고 생각하니 짜릿한 흥분과 무시무시한 공포감이 동시에 나를 찾아온다. 조금만 고개를 들어 시선을 정면으로 향한다면 조지의 푸른 눈동자가 내 눈과 한 치의 오차도 없이 마주칠 것임을 나는 알았다.

"저 남자는 주변 호텔 같은 데라도 가 있을 순 없는 거야?" 지현이가 짜증스러운 한숨을 내쉬었다. "왜 굳이 좁아터진 우리 집에 같이 있으면서 우리 생활을 방해하는 건데?"

"호텔에 장기 투숙하려면 꽤 비싸잖아." 나는 지현이를 달래려고 애쓰며 말한다.

"저 남잔 직업도 없대? 돈도 없고?"

"IT 컨설턴트 일을 한다는데. 그러면 돈은 있겠지."

"IT 컨설턴트? 대체 무슨 일을 한다는 거야?"

"나도 몰라. 컴퓨터 설치 같은 것 아닐까? 하드웨어나 프로그램 설치에 관해서 이야기하는 걸 우연히 들었거든. 어쨌든 엄마 말로는 그랬어. 조지가 소속된 본사는 뉴욕에 있어서, 어느 지역이든 본인이 원하는 곳에서 일할 수 있다나 봐. 근무 시간도 본인이 조절할 수 있고."

지현이가 한숨을 내쉬며, 꼭꼭 닫아둔 우리 방문에 등을 대고 바닥에 앉는다. "나 아빠 보고 싶어." 동생이 갑자기 툭 말한다. 내 몸이 얼음장처럼 굳는다. 지현이가 그렇게 말하는 걸 듣게 되니 여러 감정이 뒤섞여 거대한 파도처럼 치밀어 오른다. 나는 얼른 눈을 여러 번 깜빡이며 고인 눈물을 삼킨다.

"난 별로 안 보고 싶은데." 내가 말한다.

지현이가 나를 냉엄한 눈초리로 바라본다. "언니 나한테까진 거짓말 안 해도 돼, 알잖아."

"진짜 아니거든. 지금 내가 거짓말쟁이라는 거야.?"

"가끔은 거짓말쟁이 맞지." 지현이가 어깨를 으쓱해 보인다. "언니가 감추려는 진심이 뭔지 알고 있을 때도, 굳이 지적하지 않을 뿐이야."

나는 화제를 돌린다. "예전에 아빠가 집에 쿠키 한 통 사 왔을 때 기억나? 우리가 아빠 건 하나도 안 남기고 몽땅 다 먹어버렸잖아." 나는 웃음을 터뜨리고, 지현이도 따라 웃는다. "아빠가 우리보고 마트까지 걸어가서 새로 한 통 더 사와야 한다고 했었지."

"그때 아빠 되게 화냈었는데." 지현이가 한숨을 쉰다. "이건 언니한테 한 적 없는 얘긴데, 말해줄까? 2년 전 내 생일날 나 학교 안 가고 집에 있어도 된다고 아빠가 허락해 주기도 했어."

"뭐라고?!" 나는 분개하며 자리에서 일어난다. "나한텐 한 번도 그랬던 적 없어."

"그래서 아빠가 언니한테 절대 말하면 안 된다고 약속하게 했지." 지현이가 씩 웃으며 책상으로 다가간다. 나는 동생이 자기 책상 위에 나란히 둔 끄덕끄덕 인형들을 하나씩 톡톡 건드리는 모습을 본다. 인형들은 점점 더 빨리 머리를 끄덕인다. 지현이의 말이라면 뭐든지 옳다고 동의해 주는, 맹종과 단결이 넘치는 지현이만의 작은 군단 같다. "그때는 언니한테 엄청 자랑하고 싶었는데, 말하면 언니가 지금처럼 분노할 걸 알았지."

"너무 불공평하잖아! 아빠는 나한테 하루라도 학교 빠지면 수업 다 낙제하고 결국 노숙자로 인생 종 칠 거라고 입버릇처럼 말했었어." 나는 기가 찬 코웃음을 쳤다. "아빠가 몇 년 동안이나 안 버리고 일부러 우리 창고에 보관했던 냉장고 상자 기억나? '이건 우리 지원이가 학교를 포기하기로 하고 아무 데도 갈 곳이 없어질 때를 대비해서 남겨두는 거야'라고 항상 말하면서. 웃기지도 않아, 정말."

"맞아, 아빠 그랬지." 지현이의 눈이 눈물로 반짝인다. "진짜 말도 안 되게 이상한 사람이었어." 나도 울고 있다는 걸 동생에게 들키지 않으려고 나는 지현이를 꼭 안아주었다.

21

철학 기말시험을 보는 도중에 머리가 아프기 시작했다. 악명이 자자할 정도로 어려운 시험 때문에 생겨난 스트레스성 편두통이다. 나는 속으로 알다나 교수님에게 저주를 퍼부었다. 내 옆자리에는 제프리가 한쪽 입꼬리 밖으로 혀를 내민 채 맹렬한 기세로 답안을 적어 내려가고 있다. 한편 반대쪽 옆자리의 알렉시스는 몇 줄씩 끄적이다 잠시 멈추고 펜으로 자기 턱을 가볍게 치며 골똘히 생각에 잠겨 있다가, 다시 답을 작성하는 과정을 반복한다. 나는 알렉시스의 답안지를 슬쩍 곁눈질해 보지만, 깨알같이 작은 그의 필체를 읽어내기란 불가능하다.

제프리는 알렉시스를 좋아하지 않는다. 물론 자기 감정을 절대 말로 표현하지는 않았지만 말이다. 한 달 전, 그들은 강의 중

토론하다가 불꽃 튀는 대전에 돌입했다. 토론의 주제는 운명, 자유 의지, 그리고 인간 본성이었다. 제프리는 운명이나 숙명 같은 건 아예 존재하지 않는다는 관점을 피력했고, 알렉시스는 이를 정면으로 반박하는 주장을 펼쳤다.

"모든 게 미리 정해져 있다고 말하는 거야?" 제프리가 말했다. "그럼 어떤 일이든 무슨 의미가 있어? 어차피 지금의 이 현실이 미리 돌에 새겨놓은 듯 정해져 있는 거라면, 오늘 내가 왜 수고를 들여 이 강의에 출석하러 오고, 힘들게 공부하고, 지금 이런 토론 같은 걸 해야 하지?" 강의실에 있던 다른 남학생들이 일제히 동의를 표하며 중얼거렸다.

"나는 우리가 하는 선택이 무의미하다고 말하는 게 아니야. 네 말은 논점에서 완전히 벗어났어." 알렉시스가 말했다. "나는 우리의 선택 그 자체가 절대적으로 중요하다는 거야. 이렇게 말해보자. 우리 인생에서 일어나는 주요 사건들이 미리 정해져 있다고 쳐도, 그 사건에 도달하는 방법이나 우리 각자가 고르는 경로는 굉장히 다양하잖아? 바로 그것이 우리가 매 순간 내리는 판단과 선택으로 결정된다는 거야. 아마도 제프리, 너는 언젠가 의사가 되기를 네 인생의 숙명으로 삼고 있겠지. 하지만 과연 그 과업을 이루는 게 10년 후가 될지, 30년 후가 될지는 지금 네가 하는 일련의 선택으로 정해진다는 얘기야."

제프리가 화가 난 표정으로 입술을 앙다물었다. 그의 얼굴은 점점 빨개졌고, 알렉시스의 말에 정곡을 찔려 심리적으로 흔들렸다는 걸 누구나 알 수 있었다.

"내 말은 *하나도* 논점에서 벗어나지 않았어." 제프리가 불만 스럽게 투덜거렸다. "내가 지금 당장 이 교실에서 나가서 달리는 차에 뛰어들 수도 있지. 그러면 운명이니 숙명이니 하는 시시한 네 주장은 바로 끝나버릴걸."

그 시점에서 알다나 교수님이 끼어들어 토론을 중단시켰다. 하지만 그때 알렉시스가 했던 말은 내 머릿속에서 계속 반복되었다. 나는 오랫동안 내 인생의 팔자소관에 대해 스스로 아무런 힘을 발휘할 수 없으며, 그저 팔자가 이끄는 대로 몸을 맡기는 수밖에 없다는 관념에 굴복해 왔다. 하지만 알렉시스의 주장이 옳을지도 모른다. 물론, 내가 할 수 있는 일과 할 수 없는 일에는 분명한 한계가 있다. 그러니까, 예컨대 내가 이 나라의 대통령이나 억만장자가 될 가능성은 거의 없을 것이다. 그러나 그 밖에 내가 이룰 수 있는 일은 수천 가지에 이른다.

안타깝게도 그 이후 제프리와 알렉시스는 의도적으로 서로를 피하고 있다. 내가 제프리에게 알렉시스 얘기를 꺼낼 때마다 제프리는 인상을 찌푸린다. 알렉시스의 이름을 직접 언급하지는 않지만, 항상 한두 마디씩 비꼬는 말을 끼얹는다. "확실히 그 *여자애* 학교에는 토론 동아리라는 게 없었나 봐" 혹은 "모든 일이 일어나는 이유가 미리 정해져 있다고 믿는 환상의 세계에서 살아가다니 *얼마나* 좋을까" 등등. 반면 알렉시스는 내가 자기 앞에서 제프리를 언급하더라도 훨씬 친절한 태도를 보여준다. 그저 매번 자연스럽게 화제를 돌리는 것을 보면, 상대방을 불편하게 느끼는 심정은 서로 비슷해 보이지만 말이다.

내가 새로 사귄 두 친구가 하필 앙숙이 되다니, 곤란한 상황이다. 나는 두 사람을 같은 방에 불러 모을 생각도 하지 못한다. 공부든, 식사든, 아무것도 셋이서는 함께할 수 없다. 물론, 내가 알렉시스보다 제프리와 더 친하다는 건 인정한다. 하지만 알렉시스와 함께 있을 때면, 특별히 뭔가를 하지 않아도 오래오래 곁에 있고 싶어진다. 그러다 결국엔 나도 모르게 긴장되고 어리벙벙해지는 느낌이 드는데도 말이다.

양손에 얼굴을 파묻은 채, 나는 강의 교재에서 읽었던 내용을 머릿속에 되살려 보려고 애쓴다. 바로 오늘 아침에 읽었던 부분이다. 여성 인권에 관해 설명하는 장이 내 시야에서 흐릿하게 떠올랐다가 사라지기를 반복한다. 눈꺼풀을 덮고 있는 한 겹의 얇은 피부 아래 단단하게 뭉쳐 있는 안구를 느끼며, 나는 내 눈을 더 세게 누른다.

암흑의 어렴풋한 시야 속에서 밝은 푸른색 섬광이 번쩍인다. 나는 그 빛에 집중해서, 마침내 그 섬광이 푸른 눈알 형상으로 변할 때까지 지켜본다. 조지의 완벽한 눈동자 중 한쪽이다. 그것은 아슬아슬하게 내 손이 닿지 않는 지점에서 둥둥 떠다닌다. 손을 길게 뻗는다면 낚아챌 수 있을 것도 같다. 그리고 내 두 손가락 사이에서 콱 짓이겨 버릴 수도 있겠지. 조금만 더, 이제 거의 잡을 수 있어…….

"지원?"

눈이 번쩍 뜨인다. 나는 다시 양옆에 제프리와 알렉시스가 앉아 있는 강의실로 되돌아왔다. 여전히 백지상태인 내 시험 답안지가 바닥에 떨어져 있다. 알렉시스가 조심스럽게 내 팔을 짚는다. 그 손길이 다정하고 부드럽다. "괜찮아?"

나는 갑자기 자리에서 일어선다. 강의실 전체가 내게 시선을 돌린다. "가야겠어." 나는 조그맣게 중얼거린다. "속이 안 좋아."

알다나 교수님이 사정을 이해한다는 듯 내게 고개를 끄덕여 준다. 강의실 앞쪽으로 걸어가서 아무것도 쓰지 못한 답안지를 교수님에게 들이미는데, 틀림없이 이 과목은 낙제하겠다는 걸 깨닫는 순간 뱃속이 뒤집히는 느낌이 든다. 교수님이 내게 속삭인다. "가서 좀 쉬렴."

교수님이 나를 동정하고 있다는 걸 딱 봐도 알 수 있다. 나는 그게 싫다. 알다나 교수님도, 교수님의 이 멍청한 시험도 싫다. 조지도 싫고, 그 남자의 끔찍한 파란 눈도 싫다. 이 세상 모든 것, 모든 사람이 전부 다 싫다.

나는 대체 누구로 변해가고 있는 걸까? 지금 나에게 무슨 일이 일어나는 거지? 고등학교 졸업을 앞두고 있을 때만 해도 내 전체 학점은 전교 3등이었고, 대학에 오기 전까지는 그 어떤 과목

에서도 A- 미만의 점수를 받은 적이 없었다. 나는 학교 도서관 중 한 건물을 마주하고 있는 벤치에 앉아, 가슴 깊이 내려앉는 절망감을 떨쳐내려고 애써본다.

문제는 이거다. 이제 아빠까지 떠났으니 나는 지금보다도 더 열심히 노력해야 한다. 아빠가 우리 곁에 있을 때는, 적어도 가족 구성원으로서 엄마와 지현이에게 힘이 되어주는 역할을 분담할 수 있었다. 하지만 지금 이 시점에 내가 학사경고를 먹고 대학에서 제적되기라도 하면 내 인생은 물론 엄마와 지현이의 인생까지 끝장이다. 우리는 어딘가에 꿍쳐놓은 재산도 없고, 사고나 실패를 대비한 차선책도 없고, 미처 드러나지 못한 나의 새로운 재능을 찾아 발휘해 볼 시간도 없다. 엄마는 본인부터 근근이 먹고사는 형편이니 내가 뭘 하고 싶다 한들 금전적으로 나를 지원해 줄 수도 없다. 그러니까 어떻게든 빨리 좋은 직장을 구해서, 엄마가 그럭저럭 생계를 유지할 수 있을 만큼 돈을 벌어야 하는 게 내 몫인 셈이다.

이렇게 온 세상이 으스러지는 듯한 압박감을 단 한 번도 겪어본 적 없는 아이들도 많겠지. 나는 항상 그런 애들이 부러웠다. 걔네는 자신이 얼마나 좋은 처지에 있는지, 얼마나 운이 좋은지 전혀 알지 못한다. 나는 종종 이런 질문을 던져본다. 자유롭게 산다는 건 어떤 걸까? 주변 모든 사람을 걱정하고 책임져야 할 필요 없이, 그 무엇에도 얽매여 있지 않아서 언제 어디로든 훨훨 날아갈 수 있는 삶을 산다는 건 대체 어떤 느낌일까?

버스가 도착하기까지 한 시간이 남았다. 나는 정신도 차리고 시간도 때울 겸 바로 앞에 보이는 도서관에 들어간다. 거대한 건물 내부는 웅장하고 아름답다. 벽면마다 정교하게 쌓아 올린 벽돌이 돋보인다. 바닥에는 체크무늬 타일이 깔려 있고, 머리 위로 높이 솟아오른 천장에는 화려한 샹들리에들이 주렁주렁 매달려 있다. 오래된 서재에 들어선 것처럼 종이와 가죽 향기가 물씬 풍기는 공간이다. 나는 그 향취를 한 번 깊이 들이마신 뒤 컴퓨터 좌석 쪽으로 향했다. 마침 빈자리는 하나뿐이다. 나는 거기 앉아서 내 학번을 입력하여 열람실 사용자로 로그인한다.

의자에 등을 기댄 채 몸을 젖히고 주변 학생들을 슬쩍 바라본다. 그들은 모두 자기 일에 집중하느라 내게 주의를 기울이지 않는다. 나는 다시 컴퓨터 화면 앞에 바짝 붙어서 '파란 눈' 이미지를 검색한다. 하지만 검색 결과로 뜬 사진들만으로는 마음속의 허전함이 채워지지 않는다. 더 많은 정보가 필요하다. 나는 구글 검색창에다 '파란 눈은 얼마나 단단한가?'라고 쳐본다. 검색 결과는 내 질문과 전혀 관련이 없다. 얼굴을 찡그리며, 이번에는 '갈색 눈과 비교할 때 파란 눈은 어떤 느낌인가?'라고 질문해 본다. 여전히 건질 만한 건 아무것도 없다. 나는 내 옆자리에 앉은 여학생을 힐끗 쳐다본다. 내가 뭔가 나쁜 짓을 하는 게 아니라는 걸 알면서도, 괜히 신경이 쓰이고 긴장된다.

장담컨대 파란 눈알은 엄청나게 맛이 좋을 것이다. 갈색 눈에 비하면 훨씬 더 쫄깃한 감칠맛이 돌겠지. 특히 조지의 눈은 별미일 거야. 이를 증명할 과학적 근거는 없지만, 내 개인적인 감상을 말하자면 갈색은 전혀 식욕을 돋게 하는 색깔이 아니다. 갈색은 신발 바닥에서 긁어낸 진창의 흙먼지나, 설거지를 끝냈을 때 싱크대 맨 밑바닥에 고여 있는 오물 찌꺼기를 떠올리게 한다. 갈색은 부패와 쇠퇴의 색이다.

물론 조지의 눈을 실제로 먹고 싶다는 뜻은 전혀 아니다. 그건 병적인 호기심에 가까운 거라고 나는 스스로를 타이른다.

모든 눈은 사실상 똑같다. 홍채의 색깔이 무엇이든, 소유자가 누구든 아무 관계 없다. 왜 각자 다르지 않은 걸까? 모두 똑같은 목적을 가졌으니까. 눈은 시각을 담당하는 기관이다. 우리는 눈으로 세상을 본다.

검색 결과에 따르면, 안구는 완전한 구체에 가까운 형태를 띠며 각막, 홍채, 수정체, 황반, 동공, 그리고 망막으로 구성되어 있다. 시신경으로 뇌와 연결된 망막은 눈에 비친 이미지를 바로 뇌로 전달하여 '보는' 역할을 담당한다. 수정체와 망막 사이에는 투명한 무색 젤리 같은 물질이 있는데, 그것이 안구의 3분의 2 정도를 채우고 있기에 안구는 둥근 구체 형태를 이루는 것이다.

"저기요."

누군가 내 어깨를 가볍게 한 번 두드린다. 나는 황급히 검색창을 닫으면서 회전의자를 핑그르르 돌린다. 한 남학생이 팔짱을 낀 채 내 등 뒤를 기웃거리고 있었다. 그의 눈동자는 선명한 파란색이다. 순간 속이 크게 울렁거린다. 내 화면을 봤나? 내가 뭘 하고 있는지, 내가 무슨 생각을 하는지 알아챈 걸까?

"왜요?" 나는 불안감을 느끼며 묻는다.

"미안하지만 그쪽 컴퓨터 사용 시간이 다 된 것 같아서요." 그 남자가 말한다. "오후 1시부터는 제가 이 자리를 예약해 놨거든요."

"아! 진짜 죄송합니다……." 나는 일어나서 허둥지둥 짐을 챙겼다. 그러다 그만 내 휴대폰이 바닥에 굴러떨어진다. 남학생은 곧장 허리를 굽혀 휴대폰을 줍더니 미소를 지으며 내게 건네준다. 순간 그 눈동자의 푸른색에 넋을 잃어, 나는 전화기를 돌려받고 나서도 그의 눈을 빤히 바라보는 걸 멈출 수가 없다. 나를 마주 보는 남자의 표정이 점점 당혹스러워진다. 나는 마침내 억지로 시선을 돌리고 부리나케 문을 나선다.

기다리던 버스는 이미 지나갔다. 나는 몽롱한 상태로 정류장까지 걸어간다. 도서관에서 마주친 소년의 눈동자 외에는 아무것도 기억나지 않는다. 기묘하다. 그 남학생의 키가 어느 정도였는지, 얼굴 생김새는 어땠는지, 심지어 어떤 옷을 입고 있었는지조차 전혀 떠오르지 않지만, 이것 하나만큼은 확실히 말할 수 있다. 그의 홍채는 우리 아빠가 그토록 사랑해 마지않던, 이른 아침의 이슬 맺힌 나팔꽃과 완전히 똑같은 빛깔이었다.

22

나의 대학 첫 학기가 끝난 걸 축하한다며 엄마는 푸짐한 잔칫상을 한가득 차려낸다. 마트에서 사 온 생선을 엄마가 직접 손질해서 포를 뜬 한국식 회에는 매콤한 고추장과 새큼한 식초를 고루 섞은 초장도 빠질 수 없다. 기름이 끓는 프라이팬 속에서 연어 대가리들이 튀겨진다. 잘게 자른 당근, 파, 햄이 들어간 계란말이도 있다. 연두부와 애호박을 숭덩숭덩 썰어 넣은 된장찌개가 보글보글 끓는다. 가스레인지에서 뿜어 나오는 연기는 우리의 작은 아파트 전체를 채울 듯 피어오르고, 마침내 주방의 화재경보기가 울리기까지 한다. 경보기 주변에 모여든 연기를 없애려고 엄마가 천장을 향해 초조하게 부채질을 하는 동안, 조지가안방에서 빼꼼 고개를 내민다.

"시끄러워 죽겠네, 이게 무슨 난리야?"

"아무것도 아니에요, 아무것도! 저녁 준비가 다 됐어. 와서 먹어요!"

기름에 튀긴 연어 머리들이 식탁 위에 놓여 있는 걸 보자마자 지현이가 헛구역질한다. 하지만 동생이 입을 뻥긋하기도 전에 엄마가 선수를 친다. "오늘만큼은 불평 듣고 싶지 않다, 지현아." 엄마가 단호하게 말한다. "먹기 싫으면, 안 먹어도 돼. 떨이로 파는 걸 사 온 거니까."

동생은 입이 댓 발쯤 나온 채로 내 옆자리에 앉는다. 지현이의 토라진 표정을 본 조지의 웃음보가 터진다. 그는 자기 아랫입술을 부루퉁하게 내밀고 우스꽝스러운 얼굴로 지현이를 놀려댄다. 오늘 밤 그 남자가 입은 푸른 셔츠 때문인지 그의 눈이 훨씬 더 밝아 보인다. 자칫 조지를 빤히 쳐다보는 일이 일어나지 않도록, 나는 접시 위에 놓인 생선 대가리들에 시선을 단단히 묶어 둔다. 얇은 튀김옷 사이로 공허하게 벌어진 그 어두운 입들을 바라본다. 작지만 날카롭게 나 있는 이빨 하나하나가 주방의 쨍한 전등 빛 아래 반짝거린다. 죽은 생선들이 가만히 나를 지켜보고 있다. 조지도 나를 보고 있는지, 그 남자의 시선이 느껴진다. 불쾌하고 후덥지근한 기운이 사방에서 밀어닥치며 현기증이 나는 느낌인데 갑자기 조지가 불쑥 말한다. "중국인들이 행운을 비는 의미로 생선 눈알을 먹는다는 거 알고 있었어? 나도 중국에 있을 때는 매일 먹었지."

"중국인만 그런 건 아닌데요." 지현이가 심술궂게 중얼거린다. "이 집에서 눈알 먹으려면 우리 언니랑 엄마랑 싸워서 이겨야 할걸요. 다 경쟁자들이니까."

조지가 씩 웃는다. "나는 생선 눈알 진짜 좋아해. 적어도 아시아 문화를 존중하고 즐기는 사람이라면 그 맛을 모를 수가 없지." 그는 한 손으로 젓가락을 집어 들고 자기 손가락 사이에 끼워 자세를 잡는다. 내가 미처 반응하기도 전에, 그 남자는 내 젓가락을 식탁 아래로 쳐낸다. 젓가락 두 짝이 바닥에 떨어지며 요란하게 쨍그랑대는 소리를 낸다.

"저기요! 뭐 하는 짓이에요?"

"눈알을 차지하기 위한 싸움이라면 나야 얼마든지 할 수 있지만, 너는 도구가 없으니……. 싸워보기도 전에 이미 탈락한 것 같구나, 제이더블유!"

조지는 능숙한 젓가락질로 첫 생선 눈알을 파내더니 자기 입안으로 털어 넣는다. 우리는 얼어붙은 채 침묵 속에서 그를 바라본다. 고요한 공기 중에 들려오는 건 조지가 입속에서 생선 눈알에 붙어 있는 살점을 야무지게 빨아 먹느라 쩝쩝거리는 소리뿐이다. 진액까지 몽땅 빨아들이고 난 둥근 안구를 뼈째로 씹거나 통째로 삼켜버리는 대신, 그 남자는 자기 입안에 손가락을 넣어 그것을 다시 꺼낸다. 표피와 지방, 살점 모두 흔적도 없이 사라져 버린 얇은 구체가 그의 침에 젖어 번들거린다.

"지금이라도 먹고 싶으면, 가져가서 먹어도 돼." 조지가 능청

스럽게 말한다. "내가 깨끗이 닦아놓기까지 했으니까."

나는 몸서리를 친다. 등줄기로 땀방울이 똑똑 떨어진다.

너는 그걸 원하잖아. 너무도 간절히.

나는 입을 떼지만, 목소리가 나오지 않는다. 하고 싶은 말이 목구멍에 걸린 채 쌓여만 간다. 내가 느끼는 불편함을 감지한 듯, 지현이가 끼어들어 조지의 손을 내 얼굴 앞에서 밀어낸다.

"진짜 이상한 사람 아니야?" 지현이가 쏘아붙인다. 조지의 얼굴에서 미소가 서서히 걷힌다. "역겨운 짓 좀 그만둬요. 먹고 싶은 음식을 입에 넣었으면 그냥 조용히 꿀꺽 삼켜버리고 말든가. 자꾸 이러면 내가 이 식탁 위에 다 토해버릴 거야."

"괜찮아?" 지현이가 내 이마에 손을 갖다 대며 묻는다.

"됐다고." 나는 동생의 손을 거칠게 밀어낸다. 지현이가 속상해한다는 건 딱 봐도 알 수 있지만, 그러거나 말거나 상관없다. 내 눈앞에 떠오르는 건 조지뿐이다. 미끄러운 생선 눈알을 손가락으로 집어 든 채, 나를 도발하며 조롱하던 그 모습.

"정말로?" 지현이가 다시 묻는다. 동생은 침대보를 반듯하게 펴고 자기 베개를 탁탁 쳐서 꺼진 솜을 부풀린다. "언니 요즘 좀 이상하게 굴잖아."

"어떻게?" 나는 팔짱을 끼고 지현이를 노려본다. 침착한 태도를 유지하려고 노력하지만, 가슴속에서는 심장이 터질 듯 쿵쾅거린다. 동생은 뭘 알고 말하는 걸까?

"나도 몰라. 그냥 언니가…… 평소 같지 않아. 주의도 산만하고. 깊이 잠들지도 못하잖아. 자면서 계속 뒤척거려서 나까지 깬다고. 언니가 기분 나빠할까 봐 말 안 하려고 했는데……." 지현이는 내 베개에도 손을 뻗어 솜을 부풀려 준다.

"난 괜찮아." 나는 동생이 들고 있던 내 베개를 다시 낚아채듯 가져오며 날카롭게 대답한다. "네가 내 걱정까지 할 필요 없어. 그건 네가 할 일이 아니야. 그리고 내 일은 내가 알아서 해. 마음은 고맙지만 쓸데없는 참견은 그만해." 지현이의 손이 허공을 헛돌다 그만 자기 발목 언저리까지 내려간다. 평소라면 당연히 동생을 말렸겠지만, 오늘은 저 혼자 실컷 긁고 또 긁어서 피가 나든 말든 내버려둔다.

우리는 아무 말도 없이 침대로 기어들어 간다. 지현이는 벽을 향해, 나는 문을 향해 서로 돌아누웠지만, 침대가 워낙 좁다 보니 우리의 등은 맞닿아 있다. 사실 나는 동생과 자리를 바꿔서 조지가 자는 소리를 듣고 싶다. 하지만 지금은 너무 겁이 나서 차마 그래도 되냐고 물어볼 수가 없다. 내가 그렇게 묻는다면, 단박에 지현이가 진실을 알아챌까 봐 두렵다.

23

겨울방학을 며칠 앞두고 성적이 발표된다. 예상대로 철학은 낙제였지만, 나머지 과목 성적을 보고 나는 온몸이 굳어질 만큼 놀란다.

미술사 11: 중세 미술, C (수강 완료)

대기와 해양 과학 1: 대기 오염, D (미수료)

영어 72A: 소설 입문, B- (수강 완료)

철학 4: 현대 도덕 문제에 관한 철학적 분석, D (미수료)

이번 학기에 내가 받은 총학점은 2.0 미만이라 학사경고 처분을 받았다. 다음 분기에 전체 성적을 올리지 못한다면 입학생 대상 장학금 지급이 정지될 것이다. 혹은 더 나쁜 결과가 뒤따를 수도 있다.

나는 거실에 있는 가족 공용 컴퓨터 앞에 앉아 몇 번이고 새로고침 버튼을 누른다. 다시, 그리고 또다시 화면을 새로 불러와 본다. 이게 현실일 리가 없어. 나한테 이런 일이 실제로 일어날 순 없잖아, 그렇지? 그러나 아무리 없애보려고 해도, 화면에 출력된 글자들은 아무런 변화나 누락도 없이 그대로 남아 있다. 발코니 창문 사이로 쏟아져 들어온 햇살이 우리 아파트를 반짝이는 황금빛으로 물들인다.

집에는 나 혼자뿐이다. 지현이는 친구들과 놀러 나갔고, 엄마는 직장에 있고, 조지는 늘 그렇듯 뭔가를 하러 외출했다. 관자놀이에 찌르르한 통증이 느껴진다. 처음에는 희미하지만, 곧 떨리는 숨을 내뱉을 때마다 마치 두개골을 드릴로 뚫어버리는 듯한 고통이 점점 더 강렬해진다. 눈앞이 새빨갛게 달아오르며 시야가 흐려진다. 나는 멍하니 벽을 바라본다. 새하얀 벽면을 가로지르며 햇빛이 영롱하게 반사되고 있다. 발갛게 빛을 발하는 귤색 구체가 점점 더 커지면서 고무처럼 쭉쭉 늘어나고 이리저리 위치를 이동한다. 바로 여기 우리 아파트 안에, 불에 달군 구슬처럼 작은 태양이 들어와 있는 듯하다. 그 구체는 인간의 눈처럼 둥글다. 그러니까 조지의 눈처럼. 너무 눈부셔서 눈이 시릴 정도지만, 나는 이 황홀한 빛의 절정에 박힌 시선을 돌릴 수가 없다.

너 자신을 처벌해.

그 구체는 순식간에 나를 통째로 삼켜버리고, 오직 비탄 외에는 아무것도 느끼지 않게 될 때까지 나를 소모한다. 관자놀이의 욱신거리는 통증이 찌릿찌릿 퍼질 때마다 내 심장도 박자를 맞춰 덜컥댄다. 쿵. 쿵. 쿵.

나는 몸을 옆으로 돌린 채 머리를 책상 위에 올려둔다. 내 이마에 닿는 목재의 느낌이 시원하다. 나는 눈을 감고 지금의 통증이 차차 가라앉기를 기다린다.

그렇게 1~2분 정도 지났을까, 나는 머리를 쳐든다. 놀랍게도 온 집이 새까만 어둠에 휩싸여 있다. 해는 이미 저물었고, 블라인드 창 너머로 군청빛 하늘에 낮게 걸려 있는 보름달이 보인다. 내 뒤쪽 소파에 누군가 널브러져 있는 모습이 눈에 들어온다.

"저기요?" 나는 갑자기 겁이 더럭 나서 조그맣게 속삭였다. "조지? 당신 맞아요?"

나는 어두운 그림자를 향해 살금살금 다가간다. 낯선 형상은 조지가 맞았다. 그 남자는 입을 크게 벌린 채 깊이 잠들어 있다. 한쪽 입꼬리에 고였던 침 한 방울이 쭈르르 흘러내린다. 나는 역겨운 경멸과 혼란스러운 공포가 뒤섞인 감정으로 그 꼴을 지켜본다. 생각할수록 기괴하고 이상하다. 나는 조지가 집에 들어오는 소리도 전혀 듣지 못했다. 내가 대체 얼마나 오래 잠들었던 걸까?

나는 누워 있는 조지 위로 목을 뺀 채 그의 얼굴을 찬찬히 뜯어본다. 어둠 속에서도, 그의 뺨에 점점이 박힌 진갈색 점들이

나, 매끈하게 감겨 있는 눈꺼풀을 자세히 관찰할 수 있다. 그 눈꺼풀 아래 오롯이 동그란 형태를 띤, 희끄무레한 은백색 젤리 같은 물질이 들어 있겠지. 나는 그것들을 한꺼번에 뜯어내고 싶다. 얼굴에서 떨어져 나온 그것들을 있는 그대로 보고, 내 손으로 직접 만지다 터뜨리고 싶다. 내가 원하는 것은…….

    나는 내 입안에 넣은 연골이 아작 씹히는 소리를 듣고 싶다.

      싱싱한 핏방울의 짜디짠 맛을 내 혀끝에서 느끼고 싶다.

내 발밑 카펫에서 무엇인가가 밟힌다. 우리 주방에서 쓰는 식칼 중 하나다. 언젠가 엄마가 이 칼을 쓰다가 실수로 손을 심하게 베는 바람에, 바로 응급실로 달려가서 떨어져 나간 살점을 꿰매야 했던 적이 있다. 무딘 칼날이 달빛을 받아 반짝 빛나고, 나는 무심코 그것을 집어 들었다.

                  이 남자를 죽여버려.

"이봐! 그만 일어나, 제이더블유!"

눈이 번쩍 뜨인다. 나는 아파트 안, 거실 컴퓨터 앞에 앉아 책상에 이마를 대고 있다. 오른손은 마우스를 꽉 쥐고 있다. 아직도 대낮이다. 모든 것이 햇빛에 따끈따끈하게 타버린 것처럼 하얗게 보인다. 문득 조지가 내 얼굴을 유심히 들여다본다. 그의 푸른 눈동자에 다소 놀란 듯한 기운이 감돈다. 그 남자가 내 어깨에 손을 올린다. 나는 그의 손길을 신경질적으로 털어낸다.

"내 몸에 손대지 마요."

조지는 내가 어깨를 빼내자마자 갈 곳을 잃은 손을 다소 겸연

쩍게 자기 몸 옆으로 축 늘어뜨린다. "뭐? 왜 나한테 화를 내는 거야?" 불쾌한 기분이 들었는지 그가 따져 묻는다. "나 이상한 짓 전혀 안 했고, 아무 잘못도 안 했는데. 집에 들어와 보니 네가 선잠을 자면서 악몽을 꾸고 있길래 깨워준 것뿐이야. 잠꼬대로 고함을 빽빽 지르고 있었다니까."

나는 점점 분노가 끓어오른다. 저 남자의 존재 자체가 잘못이야. 이 모든 게. 내가 계속 악몽을 꾸는 이유도, 학교 성적이 개판 나서 쫓겨날 위기에 처한 것도 저놈의 조지 때문이다. 그중 가장 최악인 건 저 새끼가 우리 인생에 끼어든 탓에 우리 아빠가 다시 이 집에 돌아올 날은 절대 오지 않으리라는 것이다. 나는 일어나서 조지를 거칠게 밀치고 그의 가슴팍에 마구 주먹질을 했다. 그 남자가 내 양쪽 손목을 붙잡고 어찌나 세게 비틀었는지 나는 너무 아파서 새된 비명을 질렀다.

"이게 무슨 개같은 짓이야, 제이더블유? 오늘 너 왜 이래?"

"씨발 꺼져!" 나는 힘을 쥐어짜 소리쳤다. 내 얼굴에는 눈물이 줄줄 흐르고 있다. "존나 꺼지라고! 당신이 뭔데, 설마 네가 우리 아빠라도 되는 줄 알아? 그리고 내 이름은 제이더블유가 아니고 씨발, '지원'이야! 최소한 이름이라도 제대로 말해보던가!"

조지는 충격이 너무 컸는지 나를 놓아준다. 나는 손목을 움켜쥔 채 비틀거리며 뒷걸음친다. 온통 새빨간 진홍색으로 불타오르는 듯한 손목은 조지의 거센 악력 때문에 얼얼하게 부풀어 올랐고, 그 남자의 손가락 자국 하나하나가 내 피부에 선명하게 남아 있다. 나는 조지를 두고 거실을 뛰쳐나와 온 힘을 기울여 내 방문을 세게 닫았다. 엄청나게 큰 소리에 아파트 건물 전체가 흔들릴 정도였다.

지현이가 모아두는 바보 같은 끄덕이 인형들 옆에는, 우리 가족의 사진이 담긴 액자가 하나 있다. 뉴욕시와 나이아가라 폭포 여행 도중에 찍었던 몇 장 안 되는 사진 중에서도 이렇게 우리 넷이 한꺼번에 나온 사진은 극히 드물다. 사진 속의 우리는 무척 행복해 보인다. 거의 믿을 수 없을 정도로 행복하고 평범한 가족의 모습이다. 우리가 저랬던 적이 정말 있긴 했을까? 저 이미지 속에서 서로 팔짱을 끼고 웃고 있는 사람들이 진짜 우리인가?

사진 속에선 아빠가 나를 보고 미소 짓는다. 사진이라 그럴 수도 있지만, 왠지 아빠가 연약해 보인다. 나약함. 나는 그 사진을 액자째로 집어 들고 쓰레기통에 거세게 내던진다. 산산이 깨진 액자의 유리 조각들이 철제 쓰레기통 안쪽으로 쏟아진다.

24

집에 돌아온 지현이가 얼마 후 쓰레기통에서 사진을 도로 꺼냈다. 코팅 용지 표면에 살짝 긁힌 자국이 남았지만 사진 자체는 크게 손상되지 않았고, 그 안에 찍혀 있는 행복한 얼굴들은 이제 책상 위에서 나를 바라본다. 방 밖에서 조지와 이야기하는 동생의 목소리가 들린다. 조지를 대하는 지현이의 말투에서 노골적인 적대감이 드러나지 않은 건 이번이 처음이다.

누군가 조용히 방문을 두드린다. 엄마다. 문틈으로 고개만 쏙 들이민 채 엄마가 묻는다. "우리 얘기 좀 할까?"

"그러든지."

엄마가 침대 가장자리에 앉아 괜스레 이불을 만지작거린다. 굳은살이 박인 엄마의 손가락은 어느새 이불에서 풀려 나온 실

밥을 솜씨 있게 뜯어낸다.

죄책감을 느낄 필요는 없다고 생각하면서도, 나는 벌써 긴장한다. 엄마가 화를 내는 일은 드물다. 어떤 일에 공격적으로 분개하기보다는, 애수에 잠겨 눈물을 찍어내는 쪽에 더 가까운 사람이다. 다혈질인 건 아빠였다. 불같은 성미는 곧잘 폭발했고 격분은 쉽게 가라앉지도 않았다. 세탁소 사업을 접던 날, 분을 참지 못한 아빠는 우리 집의 석고판 벽면을 몇 번이나 주먹으로 쳐서 구멍을 뻥뻥 뚫어놓았다. 반면 엄마는 화장실에 들어가 문을 잠근 채 울었다.

"조지한테 다 들었다." 엄마가 귀 뒤쪽으로 머리카락을 넘기며 말한다. 가장자리가 깨져 나간 검지 손톱이 눈에 들어온다. 다른 손톱도 모두 끄트머리가 고르지 못하고 들쭉날쭉하다. 세탁소와 마트에서 몇 년이나 힘들게 일해온 탓에 여기저기 얼룩이 들고 거칠어진 자기 손을 엄마는 남들 앞에 보이기 부끄러워한다. 엄마의 손을 볼 때마다 나는 나 자신이 무력하고 초라하게 느껴진다. 엄마가 살면서 겪어온 모든 불행과 부당함이 모두 내 책임인 것만 같다. 왜 나는 아들로 태어나지 못했을까? 강하고 당당하게 엄마를 돌봐줄 수 있는 아들이었다면? 나한테 100만 달러가 있다면 제일 먼저 엄마한테 집을 사주고, 매주 네일 숍에 데려갈 것이다.

너무 슬퍼 보이는 엄마의 모습에 마음 한구석에서 압도적인 수치심이 밀려온다. 어쩌면 나는 이렇게 못됐을까. 내 감정 하나

통제하지 못해서 불쌍한 엄마를 이처럼 상심하게 만들다니, 내 이기심에 넌더리가 난다. 나는 일부러 엄마의 손에만 시선을 집중한다. 엄마의 얼굴을 차마 마주 보기가 어려워서, 계속 엄마의 손만 빤히 쳐다본다. 눈시울이 뜨거워지고 시야가 흐릿해진다.

"내가 널 이렇게 키우지는 않았는데." 엄마가 느리게 말한다. "어떤 일이 있었는지 조지한테 듣고 엄마는 충격받았어. 정말 우리 지원이, 내 딸 지원이가 당신한테 그랬던 게 맞냐고 다시 물어보기까지 했어. 도저히 믿을 수가 없어서."

눈물이 그렁그렁 차올라 나는 고개를 푹 숙인다. 침대보 위로 눈물방울이 비처럼 후드득 떨어진다. "미안해. 엄마 속상하게 하려던 건 아니었어."

"이 상황이 힘들다는 건 알아." 엄마가 한결 부드러운 목소리로 말한다. "나랑 네 아빠 사이에서 벌어진…… 모든 일이 너무 갑작스러워 보일 수도 있겠지. 그리고 조지도……. 그러니까…… 네 마음이 어떤지는 엄마도 이해해." 엄마가 내 손을 붙잡고 꼭 쥐었다. "하지만 조지가 갑자기 사라지는 일은 없을 거야. 내 곁에 있어주겠다고 약속했거든. 그래서 엄마는 너랑 지현이가 조지랑 잘 지냈으면 좋겠다. 아까 지현이랑도 얘기했는데, 앞으로는 걔도 조지를 좀 더 친절하게 대하겠다고 엄마랑 약속했어. 지원이도 노력은 해볼 수 있지, 그렇지? 엄마 생각해서?"

오후에 꿨던 꿈이 여전히 생생하다. 나는 안 된다고, 내가 조지를 친절하게 대할 순 없다고, 엄마가 지금 요구하는 건 아예 불가능한 일이라고 말하고 싶다. 하지만 엄마의 얼굴에 잔뜩 서려 있던 근심의 그림자가 사라지고, 그 자리에 기대감이 차오르면서 마치 꽃송이가 피어나듯 엄마의 표정이 은은하게 환해지는 걸 보자 억지로라도 고개를 끄덕일 수밖에 없다. "엄마 원하는 대로 할게." 나는 말한다.

엄마가 함박웃음을 지으며 나를 껴안는다. 내 뺨에 닿는 엄마의 뺨이 따뜻하다. "조지한테 사과해 줄 수 있지?"

"그게 엄마가 바라는 거라면."

"조지가 기분이 많이 상했어. 네가 했던 말과 행동에 큰 상처를 받았대."

"그럴 의도는 없었어."

엄마가 일어나 내 손을 잡고 거실로 데려갔다. 조지가 내 손목을 거세게 그러쥐었던 자국은 아까보다 희미해졌지만, 여전히 불그스레한 색깔로 남아 있다. "자기?" 엄마가 큰 소리로 조지를 부른다. "지원이가 당신한테 할 말이 있대요."

TV를 보던 조지가 고개를 돌려 우리를 바라본다. 나는 『이상한 나라의 앨리스』에서 케이크를 먹고 난 앨리스처럼, 내 몸집이 점점 커져서 온 집 안을 꽉 채우는 상상을 한다. 괴물처럼 커진 내가 몸을 굽히고 손을 뻗어 조지의 머리통에 박혀 있는 눈알 하나를 톡 뽑아낸다. 하지만 현실의 나는 작기만 하고, 조지는 입꼬리를 씰룩거리며 여유만만하게 히쭉이고 있다. 그 남자의 새파란 눈동자가 내 얼굴을 뚫어지게 쏘아본다. 내 머릿속에

든 끔찍한 생각을 그가 이미 알고 있다는 느낌마저 든다.

"만여." 내가 너무 빠르게 말하다 보니 발음이 뭉개진다.

"뭐라고? 무슨 말인지 전혀 못 알아듣겠는걸."

"미안해요!" 이번에는 더 크게 말한다. 지현이는 벽만 빤히 쳐다보는 중이고, 엄마는 조지를 바라보고 있다. 조지는 땀방울이 삘삘 맺힌 얼굴을 손으로 훔치다가 크게 웃음을 터뜨린다.

"보통은 말이지, 사람들이 자기 잘못을 사과할 때는 상대방의 눈을 바라보는 게 예의란다. 말하자면 그게 진심으로 하는 사과라면 말이야." 조지가 여전히 비웃는 어조로 말한다. 그 남자의 앞니 사이에는 뭔지 모를 음식물 조각이 끼어 있다. 그는 내가 지금 불편하고 비참한 기분으로 여기 서 있다는 걸 잘 안다. 개새끼. 그래서 단 1초도 흘려보내지 않고 이 순간을 고스란히 즐기는 것이다.

"언니가 미안하다고 했잖아요." 거의 울기 직전인 지현이가 말했다. 동생의 두 뺨은 분노로 발갛게 물들어 있다. "왜 이렇게까지 질질 끌어요?"

"방금 내가 너한테 말하고 있었니, 제이에이치? 내 생각엔 아닌데." 우리를 바짝 약 올리려는 듯, 오히려 한층 더 상냥해진 조지의 말투가 가증스럽다. "누군가 제대로 사과하는 법을 배우게 될 때까지, 필요하다면 나야 뭐 밤새도록 기다릴 수 있어."

　　　　저 남자를 똑바로 봐, 지원아. 얼른 끝내버려.

나는 심호흡하고 조지의 눈동자를 쳐다본다. 오늘 밤 그의 홍채는 더없이 밝게 빛난다. 평소보다 더욱 선명하고 날카로워 보이는 푸른색이 나를 강렬하게 끌어당긴다. 갑자기 온 세계가 멈춰버리고 나는 최면에 걸린 듯, 그 첨예한 파랑에 빠져들어, 한없는 물길 아래로 가라앉는다. 숨을 쉴 수가 없다…….

"언니?" 엄마를 밀치고 다가온 지현이가 내 등을 어루만진다. "왜 그래, 괜찮아?"

나는 내 손톱 끝으로 손바닥을 콱 찍어 누른다. 살갗을 파고드는 통증이 나를 다시 현실로 데려온다. "난 괜찮아. 조지, 미안해요." 나는 말한다. "조금 전에 당신에게 그런 끔찍한 말을 하지 말았어야 했어요. 사과할게요. 내가 잘못했어요."

조지가 자리에서 일어나 내게 다가온다. 그 남자는 한 손가락을 뻗어 내 턱을 들어 올린다. 오래전 호박에 갇혀서 화석으로 굳어버린 모기가 된 기분이다. "이것 봐, 훨씬 나아졌잖아." 그가 능글맞게 웃으며 말한다.

>︿<

나는 변기에 앉아서 운다. 위 속의 모든 걸 토해낼 것 같은 느낌이 들 때까지, 그리고 이 화장실 전체가 내 머리 주변을 뱅뱅 돌아 헤엄치고 있는 느낌이 들 때까지 운다. 환풍기가 어지럽게 윙윙거린다. 휴지걸이에 있어야 하는 두루마리 휴지도 마침 다 떨어지고 없다. 엄마가 쓰는 헤어드라이어 전선이 바닥에 아무렇게나 뒤엉켜 있다. 화장실 문을 콩, 하고 딱 한 번만 두드리는 소리가 나더니 이어서 지현이의 나지막하면서도 다급한 목소리가 들려온다. "언니? 나 들어가도 돼?"

나는 대답하지 않는다.

지현이가 다시 문을 두드린다. "나 좀 혼자 내버려둬." 내가 말한다. 고맙게도, 동생은 내 말을 들어준다. 발걸음이 복도 모퉁이 끝으로 점점 멀어지는 소리가 들린다. 나는 바닥에 주저앉은 채로 무릎을 끌어안는다. 나 자신이 초라하고 멍청하고 무능하게 느껴진다. 물에 흠뻑 젖은 셔츠가 가슴팍에 달라붙는다. 갑자기 문고리가 심하게 덜컹거린다. 고개를 들어 올려다보자마자 문이 벌컥 열리고, 가느다란 머리핀을 손에 든 지현이가 의기양양한 얼굴로 문간에 서 있다.

"언니! 울지 마. 내가 그놈 죽여줄까? 내가 죽여버릴게." 지현이가 말한다. "내가 뭘 하면 좋을지 말만 해, 언니가 시키는 대로다 할게."

바보 같은 내 동생. 나는 일어나서 눈물을 닦아낸다. 분노가 활활 솟구쳐 오른다. 지금 눈앞에 서 있는 지현이에게, 또 조지에게, 그리고 모든 사람에게. 네가 뭘 알겠어? 겨우 열다섯 살밖에 안 된 애가. 이런 어린애가 지금 나를 위로하는 역할을 맡아야 한다는 게 나는 견딜 수 없이 싫다. 정작 엄마는 이 아파트 어디에선가 그 끔찍한 남자친구와 끌어안고 있을 텐데, 지현이와 나만 남겨져 부서진 마음의 조각을 주워 모으며 감정을 정리해야 한다는 게 너무 싫다.

"내버려두라니까." 내가 위협하듯 을러댄다. "네가 돕긴 뭘 도와. 넌 아무것도 못 해."

내 말에 지현이는 상처받은 표정이다. 자책감이 들어야 할 텐데, 희한하게도 그렇지 않다. 오히려 기분이 한결 나아졌다. 마치 내 고통의 일부를 어린 동생에게 떠넘기기라도 한 것처럼.

25

조지의 죽음에 관한 생각이 나를 사로잡기 시작한다. 책상에 앉아 겨울 학기 수강 신청을 하면서, 나는 그 남자가 달리던 차에 치이거나 고층에서 추락하는 상상을 한다. 어쩌면 매일 아침 그가 몇 바퀴씩 헤엄치곤 하는, 우리 아파트 공용 수영장의 탁한 물속에서 불행한 익사 사고가 발생할 수도 있다. 나는 생명이 빠져나간 조지의 육체가 어떨지 상상한다. 어떤 것에도 닿지 못하는 그의 눈빛이 얼마나 공허할지 생각해 본다.

엄마는 엄청난 충격을 받고 절망하겠지만, 한편으로는 엄마가 하염없이 매달리고 기다려야 하는 대상이 없어져 버린 셈이다. 한두 달이 지나면 엄마에게도 새로운 사람이 생기겠지. 우리 모두 과거를 잊고 새로운 삶에 적응할 것이다.

이번 학기에 제프리와 나는 두 과목을 함께 수강한다. '아시아계 미국인 문화 연구 7: 아시아계 미국인 인권 운동'과 '역사 4C: 일본사'라는 강좌인데, 제프리의 강력 추천으로 결정했다. 우리는 이제 거의 매일 문자를 주고받는다. 그는 내게 인터넷에 떠도는 귀여운 고양이 사진들을 보내주고, 내가 조지 때문에 쏟아내는 불평을 들어준다.

조지는 모든 걸 망쳐버리고 있어. 그의 아파트 수리가 빨리 좀 끝났으면 좋겠다. 그 남자가 정말 지긋지긋해. 웩.

무슨 말인지 알아. 뭐라도 내가 도울 수 있다면 좋겠는데…….🐱

충분히 도와주고 있어. 내가 일케 맨날 짜증 내는 거 들어주잖아. ㅎㅎ

그래도 네가 이렇게 힘들어하는데, 그냥 듣기만 하는 걸로는 부족한 것 같아.

아냐, 충분해. 😊 정말 고마워!!! 넌 진짜 좋은 친구야.

ㅋㅋㅋ 언제든지 대환영. 🐱

제프리와의 대화를 종료하다가 나는 실수로 다른 대화 목록을 클릭한다. 순간 속이 울렁거린다. 제니, 세라, 한별, 그리고 나까지 넷이 들어가 있는 단체 대화방이다. 추수감사절 연휴 이후로는 아무것도 올라오지 않은 채 완벽한 침묵에 빠져 있다. 나는 견딜 수 없이 괴로운 감정이 차오르는 걸 억누른 채 지난 과거의 메시지들을 거슬러 읽어 올라가다가, 결국 삭제 버튼을 누른다. 모든 것이 한꺼번에 사라진다. 흔적도 없이. 펑.

　　　　　　　다 필요 없어. 이제 나한텐 제프리가 있는걸.

　조지가 손에 든 열쇠 꾸러미를 짤랑대며 집에 들어온다. 고객과의 회의를 마치고 돌아오는 길인지, 정장 차림에 반짝이는 검정 옥스퍼드 구두를 신고 있다. 구둣발로 성큼성큼 카펫 위로 올라서는 걸 보면 번거롭게 구두를 벗을 생각 같은 건 전혀 하지 않는 모양이다. 우리 집에서는 신발을 벗어달라고 엄마가 수십 번이나 말했는데도, 이 남자는 매번 신발을 신은 채 집 안까지 들어온다. 조지 때문에, 현관 쪽 카펫은 검게 얼룩이 져버렸다.

　그는 나를 보고도 본체만체한다. 내가 사과했던 밤 이후로 쭉 조지는 내게 눈에 띄게 불친절하다. 그러든지 말든지 나야 상관없지만. 뭐가 그리 불만족스러운지 끙끙 앓는 소리를 내며, 그 남자는 엄마의 안방으로 들어간다. 조지가 콧김을 킁킁대는 소리가 꼭 돼지 소리 같다. 그 남자는 돼지와 다름없는 놈이니까. 그가 등을 돌리자마자, 나는 내가 직접 칼을 들고 달려들어 그의 멱을 따는 상상에 빠져든다.

26

새해가 시작되었다. 겨울 학기 첫날 버스를 타자마자 머릿속이 빙빙 돈다. 여러 복잡한 생각들을 이어주는 실타래들이 온통 엉켜버린 느낌이다. 일단 학사경고에서 벗어나려면 학점을 얼마나 올려야 하는지, 새로 수강 신청한 과목에서 최소 몇 점을 받아야 하는지 생각해 본다. 오늘 아침에도 내게 문자 메시지로 고양이 사진을 두 장 보낸 제프리에 대해서도 생각한다. 언젠가부터 계속 내게 쌀쌀맞은 태도를 보여왔던 지현이 생각도 떠오른다. 그러고 보니 알렉시스는 요즘 어떻게 지내고 있을까? 조지 생각도 난다. 오늘 아침 눈도 한 번 깜빡이지 않고 나를 빤히 쳐다보던 그의 시선에 몸서리가 쳐졌다. 그리고 나의 옛 친구들도······. 여전히 생각난다. 그들은 지금 어떻게 하루하루를 보내고 있는지 보고 싶다.

　모르는 게 없어서 우리 사이에선 척척박사로 통하던 제니. 말
싸움으로는 누구한테도 지지 않을 만큼 호전적이었고 논쟁 그
자체를 좋아했다. 고등학교 때는 주변에서 성격이 너무 드세고
까칠하다는 말도 많이 들었지만, 사실 본심은 착했고 언제나 맏
언니처럼 우리를 챙겨주었다.

　금수저를 물고 태어난 세라. 여유로운 환경에서 호사스럽게
자라났는데도, 아니 어쩌면 그래서 더욱, 매사에 관대하고 친절
하고 사려 깊었다. 세라와 이야기를 나누다 보면, 누구든 자신이
한층 특별하고 귀한 존재라는 느낌이 들어 기분이 좋아지곤 했
다. 이것은 세라만의 독특한 능력이라고 할 수 있었는데, 마치
내가 이 세상에서 가장 중요한 사람이라고 느껴질 만큼 그 어떤
이야기든 진지하고 심오하게 경청해 주었다.

　우리 중 가장 어린 막내 한별. '영재'로 인정받아 4학년 전체
를 건너뛰고 월반했던 한별은 우리 학교 전체 수석이었고 졸업
식 때는 대표 연설자로 선정되었다. 단 하나의 실수도 스스로 용
납하지 못할 만큼 완벽주의에 경쟁심이 강한 성격이었다. 그런
데도, 작년 내가 독감을 앓았을 때 대뜸 우리 집에 찾아온 것도
한별이었다. 당시 나는 심한 기침과 고열이 이어져 고생하고 있
었는데, 한별이 삼계탕을 가득 끓인 커다란 곰솥과 따뜻한 꿀배
생강차를 채운 보온병을 들고 나타나 깜짝 놀랐다.

　나중에서야 나는 한별이 닭고기와 인삼을 약한 불에 천천히

졸여가며 끓이는 삼계탕을 만드는 데 여섯 시간이 넘게 걸렸다는 사실을 알게 되었다. 남의 요리에 까다로운 엄마도, 지금까지 먹어본 삼계탕 중 최고라고 말했다.

버스가 과속방지턱을 넘어가면서, 내 몸이 위로 크게 튀어 올라 창문에 머리를 부딪쳤다.

옛 친구들 생각은 그만해. 너는 이제 그들이 필요 없잖아.

나는 첫 강의 시간에 알렉시스를 발견한다. 알렉시스는 나를 향해 반갑게 손을 흔들며, 자기 옆의 빈자리를 두드려 보인다. "방학 잘 보냈어?" 그가 묻는다.

"최악은 아니었어, 그럭저럭." 나는 크게 숨을 한 번 들이쉰다. 왜 굳이 알렉시스에게 털어놓고 싶은 마음이 드는지 모르겠지만, 나는 몸을 숙인 채 옆자리의 그를 향해 속삭인다. "사실 나 학사경고 받았어. 상황이 별로 안 좋아. 요즘 잠도 제대로 못 자고. 가족 문제도 있어. 이렇다 보니……. 최소한 넌 나보다는 더 나은 방학을 보냈다면 좋겠다." 말하고 나니 가슴이 후련하다.

"정말? 나도 마음이 안 좋네." 알렉시스가 내 속삭임에 맞춰 목소리를 낮춘다. "이런 말로 위로가 될진 모르겠지만, 나도 방학 내내 잘 못 잤어. 어머니가 아프셔서……." 알렉시스는 오랜 슬픔에 시달려온 표정으로 말끝을 흐린다. 나는 처음으로 그의 눈 아래 드리워지는 어두운 그림자를 발견한다. 헛기침으로 목을 가다듬고, 알렉시스는 자기 가방을 뒤적거리며 무엇인가를 찾는다. "내가 괜히 부담스럽게 앞서 나가는 건 아니었으면 좋겠는데……. 너의 가족 문제는 내가 도와줄 순 없어도, 수면 장애라면 약간의 도움을 줄 수도 있어. 이거, 우리 언니가 나한테 준 약이거든. 앰비언⊙일 거야, 내 생각엔. 수면제로 효과가 좋아. 이거 먹고 나서는 잠드는 데까지 30분 정도밖에 안 걸리더라. 가끔 운이 좋으면 그보다 더 빨리 잠들 때도 있어." 알렉시스가 내 손바닥에 하얀 알약 세 알을 꼭 쥐여준다. 나는 내려다보지도 않은 채 내 호주머니에 그걸 쑤셔 넣는다.

"고마워." 내가 웅얼거린다. "진짜 도움이 될 거야. 엄마가 편찮으시다니 안됐다."

"그래. 짜증 나는 일이지. 그래도 조금씩 나아지고 계셔." 알렉시스가 자기 손톱을 빤히 쳐다보다가 큐티클 부분에 일어난 작은 거스러미를 뜯어낸다. "어쨌든, 학사경고 받았다고 너무 걱정하진 마." 알렉시스가 중얼거린다. "학사경고 받았다는 사람은 많이 아는데, 실제로 제적됐다는 얘기는 한 번도 들어본 적 없거든. 학교는 가능한 한 학생을 유치하려고 하니까, 꽤 관대하게 처리해 주는 편이야. 특히나 사적으로 뭔가 힘든 일을 겪고 있다면 참작해 줄 거야. 원한다면 시간을 내서 우리 둘이 같이

⊙ Ambien. 불면증 치료를 위한 수면제로 처방되는 졸피뎀의 미국 정제 브랜드명. 향정신성의약품이므로 의사 처방이 필요한 약물이며 오남용과 부작용에 주의해야 한다.

공부해도 되고."

"그래준다면 나야 너무 좋지. 나보다 네가 훨씬 잘할 텐데."

알렉시스가 소리 내어 웃는다. "그렇게 큰 차이가 나지도 않을걸! 대학 강의 따라가는 게 이렇게 힘들 거라고 왜 아무도 미리 말해주지 않은 거야. 그런데, 제프리는 어딨어? 너랑 둘이 항상 붙어 다니는 것 같던데. 걔가 네 남자친구야?"

"아니, 우린 사귀는 사이 아니야." 내 대답이 너무 빠르게 튀어나왔다. 나도 모르게 서둘러 대답하느라 목구멍에 걸린 말들이 꼬여 나올 뻔했다는 걸 알렉시스가 눈치채지 못했길 바라며, 나는 어색하게 기침한다.

알렉시스가 내 얼굴을 찬찬히 뜯어본다. 그의 눈빛이 나를 뚫어보는 듯 날카롭고 눈부시다. "그럼, 걔랑 사귀어볼 마음은 있는 거야?"

"아니야! 난 걔한테 그런 쪽으로 관심은…… 없어. 전혀."

"정말? 놀라운데. 걔는 너한테 그런 쪽으로 엄청나게 관심 있다는 거, 알고는 있지?"

"말도 안 돼. 우린 그냥 친구야. 내가 걔한테 그런 감정 없다는 건 제프리 본인도 알아."

알렉시스는 눈을 굴린다. "장난해? 너랑 있을 때 걔 상태를 보면 누구라도 걔 감정이 어떤지 알 텐데. 하지만 네가 걔를 그런 식으로 좋아하지 않는다니 한편으론 다행이야."

"왜?"

"걔 좀 분위기가 이상하잖아. 그런 생각 안 들어? 뭔가 으스스하다고. 걔한테서 한 번도 그런 느낌 받아본 적 없어?" 내가 고개를 절레절레 흔들자, 알렉시스는 어깨를 으쓱해 보인다. "그럼 그냥 나만 그런가 보다. 나는 걔가 남들 앞에서 겉으로 내보이는 모습이랑 실제 성격이 좀 다를 것 같다는 느낌이 들거든. 그러니까 내 말은, 철학 시간에 걔가 했던 말 들었지?" 알렉시스는 목소리를 낮춰 제프리의 말투를 흉내 냈다. "'남성 지배의 세계화와 전 세계에 널리 퍼진 가부장제에 기인하여 남성과 여성 간 역학관계에 불균형이 발생했고, 결과적으로 여성의 자율성이 부족해졌습니다.' 너무 어이가 없어서 내가 받아 적기까지 했다니까." 알렉시스는 다시 눈을 굴린다. "그게 다 무슨 헛소리래. 말이 되는 부분이 단 하나도 없잖아. 그냥 남들 앞에서 지적으로 보이려고, 의미도 모르면서 어디서 주워들은 단어들을 잔뜩 갖다 붙여놓은 것뿐인걸."

"그래도 제프리는 내 친구야." 내가 말한다. "솔직히 말하면 너도 걔가 정확히 어떤 사람인지는 잘 모른다고 생각해. 그만큼 친해지지 않았으니까. 학기 초부터 너희 둘이 서로 껄끄러운 사이로 시작하지만 않았어도 괜찮았을 텐데." 하지만 이렇게 말하면서도, 제프리가 내게 접근해 온 방식이나 타인을 대하는 태도가 알렉시스의 묘사와 정확히 들어맞는다는 걸 깨달으며 몸에 소름이 돋았다. 지금까지 제프리와 함께 다니면서 정말로 그런 느낌을 받았던 때가 몇 번 있긴 했다. 살짝 잘난 척하는 수준을 넘어 이상할 정도로 거만을 떨며 마치 다른 사람을 연기하듯 위화감을 주었던 순간들이 돌이켜 보면 계속 떠오른다. 가끔은 어려운 단어를 늘어놓다가 난데없이 낯선 유럽식 억양으로 말투까지 바뀌는 제프리를 보며 내 낯이 화끈거릴 때도 있었는데, 그럴 때마다 나는 일부러 모른 척해주었다.

"미안." 알렉시스가 말한다. "널 불쾌하게 하려던 건 아니었어. 친구 편에 서서 당당히 말하는 네가 멋진걸. 사람들이 항상 나보고 하는 말이, '제발 무턱대고 선 좀 넘지 마라'거든. 적절한 경계선을 알아채는 시야가 부족한가 봐." 알렉시스가 손가락으로 인용구 따옴표를 만들며 키득거리자 나도 그와 함께 웃는다. "아무튼, 내 전화번호 알아?"

나는 고개를 젓는다. 알렉시스에게 내 전화기를 건네주는데 내 손이 파르르 떨린다. 우리의 손가락이 잠시 서로 맞닿는다. "나도 네 번호 저장하게 문자 보내줘." 알렉시스가 말한다. 이 말을 듣자마자 내 속이 울렁거린다.

톰슨 교수님이 들어와서 강의가 시작되었는데도 나는 가슴이 두근거려 도저히 집중할 수가 없다. 알렉시스의 번호가 지금 내 휴대폰에 저장되어 있다니, 화면에 찍혀 있던 그의 번호 하나하나가 불씨가 되어 호주머니에 구멍을 낼 만큼 활활 타오르고 있는 것 같다. 그러다 갑자기 진짜로 폰이 진동하자 나는 펄쩍 뛸 만큼 놀라서, 바로 옆에 앉은 알렉시스가 강의실 정면을 바라보고 있는데도 허둥지둥 전화기를 꺼낸다.

제프리의 문자다. 어디야? 메시지가 이어진다. 너 지금 듣는 수업 끝나면 만나서 뭐 좀 먹을래?

나는 알렉시스가 했던 말을 곱씹어 본다. 그 말을 듣고 나자 왜 이렇게 마음이 불편할까?

알렉시스를 힐끗 쳐다본다. 그의 손가락이 노트북 키보드 위를 바삐 날아다니고 있다.

오늘은 너무 바빠서. 😞 내가 답장한다. 다음에라도 괜찮아?

개강 첫날인데 바쁘다니 말이 돼?ㅋㅋㅋㅋ 너무 빡빡하게 굴지 말고 한 번만이라도 인생을 좀 즐겨봐!!!! 같이 커피 마시러 가자. 어차피 오래 안 걸릴 텐데. 🐱🐱🐱

진짜로 안 돼. 😞 아마 다음 주엔 가능!

세상에 이럴 수가.ㅋㅋㅋㅋㅋ 넌 가끔 진짜 이상한 고집을 부리더라……. 지금 어디 있는데? 내가 찾아가서 만나면 되지. 그리고 너한테 줄 크리스마스 선물도 있단 말이야. 🐱🐱🐱

헉 너무 친절한 거 아냐?!!! 나한테 선물까지 준비해 줄 필요는 없었는데……. 하지만 이번 수업 끝나면 진짜 바로 가봐야 해. 엄마 도와주기로 한 일이 있거든. 금요일 수업 시간에 봐. 😊

만나서 전해주는 데 1초밖에 안 걸리겠지만, 알았어. 마음대로
해. 🐱

나는 답장을 쓰기 시작한다. 결국 뜻을 굽히고 제프리와 만나
기로 한 것이다. 나 때문에 제프리의 기분이 상한 듯해서 마음이
불편하고 좋지 않다. 더구나 걔는 나한테 잘해주려고 했던 건데.
하지만 곧 나는 이것이 제프리가 주기적으로 반복하던 행동 방
식임을 깨닫는다. 내가 안 된다고 할 때도, 그는 결국 내 입에서
가능하다는 대답이 나올 때까지 계속 압박하고 밀어붙인다. 나
는 다시 알렉시스를 힐끔 훔쳐본다. 이번에는 알렉시스도 내 눈
길을 알아차린다. "왜?" 그가 입 모양으로 말한다.
　"아무것도 아니야." 나도 입을 벙긋거려 대답한다.
　피로가 쌓이고 근심이 가득한데도, 알렉시스는 아름답다. 나
는 호주머니에 손을 찔러 넣어 그가 내게 준 알약을 하나씩 만져
본다. 알렉시스의 상냥함과 너그러움이 내 손안에서 묵직한 무
게감으로 가라앉는다.

마지막 강의까지 듣고 나오자 캠퍼스는 안개 자욱한 이슬비에
뒤덮여 있다. 태양은 잿빛 먹구름 뒤로 완전히 사라졌다. 비가
올 줄 몰랐던 나는 가방을 머리 위로 들어 올린 채 서둘러 버스

정류장으로 갔다. 알렉시스 생각이 내 머릿속을 맴돌며, 제프리에 대한 불안감을 뒤덮어 버린다.

정류장에는 버스를 기다리는 사람이 한 명 더 있다. 두꺼운 목도리와 모자, 재킷을 걸쳐 단단히 껴입은 차림새다. 꽁꽁 싸매고 있어서 얼굴 생김새는 물론 신원이나 성별조차도 알 수 없다. 드러나 있는 건 오직 눈동자뿐이다. 매우 어두운 색인데 갈색에 가까워 보인다. 그 사람은 나를 잠시 쳐다보더니 얼른 돌아선다.

마침내 버스가 도착했을 때쯤, 나는 뼛속까지 비에 젖은 생쥐 꼴이 되어 있다. 으슬으슬한 한기에 이가 딱딱 부딪칠 정도다. 나는 먼저 와서 기다리고 있던 그 사람을 향해 어서 버스에 타라고 머리를 까딱여 보였지만, 그는 고개를 젓는다. *당신 먼저*, 마치 그렇게 말하는 것 같다.

버스 문이 열리자 훈훈한 온기가 나를 감싼다. 잔뜩 긴장되어 있던 근육이 안도감으로 축 늘어진다. 손가락은 시리다 못해 얼얼해져 감각이 없다. 버스 밖으로 지나가는 차들을 바라보면서 손가락에 호호 입김을 불어본다. 버스가 덜컹거리는 소리를 내며 출발한다. 차 안이 텅텅 비었는데도 밖에서 본 그 낯선 사람은 내 맞은편 좌석에 앉는다.

내가 내릴 정류장이 다가오자 나는 자리에서 일어났고, 그 사람도 때맞춰 일어난다. 차 안은 따뜻한데도 그는 걸치고 있던 옷가지를 하나도 벗지 않았다. 심지어 목도리도 그대로였다. 비에 흠뻑 젖은 내 스웨터가 다 말랐을 정도이니, 저렇게 몇 겹이나 껴입은 옷 안으로는 땀을 뻘뻘 흘리고 있을 게 분명하다.

지금까지 버스로 통학하는 동안, 내가 내리는 정류장에서 나 말고 다른 사람이 내리는 걸 본 적은 단 한 번도 없었다. 하지만 오늘은 버스에서 내려 인도 위를 걸어가는데 저 뒤쪽에서부터 나를 따라오는 작은 발걸음 소리가 들려온다.

27

내가 앞으로 한 발짝씩 내디딜 때마다 소리 없는 메아리처럼 또다른 발걸음이 뒤따른다. 처음에는 이 모든 것이 그냥 내 머릿속에서만 들리는 착각이라고 생각했지만, 한두 블록을 계속 걷고나니 누군가가 나를 미행하고 있다는 확신이 든다. 버스를 탔던 그 사람이겠지. 내가 속도를 높이면, 상대방도 빠른 걸음으로 따라온다. 내가 속도를 늦추면 그도 천천히 걷는다.

곧바로 머릿속에 무서운 생각들이 밀려든다. 납치, 강간, 살인. 등골이 쭈뼛 서는 공포심이 전기 자극처럼 온몸을 타고 흐른다. 심장이 쿵쾅거리기 시작한다. 지금 나한테는 돈도 없다. 고작 집에서 발견한 1~2달러 정도? 절대 많은 금액이 아니다. 가방 속에는 공책, 펜, 연필 몇 자루와 과제물만 가득하다. 값나가는 물건은 아무것도 없다. 내가 온전히 소유한 건 내 몸뚱이뿐인데, 그 몸에 뭔가 해로운 일이 닥칠지도 모른다고 생각하니 토할 것만 같다.

내가 어렸을 때, 아빠는 나를 태권도장에 보냈다. 호신술이 언젠가 꼭 필요할 거라고 장담했는데, 나는 고마워하기는커녕 잔뜩 화만 냈다. 당시에는 그 이유를 이해하지 못했다.

"태권도 같은 건 하기 싫어." 나는 엉엉 울면서 떼를 썼다. "억지로 보내도 안 할 거야!"

아빠는 나와 눈높이를 맞추려고 내 앞에 쪼그려 앉았다. 아빠의 표정은 엄숙했다. "언젠가는, 네 몸을 스스로 지켜야 할 날이 올지도 몰라."

이제 나는 그때 아빠가 어떤 두려움을 느끼고 있었는지, 어떤 공포가 그를 사로잡았는지 이해한다. 바로 이 순간 때문에, 아빠는 내가 호신술을 배우길 바랐던 것이다. 나는 일어날 수 있는 모든 시나리오를 머릿속에 그려본다. 상대와 맞서 싸워볼 수도 있겠지만, 아마도 내가 패배할 가능성이 크다. 특히 상대방이 남자라면 더 그렇다. 뛰어서 도망칠 수도 있으나, 상대가 더 빠르게 쫓아올 수도 있다. 비명을 질러 주변에 도움을 청할 수도 있을 텐데, 하지만 막상 누군가 밖으로 나와봤을 때는 이미 나는 죽었거나 혹은 더 나쁜 상황에 놓여 있을지도 모른다. 양손이 부들부들 떨린다. 문득 머릿속에 환상처럼 한 장면이 떠오르고, 나는 절박한 심정으로 그 생각을 붙잡는다. 아빠가 내게 준, 그 칼.

아빠가 우리를 떠나기 보름 전쯤, 나는 아빠와 말다툼을 했다. 대학교에 다니기 시작한 내가 거의 매일 버스를 타고 다녀야 한다는 사실을 알게 되자, 아빠는 내게 작은 주머니칼을 하나 가지고 다니라고 말했다. 아빠가 그 칼을 꺼내 보여줬을 때, 나는 겁이 났다. 크기는 작아도 엄연한 칼이었다. 날카로운 칼날에 차가운 광택이 흘렀고 치명적으로 위험한 도구처럼 보였다. 누군가를 해칠 수 있는 그런 끔찍한 물건이 내게 필요할 거라곤 차마 상상할 수도 없었다.

"내가 늘 너랑 함께 있지는 않을 거다." 아빠가 그 차가운 금속을 억지로 손에 쥐여주며 말했다. "네가 안전하게 있다는 걸 알기 전까지는 내 속이 편치 않을 거야."

문득 깨달음이 찾아왔다. 그때 아빠는 자신이 떠날 것을 알고 있었던 게 틀림없다. 그 말에는 분명 그런 속뜻이 담겨 있었을 것이다.

나는 최대한 무심하게 가방에 손을 넣었다. 주머니칼은 맨 아래쪽에 있다. 각종 부스러기와 머리끈들, 전에 산 걸 잊어버리고 또 사고 마는 립밤들 속에 뒤섞여 있다. 이런 순간을 예견했던 아빠를 향해 침묵의 감사 기도를 드리며, 나는 주머니칼을 조심스럽게 펴고 미행자의 발걸음이 가까워지길 기다린다. 이 낯선 이의 숨결이 내 목덜미에 와 닿는 게 느껴질 때까지……

나는 뒤돌자마자 칼을 휘두르며 한자리에서 몇 바퀴나 뱅글뱅글 돈다. 칼이 내 손안에서 점점 미끄러져 나가기 시작한다. 마지막 순간, 손잡이를 단단히 쥐고 내 눈앞을 향해 칼날을 겨눈다. 온몸이 덜덜 떨린다.

앞에는 아무도 없다. 일렬로 늘어선 가로등 불빛이 깜박이면서, 검은 아스팔트 도로에 반사된 빛의 노란 동그라미들이 아롱대며 춤추고 있을 뿐이다. 기울어진 초승달이 나를 내려다보며 은은한 미소를 짓는다. 휘파람을 부는 밤공기가 나를 스쳐 지나가고, 산들바람의 자취에 나무들이 천천히 흔들린다. 모든 것이 비에 젖어 여전히 눅눅하다. 어둡고 빈 거리에 나 혼자 서 있다.

칼을 다시 움켜쥔 채, 나는 얼른 길모퉁이를 돌아 우리 아파트 정문까지 전력으로 달린다. 계속 뒤쪽을 주시하며 허둥지둥 열쇠를 찾아서 문을 열었다. 일단 문 안으로 안전히 들어오고 나서야, 가쁜 숨을 고르며 집 앞 거리를 자세히 살핀다.

나 자신도 거의 믿기 어렵지만, 거리에는 개미 한 마리 없다. 정말로.

하지만 그 사람은 분명히 존재했다. 나를 미행하고 있었다. 내 상상의 산물이 아니었다.

그러면 지금 그는 어디에 있지?

아빠는 어릴 적 내게, 여자아이로서 나 자신의 연약함을 이해해야 한다고 설명했다. 위험이 사방에 도사리고 있었다. 학교 끝나고 집에 오는 길에, 나쁜 사람들이 나를 낚아채 가는 건 누워서 떡 먹기보다 더 쉬운 일이라고 아빠는 말했다. 나한테 끔찍한 짓을 할 수도 있다고. 그렇지만 나는 아빠의 말에 별로 귀 기울이지 않았다. 아빠의 두려움이 과하게 부풀려져 있다고 믿었기 때문이다. 혼자 걸어 다닐 때 나를 바라보는 사람은 아무도 없었다. 아무도 내게 관심을 두지 않았다.

나는 내가 공격받아 다칠 수 있다는 걸 한 번도 생각해 본 적이 없었다. 내가 얼마나 자신을 천하무적으로 여기고 있었냐면, 조지에 대해서, 그리고 내가 조지에게 어떤 짓을 하고 싶은지에 대해서 생각할 때조차, 역으로 그 남자가 나에게 어떤 짓을 할 수 있는지는 전혀 고려하지 않았다. 맥박이 빨라져 숨이 멎을 것 같아서 나는 그 자리에 굳은 듯 멈춰 섰다.

혹시 조지가 나를 미행하고 있었다면?

28

진이 빠져 축 처진 어깨로 엘리베이터에 탄다. 아직도 공포가 가시지 않은 탓에, 주머니칼을 접지 않은 채 그대로 들고 있다. 사방이 가로막힌 실내에 있으니 더 안전하다고 느껴야 할 텐데, 오히려 나는 무시무시한 파멸이 임박해 왔다는 느낌을 받는다.

그 남자는 네 생각을 읽고 있어.

네가 도망치기 전에 그가 먼저 널 붙잡으려 할 거야.

우리 아파트 엘리베이터 벽은 진회색 먼지가 쌓여 거의 펠트 천을 두른 것처럼 보이고, 지저분한 얼룩으로 뒤덮여 있다. 층수를 가리키는 버튼에 인쇄된 숫자는 세월에 긁혀나간 지 오래다. 그래서 우리 집에 손님이 올 때면, 그런 적 자체가 드물긴 했지만, 지현이나 내가 직접 내려가서 손님을 맞은 뒤 우리 층까지 함께 올라와야 했다. 엘리베이터 천장에는 침침한 빛을 내는 전등이 하나 달려 있는데, 누렇게 바랜 유리관 안쪽에는 죽은 바퀴벌레가 100마리쯤 모여 있다. 바짝 마른 더듬이들이 먼지처럼 부서져 가고 있어서 이제 사실상 화석이나 다름없는 모습이다. 우리 모두 이 엘리베이터가 싫었지만, 아빠는 우리보다 훨씬 더 싫어했다. 우리가 엘리베이터를 타고 오르내릴 때마다 아빠는 내내 불편한 신음을 내뱉으며 안절부절못했다.

우리가 처음 이 아파트로 이사 왔을 때, 이웃 중 한 분이었던 이씨 할머니가 엘리베이터에 갇히는 사고가 있었다. 출동한 소방대원들이 지렛대를 이용해 문을 열 때까지 거의 네 시간이나 걸렸다. 이씨 할머니는 자신이 그 안에서 죽을 거라고 믿었기에 내내 곡소리를 냈고, 마침내 문이 열렸을 때 소변을 지린 채 바닥에 주저앉아 벌벌 떨고 계셨다. 그로부터 수년이 지난 지금도 엘리베이터를 타면 그때 맡았던 오줌 냄새가 난다.

여기저기 긁혀나간 금속 문이 닫히면서 나를 위쪽으로 밀어 올린다. 내가 내려야 할 층이 가까워질수록, 내 머릿속에서 시끄럽게 굴러다니는 온갖 끔찍한 생각들이 서로 거칠게 부딪친다. 조지가 벌써 여기에 와서, 나를 기다리고 있다면 어쩌지? 엘리베이터 문밖에 그 남자가 있다면? 칼을 쥔 손가락이 주체할 수 없이 떨린다. 문이 스르륵 열린다. 나는 머리 위로 칼을 높이 치켜든 채, 뼈가 됐든 살이 됐든 다 베어버리겠다는 기세로 돌진한다. 그리고……

"뭐야, 대체?!" 두 손으로 얼굴을 가린 지현이가 뒤쪽으로 비틀거린다. "지금 뭐 하는 거야?"

"세상에. 지현아, 미안해. 내가 생각했던 건……."

"미쳤구나. 난 엄마 찾으러 나왔는데. 언니는 왜 이러고 있어?"

집으로 들어가면서, 나는 지현이에게 모든 정황을 이야기한다. 정체불명의 미행자로 조지가 의심된다는 부분만은 살짝 빼고. 그만큼 나는 조심스럽다. 그 대신, 나는 그 사람이 누군지 전혀 모르겠다는 식으로 말한다. 내 말을 듣는 지현이의 안색이 점점 창백해진다. 두 손은 힘껏 주먹을 쥐고 있다.

"이런 일이 있다니 믿을 수가 없네. 언니 더는 버스 타면 안돼. 이러다 큰일 나겠어. 경찰에 신고해야 하나?" 지현이의 손가락이 자기 발목 쪽으로 내려간다. 나는 동생의 손을 부드럽게 쳐내며 고개를 저었다.

"긁는 거, 하지 마."

지현이가 얼굴을 찡그린다. "경찰에 연락할까?" 동생이 되풀이해서 묻는다.

"아냐. 괜찮아. 경찰까지 부를 필요 없어. 의미가 없잖아. 아무 일도 안 일어났으니까."

"지금은 아무 일도 없지만, 나중에는 어떡해? 그 수상한 사람이 다시 오면?"

지현이는 극도의 불안에 빠져 정신이 나간 듯했다. 횡설수설

하며 뭔가 끊임없이 중얼거린다. 나는 최대한 부드럽게 동생의 손을 잡고 화제를 돌린다. "엄마 찾으러 나왔다던 얘기는 뭐야? 엄마 집에 안 왔어?"

"그래. 걱정돼서. 한 시간쯤 전에 금방 올 거라더니 지금은 아예 전화도 안 받아. 조지도 연락 안 되고. 언니, 설마……." 지현이가 겁에 질린 표정으로 나를 쳐다봤다. "언니 따라왔다던 그 이상한 사람이 엄마랑 조지한테 무슨 나쁜 짓이라도 한 건 아닐까? 언니 생각에도 그래? 세상에, 어떡해. 어쩌면 좋아." 동생은 소파에서 일어나 방 안을 마구 돌아다니기 시작했다.

"엄마는 괜찮을 거야." 내가 작은 목소리로 말한다. 나 자신도 내 말을 믿는지는 잘 모르겠다. "조금만 더 기다려보다가, 그래도 안 오시면 우리 같이 찾으러 나가보자."

갑자기, 우리 현관문 앞에서 고막을 찢는 듯한 비명이 들린다. 여자 목소리다. 지현이와 나는 동시에 벌떡 일어나 그 소리가 난 쪽으로 달려가다가 서로 부딪친다. 우리가 현관 앞에 도착하자마자 문이 활짝 열린다. 문간에는 엉엉 흐느껴 우는 엄마가서 있다. 엄마의 뺨을 타고 눈물이 줄줄 흐른다. 조지는 멋쩍은 모습으로 엄마의 뒤쪽에서 어정대고 있다. 그 남자를 본 순간 내 몸은 움찔한다.

엄마가 왼손을 들어 올린다. 나는 허겁지겁 앞으로 달려가 엄마의 손을 붙잡는다. 신발장이 바닥으로 넘어지면서, 신발들이 현관 여기저기로 굴러떨어진다.

"왜 그래, 엄마? 어디 다쳤어?" 내가 쥐어짜듯 소리친다.

엄마는 무언가 북받쳐 말을 잇지 못하는 것처럼 보인다. 우리가 이해할 수 있는 단어를 하나도 내뱉지 못한다. 엄마는 다시 내 코앞에 손을 들이밀며, 의미를 갖춘 말로 완성되기 전의 음성만을 쏟아낼 뿐이다. 나는 이게 무슨 상황인지 이해하지 못하지만, 지현이가 나를 밀쳐내며 크게 헉하고 숨을 들이켠다.

그제야 나는 엄마가 왜 울고 있는지 깨닫는다. 엄마의 손가락에는 약혼반지가 끼워져 있다. 내 새끼손톱만 한 다이아몬드가 박힌 반지다. 그리고 마침내 엄마는 잃었던 목소리를 되찾는다.

"나 조지랑 결혼한다!" 엄마의 새된 비명이 아파트 복도에 울린다.

29

조지는 약혼 기념으로 중국 음식을 포장해 오겠다고 나갔다. 말은 그렇게 했지만, 솔직히 평소에도 중국 음식을 포장해 오곤 했으니 딱히 특별한 건 없어 보인다. 그리고 잔뜩 흥분한 엄마는 조금 전 조지에게 어떻게 청혼을 받았는지, 마치 드라마 배우처럼 극적인 재연을 곁들여 우리에게 자세히 들려준다. 연신 다리를 들썩이며 두 손을 마구 휘젓는다.

"정말 로맨틱했어." 엄마가 황홀한 꿈을 꾸는 듯한 표정으로 말한다. "조지가 CVS⊙에 들러 약 좀 사 오자고 하더라고. 그러다 빨간불에 멈춰 섰을 때, 갑자기 나한테 결혼해 줄 수 있냐고

⊙ 미국 기업 CVS 헬스가 운영하는 24시간 소매 잡화점. 한국의 편의점보다 규모가 크며 약품, 일용 잡화, 식료품, 화장품 등을 판매한다.

묻는 거야. 괜히 바보 같은 소리로 사람 놀리지 말라고 그랬지. 그런데 정말로 주머니에서 이 반지를 꺼내지 뭐니?"

엄마의 등 뒤에서 지현이가 못 말리겠다는 표정을 짓는다. 들떠서 어쩔 줄 모르는 엄마는 곧이어 지현이와 나를 소파에 남겨둔 채 자기 방으로 후다닥 들어가 버린다. 우리는 서로 눈도 마주치지 못하는 거북하고 어정쩡한 침묵에 빠져 있다. 우리가 앉은 자리에서도, 엄마가 침실에서 내는 부산스러운 소리가 다 들려온다. 엄마는 연락처를 알고 있는 모든 사람에게 전화를 걸어 이 놀랍고 따끈따끈한 소식을 전하고 있다.

몸 안에 묵직한 돌덩이 하나가 내려앉는 듯, 고통스러운 무게감이 느껴진다. 아파트 거실은 너무 좁고 더웠다. 얼굴에 열이 올라 손으로 부채질이라도 하며 울고 싶었지만, 내 옆에 앉은 지현이의 표정도 괴롭기는 마찬가지였다.

그러고 보니 내 뒤를 좇아왔던 사람이 조지일 수는 없겠다는 생각이 든다. 시간이 전혀 안 맞으니까.

눈을 질끈 감는데 지현이가 훌쩍이기 시작한다. "뭐야?" 내가 동생에게 속삭인다. "왜 그래?"

"엄마랑 아빠 이혼." 지현이가 말한다. "서류 본 거 까먹고 있었는데, 이제 공식적으로 확정됐대."

"언제부터?"

"오늘부터."

무릎에 늘어뜨린 손가락이 오므라들며 주먹이 쥐어진다. 내 손인데도 바윗돌처럼 무겁다. 내 몸이 내 것이 아닌 것처럼 느껴진다. 자리에서 일어서다가 나는 중심을 잃고 휘청인다. 지현이가 내 손을 낚아채듯 잡아주어 간신히 중심을 잡았다. 나는 아빠의 얼굴이 어떤 모습이었는지 떠올려 본다. 이상하게도 그 얼굴이 공중에 유령처럼 둥둥 떠다닌다. 아빠는 마치 내가 자신을 떠올리고, 자신의 기억을 되새겼다는 것만으로도 언짢다는 듯 인상을 쓰고 있다. 지금 내 눈에 비치는 저 얼굴이 지현이에게도 보일까? 우리가 마지막으로 아빠를 본 지 얼마나 되었지? 아빠 목소리를 마지막으로 들었던 건 언제였더라?

한두 달 전쯤 엄마가 불쑥 나를 불러 앉히곤 이렇게 말한 적이 있다. "아비란 말이다, 어미만큼 자식이 간절하지 않아." 엄마의 얼굴은 근엄했다. "만약 너희 둘을 빼앗긴다면 내 인생은 완전히 망가질 거야. 더는 살아갈 수 없겠지. 하지만 너희 아빠는……. 그 인간은 좀 다른가 봐."

"어떻게 다른데?" 나는 묻고 싶었다. 엄마의 말이 무슨 뜻인지 이해가 가지 않았다. 아빠가 나를 신경 쓰지 않는다고 얘기하려던 걸까? 지현이와 나를 잃고도 아빠가 전혀 낙심하지 않았다는 말인가? 그렇다면 이 얼마나 불평등한 처사인가?

나도 진작에 깨달았어야 했다. 엄마가 사건의 진상을 알게 되기 훨씬 전에, 나는 아빠의 비밀 이메일 계정을 본 적이 있다. 아빠는 가족이 다 함께 쓰는 공용 컴퓨터로 그 계정에 들어간 뒤 로그아웃하는 걸 깜빡 잊어버린 것이다. 편지함은 수백 통의 메시지와 사진으로 넘쳐났다. 나는 그것들을 하나하나 빠짐없이 살펴봤다. 자작시가 몇 편이나 있었다. 무뚝뚝한 우리 아빠가, 무려 시를 썼다고? 애절한 갈망이 가득 담긴 연애편지들을 끝없이 읽어나가는데 어안이 벙벙해 도무지 믿을 수가 없었다. 상대 여자는 세련된 곱슬머리에 날씬한 체구, 쌀뜨물처럼 고운 피부와 눈웃음이 매력적인 사람이었다. 그 여자와 함께 있는 사진 속의 아빠가 너무나 행복해 보였기에, 나는 그 여자가 미워질 수밖에 없었다. 그러나 곧이어 그런 감정을 느끼는 나 자신이 더 미워졌다.

><

샴페인이 바닥으로 쏟아진다. "자, 어서." 조지가 엄마를 부추긴다. "딱 한 모금은 괜찮잖아. 축하주인데, 애들도 맛보게 해줘."

엄마는 황홀한 행복에 취해 제정신이 아니다. "알았어, 그래요." 꿈꾸는 듯 무심하게 손을 흔들며 엄마가 대답한다. 지금이라면 우리가 뭘 부탁하더라도 흔쾌히 들어줄 기세다. 나는 샴페인 한 모금을 홀짝 마셔본다. 찡한 거품이 코끝까지 차오른다. 나도 모르게 기침이 나와서 지현이에게 샴페인 잔을 넘기자, 동생은 잔을 입에 대지 않고 바로 내려놓는다.

"이왕 말이 나왔으니, 결혼식도 빨리 치르자는 게 우리 생각이야." 엄마가 말을 잇는다. 최근에 엄마는 집에서도 영어를 더 많이 쓰려고 노력하고 있었는데, 흥분에 들떠서 그런지 엄마의 입에서 떠듬떠듬 나오던 영어가 어느새 한국말로 바뀌어 시냇물처럼 빠른 속도로 우리 귓가를 흘러간다.

엄마의 손가락에 끼워진 다이아몬드가 조명에 반사되어 반짝반짝 빛나고, 나는 그 광경에 어쩐지 현기증이 나서 돌아선다. "아마 여름 안에 할 텐데, 이번 학기 끝나고 방학하자마자 하는 게 좋겠지, 지원아? 그러면 신혼여행에 너희 둘도 같이 갈 수 있잖아. 조지는 베이징에서 일주일, 서울에서 일주일 정도 머물다 오면 좋겠다는데. 너희 생각은 어떠니?"

나는 어깨를 으쓱하며 엄마와 조지가 샴페인을 연달아 들이켜는 모습을 지켜보았다. 샴페인 한 병이 다 비자, 그들은 어린 학생들처럼 키득거리며 안방으로 사라졌다.

"낯선 사람이 언니 따라왔었다는 얘기, 엄마랑 조지한테 안 했잖아." 지현이가 말한다. 밤이 새도록 동생은 발목에 손이 달라붙기라도 한 것처럼 강박적으로 긁어대고 있다. 이미 피부의 표피층이 다 떨어져 나갈 만큼 긁어내어, 붉게 부어오른 상처 부위에서 투명한 진액이 스며 나올 정도다.

우리는 남은 음식들이 담긴 포장 상자들을 치우고, 샴페인 병에서 흘러나온 물이 군데군데 고여 얼룩진 주방 타일을 닦는다. 지현이는 엄마가 주방에서 쓰레기통 대신 쓰고 있는 빈 쌀 포대를 집어 든다.

"생각해 봤는데, 어쩌면 내가 상상을 현실로 착각했던 건지도 몰라. 실제로 누가 날 쫓아오는 일 같은 건 없었을지도." 내가 말한다.

"뭐?" 지현이가 바쁘게 움직이던 몸을 멈춘다. "언니가 아무리 그렇게 말해봤자 내 기분은 전혀 나아지지 않아."

"최근에 내가 좀 피곤했거든. 확실히 아무도 없었던 게 맞아."

"거짓말이지? 거짓말하고 있네, 지금." 지현이가 나를 노려보며, 쓰레기를 모아 불룩해진 포대를 바닥에 쾅 내려놓는다. 포대의 밑바닥 어딘가에 구멍이 나 있었는지, 역겨운 갈색 구정물이 삐죽 새어 나온다. "언니가 나한테 거짓말하는 거 정말 싫어. 언니가 언제 거짓말하는지 나는 딱 보면 알 수 있거든."

"난 너한테 절대 거짓말 안 해."

"그래, 맘대로 하든가 말든가." 지현이가 투덜거린다.

"괜히 내 걱정까지 할 필요 없어. 내 몸은 내가 알아서 지킬 수 있으니까."

지현이는 쓰레기 포대의 입구를 다시 여며 쥐고 현관을 향해 걸어간다. 갈색 구정물이 한 줄로 쭉 이어진 흔적이 동생의 뒤를 따라 카펫에 남는다. 나는 지현이가 아파트 복도의 쓰레기 투하구까지 걸어가는 소리를 듣는다. 느릿느릿하게 걷는 동생의 발걸음. 돌아왔을 때, 지현이는 책망하는 눈빛으로 나를 바라본다. "언니, 그런 말 하지 마. 내가 언니 걱정하는 거 알면서." 동생이 말한다. "난 항상 그런다고."

30

나는 버스 정류장으로 돌아왔다. 늦은 밤이다. 달은 짙은 구름 뒤에 숨어 있다.

가로등이 전부 고장 났는지 깜빡이다 꺼지기를 반복한다. 내 머릿속은 뿌연 안개가 가득 차 멍멍한 느낌이고, 버스는 늦어진다. 나는 어두운 거리를 내려다본다.

내 뒤쪽에서 바스락거리는 소리가 난다. 나는 고개를 돌려본다. 버스 정류장에서 처음 봤던 그 낯선 사람이다. 그는 손을 뻗으며 내게 다가온다. 나는 휘청이며 뒷걸음치다 아스팔트 위에 쓰러진다. 아픔이 뼛속까지 스며들지만, 허둥지둥 일어선다. 도망쳐야 해. 어떻게든 여기서 빠져나가야 해.

"원하는 게 뭐야?" 나는 비명을 지른다. "나한테는 아무것도 없어!"

다리가 움직이지 않는다. 땅에 뿌리박힌 듯 꿈쩍도 안 하는데, 낯선 자는 점점 더 가까이 다가온다. 내가 볼 수 있는 건 그의 두 눈뿐이고, 어둠 속에서도 그 빛깔은 또렷하기 그지없다. 파랑. 아침에 핀 나팔꽃의 푸른빛, 나이아가라 폭포에서 떨어지는 물빛과 똑같은 색이다. 아빠가 가장 좋아해서 즐겨 매던 넥타이의 새파란 색깔, 돌아오는 여름방학마다 내 머리 위로 펼쳐지던 남부 캘리포니아의 청명한 하늘빛. "저리 가!" 나는 한층 목소리를 높여 고함친다. "날 좀 내버려둬!"

갑자기 그가 내 앞에서 멈춘다. 나는 눈을 질끈 감았다가, 아무 일도 일어나지 않자 실눈으로 앞을 훔쳐본다. 그 사람이 목에 칭칭 감고 있던 목도리를 풀어내더니 마침내 얼굴을 드러낸다.

조지다. 그의 눈은 정말 아름답다. 하지만 나를 향해 씩 웃는 그의 입은 이가 죄다 빠진 채 썩어가는 텅 빈 구멍이다. 나는 소름이 쫙 돋아 몸을 떨며 뒤로 한 발짝 물러난다. "조지?" 내가 조그맣게 말한다. "조지, 나예요. 지원이라고요."

끔찍한 공포 영화에서처럼, 조지의 머리에서 눈알이 부풀어 오르기 시작한다. 점점 더 커지고 커져서 얼굴에서 눈알이 튀어나올 정도다. 마침내 질척한 소리와 함께 눈구멍에서 터져 나온 눈알이 바닥에 데굴데굴 떨어진다. 파란 눈알 두 개가 바닥에 부딪혀 이리저리 튀어 오르며, 아무리 힘을 줘도 움직이지 않는 내 발 주변을 넘어 다닐 때 내 목구멍 안에서는 찢어질 듯 날카로운 비명이 새어 나온다.

차가운 공기가 내 얼굴에 훅 몰려든다. 나는 눈을 뜬다. 내가 있는 곳은…… 우리 집 주방? 냉장고 문이 활짝 열려 있다. 나는 냉장고 앞에 웅크려 앉아 있고, 내 주변 바닥에는 방울토마토가 여기저기 굴러다닌다. 아마도 내가 상자째 뒤엎어 버린 모양이다. 하나씩 주워 담다 보니 전부 동그랗고 매끈하고 탐스럽게 잘 익었다. 이미 늦은 시간인 데다 별로 배가 고픈 것도 아닌데, 나는 눈을 감고 탄탄한 방울토마토 하나를 입안에 쏙 집어넣는다.

31

"지원!" 나는 점심 도시락으로 싸 온 삶은 달걀과 방울토마토를 먹다가 고개를 든다. 등에 멘 배낭을 들썩이며 나를 향해 서둘러 달려오는 제프리가 보인다. 재킷 지퍼가 열려 있는데, 그 사이로 루스 베이더 긴즈버그°의 얼굴이 새겨진 티셔츠가 보인다. 마침 내 내 앞까지 온 제프리가 아무렇지도 않게 나를 끌어안아서 나는 깜짝 놀란다. 잠시 기다렸다가 슬쩍 그의 포옹을 풀어버린다.

"혹시 일부러 나 피하는 거야?" 제프리가 장난스럽게 말한다.

° Ruth Bader Ginsburg. RBG로도 알려진 미국 전 연방대법관. 미국 역사상 두 번째 여성 연방대법관으로서 현대 여성의 권리 쟁취에 몰두했다. "가끔 9명의 대법관 중 몇 명이나 여성이어야 만족하겠냐는 질문을 받는데, 내가 9명이라고 대답하면 사람들은 놀란다. 하지만 9명 전원이 남성이었을 때는 아무도 그런 질문을 하지 않았다"라는 유명한 말을 남겼다.

"요즘 너 보기가 왜 이렇게 힘들어?"

"방금 강의실에서 봤는데." 삶은 달걀을 한 입 가득 넣은 채 내가 웅얼거린다.

"그래, 하지만 끝나고 나서 널 찾고 있었거든. 어쩌면 그렇게 빨리 사라졌는지." 내 도시락을 보자 그는 미간을 찡그린다. "점심 식사로 겨우 요거 먹는 거야?"

"엉."

"뭐, 요새 유행하는 다이어트라도 하는 거니?" 제프리가 웃음을 터뜨린다. "지원, 넌 다이어트 안 해도 돼. 내 눈에 넌 그 자체로 완벽해 보여. 식이 제한을 강요하는 다이어트가 여성을 통제하기 위한 가부장적 도구로 이용된다는 거 몰라? 물론 그런 압박을 느끼는 게 네 잘못은 아니야. 주류 미디어와 우리 사회의 규범, 그리고 자본주의 상부 구조를 통해 전파되는 제도적 성차별 자체가 여성 박해의 형태로 나타나는 거니까." 청산유수처럼 흘러나오는 제프리의 거창한 언변을 듣다 보니 알렉시스랑 했던 얘기가 떠올라서 나는 짜증스러운 표정을 짓는다.

"살 빼려는 거 아니거든."

내가 달걀 하나를 더 집어서 한 입 베어 무는 모습을 제프리가 지켜본다. 젤리처럼 말랑하면서도 탱글한 흰자를 날카로운 치아 끝으로 쪼개는 느낌이 환상적이다. 행복감이 스며든다. "그건 그렇고 요전에 차를 몰고 너희 어머니가 일하시는 마트 근처를 지나가다가 한번 들러볼까 생각이 들어서 말이야. 내가 뭘 사야 할지 추천해 줄 수 있어? 한국 음식을 만들어보고 싶거든. 간 김에 네 어머니께 인사도 드리고."

나는 달걀을 씹다가 멈춘다. "우리 엄마가 어느 마트에서 일하는지 어떻게 알았어?" 내가 헷갈려 하며 묻는다. "내가 너한테 얘기한 적 있나?"

"어?" 제프리가 고개를 갸우뚱한다. "응, 얘기했었잖아. 기억 안 나? 예전에 우리 부모님이 뭐 하시는지 얘기할 때, 내가 우리 새아빠는 정비공이고 엄마는 간호사라고 했잖아."

"그랬었나……."

"어쨌든 말이지." 그가 갑자기 화제를 바꾸며 말한다. "내가 너 주려고 준비한 크리스마스 선물을 전해주기도 전에 자꾸 네가 도망 다니니까."

"말했잖아, 나한테 줄 선물까지 따로 준비할 필요는 없다고." 나는 더듬거리며 대꾸한다. 제프리 때문에 일어나던 짜증이 한순간에 사라지며 어딘가 부끄럽고 쑥스러운 감정이 대신 들어선다.

"너한테 뭔가 해줘야 할 의무가 없다는 건 나도 알아. 그래도 내가 선물하고 싶어서." 제프리가 배낭 안을 뒤지더니 고운 풀잎 빛깔 리본으로 예쁘게 포장된 직사각형 상자를 꺼낸다. "자. 얼른 풀어봐!"

나는 그에게서 선물을 건네받고, 상자의 리본을 잡아당겨 풀릴 때까지 끌러낸다. 예쁜 리본마저 아까운 마음에, 깔끔하게 접어 옆쪽에 내려놓는다. 제프리가 즐거워하며 미소를 짓는다. "그냥 확 찢어서 열어도 되는데." 그가 재촉한다.

"너무 예뻐서 그래."

"괜히 별나게 굴지 말고." 제프리가 내 손에서 선물 상자를 빼앗더니 단번에 포장을 찢어버린다. 그 안에는 조그만 학 몇 마리와 대나무 숲이 그려진 옻칠한 나무 상자가 들어 있다. 귀엽고 사랑스럽다. 상자를 흔들어보니 크게 딸그락거리는 소리가 난다.

"뭘까?"

"뚜껑 열어보면 알지."

들뜬 기분으로 상자를 열었지만, 안에 있는 것을 보자 속이 울렁거린다. 젓가락 한 벌. 반짝이는 금속 젓가락인데, 손가락이 닿는 부분은 연한 파스텔 색조로 칠해져 있다. 나는 혼란스러워서 눈을 깜빡인다.

"이게 뭐야?"

제프리가 자랑스럽게 가슴을 편다. "멋지지 않아? 이거 보자마자 네 생각이 났어. 정말 아름답고 우아한 디자인이잖아. 이거랑 너랑 완전 똑같이 생긴 작은 도자기 인형 중에서 고민했는데, 결국엔 젓가락을 골랐지. 네가 맨날 쓰게 될 물건이라는 걸 아니까."

그 말이 존나 무슨 뜻인데?

두 뺨이 타는 듯 화끈거린다. 제프리는 두 팔을 벌린 채 뭔가 기대에 찬 표정으로 내 반응을 기다린다. 그가 나를 끌어안으려

한다. 마지막 순간에 나는 간신히 그의 포옹을 피하며 뒤로 물러
난다. "어때? 마음에 들어?"

"음……." 내 얼굴은 뻣뻣하게 굳어버린다.

도대체 왜 나한테 젓가락을 줄 생각을 했어?

너 대가리 깨졌니?

나는 마치 지현이의 멍청한 끄덕끄덕 인형 중 하나가 된 것처
럼, 연신 고개만 끄덕인다. "고, 고마워. 뭐."

아파트에 들어서자 손에 든 젓가락이 천근만근 무겁게 느껴진
다. 나는 젓가락을 현관 탁자에 내려놓는다. 조금 전 제프리와
있었던 일과, 조지를 향해 갑작스럽게 분출되는 혐오감 때문에
머리가 빙글빙글 도는 듯 어지럽다. 거실 소파에 조지가 볼썽사
납게 널브러져 있다. 깊이 잠든 모양으로, 숨을 쉴 때마다 그 남
자의 가슴이 오르락내리락한다. 위. 아래. 위. 아래. "지현아? 엄
마?" 나는 까치발을 들고 빈방들을 살피며 조그맣게 속삭인다.
"집에 누구 있어?"

침묵에 싸인 아파트에 조지와 나 둘뿐이다. 마치 줄곧 내가
꾸던 꿈 중 하나에 들어와 있는 것 같다. 나는 조지 앞에 서서 가
만히 그를 지켜본다.

이 자리를 떠나야 해.

이 남자 곁에 있다 보면 내가 무슨 짓을 할지 몰라.

동시에, 나는 그에게서 눈을 뗄 수가 없다. 늦은 오후 햇살이 조지의 얼굴을 황금빛으로 물들인다. 몸을 기울여 그의 눈꺼풀이 그리는 곡선과 종잇장처럼 얇은 피부 속으로 보이는 섬세한 혈관을 찬찬히 따라가 본다. 나는 그 혈관들을 만져본다. 그가 입으로 숨을 내쉴 때마다 후덥지근한 숨결이 내 턱에 와 닿는다.

저 눈꺼풀을 까뒤집어 봐. 그의 안구를 느껴봐.

황홀한 그 생각에 사로잡힌 나는 그의 살갗을 스치듯 만져본다. 지평선 너머로 해가 지고 있다. 움직임 없이 늘어진 조지의 몸 뒤쪽으로 하얀 벽에 반사된 노을빛이 춤을 추듯 하염없이 망울진다.

주방 시계가 똑딱이는 소리가 초마다 증폭되어 커진다. 곧 나는 그 초침 소리 외에는 아무것도 들을 수 없게 된다. 똑딱. 똑딱. 똑딱. 양쪽 관자놀이에서 통증이 꽃처럼 피어난다. 똑딱. 똑딱. 똑딱. 소리가 들릴 때마다 짜릿짜릿한 고통이 내 몸 전체를 휘감으며, 마침내 둔중하게 느껴질 때까지 퍼져나간다. 손가락 전부가 가시덤불에 찔리는 듯 따끔거린다. 나는 카펫 위에 드러눕는다. 천장은 현기증이 날 정도로, 눈이 부실 만큼 하얗다. 나는 눈을 감는다.

잠시 후 눈을 뜨니 벌써 어두워졌다. 아파트는 고요했다. 나는 소파 옆부분을 잡고 몸을 일으킨다. 조지는 여전히 소파에 누워 입을 크게 벌린 채 코를 골고 있다. 아드레날린이 온몸에 솟구친다.

전에도 이런 꿈을 꾼 적이 있다. 내 몸이 저절로 움직인다. 내 발이 조용히 주방으로 걸음을 옮긴다. 발바닥에 닿는 주방 타일은 소름이 돋을 만큼 차갑다. 싱크대 가장자리에 엄마가 오늘 아침 쓰다 두고 간 과도가 놓여 있다. 사과 껍질 한 조각이 칼날에 붙어 있다. 한국 마트에서 이번엔 사과를 할인 판매했나 보다. 엄마가 사과를 엄청나게 많이 사 왔던 걸 보면.

"사과가 다 떨어질 때까지 매일 하나씩 의무적으로 먹는 거야." 엄마는 말했다.

나는 그 칼을 손에 쥐고 무게감을 느껴본다. 내 손바닥에 계속 땀이 나서 손잡이가 매끄럽게 돌아간다. 뼈와 뼈를 잇는 연골과 살점 사이로 그 칼날을 집어넣는 상상을 한다. 나는 조지의 배를 향해, 그리고 목을 향해 칼을 겨눈다. 꿈속에서도 이렇게까지 일촉즉발의 상황으로 가본 적은 없었다. 막상 닥치고 나니, 어떻게 해야 할지 모르겠다. 나는 칼날을 그의 뺨에 가볍게 대고 눌러본다. 날카로운 칼끝에 작은 핏방울이 맺히기 시작한다.

지금 당장 끝내버릴 수 있어.

너는 이 남자를 부숴버릴 수 있어.

나는 손가락 끝으로 조지의 이마를 스치듯 부드럽게 어루만진다. 그러나 그 앞에서 오래 머물수록 피어오르는 이상한 느낌, 조용한 위화감이 점점 커져만 간다. 꿈이라면 너무도 생생하다. 모든 게 너무 선명하다. 칼을 잡고 있던 내 손에 힘이 빠지며 옆

으로 축 늘어진다. 무방비 상태로 노출되어 있던 허벅지의 맨살
이 베여 헉 소리가 난다. 반바지 밑단 바로 아래, 칼에 베인 상처
에서 통증이 확 일어난다.

이건 현실인가, 아니면 꿈일까? 나는 구별할 수가 없다. 하지
만 왜 허벅지가 아픈 거지? 핏방울이 내 다리를 타고 흐르는 게
어쩌면 이렇듯 생생하게 느껴지는 걸까?

머릿속에 추악한 목소리가 들려온다. *이건 실제가 아니야. 그*
목소리가 뱀처럼 속삭인다. *이 모든 건 현실이 아니야. 그냥 그*
남자를 죽여. 그의 눈알을 먹어봐.

나도 그러고 싶어. 그 무엇보다도 더 원해.

현실이면 뭐 어때?

내 몸이 어찌나 심하게 떨리는지 칼이 손에서 떨어지고 만다.
칼이 거실 탁자에 떨어지며 덜컥 소리를 내자, 조지가 벌떡 일어
난다.

"허?" 그의 머리는 흐트러져 있고, 티셔츠는 배 위로 말려 올
라가 창백한 뱃살이 드러난다. 반바지의 고무 밴드 속으로 사라
지는 배털도 노출된 상태다. "제이더블유, 너니?" 조지가 주위의
어둠에 적응하느라 연신 눈을 깜빡이며 묻는다. "왜 불은 다 꺼
놓고 있어?"

나는 아무 말도 하지 않는다.

"맙소사, 머리가 띵하다." 그 남자가 기지개를 켜며 하품을 늘
어지게 한다. "누가 무슨 수면제라도 먹인 것 같아."

칼은 여전히 탁자 위에 있다. 아주 조금 떨어져 있을 뿐이다. 조지는 정신이 없고 혼란스러운 상태며, 반응 속도도 느리다. 순간 내 머릿속에 어떤 모습이 스쳐 지나간다. 바닥에 누운 채 목구멍에서부터 피를 콸콸 쏟아내는 조지. 그의 눈이 있어야 할 곳은 텅 빈 구멍이 나 있을 뿐이다. 침묵 속에서 그 남자는 탁자에 꽂혀 있는 내 시선을 따라간다. 칼을 보자 그는 거의 소파에서 굴러떨어질 만큼 놀라 허둥대며 뒤로 물러난다.

그가 느끼는 공포가 손에 잡히는 것만 같다. 그 감각이 맛있다.

"어…… . 제이더블유?" 조지가 떨리는 목소리로 말한다. "저 칼은 뭐야? 왜 그렇게 서 있어?"

유혹은 쉽게 떨쳐지지 않는다. 그러나 나는 조지를 해칠 수 없다. 그럴 수가 없다. 저 남자는 우리 엄마와 결혼할 거라는데. 내 새아빠가 될 텐데. 생각만 해도 목구멍에서 쓰디쓴 위액이 솟아오르는 것 같다.

나는 목을 가다듬는다. "놀라게 하려던 건 아니었어요. 깨우려고 했던 거야. 배가 고파서 과일을 좀 깎다가, 혹시 당신도 먹고 싶은지 물어보려고요." 거짓말이 마치 진실인 양 내 혀끝에서 술술 빠져나온다. 나는 허리를 굽혀 칼을 집어 들고, 칼날에 붙어 있던 사과 껍질을 조지에게 보여준다.

조지가 안심하자 그의 어깨가 눈에 띄게 축 늘어진다. 그 남자가 소리 내어 웃는다. 내가 살짝 찔렀던 그의 뺨에서 작은 핏방울이 뺨을 타고 흘러내리지만, 그는 아직 눈치채지 못했다.

"세상에, 나는 무슨 악몽이라도 꾸는 줄 알았잖아."

"겁주려던 건 아니었어요."

"네가? 날 겁나게 한다고?" 조지가 비웃는다. "뭐가 겁이 나겠어? 작은 동양 여자애들은 나한테 아무 위협도 안 돼."

"동양? 내가 무슨 양탄자인 줄 알아요?"

"너처럼 어린 세대는 너무 쉽게 화를 내. 이것도 저것도 부적절하다며. 아주 사소하고 바보 같은 것들일 뿐인데 말이야. 내가 어릴 때만 해도, '동양인'이라면 그냥 '아시아인'이라는 뜻이었어." 조지는 머리를 절레절레 내젓고 자세를 고쳐 앉는다. "기분 상할 일이 아냐. '몽고인'이라는 단어도 마찬가지지."

그가 내뱉는 말에 실제로 강한 펀치를 한 방 먹은 것처럼 뒤통수가 얼얼하다.

역시 자고 있을 때 죽였어야 했어.

칼을 너무 꽉 움켜쥐느라 팔이 덜덜 떨린다.

"과일? 먹을래요?" 나는 이를 악문 채 그에게 묻는다.

"고맙지만 됐어." 그가 무심코 배를 벅벅 긁더니 이어서 자기 뺨을 쓸어내린다. 손가락에 붉은 피가 묻어 나온다. "어라." 그가 말한다. "내가 자다가 너무 긁었나 보네."

32

과연 조지가 뭔가 수상한 낌새를 맡았을지 몰라도, 겉으로는 전혀 드러내지 않는다. 이후 며칠간 그 남자는 평소 행동하던 모습 그대로다. 시끄럽고, 자기중심적이고, 무례하기 일쑤다. 가늘게 치켜뜬 실눈 사이로 내가 그를 내내 지켜보고 있고, 그가 너무 가까이 다가올 때마다 내 손가락이 찔끔 뒤틀린다는 사실을 그는 눈치채지 못한다. 엄마도 마찬가지다. 두 사람은 결혼식을 어떤 식으로 올릴 건지 이러쿵저러쿵하는 데 온통 몰입하며 둘만의 작은 세계에 빠져 있다.

"6개월 뒤면 우린 부부가 될 거야!" 엄마가 손뼉을 짝 치며 말한다. 엄마는 완전히 흥분해 있다. 이미 예식장 예약도 마쳤는데, 비용이 꽤 들었던 터라 엄마는 조지에게 나머지 경비를 줄이기 위해 자신이 할 수 있는 모든 걸 하겠다고 약속했다. 엄마가 가지고 있는 옛날 웨딩드레스를 다시 입고, 실내 장식품도 직접 만들겠다는 게 그 계획이었다. 그래서 엄마는 일이 끝나면 꽃집과 공예품 가게를 한참이나 돌아다니며 한 푼이라도 아끼는 방법을 알아보느라, 집에 돌아올 때는 파김치가 돼버려서 지현이나 나에게 관심을 기울일 여력이 없었다. 어떻게 보면 좋은 일이기도 하다. 엄마가 그렇게나 바쁜 만큼, 내 정신을 조여주던 나사들이 점점 풀려나가고 있다는 걸 제대로 알아차릴 수 없을 테니 말이다.

반면에 지현이는 모든 걸 꿰뚫어 보고 있다. 나를 수상쩍게 여기는 기색이 확실히 느껴진다. 내가 무심코 돌아볼 때마다, 걱정스레 미간을 찡그린 채 내 쪽을 지그시 지켜보고 있는 동생을 발견한다. 그리고 내가 혼자 있을 때마다 뭐든 그럴싸한 핑계를 대며 찾아와 불쑥 끼어들곤 한다. "언니 괜찮아?" 마치 혼자 지내면 안 되는 환자를 대하듯 내게 묻는다.

"어." 내가 대답해도 동생은 좀처럼 안심하지 못한다.

"정말 괜찮은 거 맞아?" 지현이가 묻는다. "걱정돼서 그래."

"아무 일도 없어. 문이나 좀 닫아줘."

"거짓말 아니지? 나한테는 솔직하게 말하는 거지?"

"마지막으로 말하는데, 진짜 괜찮아." 내가 살짝 짜증을 섞어 말한다. 동생이 인제 그만 물어봤으면, 나를 그만 성가시게 했으면 좋겠다. 그리고 어쨌든, 나는 거짓말하고 있지 않다. 여하튼 진짜로 아니니까.

진실이란 무엇인가?

조지 같은 남자들은 자신이 직접 관련되어 있지 않은 이상 자신을 둘러싼 사물이 어떻게 돌아가는지 거의 파악하지 못한다는 것, 그것이 곧 진실이다. 그처럼 자기 자신이 이 세상에서 엄청나게 중요한 존재라고 확신하며 유아독존에 빠진 남자들은 멍청하고 무지하다. 그날 밤에 나는 조지를 찌를 수도 있었다. 그의 목 안쪽까지 칼을 깊숙이 찔러 넣고도, 미처 예기치 못한 사고가 일어났다고 설명했다면 그 남자는 내 말을 믿어 의심치 않았을 것이다.

어쨌든, 이렇게 천성이 착하고 유순하며 순종적인 지원이를 그 남자가 왜 의심하겠는가? 내가 조지를 해칠 이유가 도대체 어디 있단 말인가? 어떻게 여자가, 더군다나 아시아인 여자가, 감히 그의 권위에 도전하겠는가?

조지는 자기 자신을 알파 남성으로 여긴다. 그의 머릿속에서는 오직 다른 남성만이 자신에게 위협이나 도전이 될 수 있다. 그래서 그 남자는 서슴없이 자기 좋을 대로 행동하는 것이다. 엄마가 눈앞에 있는데도, 지현이와 나 그리고 다른 모든 여자에게 대놓고 추파를 던지면서 우리 여자들은 모두 자신과 같은 인간이 아니고 자신이 소유하거나 폐기할 수 있는 물건이라도 되는 것처럼 취급한다. 조지는 우리를 눈곱만큼도 두려워하지 않는다. 오히려 자신이 구해주어 개인 저장할 수 있었던 모든 '동양' 여자 중에서 간택된 엄마가 행운을 거머쥐었다고 생각한다.

조지 같은 남자들은 우리와 다르다. 나와도 다르고, 지현이와도 다르다. 심지어 같은 남성인 아빠조차 조지와는 경쟁할 수 없다. 조지가 휘두르는 권력은 단지 그가 남자의 성기를 가졌다는 사실에서만 나오는 게 아니기 때문이다. 그의 더 근본적인 힘은 그가 백인이라는 사실에서 비롯된다. 우리에게는 그처럼 초월적인 자기 확신과 자신감을 가지는 것이 불가능에 가깝다. 우리 여자아이들은 아주 어릴 때부터, 우리 자신과 성별 대칭을 이루는 남성과 비교해 모든 면에서 열등한 존재라고 주입받는다. 우리는 그들보다 더 작고, 더 약하고, 더 멍청하다고. 우리가 성공한다면, 그것은 남자들이 허락했기 때문이라고 배운다. 그리고 아시아인 여성으로서, 우리는 영원한 이국의 존재이며 특유의 무력함으로 유명하다. 소위 도자기처럼 맑은 피부, 섬세하고 연약한 체격, "쪼이는 보지", 그리고 조용하고 순종적인 성향이 우리의 특징이다.

아빠의 경우, 이 나라는 그를 무능하고 수동적인 존재로 만들었다. 다른 세계에서, 아빠 수준의 학력과 결단력이라면 그는 변호사나 의사까지도 될 수 있었을 것이다. 아마 그때는 백인 남자들도 아빠의 눈을 똑바로 바라보며 존경심을 담아 굳센 악수를 청했겠지. 하지만 영어를 제대로 말할 수 없다는 사실이 그의 존재를 위축시키고 지위를 격하시켰다. 자기 앞으로 온 청구서가 무슨 내용인지 어린 딸들이 대신 통역해 주어야 하고, 병원 예약도 딸에게 의지해야 하고, 길가에 늘어선 광고판을 읽을 때도 딸의 도움을 받아야 하는 상황에서 어떻게 알파 남성이 될 수 있겠는가?

예전에 우리가 세탁소를 운영하던 시절, 나는 종종 아빠가 조지 같은 남자들에게 머리를 깊이 숙여 절하는 모습을 보곤 했다. 목청 크고 어디서나 흔히 볼 수 있는 백인 남자들, 평생 자기 자신의 존재감을 의심해 본 적이 한 번도 없었을 그런 사람들 말이다. 아빠는 그런 손님들을 어떻게 대해야 할지 몰랐다.

내가 고등학생이었을 때 일이다. 어떤 키 큰 백인 남자가 거의 새것 같은 하얀 셔츠 한 벌을 들고 잔뜩 화가 난 채 가게 안으로 들이닥친 적이 있었다. 셔츠 앞면에는 점점이 갈색 얼룩이 묻어 있었는데, 그는 아빠가 손님을 맞이하러 서 있던 계산대에 그 셔츠를 거세게 내리쳤다.

"당신이 완전히 망쳐났어." 그 남자가 말했다. "이거 어떻게 배상할 거요?" 그의 태도는 침착했지만, 미묘한 떨림이 배어 나오던 그의 말투엔 이제부터 한바탕 드잡이 소동을 일으킬 준비가 되어 있다는 각오가 느껴졌다. 나는 당혹한 마음에 그 셔츠를 빤히 쳐다보았다. 아빠는 언제나 자기 일을 신중하게 처리하는 사람이었고, 세탁물 공정상 그 셔츠가 그렇게 얼룩진 상태로 이

건물을 떠나게 되어 있을 리가 없었다. 당연히, 아빠는 고객에게 그 사실을 차근차근 설명하려 했다. 하지만 아빠가 짧은 영어로 더듬거리며 자신의 상황을 표현하기에 알맞은 단어를 찾으려 애쓰는 동안 그 남자는 매 순간 코웃음을 치며 아빠를 조롱했고, 가엾게도 궁지에 내몰릴 대로 내몰린 우리 아빠는 결국 현금이 든 계산대를 열어 꾸깃꾸깃하고 변색한 10달러짜리 지폐 다섯 장을 꺼내 들기에 이르렀다. 그때 아빠의 얼굴은 굴욕감으로 새빨갛게 물들어 있었다. 아빠는 지저분하게 구겨진 지폐를 계산대 위에 나란히 놓고 가능한 한 반듯하게 편 다음, 시선을 피한 채 묵묵히 남자에게 건넸다.

"그리고 말이야." 남자가 문손잡이를 잡은 채 말을 얹었다. "이제 당신은 미국에 있잖아. 그러면 최소한 이 나라에서 쓰는 말을 제대로 배워 익히는 성의 정도는 있어야지. 그게 그렇게 문제가 된다면 당신이 왔던 나라로 돌아가던가."

나는 그 남자를 증오했지만, 그 순간만큼은 아빠도 미웠다. 억지 환불을 요구한 남자의 손에 쥐어진 돈과 아빠의 얼굴에 떠오르던 낙심한 표정을 보면서 나는 어마어마하게 끔찍한 수치심을 느꼈다.

어떻게 아빠는 내게 그처럼 경멸당하는 모습을 보여버린 걸까? 어쩌자고 우리 모두를 그토록 창피하게 만든 걸까?

하지만 어떤 면에서는 오히려 잘된 일이기도 했다. 내 마음속 깊은 곳에 어떤 분노의 씨앗을 심어주었기 때문이다. 그 작은 씨앗은 이후 내가 스스로 분노를 표출할 수 있을 만큼 강해질 때까지, 침착하게 주변 상황을 지켜보고 고찰하고 배우도록 해주었다. 그리고 지금 내가 그때로 되돌아갈 수 있다면, 나는 아빠를 옆으로 끌어당겨 귀에 대고 이렇게 속삭일 것이다.

"저런 놈한테 돈 주지 마, 말도 안 되는 헛소리니까. 아빠 가게 문 잠그고 경찰에 신고해. 내가 칼을 가져올게."

>< :

그 사건이 일어나고 한두 달 후에, 나는 지현이를 데리고 식당에 갔다. 부모님은 늦게까지 일하는 중이었고, 우리 자매도 둘 다 기분이 심란했다. 당시 우리 수중의 돈으로 살 수 있는 유일한 메뉴였던 감자튀김 한 바구니를 주문하고 나서 우리는 심심풀이로 식당에 앉아 있는 사람들을 구경하며 그들의 삶이 어떤지 우리끼리 멋대로 이야기를 지어내는 놀이를 시작했다. 가령, 한 손에 마티니 잔을 든 채 바에 홀로 앉아 있는 여자는 3년간 사귀었던 남자친구가 바람피우는 현장을 방금 잡고 온 참이다. 우리 맞은편 부스에서 활기차게 이야기를 나누는 두 남자는 사실 친형제인데, 모종의 이유로 태어나자마자 헤어졌다가 수십 년 만에 극적으로 재회한 것이다. 두 사람이 유전적으로 이어져 있다는 증거라고 생각되는, 외형적으로 비슷한 특징을 내가 짚어낼 때마다 지현이는 낄낄대며 소리 죽여 웃었다. 예를 들어, 둘 다 아프리카 대륙 모양으로 머리가 벗어졌다. 작고 뾰족한 코도 서로 닮았다. 통통한 귓불이 아래로 늘어져 두 사람이 너털웃음을 터뜨릴 때마다 묵직한 귀걸이처럼 달랑거리는 모습도 똑같다. 지현이는 두 남자 모두 정장 셔츠 깃 바로 아래 가슴털이 빼꼼 삐져나와 있다는 점 하나를 간신히 찾아냈다. 말하자면, 같은 그림 찾기와 웃음 참기를 동시에 해야 하는 놀이인 셈이다.

그때 한 남자와 한 여자가 나란히 들어왔다. 둘 다 백인이었고 이제 막 데이트를 시작한 사이라는 게 분명했다. 우리는 그들에게 시선을 돌렸다. 그들이 자리에 앉아 여러 음식을 주문하는 모습을 지켜보며, 나는 갓 튀겨 나온 감자튀김을 한 입 베어 물고 짭조름한 소금 결정이 혀끝에 닿는 맛을 천천히 음미했다. 커플이 나누는 대화 일부가 우리 쪽에도 들렸다. 처음에는 분위기 좋게 잘 진행되는 것 같았지만, 곧 문제가 발생했다.

"나는 그 말에 동의하지 않아요." 남자가 말했다. "만약 내 쪽에서 가족을 부양하기에 충분한 금액을 벌어들이고 있다면 굳이 당신까지 일하러 다닐 필요가 있나요? 여자의 일이란 곧 가정이잖아요. 아기 낳고 돌보는 거. 알죠, 여자한테 중요한 일들." 그 남자는 한쪽 눈만 끔벅이며 윙크했고 나는 그가 일부러 우스갯소리로 분위기를 띄워보려 한다는 걸 알 수 있었다. 하지만 웃어버리는 대신, 상대 여자는 기가 막힌다는 듯 흥 하고 콧숨을 내쉬었다.

"여자한테 중요한 일이라고? 아이들을 양육하거나 가족을 부양하는 건 남자와 여자 모두의 일이어야 하지 않아요?"

"그냥 농담으로 한 말이었는데."

"별로 안 웃겨서요. 솔직히 당신은 별로 재미있는 사람도 아니고요."

남자의 언성이 점점 높아지더니, 굳이 귀를 기울이지 않아도 지현이와 내가 그의 말을 전부 들을 수 있을 만큼 커졌다. 몇 달 전에 아빠가 겪었던 그 사건이 떠올라 나도 모르게 움찔했다. 나는 남자가 여자를 큰 목소리로 꾸짖으며 많은 사람 앞에서 망신을 줄 것으로 상상했다. 그리고 아빠가 그랬던 것처럼, 여자도 끔찍한 수치심에 한 발짝 물러나며 움츠러들고, 그의 끈질긴 괴롭힘을 묵인하며 결국 저 당당한 백인 남성이 요구하는 대로 존경을 표할 것이라고 굳게 믿었다. 단지 그것만이 여자에게 남겨진 선택지라고 생각했다. 하지만 놀랍게도, 여자의 표정에 드러난 감정은 공포와 체념이 아닌 순수한 경멸로 바뀌었다. 남자가 새로 논쟁을 벌이거나 여자를 모욕하려고 시도할 때마다, 여자는 그 남자의 눈을 똑바로 바라보며 한심하다는 듯 웃음을 터뜨렸다. 당황하거나 모멸감을 느끼는 기색도 없이 여유롭게 대처함으로써, 이미 자신이 우위에 있음을 아는 듯한 태도를 보였다.

주절주절 이어지던 남자의 폭언이 무력한 바닥을 보일 때쯤, 남자는 얼굴이 새빨개지고 땀투성이가 되었다. 분명 이런 상황에 놓인 스스로를 부끄러워하는 기색이었다. 그는 지폐 몇 장을 쥐어 테이블 위에 신경질적으로 내려놓은 다음 말했다. "너 뭐야, 무슨 페미니스트 같은 거라도 돼?"

"응." 그 여자가 아무렇지도 않게 말했다. "나 페미야."

"개 쌍년." 남자가 웅얼거리며 서둘러 자리를 떴다. 그가 걸어 나가는 동안 여자의 얼굴에는 어이없다는 웃음이 번졌다.

이 장면을 보면서 나는 새로운 세상에 눈뜬 기분이었다. 그 여자가 남자를 상대로 물러서지 않았다는 사실뿐 아니라, 어떤 방식으로 그렇게 할 수 있었는지까지 통찰할 수 있었다. 나중에 나 자신도 경험을 통해서 재차 확인하게 되듯이, 그렇게 행동하는 남자, 즉 조지 같은 남자를 상대하려면 그가 밑에 깔고 앉은 깔개를 빼내야 한다. 물론, 한 번의 당김만으로 뽑을 수는 없다. 여기저기서 조금씩 잡아당겨야 한다. 그 남자가 자기 권력을 휘두르려 할 때 물러서지 않는다. 그 대신, 작은 거짓말들을 흘려 넣으며 그를 매번 조금씩 넘어뜨린다. 기회가 올 때마다, 할 수 있을 때마다 그의 작은 실수를 지적한다. 그를 혼란스럽게 만든다. 그가 스스로를 어리석게 느끼도록 만든다. 그와 같은 남자는 자신이 틀리는 걸 싫어하고, 창피당하는 걸 싫어하고, 통제력을 잃는 걸 싫어한다. 그런 일이 일어날 때 그는 어떻게 해야 할지 몰라 자기 분노를 유치하게 표현하고, 성질이 나서 짜증을 부리고, 침울하게 삐쳐 있는다. 하지만 그 남자는 아무것도 할 수 없을 것이다. 왜냐하면 결국 약한 쪽은 그 남자이기 때문이다. 그 남자가 가진 유일한 힘의 원천은 바로 당신이 그에게 기꺼이 바치는 힘인데, 지금까지 당신은 그 남자에게 아무것도 주지 않았고 끝까지 아무것도 주지 않을 것이다. 단 한 조각도.

당신이 그 남자를 더는 필요치 않게 될 때쯤, 그는 당신의 자비를 구걸하게 될 것이다. 당신을 통제하지 못한다면, 그는 대체 어떤 존재인가? 그런 상태의 그가 과연 남성이라고 할 수나 있을까? 당신이 그에게 손을 내민다면, 설령 그 손에 칼이 들려 있더라도 그 남자에게는 안심의 손길로 보일 것이다. 그리고 그 남자의 모든 것을 빼앗으면서, 당신은 이런 남자들이 우리를 향해 흔히 하는 말을 그대로 되돌려줄 수 있다. 이건 그 남자가 자초한 일이지. 그 남자가 제발 해달라고 애원하더라니까. 저항하지 않았던 걸 보니, 그 남자도 이렇게 죽기를 원했던 게 틀림없어.

33

한밤중에 나는 견디기 힘든 허기를 느끼며 잠에서 깬다. 공복감이 어찌나 강렬한지 숨 쉬기가 힘들 정도다. 다리 사이에 엉켜 있던 이불을 살살 밀어내며 조용히 일어나 앉는다. 나와 지현이의 몸무게가 합쳐져 매트리스가 푹 꺼져 있다. 방 안은 온통 깜깜하다.

침대 위에서 두 발로 일어선다. 발밑이 불안정하게 휘청인다. 내 움직임 때문에 동생도 비몽사몽 잠에서 깬다. 몸을 뒤척이던 지현이가 내 옆에 앉는다. 등을 벽에다 기댄 채, 졸음에 겨워 넋을 잃은 표정이다. "어디 가?" 동생이 묻는다.

"아무 데도 안 가." 내가 부드럽게 말한다. 지현이의 가슴 위로 이불을 끌어당겨 준다. "넌 다시 자. 금방 올게."

"언니 기다릴래."

"알았어." 동생 자신은 아직 모르지만, 이제 몇 초 후면, 내 등 뒤로 방문을 닫기도 전에 다시 깊은 잠에 빠져들 것이다.

오늘 밤은 너무 조용해서 모든 소리가 다 들린다. 내 발밑의 바닥이 삐걱대는 소리, 냉장고 모터가 윙윙 돌아가는 소리, 화장실 물이 쫄쫄 흘러가는 소리. 이웃집 어딘가에서는 누군가 늦게까지 TV를 보고 있다.

주방 탁자 위에 조지의 열쇠들과 지갑이 놓여 있는 걸 발견한다. 그 남자는 자기 열쇠와 지갑을 잃어버리지 않으려고 특히 신경을 써서 매일 같은 자리에 둔다. 덕분에 일이 수월해졌다. 나는 두툼하게 부풀어 오른 그의 지갑을 열고 엄지손가락으로 지폐 다발의 두께를 훑어본 다음 100달러짜리 지폐 한 장을 빼내어 내 주머니에 찔러 넣는다. 이 정도 돈은 없어져도 전혀 모를 것이다. 한 2주 전에도 내가 이렇게 돈을 슬쩍했다는 걸, 조지는 아직도 눈치채지 못했기 때문이다.

하지만 그의 열쇠는 사정이 다르다. 마음 같아선 열쇠를 가져가 버리고 싶은데, 내일 아침에 일어나면 열쇠가 없다는 걸 조지가 바로 알아차릴 테니 말이다. 나는 열쇠 다발을 만지작거린다. 나 자신의 욕망과 싸우며, 저마다 울퉁불퉁한 홈이 나 있는 열쇠 표면을 손가락 끝으로 쓸어본다.

전부 가져가.

잠시 후, 나는 소리가 나지 않도록 조심스럽게 열쇠 다발을 집어 든다. 냉장고를 열고, 반쯤 비어 있는 커다란 김치통 뒤쪽에 밀어 넣는다. 겉으로는 거의 드러나지 않아서, 열쇠가 거기 있다는 걸 이미 알고 있는 사람한테나 보일 것이다. 나는 냉장고 문을 닫고, 다시 지현이가 기다리는 방으로 돌아간다. 내가 예상했던 것처럼, 동생은 코까지 골며 자고 있다.

＞＜：

솔직히 말하자면, 나는 항상 그 많은 열쇠의 정체가 궁금했다. 물론, 그중 하나는 엄마가 조지에게 직접 주었던 우리 아파트 열쇠의 복사본이다. 그러나 그것과 그가 타고 다니는 트럭 열쇠 말고도, 열쇠 세 개를 더 가지고 다닌다. 그중 두 개는 아마도 다른 아파트 열쇠처럼 보이고, 세 번째는 그가 가진 다른 차 열쇠라는데 차종은 토요타라고 적혀 있었지만 실제로 그가 그 차를 운전하는 건 한 번도 본 적이 없다.

"토요타 열쇠는 뭐예요?" 어느 날 아침, 함께 식사하던 중에 내가 물었다. 지현이도 즉시 관심을 보이며 접시에서 고개를 들었다. 곁눈질로 보니 가스레인지 앞에 서 있던 엄마도 몸을 돌리는 모습이었다. 아주 미세하지만 눈에 띄는 움직임이었다. 엄마는 괜스레 눈썹을 쓱 훔치며 프라이팬 위에서 지글거리는 베이컨을 뒤적거렸다.

고기 타는 냄새가 공기 중에 맴돌았다. 조지가 입안 가득 씹고 있던 음식을 꿀꺽 삼키자 입술에서 기름이 떨어졌다. "그건 내 옛날 차 열쇠야. 지금은 안 타지만, 어쩌다 보니 열쇠는 빼낸 적이 없네." 그가 아무렇지도 않게 말한다.

"집 열쇠는요? 왜 집 열쇠가 두 개나 있어요?" 내가 물었다.

"이건 지금 내 아파트 열쇠." 조지가 가운뎃손가락으로 열쇠를 툭 건드렸다. "그리고 이건……." 그가 잠시 멈칫했고, 나는 다음 순간 그의 입에서 나올 말은 뭐든 거짓말이라는 걸 알았다. "이건 예전에 살았던 아파트 열쇠." 조지는 오렌지주스를 한 모금 들이켜고 유리잔을 식탁 위에 내려놓았다.

새빨간 거짓말쟁이. 빌어먹을 사기꾼.

"지금은 필요 없는 열쇠들까지 다 들고 다니려면 번거로울 텐데. 내가 대신 빼줄게요." 내가 말했다. "이렇게 사소한 일을 대신해 주는 걸 좋아하거든요."

그러자 조지는 재빨리 열쇠를 자기 무릎 위에 떨어뜨려, 내 손이 닿지 않도록 했다. "괜찮아. 그냥 가지고 다니는 게 좋아. 예전에 살았던 집의 좋은 추억들이 떠오르거든."

과연 그 추억이란 게 뭔지 물어볼 참이었는데, 바로 그 순간에 지현이가 끼어들었다. "지금 수리 중인 아파트는 계속 그대로 놔둘 거예요? 곧 엄마랑 같이……." 동생이 어정쩡하게 몸짓으로만 표현했다.

"음, 너희 엄마는 결혼 이후에도 내가 여기서 계속 너희랑 같이 살기를 바란다는데."

의외의 소식을 들어버린 지현이는 완전히 당황하고 낭패한 모습이었다. 그 표정을 보니 나는 지현이뿐만 아니라 나 자신에게도 매우 미안한 마음이 들었다. 식탁 아래로 동생의 손을 찾아 꼭 잡았다. 잠시 후 손을 풀려고 했는데도, 지현이는 내 손을 꽉 붙든 채 놓지 않았다.

"너 지금 나 갖고 장난하지, 제이더블유!" 조지가 소리를 꽥 지른다. 그의 목소리가 내 잠과 꿈을 한꺼번에 꿰뚫어 버린다. 벽에 반사되어 광광 메아리친다. 눈을 뜨려고 애써보지만, 풀로 단단히 이어 붙인 듯 눈꺼풀이 서로 달라붙어 좀처럼 떨어지지 않는다. 그리고 팔을 들어 올리려고 해도 몸이 말을 듣지 않는다. 조지의 뜨거운 입김이 내 귀에 와 닿는 게 느껴진다. 그 남자가 내 옆에 기대어 속삭이고 있다. "네가 무슨 짓을 했는지 알고 있어. 네가 무슨 생각을 하고 있는지 알아. 난 알아. 다 안다고……."

나는 입을 열어 소리를 지른다. 지현이는 어디 있어? 엄마는 어딨어? 조지는 유령처럼 내 주위를 빙빙 돌며 나를 향해 끊임없이 고함치고 비명을 내지르고 연신 날카롭게 찔러대는 동시에 속삭인다. 나는 그와 맞서 싸워야만 한다. 나는 그를 죽여야만 한다. 하지만 움직일 수가 없다.

왜 움직이지 않지?

온몸의 근육에 잔뜩 힘을 주어 긴장시킨다. 갑자기 펑 하며 뭔가 터지듯, 후련한 해방감이 느껴진다. 나는 벌떡 일어났지만 방 전체가 하얗게 빛나서 눈이 멀 것만 같다. 지금 나는 우리 아파트에 있는 게 아니다. 어딘가 다른 곳에 와 있다. 깨달음이 나를 압도할 때까지, 온통 밝은 빛에 내 몸 전체가 부서져 나가지 않도록 나 자신을 감싸안고 웅크려 지켜낸다. 나는 내 꿈속에서 보았던, 눈알로 가득 찬 방에 있다. 하지만 이번에는 모든 눈이 사라지고 없다. 눈알들이 있던 자리에 조지가 대신 들어섰는데 날카로운 이빨을 허옇게 드러내고 있어 인간이라기보다는 악마, 요괴나 마귀에 더 가까운 모습이다. 갑자기 뭔가 단단하고 묵직한 물체가 내 손에 쥐여진다. 칼이다. 나는 눈을 질끈 감는다.

조지가 내게 마구 달려오는 순간, 나는 칼을 꽉 쥐고 그의 배때기를 깊게 찌른다. 마침내 그의 피가 내 손 위로 뜨겁게 콸콸 흘러넘치도록 몇 번이고 찌르고 또 찌른다. 그 남자는 고통으로 울부짖는다. 그러나 나는 하얀색이 타오르는 붉은빛으로 변할 때까지, 그의 몸이 내 몸에 무겁게 늘어져 기대올 때까지, 그가 조용해질 때까지 멈추지 않는다. 그런 다음 천천히, 아주 체계적인 방식으로 칼질을 거듭하여 그의 머리에서 그의 눈알을 파낸다. 양쪽 안구를 하나씩 내 입안에 넣고 통째로 삼키자 스파게티 면처럼 얇고 가느다란 시신경이 목구멍으로 미끄러져 내려간다.

갑자기 숨이 막혀서 나는 컥컥대며 입안에 있던 것들을 왕창

뱉어낸다. 그리고 다음 순간 깨어보니 지현이가 내 곁에 누워 있
는 침대 속이다. 현실의 내가 무사히 살아 있다는 것, 실제로는
아무도 죽이지 않았다는 것, 그리고 조지가 바로 옆방에서 엄마
를 곁에 두고 잠들어 있다는 것까지 깨닫고 나자, 안도감이 밀려
와 흐느껴 운다.

34

"내 열쇠는 *씨발* 어디 간 거야?" 조지가 으르렁거리듯 외친다.
"누구 내 열쇠 본 사람 없어?"

그는 아침 내내 살벌하게 우리 아파트를 뒤집어엎는 중이었
다. 나는 그가 허둥지둥 자기 서류 가방을 뒤지다가 결국 무릎을
꿇은 채 네 발로 기어다니며 열쇠 꾸러미를 찾는 꼴을 보며 얼굴
에 웃음이 씰룩씰룩 배어 나오는 걸 애써 숨겼다.

더 엎드려 기어봐, 이 한심한 바퀴벌레야.

기어다니는 게 너한테 어울려.

"자기, 애들 앞에서 상스러운 욕설은 입에 담지 마세요."

"지금은 욕 안 해, 됐지? 그냥 내 열쇠가 어딨는지 찾고 싶을
뿐이야." 조지는 문 뒤에 걸려 있던 자기 재킷으로 가서 호주머

니에 손을 넣어본다. 아무것도 나오지 않자, 그는 다시 욕을 내뱉는다. "*이게 뭔 지랄이야!*"

"급하면 오늘은 내 차를 타지 그래요?" 출근 준비하느라 머리를 빗고 있던 엄마가 말한다. "지원이도 오늘은 차 필요 없고. 나중에 먼저 집에 와 있는 사람이 자기 올 때 문 열어주면 되지."

"안 돼!" 그가 다급히 외친다. "차 때문이 아니라, 내가⋯⋯."

"그럼 뭐 때문에?" 내가 묻는다. "차 키 말고 다른 열쇠가 필요해요?"

조지는 내가 놓은 덫에 걸려들었고, 우리 둘 다 그 사실을 알고 있다. "내가 오늘 오후에 고객과 회의가 있어서 그래." 그는 전에 없이 조심스러운 태도로 단어를 골라 말한다. "그때 필요한 서류가 내 원래 아파트에 있거든. 보고서랑 데이터, 그런 것들 말이야."

"하지만 물이 새서 수리하는 동안 살림살이를 전부 옮겨 왔다고 하지 않았나?"

"전부는 아니야." 조지가 날카롭게 쏘아붙였다. "척척박사 흉내는 그만해라, 제이더블유. 재미없으니까."

"그런 거 아닌데. 그냥 도와주려는 거죠. 우리 집 프린터로 새 복사본을 출력하면 어때요?" 내가 제안한다.

"그럴 순 없어." 그는 팔짱을 끼고 가늘게 뜬 눈으로 나를 째려본다. 오늘따라 그 눈알이 더욱 파랗다.

나는 그를 더 압박해 본다. "음, 왜 안 되는 거죠?"

이렇게 내가 계속해서 툭툭 건들고 찌르면 어떻게 될까? 폭발해 버리려나? 나는 조지의 머리가 어깨 위에서 솟구쳐 나와, 꽃비처럼 떨어져 내리는 그의 뇌수와 피범벅이 된 조각들로 우리 아파트 전체가 뒤덮이는 상상을 해본다.

> 파랗고 아름다운 눈알이 두 개, 한 알씩 차례대로,
> 내 작은 무릎 위에 사뿐히 떨어지네.

"좋아!" 조지가 항복하듯 양손을 머리 위로 든다. "내 보고서는 여기서 출력하고, 차도 내가 대신 타고 가겠어. 하지만 내가 돌아오면 모두가, 그러니까 내 말은 지금 여기 있는 한 사람도 빠짐없이……." 그는 손가락으로 내 쪽을 가리킨다. "내 열쇠를 찾는 걸 도와야 해. 이런저런 핑계 대면서 빠질 생각 말고. 알겠어? 그리고 진짜로 만약에 누군가 그걸 잃어버렸다거나 악의적으로 없애버렸다면……." 그는 다시 나를 향해 손가락을 펴며 엄포를 놓는다. "지옥문이 열렸나 싶을 만큼 단단히 혼날 줄 알아."

그날 저녁 김치찌개를 끓이려고 김치를 꺼내던 엄마는 깜짝 놀라 소리를 질렀다.

"조지! 자기 열쇠 찾았어!"

조지가 안방 침실에서 숨을 헐떡이며 뛰어나온다. 지난 한 시간 내내 집 안의 모든 가구를 이리저리 옮겨보느라 꽤 지친 표정

이다. "어디 있었어?" 그가 엄마에게서 열쇠를 낚아채며 묻는다. "이런, 완전히 차갑잖아!"

웃음보가 터진 엄마가 손으로 입을 가린다. "어쩜, 자기야. 세상에 이게 냉장고 안에 있었어요. 김치 뒤쪽에. 설마 자기가 거기다 두고 까먹은 건가?" 엄마는 이제 완전히 소리 내어 웃고 있다. 그리고 조지의 등 뒤에서 지현이와 나도 크게 킥킥댄다. 그 남자의 귀가 점점 더 붉어지는 걸 보니 우리가 웃고 있다는 걸 그도 아는 모양이다.

"나는 절대 그렇게 멍청한 짓 안 해. 누군가 장난을 친 게 분명해."

"우린 안 했어요." 내가 깔깔대며 말한다. "범인은 바로 당신이었네."

"맞아." 지현이가 거의 꺽꺽 웃으며 맞장구친다. "냉장고 여닫다가 자기도 모르게 그래놓고! 우리한테 덮어씌우려 하지 말아요."

처음으로 조지가 입을 다문 채 침묵한다. 그 남자는 정말로 자신이 그랬는지 기억해 보려고 애쓰지만, 그의 기억은 흐릿하다. 우리가 그를 바보로 만들어버렸다. 아니면 그 자신이 바보 같은 짓을 저지른 걸까? 한바탕 웃고 난 엄마는 다시 소중한 김치통에 주의를 돌려서, 가스레인지 위에 놓인 돌솥에다 김치를 한 국자씩 퍼 담는다. 지현이는 화장실로 들어가 문을 닫아버린다. 그리고 조지는 주방 한가운데 어정쩡하게 남아, 얼어붙은 듯 가만히 서 있다. 두 주먹을 꽉 쥔 채, 기억을 더듬느라 미간을 잔뜩 찌푸리고 집중한 모습이다. 하지만 아무도 그에게 관심을 기울이지 않는다. 한참을 그렇게 서 있다가 조지는 문득 몸을 돌려 조용히 방으로 돌아간다.

"이제 다른 아파트에서 하던 일이 뭐든, 여기서도 할 수 있게 되었네요." 내가 나직하게 말한다.

조지가 내 말을 들었는지는 모르겠다. 만일 그렇더라도, 그는 돌아보지 않는다.

35

시간은 바람처럼 흘러가, 어느덧 2학기도 빠르게 끝나가고 있다. 학사경고로 제적 처리를 받을지도 모른다는 위기감이 내 발등에 불씨가 되어 떨어졌고, 지속적인 수면 부족과 잇따른 악몽에도 불구하고 학과 성적은 더 좋아지고 있다. 아시아계 미국학 연구 과목에서는 A-를 받았고, 역사와 통계는 둘 다 B를 받았다. 그리고 심리학은 B-를 받았으니, 이제 남은 기말고사만 잘 치른다면 이번 학기에는 학사경고를 면할 것이다.

젓가락 사건 이후 제프리는 여러 번 내게 문자 메시지를 보내며 연락하려 했다. 나는 대부분 무시하거나 딱 한 단어 정도로 짤막한 답장을 보냈는데, 그런 내 반응에 제프리는 기분이 상한 것 같다.

내가 보내준 고양이 사진 맘에 들었어?

어.

야, 진짜 대답에 진심이 하나도 없네. 그에게서 답장이 온다. 불만스러울 때 징징거리는 제프리 특유의 말투가 거의 귓가에 들리는 것 같다. 나는 짜증이 솟구쳐 휴대폰을 눈앞에서 치워버렸다.

강의실에서 만나면 제프리는 굳이 내 옆자리에 앉아 내 공간까지 침범하려 한다. 그 남자애가 얼마나 한심한 얼간이인지 알아차리는 데 이렇게나 오래 걸렸다니 믿을 수가 없다. 그의 태도는 거칠고, 강압적이고, 눈에 거슬린다. 페미니즘에 대해 그가 종종 토해내는 열변은 그저 본인이 다른 남자들보다 더 앞서 있고 똑똑한 인간처럼 보이려는 자기과시용일 뿐이다. 그가 사 입는 티셔츠들은 멍청하기 짝이 없다.

"기말시험은 객관식으로만 100문제가 출제될 거예요." 톰슨 교수님이 말한다. "출제 범위 목록은 오늘 밤에 온라인으로 올릴 예정입니다. 시험에 나올 수 있는 모든 주제가 다뤄질 거니까, 상당히 많아요. 마음 단단히 먹고 공부해 오세요."

학생들이 한꺼번에 불만스러운 신음을 낸다. 내 오른쪽 의자에 앉아 있던 알렉시스가 나를 쿡 찌른다. "방금 교수님 말씀 내가 제대로 들은 거 맞아? 100문제라고?"

"윽. 맞아."

"100문제의 답을 담아 오기엔 내 뇌 용량이 부족한데."

"나도 마찬가지야. 무서워 죽겠다." 나는 내 머리를 쥐어뜯듯 감싸안았다. "나 이 과목 꼭 패스해야 하는데. 아니면 완전 망함."

"괜찮을 거야. 이번 주말에 같이 만나서 공부하자. 출제 범위 꼼꼼하게 다 훑고 나면 더는 시험이 두렵지 않을 거야. 오히려 어떤 문제가 나와도 말 그대로 백발백중 맞혀줄 테니 되레 시험이 우리를 무서워할걸."

나는 얼굴을 감싼 손가락 사이로 알렉시스를 살짝 훔쳐보았다. "그래도 설마 나 낙제하면……."

"그런 말 그만해." 알렉시스가 나를 꾸짖으며 말한다. "낙제 안 할 거야. 넌 내가 아는 한 제일 똑똑한 사람 중 하나인걸. 다른 애들하고도 얘기해 봤는데, 기말시험 준비 모임 만들면 걔네도 참여한대. 이번 토요일 오후 6시쯤으로 생각하고 있거든. 넌 그때 괜찮아?"

알렉시스에게 고마운 마음이 솟아오른다. 함께 걷다 문 앞에 도착하자 이렇게 금방 헤어지는 게 못내 아쉽다. 언제나 작별 인사를 할 때면 그러듯 그는 나를 살짝 안아주었다가 곧 놓아주었다. 알렉시스가 뿌리는 달콤한 향수 냄새가 내 주변에 은은히 남는다. "토요일 6시." 나는 알렉시스가 사라지고 나서도 약속 시간을 중얼중얼 되풀이하며, 머리가 살짝 어지러워질 때까지 그 향기를 깊이 들이마신다.

사실 오늘 아침 통학 버스를 놓쳤다. 내가 엄마 차를 운전해서 등교할 수 있도록, 조지가 마지못해 자기 차로 엄마를 직장까지 태워다 줘야 했다. 놀랍지도 않지만, 그 남자의 입에선 불평이 끊이지 않았다. ("그냥 택시 타고 가면 안 되나? 나 오늘 너무 바쁜데." 조지는 계속 투덜거렸다.)

한 걸음씩 발을 옮길 때마다 알렉시스의 향기가 여전히 내 옷에 남아 있는 게 어렴풋이 느껴진다. 공용주차장에 도착할 때까지 알렉시스 생각에 푹 빠져서 내 뒤쪽에서부터 잽싼 발소리가 뒤따르고 있다는 걸 깨닫지 못한다. 문득 나는 걸음을 멈춘다. 뒤에서 들려오던 발소리도 함께 멈춘다. 늦은 오후의 햇살이 지면 위 모든 사물에 긴 그림자를 드리우고 있다. 심장이 두근거리며 맥박이 뛸 때마다 터질 듯 불안정한 팽창과 수축을 반복한다. 나는 가방에 손을 집어넣고 급히 주머니칼을 찾는다. 손가락 끝이 매끄러운 손잡이에 닿자마자 결사적으로 그걸 꽉 움켜쥔다.

"거기 누구야? 왜 날 따라오는 건데?" 나는 가쁜 숨을 훅 들이마시며 주위를 빙빙 돌았다.

아무도 없다. 또다시. 거칠게 숨을 몰아쉬며 고개를 한 바퀴 돌려 주차장 전체를 살펴본다. 내가 미치지 않았다는 증거, 내가 헛것을 본 게 아니라는 증거를 찾아내려 애쓴다. 정말 누가 나를 미행했던 걸까? 아니면 모든 게 내 망상에 지나지 않는 걸까? 주차장엔 나 말고도 서성대는 사람이 한두 명 정도 있었지만, 그들은 워낙 멀리 떨어져 있다. 다시 차에 타려는 순간 갑자기 번쩍 뭔가 움직이는 게 눈에 들어왔다. 얼른 뒤를 돌아보니 때마침 누군가 서둘러 달아나듯 주차장을 빠져나가는 모습이 보인다.

그의 뒤를 따라 힘껏 달려가 보지만, 이미 너무 늦었다. 나는 흔적 없이 도망한 미행자를 놓친 채, 떨리는 몸으로 덤불 앞에 서 있다.

지원아, 너 또 이상한 상상을 하고 있구나.

36

알렉시스는 캠퍼스 바로 밖에 있는 방 하나짜리 아파트에서 룸메이트와 함께 살고 있다. 이 동네는 가로등이 부족해 밤에는 꽤 어둑어둑해지고 근처엔 노숙인들이 모여 사는 야영지까지 있어 전반적인 분위기가 좀 지저분하고 험한 편이다. 나는 길거리에 차를 주차하고 문을 열자마자 너무 놀라서 펄쩍 뛸 뻔했다. 바로 옆 바닥, 누더기를 걸친 한 남자가 앉아 있었기 때문이다. 깡말라서 뺨이 움푹 들어간 그는 넋이 나간 듯 공허한 표정으로 내 차창을 멍하니 바라본다. 나는 반사적으로 문을 닫고 다시 차를 몰아 그 자리를 빠져나가려 했지만, 그 남자가 나를 향해 작게 손을 흔들어 보이며 창문을 열어달라는 손짓을 한다. 나는 차창을 아주 살짝만 내린다.

"혹시 25센트 동전 있으면, 한 푼만 주쇼." 그가 부탁한다. 오랫동안 침묵하고 있던 사람이 간신히 입을 열어 말하는 것처럼, 바짝 말라 삐걱대는 목소리다.

나는 고개를 저었다. "없어요. 미안해요."

노숙인 남자는 느릿하게 몸을 돌려 자리를 떠나려고 하지만, 순간 나는 연민에 사로잡힌다. 그에게는 뭔가 막연하게 호감이 가는 점이 있다. 나는 호주머니를 뒤져 잔돈 한 움큼을 꺼낸다. "지금 있는 건 이게 다네요."

그 남자의 얼굴이 환해진다. "고마워요!" 나는 그가 손바닥 위에서 동전을 구분해 세는 모습을 잠시 지켜보다가 알렉시스의 아파트 로비로 들어간다. 건물 자체는 낡았지만 내부 구조나 장식은 우리 집보다 더 고급스럽다.

알렉시스의 룸메이트라는 멜리사가 문을 열어준다. 그는 경멸과 짜증이 섞인 표정으로 나를 곱지 않게 바라본 뒤에야 마지못해 안으로 나를 들인다. 처음에는 예기치 않은 냉대에 기분이 나빴지만, 모임의 나머지 인원이 속속 도착하자 멜리사의 적대적인 반응을 이해하게 되었다. 알렉시스는 나 말고도 다섯 명을 더 불러 모았는데, 솔직히 이렇게 작은 공간에 다 들어오기엔 너무 많은 인원이었다. 총 일곱 사람이 좁은 거실 겸 주방을 가득 채우며 빽빽이 둘러앉으려니 서로 팔꿈치가 맞닿을 만큼 가까이 붙어 있어야 해서 말 그대로 과포화 상태였다. 멜리사는 침실로 들어가 문을 닫았고 우리는 저마다 책과 공책을 꺼내 시험 준비에 들어갔다.

한 시간쯤 지나자 손이 저려온다. 수십 장에 걸쳐 노트 필기를 계속했는데도, 다른 사람들이 뭔가 이야기할 때마다 또 새롭게 적어야 할 만한 내용이라 따라가기 바쁘다. 새까맣게 채워 가는 공책의 책장이 넘어갈 때마다 내 펜의 잉크는 실시간으로 흐릿해지는 중이다.

그래도 알렉시스가 사람 보는 눈썰미 하나는 확실하다. 그가 초대한 이들은 모두 예의 바르고 똑똑하고 시험 준비에 도움이 된다. 갑자기 이렇게 낯선 사람들과 한꺼번에 섞여 있게 되어 내심 올라왔던 경계심과 불안감은 어느덧 사라지고 없다. 우리는 함께 공부하고 대화하고 웃기도 하면서 점점 더 서로를 친근하고 편안하게 느끼게 되었다. 어느덧 시간이 벌써 자정에 이르자, 내내 침실에 틀어박혀 있던 멜리사가 불만스럽게 발을 쿵쿵대며 걸어 나온다. 팔짱을 끼고 눈을 부릅뜬 걸 보니 룸메이트로서 인내심의 한계에 이른 모양이다.

"알렉스. 이제 이 파티를 다른 데서 이어가면 안 될까? 나 진짜 잠을 좀 자야 해서."

양쪽 뺨에 주근깨가 가득한 검은 머리의 신입생 에런이 가장 먼저 자리를 털고 일어난다. 그는 어색하게 헛기침을 한다. "미안해요. 우리 이만 갈게요. 어차피 나도 배가 너무 고파서 더 못 할 것 같고."

"혹시 또 배고픈 사람 있어?" 알렉시스가 묻는다. "여기서 조금만 걸어 내려가면 정말 괜찮은 가게가 있거든. 늦게까지 영업하는 곳이야."

나를 제외한 모든 사람이 저마다 웅얼거리며 동의한다.

내 또래의 친구들과 함께 외출하거나 음식점에 가거나 했던 게 언제였는지 도무지 기억나지 않는다. 지금 그 일이 일어나려 하고 있다. 고등학교 이후로는 처음이 아닐까.

나는 알렉시스를 살짝 끌어당긴다. "난 그냥 집에 갈게." 내가 더듬거리며 말한다.

"왜? 너도 배고프지 않아?"

"별로." 동시에 내 뱃속에서 시끄럽게 꾸르륵대는 소리가 들려와 난처해진다. 내 위장까지 나를 배신하는군. 알렉시스는 미소를 지으며 내 팔에 부드럽게 손을 얹는다.

"잠깐만 들렀다 가. 재미있을 거야!"

알렉시스가 사는 곳은 학교 캠퍼스와 워낙 가까워서, 근처에 식당과 상점이 즐비했다. 이 거리에 와본 건 오늘이 처음이다. 가장 큰 이유는 같이 올 사람이 없어서였지만. 건물마다 사람들로 가득 차 있는 모습을 보니 놀랍다. 심야 시간인데도 인도와 도로 위로 학생들이 쏟아져 나온다. 우리는 한 줄로 서서 인파를 헤치며 세 블록쯤 걸어간 후에야 알렉시스가 얘기했던 식당에 도착한다. 상당히 좁고 허름한 가게인데, 이렇게 동네 사람만 아는 곳일수록 확실한 맛집인 법이다. 큼직한 고깃덩어리들이 쇠꼬챙이에 꽂혀, 숯불 위로 육즙과 지방을 뚝뚝 떨어뜨리며 빙글

빙글 돌아가고 있다. 가게 문을 열자마자 군침 돌게 맛있는 냄새가 코를 찌른다. 곧바로 내 배가 다시 꼬르륵대기 시작한다.

알렉시스가 그 소리를 듣고 킥킥 웃는다. "오니까 좋지?"

"그러게." 나는 고맙다는 듯 미소 짓는다. "고마워."

"다 같이 먹는 자리에 너만 빠지게 할 순 없었어. 이 식당은 내가 제일 좋아하는 곳이거든. 음식도 다 맛있고, 주인들도 정말 친절해. 너도 곧 알게 될 거야."

여러 메뉴 사이에서 도무지 쉽게 결정을 내리지 못하는 내 성격 탓에, 다른 사람들은 모두 나보다 먼저 주문을 마치고 식당 한가운데 있는 테이블에 가서 앉는다. 마침내 나도 닭고기 샤와르마 한 접시를 먹기로 하고 계산을 하기 위해 가방에 손을 뻗었지만, 아무리 찾아도 내 지갑이 보이지 않는다. 당혹감에 볼 안쪽을 잘근잘근 씹는 동안 오늘 아침의 한 장면이 그림처럼 떠오른다. 지난 몇 주간 기회가 있을 때마다 훔쳐온 조지의 지폐들로 가득한 내 지갑이 우리 방 책상 위에 덩그러니 놓여 있는 모습이다. 나가기 전에 가방에 넣으려고 거기에 놔뒀었는데, 서두르느라 깜빡 잊어버렸다.

"사실은 저 별로 배가 안 고파서요." 계산대에 서 있는 남자에게 내가 작은 소리로 말한다. 그는 빠르게 고개를 끄덕인 후 뒤쪽 주방으로 사라졌고, 나는 부끄럽고 겸연쩍은 기분을 느끼며 다른 사람들이 앉아 있는 테이블로 걸어간다.

"가봐야겠어." 내가 알렉시스의 귓가에 작게 중얼거린다.

"왜?"

"깜빡하고 지갑을 두고 와서."

"어쩌지. 내가 대신 계산해 주고 싶은데, 나도 지금 통장 잔액이 부족하거든." 그가 안타까워하며 말한다. 알렉시스가 미안해하는 모습에 내가 더 부끄러워져서, 고개를 절레절레 흔든다.

"아냐. 걱정하지 마. 괜찮아. 어차피 집에 가야 할 시간이기도 하고." 나는 가려고 돌아섰지만, 알렉시스가 나를 멈춰 세운다. 내 손목을 잡는 그의 손이 더없이 따스하게 느껴진다.

"조금만 더 있다 가." 알렉시스가 사뭇 간절하게 말한다.

하얀 일회용 쟁반에 음식이 담겨 나온다. 기름기가 자르르 흐르는 밥과 샐러드, 구운 채소, 그리고 푸짐한 고기의 양을 보니 도저히 참을 수가 없을 정도다. 나는 남들이 주문한 음식을 부러운 눈초리로 바라보며 집에만 가면 나도 얼마든지 배불리 먹을 수 있다는 걸 되새긴다. 커다란 냄비에 라면을 잔뜩 끓이고, 달걀도 먹고 싶은 만큼 풀어 먹어야지. 하지만 통통하게 부풀어 오른 면발과 매콤하고 빨간 국물을 상상하고 있는 내 앞으로, 알렉시스가 자기 쟁반을 밀어 넣으며 내 손에 포크 하나를 쥐여준다.

"여기 안 그래도 양 많기로 유명한데, 오늘따라 평소보다 더 많이 준 것 좀 봐. 네가 이거 다 먹는 걸 도와주지 않으면, 남은 음식은 쓰레기통으로 들어갈 거야. 나 혼자 먹기엔 너무 많잖아. 굶주리는 아이들을 생각해 봐. 음식 버리는 건 죄악이지." 알렉시스가 살짝 미소를 지으며 말한다.

그의 상냥한 배려가 감동적이다. 나는 떨리는 손으로 그가 쥐여준 포크를 다잡는다. 알렉시스가 너무 사랑스럽다. 마음속에서 그를 향한 애정이 솟구쳐 오르는데, 내가 느끼는 이 감정이 부끄러움인지 고마움인지도 잘 모르겠다. 알렉시스가 닭고기 한 조각을 잘게 찢어 입안으로 쏙 넣는다. 나는 그 행동을 똑같이 따라 한다. 그러자 알렉시스는 자식을 흐뭇하게 바라보는 엄마처럼 내게 미소 짓는다.

"여기 진짜 대단하지, 안 그래?"

정말 그렇다. 진짜로. 오랫동안 내가 먹어봤던 것 중 단연코 최고의 맛이다.

✕━

늦은 저녁 식사를 마치고 나서, 에런이 알렉시스에게 머뭇머뭇 다가오더니 혹시 디저트도 먹으러 가지 않겠느냐고 묻는다. 알렉시스는 눈썹을 치켜올린 채, 마치 내 의사를 타진하듯 나를 바라본다. 순간 내 가슴이 확 조여든다. 나는 억지로 웃음을 터뜨려 보인다. "난 괜찮아. 얼른 가봐! 다들 좋은 시간 보내!"

무리에서 떨어져 혼자 걸어 나오는 내 뺨으로 차가운 밤공기가 스친다. 머릿속에 떠오르는 건 오직 알렉시스 생각뿐인데, 나는 그걸 밀어내려 애쓴다.

야심한 시각인데도 학교 주변 거리는 여전히 번화하다. 도로

엔 차들이 가득하고, 각종 술집과 식당 밖에 나와 있는 사람들의 왁자지껄한 분위기로 거리 전체가 들썩거리는 듯하다. 나는 지나가면서 그들의 모습을 자세히 쳐다본다. 간혹 파란 눈을 가진 사람을 볼 때마다 온몸에 전기가 짜릿하게 흐르는 느낌이 든다.

우리 학교에는 약 3만 명의 학생이 재학 중인데 그중 26%가 백인이다. 하지만 내가 인터넷으로 찾아본 바에 따르면, 파란 눈을 가진 사람의 비율은 전체 인구의 8%에 해당한다. 만약 그 자료가 사실이라면 우리 캠퍼스 재학생 중 파란 눈을 가진 사람은 624명쯤 된다.

물론, 학생 중 남성이 49%라는 것도 우리는 꼭 기억해야 한다. 그러니 실제로 내 기준에 부합하는 사람은 300명 정도밖에 되지 않는 셈이다. 대충 그 정도다. 하지만 그렇다면, 왜 하필 지금 여기 있는 사람들이 전부 파란색 눈을 가진 걸까? 그들이 나를 둘러싼 채 지켜본다. 그들은 나를 알아본다. 내가 원하는 게 무엇인지 그들은 이미 알고 있고, 내가 하고 싶은 대로 해달라고 애원하고 있다.

내 손가락이 뒤틀리며 경련한다. 짜릿한 전율이 등골을 타고 내려온다. 피부 전체에 소름이 확 돋으면서 나는 주먹을 불끈 쥔 채 멈춰 선다. 인도 한가운데 서서 군중을 뚫어지게 바라보는 내 모습은 제정신을 잃은 사람처럼 보일 게 틀림없다. 거리를 걷는 사람들은 중간에 우뚝 서 있는 나와 거의 부딪힐 뻔하다가 그 직전에 간신히 멈추고는, 깜짝 놀란 숨결 아래 뭔가 욕설 같은 말을 중얼중얼 내뱉고는 경쾌한 발걸음으로 나를 피해 간다. 상관 없다. 나는 아무것도 신경 쓰지 않는다. 다만…….

"지원?"

나를 붙들어 매고 있던 마법의 주문이 끊어진다. 나는 고개를 들고 올려다본다. 제프리가 내 앞에 서 있다. 양쪽 주머니에 손을 넣은 채, 놀라고 신기한 눈초리로 나를 쳐다보고 있다. 그의 눈알은 뭔가 유통기한을 넘겨 썩어버린 듯한 갈색인데, 추하게 보일 뿐이고 전혀 내 식욕을 돋우지 않는다.

"무슨 일 있어? 네 안색이 좀…… 창백해 보여." 그는 체온을 재듯 내 이마에 손등을 갖다 댄다. 나는 황급히 몸을 비틀어 그의 손길을 뿌리친다.

"난 괜찮아."

제프리는 찡그린 얼굴로 나를 자세히 살펴본다. "내가 계속 문자 보냈는데 답장도 전혀 안 하고, 강의 끝나면 나랑 얼굴 마주치기도 전에 도망가기 바쁘고. 혹시 나한테 뭐 화난 거라도 있어?"

사람들이 우리를 밀치고 지나간다. 나는 인파에 밀려 비틀거리다 제프리 쪽으로 한 걸음 다가갈 뻔하지만, 마지막 순간에 자세를 되잡는다. 여전히, 우리 둘 다 각자 서 있는 자리에서 움직이지 않는다. 우리는 마치 외나무다리에서 만난 원수처럼 진퇴양난의 교착 상태에 빠져 있다. 제프리의 무시무시한 갈색 눈이 나를 빤히 노려본다. 나는 헛기침을 하며 목을 가다듬는다.

"아니, 너한테 화난 거 없어. 그냥 너무 바빠서."

"뭐 때문에 그렇게 바빠?"

"기말고사." 나는 궁색하게 어깨를 으쓱해 보인다. "인생이 원래 그렇잖아."

"아." 제프리가 재킷을 벗는다. 그는 몸에 딱 맞는 에메랄드빛 셔츠와 날카롭게 주름이 잡힌 바지를 입고 있다. "지금은 어디 갔다 오는 길이야? 밥 먹으러 갔었어?"

"알렉시스랑 시험공부했어."

제프리가 코를 찡그린다. "아, 그래서 요즘 네가 날 완전히 무시했던 거구나. 우리가 얘기할 때마다 맨날 알렉시스는 어쩌고 저쩌고하더니만. 그동안 걔가 계속 너한테 헛바람을 넣고 있었던 거지, 응? 그런 식으로 이간질해서 네가 나한테서 등을 돌리게 한 거네?"

"전혀 아니거든." 내가 말한다. "알렉시스는 그런 애가 아니야."

"그러고도 남지." 제프리가 눈을 굴린다. "예전에도 걔 같은 여자애들이랑 몇 번 말 섞어본 적 있는데, 항상 시끄럽게 과장된 헛소리만 늘어놓는 게 그런 애들 특기야. 도저히 견딜 수가 없어. 적어도 너는 더 똑똑하다고 생각했는데, 지원." 그가 내게 한 발짝 다가온다. 나는 한 발 뒤로 성큼 물러난다. "넌 다른 여자애들과 달라. 그래서 내가 널 좋아하는 거야."

네 말이 맞아. 나는 다른 여자들과 다르지.

264

"제프리, 미안하지만 난 이만 가봐야 해."

그는 내가 지나갈 수 있게 길을 비켜준다. 그러나 내가 떠나기 전에 제프리는 다급히 말한다. "내가 너라면 알렉시스가 주변에 있을 때 말과 행동을 조심할 거야, 지원. 걔가 왜 우리 사이를 갈라놓으려고 하는지, 잘 생각해 봐."

37

차를 댄 곳으로 돌아왔을 때, 가장 먼저 내 눈에 들어온 것은 웬 허름한 신발짝이다. 낡아서 너덜너덜해진 나이키 운동화. 밑창은 거의 다 떨어져 가고, 양쪽 끈은 풀려서 땅바닥 위에 아무렇게나 흩어져 있다. 신발 끝은 하늘을 향해 뾰족 솟아 있고, 양말은 실밥이 거의 다 풀려 얇게 해어졌고 지저분하다.

"저기요?" 나는 한 걸음 다가가 본다. "저기? 아저씨, 괜찮으세요?"

인도에서 벗어나 어둑한 덤불 사이를 헤치며 들여다보자, 축 늘어진 채 꼼짝도 하지 않고 누워 있는 몸의 나머지 부분이 보인다. 나는 손을 뻗어 그 남자의 맨살을 손가락 끝으로 꾹 눌러본다. 차디찬 그의 피부는 파랗게 질린 잿빛이다. 어둠 속에서도,

생기라곤 찾아볼 수 없는 그 칙칙하고 기묘한 색채가 눈에 띈다. 영화에 종종 나오는 장면처럼, 나는 조심스럽게 그 남자의 손목을 짚어본다. 맥박이 전혀 없다. 아무런 반응도 느껴지지 않는다. 나는 그의 얼굴을 살피려고 가까이 다가갔다가 깜짝 놀라 숨을 헉 들이켠다.

아까 봤던 그 남자다. 내가 동전을 줬던 그 노숙자, 내 차 옆에 앉아 있던 그 사람이다. 불과 몇 시간 전에 봤을 때는 멀쩡했었는데. 무슨 일이 있었던 걸까? 나는 그의 머리 위쪽에 웅크려 앉아 그의 코와 입 앞에 손을 갖다 대고 숨결이 느껴지는지 가만히 기다려본다. 아무런 움직임도 없다. 숨을 쉬지 않는다.

나는 동공의 상태를 확인하려고 그의 눈꺼풀을 들어 올렸다가 깜짝 놀라 뒤로 나자빠지며 등을 바닥에 찧는다. 모든 것이 흐릿하다. 내 눈앞에서 별들이 번쩍인다. 멍하니 밤하늘을 쳐다보는데 비행기 한 대가 군청빛 하늘을 가로질러 가는 게 보인다. 오렌지색 경고등이 천천히 깜빡인다.

이 남자의 눈동자는 물빛처럼 밝은 푸른색이다.

그리고 그는 이미 죽었다.

내가 사람의 사체를 처음 본 건 열두 살 때였다. 우리 집에서 그리 멀지 않은 곳에 할머니가 사셨는데, 지현이와 내가 어릴 적만

해도 일 때문에 부모님의 귀가가 늦어지는 날이면 할머니가 우리를 자주 돌봐주시곤 했다. 매주 일요일 아침에는 교회에도 데려가 주셨다. 우리는 할머니를 잘 따르고 좋아했기에, 할머니가 갑자기 돌아가셨을 때 지현이와 나는 엄청나게 충격을 받았다. 한국에 사는 친척들이 도착하기를 기다리느라 할머니의 장례식 날짜는 일단 정해지고 나서도 계속 미뤄졌다. 마침내 진짜로 장례식을 치르게 된 것은 할머니가 돌아가신 지 한 달하고도 보름이 지난 후였다.

엄마는 할머니의 관이 놓여 있던 곳으로 내 등을 먼저 떠밀었다. "자, 너부터 얼른 가봐." 엄마가 말했다. "편히 쉬시라고 마지막 인사를 드려야지." 엄마의 눈에는 눈물이 가득했고, 엄마 본인도 나 못지않게 겁에 질린 표정이었다. 하지만 엄마가 그렇게 동요한 상태인 만큼, 나는 지금 엄마 말을 더욱 거역할 수 없다는 걸 알았다. 관 속에 누워 있는 할머니의 눈은 꾹 감겨 있었지만, 망자의 표정에서 평온함이란 전혀 찾아볼 수 없었다. 할머니의 얼굴은 뻣뻣하게 굳어 있었고, 마치 우리가 당신의 평화를 방해하고 있다는 듯 칙칙한 잿빛으로 찌푸려진 모습이었다. 어쩌면 진짜로 그랬는지도 모른다. 여럿이 시끌벅적하게 모여, 할머니의 시신이 무슨 미술 전시회에 출품된 작품이라도 되는 것처럼 내려다보고 있었으니 말이다.

내 머릿속에 떠오르는 생각은 눈앞에 놓인 육신이 이미 죽은 지 6주나 지났다는 사실뿐이었다. 임시방편 눈속임으로 가려져 있을 뿐, 저 파리한 몸은 안에서부터 썩어 들어가고 있는 살덩이였다. 등 뒤에서 지현이의 발소리가 들렸을 때 나는 손으로 동생의 눈을 가렸다.

"들여다보지 마." 내가 속삭였다.

나쁜 꿈을 꾸는 밤이면 나를 쫓아오는 할머니가 보였다. 살가죽이 흐늘흐늘하게 떨어져 내려 뼈까지 드러나 보이는 끔찍한 모습이었다. 관 속에 누워 있는 할머니도 나왔다. 바글바글한 구더기들이 할머니의 살점을 파고 들어가, 할머니가 누워 있는 자리 아래로 까맣게 썩은 피가 배어 나오더니 나중엔 강처럼 콸콸 흘러넘쳤다. 뼈만 남은 할머니의 해골 사이로 바퀴벌레 떼가 들락날락하며 기어다니는 장면도 보였다. 그 후 몇 달 동안 나는 잘 때도 불을 켜놓아야 했다.

어릴 때 관 속에서 봤던 할머니는 갖풀로 이어 붙인 인형처럼 뭔가 낯설고 뻣뻣해 보였지만, 이 남자의 얼굴에는 그런 부자연스러움이 전혀 없었다. 진상을 몰랐다면 그냥 평범하게 잠들어 있는 사람인 줄 알았을 것이다.

망자의 시신을 보고 있자니 온갖 기억이 밀려온다. 소파에서 쿨쿨 잠든 조지의 모습. 식탁 맞은편에 앉은 나를 노골적으로 쳐다보던 조지의 음흉한 눈길. 혀로 핥아낸 생선 눈알을 침이 묻어 미끌미끌한 손가락 끝으로 꽉 눌러 터뜨리는 조지. 능글맞은 미소를 띤 조지의 얼굴. 조지와 그의 파란 눈동자.

내가 뭘 하고 있는지 자각하기도 전에, 이미 내 손은 칼을 쥐고 있다. 칼날이 남자의 눈꺼풀 안쪽으로 너무 쉽게 들어간다. 마치 이 사람은 뼈와 살이 아니라 부드럽고 말랑말랑하게 녹인 버터와 치즈로 만들어진 것처럼. 내 손으로 피가 흠뻑 튀어 흘러내린다. 울렁거리는 뱃속이 고통스럽게 뒤틀리지만, 나는 억지로 계속 칼을 쑤셔 넣으며 안간힘을 쓴다.

꿈속에서 상상했던 것처럼 칼질 몇 번만 하면 눈알이 곧장 튀어나올 것으로 생각했다. 하지만 눈구멍 주변의 살점을 도려내고 남자의 눈꺼풀 부위에 해당하는 살갗을 잘라냈는데도 단단히 박혀 있는 안구는 예상과 달리 쉽사리 빠져나오지 않는다. 나는 심호흡하고 손톱을 써서 눈알을 파내려 애쓴다. 시신경이 팽팽하게 당겨졌다가 일순간 끊어지고, 찐득한 진물로 질척거리는 덩어리 한 줌이 내 손아귀 안에 남겨졌다.

나는 그걸 얼굴 가까이 가져와 그 놀라운 빛깔을 홀린 듯 바라본다. 정말 화려해. 숨이 멎을 만큼 눈부셔. 아름다워. 나는 그것을 혀끝으로 맛보고, 오독오독 씹고, 꿀꺽 삼키고 싶다. 하지만 갑자기 등 뒤에서 어수선한 발소리들이 들리면서 달빛이 비치는 길가의 현실로 퍼뜩 돌아온다. 머리 위에 무수히 펼쳐진 별들이 초롱초롱 빛난다. 두려움으로 굳어버린 채 손안의 눈알을 주머니에 쑤셔 넣고 덤불을 헤치며 다시 인도로 나와, 차 안으로 뛰어든다. 정신없이 운전석에 앉아 고개를 드는 순간 백미러에 녹색 광선이 선득하니 스쳐 가는 게 보인다.

38

집에서 1.5킬로미터쯤 떨어진 주유소에 들른다. 다른 가게보다 기름값이 비싸서 평소에는 좀처럼 오지 않는 곳이지만, 한 번도 문이 잠겨 있던 적이 없어 언제든 쉽게 이용할 수 있는 외부 화장실이 딸려 있다. 수년간 지현이와 내가 급한 상황이면 이 주유소 화장실을 써왔기 때문에 잘 알고 있다.

주유기 옆에는 다른 차 한 대가 세워져 있다. 나는 그 맞은편에 주차한 뒤 서둘러 화장실로 향했다. 문을 쾅 닫고 안쪽에서 잠금장치를 걸자마자 벽에 몸을 기댄 채 바닥으로 스르르 주저앉는다. 잔뜩 긴장하고 있던 온몸의 근육이 안도의 비명을 지르는 게 느껴진다. 두 손이 경련하듯 떨리지만 멈출 수가 없다.

방금 무슨 일이 일어났던 거지? 그 모든 게 현실이 아니라 내

망상이었나? 오른손을 살펴보니 손바닥의 갈라진 틈새마다 마른 피가 고여 있다.

어렸을 때 엄마는 내 손을 엄마 손 위에 얹어 평평하게 편 뒤 손금을 읽어주곤 했다. 엄마의 손가락 끝이 내 손바닥 가운데 자리 잡은 가장 큰 주름을 훑어내린다.

"이게 애정운을 나타내는 선이고." 엄마는 말했다. "그리고 이게 네 생명선이야. 지원아, 엄마가 보니까 너는 아주 오랫동안 많은 사랑을 받으며 행복하게 살겠는걸?"

하지만 엄마의 손금 분석은 틀렸다. 바로 *이게* 내 운명이다. 행복한 인생이 아니라, 고통과 상처로 가득 찬 삶. 나를 둘러싼 세계가 흐릿하고 몽롱해진다. 나는 엄마와 지현이와 우리 아파트를 생각하며, 주머니에 손을 넣어본다. 비록 내 손바닥에 분명히 핏자국이 남아 있긴 해도, 이 모든 상황에도 불구하고, 실제로는 아무것도 들어 있지 않을 거라고 확신하면서.

주머니는 비어 있지 않다. 뭔가 묵직한 덩어리가 만져진다. 그리고 다음 순간, 미끌미끌한 눈알이 화장실 바닥에 철썩 떨어진다.

나는 숨을 헐떡이며 네 발로 세면대까지 간신히 기어가 세면대를 움켜잡는다. 바지 무릎이 바닥의 물웅덩이에 젖어 축축해졌다. 머리가 핑 돌며 어지럽다. 사력을 다해 억지로 일어서서 수도꼭지를 틀자, 얼음처럼 차가운 물줄기가 쏟아져 내 손가락을 적시며 흐른다. 맑은 물이 내 손바닥과 만나 붉고 칙칙한 녹물 빛깔로 변한 뒤에 낡은 흠집투성이 세면대의 수챗구멍으로 흘러 내려 가는 모습을 멍하니 바라본다. 고개를 들자 온갖 색깔의 페인트 스프레이로 낙서한 거울에 내 모습이 비친다. 뒤틀린 괴물, 흉악한 악마, 끔찍한 살인자의 모습이 드러날 거라 예상했지만, 거울에 보이는 건 평소와 다름없는 나다. 그냥 나야.

바닥에 떨어진 눈알이 나를 빤히 쳐다본다. 나는 그것을 집어 들고 흐르는 물에 씻는다.

맛보고 싶지 않아, 지원아?

싫어. 그럴 순 없어.

네가 발견했을 때 그 남자는 이미 죽어 있었어.

넌 아무 잘못 없어.

아니야. 내가 잘못했어. 잘못한 거야.

네가 원했던 거 아니야?

이렇게는 아니야.

지금 와서 후회하기엔 너무 늦었지.

어떻게든 둘러대는 말로 나 자신을 설득하기 전에, 나는 눈을 꾹 감고 그것을 입안에 밀어 넣는다. 수도꼭지 아래서 오랫동안 찬물에 씻긴 눈알이 혀에 닿자 꽤 시원하게 느껴진다. 짭짤한 액체 몇 방울이 목구멍으로 흘러내린다. 눈알의 표면은 바삭바삭한 연골로 둘러싸여 있다. 왼쪽 볼 안에 몰아넣고 어금니로 아작 깨물자 끈적하면서도 탱글탱글한 젤리 같은 물질이 입안에서 터진다.

맛있다. 진한 풍미가 입속 가득 감돈다. 지금까지 내가 먹어 본 생선 눈알과는 다르다. 절대로 따라올 수 없는 맛. 뭔가 비슷한 걸 찾아본다면, 살짝 금속이 섞인 듯한 쇠고기 맛. 육류의 간이나 내장 요리에 더 가까운 맛이다. 순식간에 다 먹을 때까지 나는 그 한 점을 꼭꼭 씹어 삼킨다. 남은 것은 짜디짠 진액의 뒷맛뿐이다. 갑자기 갈증이 나서 나는 세면대에 몸을 수그린 채 두 손을 모아 물을 가득 담는다. 배가 가득 차서 아파질 때까지 차가운 수돗물을 마시고 또 마신다. 그러고 나서 비틀거리며 곧장 변기로 뛰어가 뱃속 내용물을 전부 게워낸다. 흰색 자기로 된 변기 안은 온통 거품투성이에다 연분홍색으로 물들어 있다. 나는 레버를 눌러 물을 내리고, 내가 저지른 죄악이 사라져 가는 모습을 지켜본다.

그 모든 게 아래로, 아래로, 아래로 소용돌이치며 내려가 결국 아무것도 남지 않는다.

집에 도착했을 때 식구들은 전부 잠들어 있다. 나는 어둠 속에서 조용히 신발을 벗고 서서, 조지가 이처럼 나와 가까운 곳에 있다는 사실을 만끽한다. 손만 뻗으면 닿을 만큼, 그 남자는 정말 가까이 있다.

조지의 열쇠와 지갑이 주방 탁자 위에 놓여 있다. 혼자 미소를 지으며 나는 지갑을 열고 그의 운전면허증을 꺼낸다. 주방 싱크대로 걸어가, 하수구와 연결된 음식물 쓰레기 처리기 안으로 경쾌하게 밀어 넣는다.

39

아침에 눈을 뜨자 가장 먼저 떠오르는 기억은, 미끈거리던 혈액의 축축함, 바삭바삭 씹히는 연골의 감촉, 변기 안으로 소용돌이 치며 빨려 들어가던 물이었다. 소름이 확 끼쳐 나도 모르게 진저리를 쳤다. 오돌토돌하게 구멍을 뚫어 무늬를 내는 방식으로 거칠게 마감한 이 싸구려 주택의 천장을 멍하니 바라보다가 문득 휴대폰으로 손을 뻗는다.

제프리가 보낸 메시지들이 한꺼번에 쏟아져 들어온다. 최소한 스무 개는 된다. 메시지들을 대충 훑어보는 동안, 그 남자애에 대한 나의 감정은 점점 불쾌하게 변해간다.

지원. 제발 얘기 좀 하자. 제발 부탁이야.

지금 뭐 하자는 상황인지 모르겠네. 갑자기 알렉시스가 왜 우리 사이에 끼어들어서 나 같은 애랑 친구 하지 말라며 널 가로막는지 황당하고 이해가 안 가. 어쨌든 확실한 건 걔 입에서 나온 얘기는 다 왜곡된 거짓이란 거야. 진실이 아니라고!

지원. 🐱

이러지 마, 제발. 너는 내가 가장 아끼고 친하게 생각하는 친구인데 이렇게 멀어지다가 널 잃는다는 건 나로서는 견딜 수 없어. 내가 뭘 어떻게 해야 이 문제를 해결할 수 있는지 정답을 말해줘. 내가 너한테 무슨 짓을 했든, 미안해.

정말 짜증 나는 놈이다. 성의껏 읽어봤자 머리에서 김만 솟게 하는 이 메시지들을 애써 무시하려 했지만, 곧이어 전화가 또다시 진동하며 큰 소리로 윙윙대자 끓는 머리를 참지 못한 나는 결국 극한의 분노에 차서 엄중한 메시지를 찍어 보낸다.

제프리, 나 지금은 정말 이런 것들에 신경 쓸 수가 없어. 제발 나 좀 내버려둬.

심리학 기말시험에 10분 지각이다. 어깨에 멘 가방이 좌우로 정신없이 흔들린다. 땀방울이 줄줄 흘러내리는 얼굴로 가슴을 들썩이며 나는 전속력을 다해 강의실 안으로 뛰어 들어간다. 그런 내 모습을 본 톰슨 교수님이 못마땅한 표정으로 입술을 꾹 다문 채 팔짱을 낀다.

"늦었군요." 교수님이 퉁명스럽게 지적한다. 내가 그 사실을 모를까 봐? 나는 바보처럼 연신 눈을 끔벅대며 교수님을 바라본다. 아무 대답이라도 주워섬겨야 할 텐데, 대체 뭐라고 말해야 할까.

네, 죄송하게 되었네요. 실은 제가 어젯밤에 어떤 노숙인 남자의 눈알을 먹어버렸거든요. 그래서 지금 그것 때문에 여러모로 정말 힘든 상태인데요……

나는 고개를 젓고 작게 속삭인다. "죄송합니다." 교수님은 못마땅하게 한숨을 내쉬었지만, 곧 내게 시험지를 건네준다. 알렉시스가 미리 맡아준 옆자리로 서둘러 가서 앉는다. 자기 가방을 치워주기 전에 나를 힐끔 쳐다보는 알렉시스의 걱정스러운 표정은 못 본 척한다. 자리에 앉자마자 첫 번째 질문을 읽는다.

언어는 어떤 방식으로 우리의 감정과 지각을 형성하는가?

크게 심호흡을 하고, 나는 답안을 써 내려가기 시작한다.

시험을 반쯤 치르던 중에, 갑자기 머리가 어지럽고 현실 감각이 없어져서 나는 필기를 멈춘다. 내 손에 이상한 느낌이 든다. 시선을 아래로 향하니 내 손이 온통 피투성이다. 이번엔, 꿈이 아니다. 이건 현실이야. 나는 몸서리를 친다.

"왜 그래, 지원아?" 알렉시스가 소리 죽여 말한다.

"내 손이……." 나는 신음한다.

"손이 어쨌는데?" 알렉시스는 앞쪽으로 시선을 보낸다. 톰슨 교수님이 우리 쪽을 노려보고 있다. "얼른 써, 나머지 시험도 끝까지 봐야지!"

"안 돼. 나 못 하겠어. 피가 너무 많아서……."

"거기 여학생 두 사람, 무슨 문제 있나?" 이제 강의실 학생들 전체가 우리를 쳐다보고 있고, 톰슨 교수님의 얼굴은 화가 나다 못해 새하얗게 질려 있다. "이 시험은 개인별로 보는 거지, 짝지어서 하는 조별 활동이 아니라는 거 알고는 있지?"

"죄송합니다." 알렉시스가 재빨리 대답한다. "지원이가 지금 몸이 좀 안 좋아서요, 그리고……."

"내 손에 피가 전부…… 다 묻었어……."

"지원아, 네 손에 아무것도 없어!" 알렉시스가 빽 소리친다. 거의 애원하는 표정이다. "기말시험이잖아, 중간에 포기하면 안 돼. 제발!"

알렉시스의 간절한 말투에 정신이 번쩍 들어 현실로 되돌아온다. 피범벅 된 형상이 완전히 사라질 때까지 내 손을 물끄러미 쳐다본다. "죄송합니다." 나는 이렇게 중얼거리고 나서, 시험지 위로 몸을 숙인 채 집중하려고 필사적으로 노력한다.

시험이 다 끝나자, 톰슨 교수님이 문 앞에서 나를 멈춰 세운다. "지원, 맞죠?"

나는 고개를 끄덕인다.

"우리 교내에서 운영하는 심리 상담 프로그램이 있는데 혹시 상담해 보지 않을래요?" 성난 기색은 완전히 사라진 태도로, 교수님은 내 얼굴을 찬찬히 살펴본다. "상담료는 무료니까."

"아, 아니에요. 전 그런 거 필요 없어요. 괜찮아요."

교수님이 어깨를 으쓱해 보인다. "지원처럼 명석한 학생들이, 특히 똑똑하고 유능한 사람일수록, 대학교에 진학한 뒤 처음 겪는 압박감으로 힘들어하는 경우를 많이 봤어요. 누군가에게 털어놓기만 해도 도움이 될 거예요."

나는 교수님께 감사 인사를 한 뒤 눈을 찌르는 듯 밝은 햇살 속으로 비틀비틀 걸어 나온다. 기말고사 주간이라 캠퍼스에는 평소보다 사람이 더 많다. 주변에 보이는 테이블과 벤치는 모두 막바지 벼락치기를 하느라 이미 긴장감이 넘쳐나는 머릿속에 한 줄의 지식이나마 더 욱여넣으려는 학생들로 가득하다. 명한 표정으로 그들을 지나쳐 가다가 캠퍼스 경비원이 내 쪽으로 걸어오는 걸 알아챘다. 순간 심장이 철렁 내려앉는 느낌이 들어, 나는 곧장 그 자리에 얼어붙는다.

하지만 그 남자는 내 앞에서 멈추지 않는다. 그는 고개를 살짝 끄덕이며 내 곁을 바삐 스쳐 갈 뿐이었다. 나는 거친 한숨을

내쉰다. 몸을 돌려 가려는데, 조금 전까지만 해도 각자 공부에
푹 빠져 있던 학생들이 한꺼번에 내게 시선을 고정한 채 나를 빤
히 바라보고 있다.

그들은 내가 뭘 했는지 알아. 다 알고 있는 거야.

갑자기 그들의 피부가 늘어나며 온몸에 구멍이 생기기 시작
한다. 피부를 뚫고 벌어진 구멍마다 파랗게 빛나는 눈동자가 생
겨나서 나를 쳐다본다. 나는 두 손으로 얼굴을 가린 채 허겁지겁
달아난다.

40

아파트에 들어서자 가장 먼저 들려온 건 조지의 목소리다. 엄마 방에서 통화 중인 그의 말소리가 또렷하게 들린다.

"내 말 좀 들어봐, 난 젠을 사랑해. 그렇지만 그 계집애는 아직도 내가 태국 갔다 왔던 일로 단단히 삐져 있다고! 내가 거기서 뭐 큰 잘못이라도 저질렀던 것처럼……. 뭐 그래, 어쩌면 내가 진짜로 뭔가 했을 수도 있고? 예, 의원님. 본 청문회에서 제기된 주장에 관해서, 본인은 긍정도 부정도 하지 않겠습니다……." 조지가 크게 너털웃음을 터뜨린다. 나는 계속 귀를 기울이며 안방 문 쪽으로 살금살금 다가선다.

"이게 미친 소리라는 건 아는데, 그래도 이봐. 만약 젠이 날 용서해 준다면, 이번 여자는 내가 심심할 때마다 만나서 기분 푸는 용도로 삼을 수 있는 거지." 웃음소리가 더 터져 나온다. "어쨌든 이 사태는 젠이 다 자초한 거야. 걔가 날 아파트에서 쫓아내지만 않았어도 내가 이렇게까지 했겠냐고."

나는 내 몸을 벽에 찰싹 붙인 채, 납작해진 내 몸이 벽 사이로 스며들어 가 완전히 사라져 버리는 걸 상상한다. 반대편에서는 조지가 잰걸음으로 방 안을 걷고 있는 소리가 들린다. 그 남자가 말을 멈추고 목을 가다듬는다. 침대가 삐걱대는 소리가 난다. 그가 침대에 앉은 모양이다. "아무튼, 끼니마다 음식도 차려주고 청소도 해주고, 온갖 귀찮은 잡일을 도맡아 해주는 사람이 있으니까 참 좋은 거야. 난 손 하나 까딱할 게 없다니까. 진짜 아무것도! 이 여자가 내 빨래도 해주지, 평생 들어본 적도 없는 온갖 신기한 요리도 해주지. 그리고 이 집에 딸애가 둘 있는데, 내가 얘기해 준 적 있었나?" 그가 입맛을 다시며 신음한다. "완전 끝내줘. 진짜 말하면 침이 고인다니까. 둘 중에 더 어린 것은 엉덩이가 톡 튀어나온 게 아주 일품이야. 허벅지가 다 드러난 짧은 반바지를 걸치고 엉덩이를 살래살래 흔들면서 항상 내 눈앞을 통통 뛰어다니는데 사람 미치게 한다니까, 그 쪼끄만 걸레 년이."

나는 현관문으로 달려가서 할 수 있는 한 가장 세게 문을 닫는다. "나 왔어!" 분노로 가득 차서 나는 외친다. 조지가 후다닥 안방에서 튀어나온다. 그는 뭔가 찔리는 표정으로 괜히 자기 머리카락을 쓸어 넘긴다.

"아, 안녕. 제이더블유. 학교는 어땠어?"

"괜찮았어요." 아무렇지 않게 말했지만, 속에서는 분노가 치밀어 오른다. 나는 저 남자가 피 흘리는 꼴을 보고 싶다. 그의 머리통을 잘라 열고, 피부를 벗기고, 눈알을 씹어 먹고 싶다. 조지가 불안한 눈초리로 나를 응시한다.

"언제 집에 왔니?" 그가 묻는다.

"방금요." 내가 하려던 말은 그게 아니었다. 내가 그에게 하려던 말은 이건데. *방금 네가 하는 말 다 들었어, 이 나쁜 새끼야. 그리고 네가 내뱉은 말 한마디 한마디, 전부 다 뼈저리게 후회하게 해줄게.*

><

지현이와 엄마가 집에 돌아올 즈음, 조지는 자기 운전면허증이 없어졌다는 걸 깨닫는다. 귀가한 엄마가 키스로 인사하려고 몸을 기울이자, 그 남자는 동그랗게 오므린 채 돌진해 오는 엄마의 입술을 짜증스럽게 피하며 양손을 허리에 얹은 채 눈살을 찌푸린다. "너 내 지갑 건드렸어?"

"아니? 내가 왜 자기 지갑에 손을 대겠어요?" 엄마가 묻는다. 조심스러우면서도 침착한 엄마의 어조에서, 나는 이들이 전에도 이런 대화를 나눠본 적이 있다는 걸 직감한다.

"음, 이전부터 계속 누군가 나쁜 장난질을 치고 있나 본데. 내 운전면허증이 사라졌어." 조지는 지갑을 거꾸로 뒤집어서 거칠게 털어낸다. 신용카드 여러 장, 각종 신분증, 그리고 지폐 한 무더기가 바닥에 떨어진다. 그 남자는 잡동사니 위로 몸을 숙이고 내용물을 샅샅이 뒤지기 시작한다.

무릎도 마저 꿇어, 이 하찮은 벌레 새끼야.

갑자기 그가 지현이에게 고개를 돌린다. "제이에이치, 네가 한 짓이냐?"

"뭐? 그걸 왜 나한테 물어봐요?" 내 동생이 불쾌한 기색으로 되묻는다.

성난 조지가 안방 침실을 들락날락하며 쉴 새 없이 뭔가를 중얼거리고 욕설을 지껄인다. 엄마는 주방에서 바쁘게 요리를 시작하고, 냄비와 프라이팬이 시끄럽게 덜컹거리는 소음 사이로 화를 참지 못하고 폭발하는 조지의 고성도 간간이 들려온다. 지현이가 내 옆 소파에 폭삭 주저앉으며 내 몸에 찰싹 달라붙는다. "언니가 가져갔어?" 동생이 내 귓가에 속삭인다.

"뭔 소리야, 당연히 아니지." 내가 불쾌하다는 듯 대답한다.

지현이는 믿지 않는 눈치다. "그런데 표정이 왜 그래?"

"내 표정이 어떤데?"

"무슨 뜻인지 알잖아." 크게 뜬 동생의 눈이 내 잘못을 꾸짖는 듯하다. 나는 지현이가 나를 보지 못하게, 내 얼굴에 나타난 죄책감을 읽지 못하게 얼른 고개를 돌려버린다.

"정말 나 아니야, 지현아. 그만 진정 좀 해줄래?"

지현이는 소파에 등을 기대며 거실 탁자 위에 두 발을 올려놓는다. 엄마한테 걸리면 종종 혼나곤 하는 자세다. 나는 TV를 켜지만, 지현이가 리모컨을 빼앗더니 음 소거 버튼을 누른다. 일자로 앙다문 동생의 입술은 꽤 불만스러워 보인다. "요즘 언니 행동 이상했잖아. 항상 조지만 뚫어지게 쳐다보고, 그러다 정신 나간 사람처럼 한참이나 멍하니 있고, 그리고……."

나는 소파에서 벌떡 일어나 우리 방으로 들어간다. 지현이가 여기까진 나를 따라오지 않는다. 나는 베개로 머리를 감싼 채 침대 위로 몸을 던진다. 관자놀이에서 피어나는 통증이 점점 심해지고 있다.

내 머릿속에 들리는 목소리는 이것뿐이다. "둘 중에 더 어린 것은 엉덩이가 아주 일품이야. 짧은 반바지를 걸치고 엉덩이를 살래살래 흔들면서 항상 눈앞을 통통 뛰어다니는데, 그 쪼끄만 걸레 년이." 머릿속에서 몇 번이고 계속해서 그 남자의 말이 반복된다.

걸레 년.

귀여운 내 동생.

우리 지현이를 두고.

모두가 보는 앞에서

내 손으로 그 남자의 목을 베어버리고 싶다.

삐걱대는 소리를 내며 방문이 열리고, 누군가 내 베개를 거칠게 빼앗아 간다. 찌푸린 눈을 깜박이는 내 얼굴 위로 지현이의 얼굴이 둥실 떠오른다. 짠맛 나는 물방울이 동생의 눈에서부터 내 두 뺨에, 내 턱에, 내 콧잔등에 뚝뚝 떨어진다. 나는 몸을 일으켜 책상다리로 앉고선 지현이를 침대 위로, 내 무릎 위로 부드럽게 끌어당겨 안아준다. 우리가 어렸을 때 그랬던 것처럼.

"왜 그래?"

"나 언니가 너무 걱정돼. 엄마도, 결혼식도 다 걱정된단 말이야. 그런데 아무도 신경 쓰지 않고……."

"뭐? 도대체 네가 왜 내 걱정을 해?" 나는 묻는다.

"언니는 항상 나쁜 꿈을 꾸고 이상하게 구는데, 난 그냥……. 나는 그냥 다 모르겠어. 이해가 안 돼. 모든 게 예전으로 돌아갔으면 좋겠어."

"돌아가?"

지현이가 훌쩍거리며 손등으로 코를 거칠게 쓸어내린다. 콧물이 묻어난 손등이 어둠 속에서 반짝거린다. "아빠가 있었던 시절로 돌아가고 싶어. 언니도 그렇지 않아?"

나는 지현이가 쓰레기통에서 다시 구해낸 가족사진을 빤히 노려본다. 아빠가 지현이에게 사줬던 끄덕끄덕 인형 모음도 빠짐없이 쳐다본다. 그것들을 바라보는 동생의 눈길에는 아직도 애틋한 그리움이 묻어난다. 지현이가 그 인형들을 하나하나 정성스레 닦아주는 모습을 보기도 한다.

"별로. 너는 아빠 보고 싶어?" 내가 묻는다.

지현이는 조용해진다. "아마 아빠가 보고 싶은 게 아니라." 동생이 말한다. "나는 그냥…… 예전의 우리 모습이 그리워. 언니랑 나도 정말 친했었잖아. 그런데 지금 우리는 서로 얘기도 잘 안 하는 것 같아. 물론 언니가 대학생 되면서 바빠진 건 알지만, 그래도 내 생각엔……."

나는 두 팔로 지현이를 감싸안고 가슴이 아플 만큼 꼭 끌어안는다. 너무도 자그마한 내 동생. 평소에 워낙 어른스러워 보이고 성숙하게 행동하는 탓에, 나조차 지현이가 실제로는 얼마나 어린지 잊어버릴 때가 있다. 이제 겨우 열다섯 살, 아직도 한참 어린아이일 뿐인데.

"우리 여전히 친해. 언제든지 얘기할 수 있어. 지금도 그러고 있잖아? 이렇게 서로 얘기하고 있는걸."

"그렇긴 해. 그래도 그냥…… 뭔가 내 마음속에 끔찍한 기분이 느껴진단 말이야. 불길한 징조 같은 거. 처음엔 아빠가 떠났고, 그리고 엄마가 조지를 만났고, 그리고 언니는……." 지현이는 딸꾹질을 하고 내 밑에 깔려 있던 이불을 잡아당겨 우리 위로 동굴처럼 두른다. 그러자 어릴 때 우리가 침실에서 이불로 텐트를 만들고 놀았던 기억이 떠올랐다. "우리한테 무슨 일이 일어나는 거지? 우리 집에 저주라도 씐 거야?"

"그런 말 하지 마. 그렇게 끔찍한 얘기를 왜 하니, 말이 씨가 된다는데."

"그렇지만 사실인걸. 뼛속 깊이 느껴져. 우린 저주받았다고."

"그만 좀 해! 한 번만 더 그딴 얘기 꺼내면 다시는 너한테 대답 안 한다. 무시무시한 침묵의 형벌을 내릴 것이니라." 내가 팔을 꼬집으며 말하자 지현이가 낑 소리를 지른다. 우리는 이불로 둘둘 말린 우리만의 작고 포근한 동굴 속에서 안전한 기분을 느끼며, 서로를 마주 바라보다 키득키득 웃기 시작했다. "어허, 울다가 웃으면 똥꼬에 털 난다고, 엄마가 너한테 말해주지 않았어?" 내가 짐짓 엄숙한 어조로 말한다.

더 큰 웃음이 와락 터져 나와서 우리는 숨을 헐떡일 만큼 웃는다. 이제 나도 웃다 못해 꺽꺽 울고 있다. 눈물이 내 뺨을 타고 흘러내린다. 우리 둘 다 간신히 웃음을 멈춘 순간 지현이가 내 목덜미에 얼굴을 파묻는다. 동생의 마지막 눈물방울이 내 셔츠 안으로 미끄러져 흘러내린다. "사랑해, 언니."

"나도 사랑해, 지현아."

"모든 게 다 괜찮아질까?" 동생이 묻는다.

"다 괜찮아질 거야. 언니가 약속해."

엄마가 음식물 쓰레기 처리기를 켰을 때, 조지는 집에 없다. 큰 소리로 덜컹거리던 분쇄기의 칼날이 맹렬하게 윙윙거리다 어딘가에 잘못 걸린 듯 멈춰버린다.

"왜 이러지?" 엄마가 눈을 가늘게 뜨고 수챗구멍 틈새를 살펴본다. 벽면에 달린 스위치를 여러 번 켰다 껐다 해보지만 쓰레기 처리기는 작동하지 않는다. 마침내, 엄마는 하수구 파이프 안으로 손을 집어넣어 안쪽에 끼어 있던 조지의 운전면허증을 꺼낸다. 두꺼운 플라스틱 카드였던 면허증은 여러 조각으로 산산이 갈려나가 처참한 상태였다. 조지의 증명사진은 완전히 찢어져 알아볼 수도 없고, 눈만 간신히 드러나 있다.

엄마가 얼굴을 찡그린 채 혼잣말로 중얼거린다. "이 남자가 진짜." 엄마는 너덜너덜해진 조지의 눈을 쓰레기통에 버린다. 나는 쓰레기통 안으로 손을 뻗어 그 눈 부분만 다시 빼내고 싶다는 충동을 느낀다. "요즘 부쩍 건망증이 늘었다니까. 처음엔 자기 열쇠 없어졌다고 난리더니, 이젠 이거야." 우리를 힐끔 쳐다보며 엄마가 말한다. "다들 조지한테는 말하지 말자, 알았지? 자기 실수로 이 꼴이 되었다는 걸 굳이 알 필요 없잖니."

지현이와 나는 고개를 끄덕인다. 엄마는 조지가 한 번도 자기 손으로 설거지를 하러 나선 적이 없고, 아예 주방 근처에 온 적도 없다는 걸 기억하지 못하는 것 같다. 식사 때마다 다 먹고 나면 그 남자는 그냥 의자에서 일어나 곧장 TV 앞 소파로 옮겨 앉기만 할 뿐이다. 조지가 남겨둔 접시를 치우고 뒷정리를 하는 건 언제나 엄마의 몫이다. 하지만 엄마는 잊었을지 몰라도, 지현이는 똑똑히 기억한다.

나는 자리에서 벌떡 일어난다. "엄마, 설거지 도와줄까?"

고무장갑을 끼고 그릇을 씻기 시작하는데, 나를 쳐다보는 지현이의 눈길이 뒤통수에 따갑게 느껴진다. 내가 뒤돌아서면 내 표정을 샅샅이 뜯어보려고 나를 기다리고 있다. 하지만 나는 양

발을 굳게 디딘 채 한 발자국도 움직이지 않는다. 결국 지현이는 포기하고 우리 방으로 들어가 버린다.

이 세상에서 나를 가장 잘 아는 사람은 지현이다. 그때 내 얼굴에 떠오른 표정을 딱 1초만 제대로 보았더라도 동생은 자신이 찾던 정답을 발견했을 것이다.

41

"기말시험 점수, 확인했어?" 내 귓가에 맴도는 알렉시스의 목소리가 숨차다. 나는 그의 목소리가 새어 나오는 전화기를 내 뺨에 대고 가능한 한 세게 누른다. 알렉시스의 숨결을 조금이라도 더 가깝게 느끼고 싶어서.

"합격이야! 이제 학사경고에서도 벗어났어!"

투명한 물거품처럼 밝은 웃음소리가 알렉시스에게서 터져 나온다. "축하해! 네가 해낼 줄 알았어."

"믿어줘서 고마워." 침대에 다시 쓰러져 드러누운 내 입꼬리에 함박웃음이 걸린다. "알렉시스, 네 덕분이야. 네가 없었다면 이만큼 해낼 수 없었을 거야. 진짜로."

"아, 그런 소리 하지 마. 오로지 너 스스로 노력해서 얻은 결과인데. 내가 널 위해서 공부를 해준 것도 아니고, 시험을 대신 봐준 것도 아니고, 또……."

"아이고 알았어, 알았어. 그럼 내가 다 혼자 한 거라고 쳐. 네 도움도 아무것도 없이 완전히 나 혼자서 해냈다. 그럼 됐어?"

"오, 그렇게 배은망덕하게 나오시겠다. 그러면 내가 이번 주말에 여는 멋진 파티에 초대받지 못할 텐데, 그래도 좋아?"

"파티?"

"응! 엄청 신나는 자리가 될 거야. 누가 올 건지 초대 손님 목록만 들어도 미쳤거든. 네가 못 온다니 참 안타까운데……."

나는 멈칫했다. 알렉시스는 시험 후 파티가 있을 거라고는 전혀 말한 적이 없었다.

어떻게든 가고 싶다는 속마음을 들키지 않으려고 애쓰면서, 나는 아무렇지 않은 척 묻는다. "누구누구 오는데?"

제발 에런이라고 하지 말아줘.

누구든 에런만은 아니길.

"일단 나. 그리고 아마 너? 나한테 잘 보인다면 말이지."

나는 소리 내어 웃는다. "뭐라고? 그럼 굳이 나까지 초대할 필요 없어. 혼자서 파티 잘해."

"야, 지원아!" 알렉시스가 기분이 나빠진 말투로 말한다.

"왜?"

"그렇게까지 나쁘게 말할 거 없잖아."

"네가 먼저 나는 초대하지 않을 거라고 했으면서!"

"흥, 네가 이 파티의 주인공이기 때문에 다른 사람 다 안 와도 너만은 꼭 와야 해. 바로 너 때문에 여는 파티란 말이야. 네가 이번 학기 전 과목 패스한 것 축하하려고 준비한 거라고."

"그렇다면……." 나는 알렉시스의 얼굴을 상상하며 천장을 응시한다. 전화기의 다른 쪽 끝에는, 진짜 알렉시스가 목을 가다듬고 내게 뭔가 질문을 하고 있다. 그리고 내 위에는, 상상 속의 알렉시스가 우아한 깃털처럼 부드럽고 길게 뻗은 속눈썹을 팔랑이며 그 달콤한 꿀 빛깔 눈동자로 나를 내려다보고 있다.

"지원아!" "응?" 상상의 알렉시스가 천장 속으로 사라진다.

다시 돌아와 줘.

"내 말 들었어? 이번 주말에 우리 아파트에 놀러 와서 나랑 같이 뒤풀이 파티 해주시겠느냐고요?"

"글쎄, 너도 알다시피 내가 굉장히 바쁘신 몸이잖니. 하지만…… 내가 주인공이라니, 바쁘긴 하지만 하룻밤 정도는 뺄 수도 있을 것 같네."

"지금 내가 네 옆에 없는 걸 다행으로 알아라. 그랬다면 엉덩이를 팡 걷어차 줬을 테니까."

나는 큭 웃는다. "그러게. 맞는 말이야."

알렉시스가 갑자기 목소리를 낮춰 속삭이듯 말한다. 나는 그의 말을 한마디도 놓치지 않기 위해 귀를 쫑긋 세운다. "그런데, 혹시 그 뉴스 봤어?"

"무슨 뉴스?"

"며칠 전에 우리 아파트 근처에서 어떤 남자가 죽은 채로 발견됐거든. 온 동네에 경찰들이 출동해서 난리였어. 네 시간 동안 거리 전체가 통제됐었어."

내 속이 경련하듯 뒤틀린다. "왜? 무슨 일이 있었는데?"

"나도 내막은 전혀 몰라. 하지만 멜리사 사촌이 경찰서에서 일하는데, 그 남자 말로는 살인 사건으로 밝혀져서 수사 중이래. 내가 듣기론 특정한…… 신체 부위가…… 사라졌고, 그 남자는 약물에 취한 상태에서 죽었다나 봐. 경찰에선 누군가 살해 의도로 수면제를 먹였다고 생각한대." 목구멍에 걸린 숨이 탁 막히는 것 같다. 나를 둘러싼 시간이 흐르는 속도가 점점 느려진다. 내 상태를 알 길이 없는 알렉시스는 계속 말을 이어간다. "근데 지금 생각해 보니까, 경찰들 오고 그 난리가 났던 게, 바로 우리가 시험 준비하러 모였던 그 밤 다음 날이었어. 대박 미쳤지?"

"어, 완전히 미쳤네." 내가 더듬거리며 말한다. "암튼, 이번 학기에는 너 무슨 강의 들어?"

며칠 후면 조지는 태국으로 일주일간 '사업상 출장'을 떠난다. 혼자서 신나게 짐을 꾸리고, 여행 가방을 문 옆에 차곡차곡 쌓아두는 조지의 모습을 보면서 떠오르는 건 얼마 전 그의 전화 통화뿐이다. 그 남자가 지현이를, 그리고 젠이라는 이름으로 불리던 의문의 여자를 어떻게 묘사했는지가 머릿속에서 떠나지 않는다. 나는 조지의 비밀스러운 삶에 대해 알고 있는지, 혹시 안다면 대응할 생각이라도 있긴 한지 엄마에게 간절히 묻고 싶다. 하지만 다음 순간, 온통 산발이 된 머리카락을 길게 늘어뜨린 채로 얼굴을 푹 적신 눈물이 바닥에 똑똑 떨어질 때까지 바닥에 주저앉아 있던 엄마의 모습이 반복 영상처럼 머릿속에 재생된다. 절망에 빠진 엄마가 연달아 내쉬는 얕은 숨소리를 들을 때마다 나 또한 똑같은 공포를 느낀다. 그래서 결국 나는 엄마에게 아무 말도 할 수 없다.

42

어딘가에서 조지가 꽥꽥 비명을 지르고 있다. 나는 그의 목소리를 따라 한 치 앞도 보이지 않는 깜깜한 어둠 속을 걸어간다. 그 남자는 엄마 침대에 혼자 있다. 나를 본 그의 눈이 커지고, 그 안에 당혹감이 서린다.

조지는 알고 있다. 내가 그를 철저히 깨부수고 파멸시킬 작정이라는 걸 안다. 나는 손가락을 펼쳐, 그 남자의 얼굴을 덮고 있는 피부를 부드럽게 쓸어내린다.

천천히 시간을 들이며 실컷 갖고 놀 거야.

이 모든 순간을 빠짐없이 즐기고 싶어.

시끄럽게 코를 고는 소리에 나는 몽상에서 확 깨어난다. 정신을 차려보니 나는 방 한가운데 우뚝 서 있다. 같은 자세로 얼마나 오랫동안 서 있었던 건지, 카펫의 까끌까끌한 털 사이로 두 발이 깊게도 가라앉아 있다. 허공을 휘젓는 내 손은 보이지 않는 얼굴, 보이지 않는 눈동자 한 쌍을 쓰다듬고 있다. 잠든 기억도, 일어서거나 걸어 다닌 기억도 전혀 없다.

내 앞에는 지현이가 있다. 이불을 똘똘 말고 있어 형체도 분명치 않은 모습이다. 동생을 향해 손을 뻗는 순간, 그건 전혀 지현이가 아니라는 걸 깨닫는다. 몽롱한 상태가 점차 사라진다. 어렸을 때부터 우리 자매는 계속 한 방을 써왔고, 그래서 지현이의 모든 습관이 내 기억에 똑똑히 새겨져 있다. 길 잃은 꿈을 꾸었을 때 동생이 어떤 소리를 웅얼대는지, 졸음이 쏟아지기 시작할 때면 어떤 몸짓으로 꾸벅대는지 누구보다 내가 잘 안다.

현실에 적응하기까지 잠시 시간이 걸렸지만, 나는 곧 눈앞에 있는 형체가 누군지 깨닫는다. 우리 엄마다. 나는 지금 엄마 방에 와 있는 것이다. 침대의 절반 이상이 비어 있는데도, 엄마는 한쪽 구석에서 웅크린 채 옆으로 누워 자고 있다. 그건 어쩌면 엄마가 자신의 물리적 존재를 최소화하는 데 익숙해서일지도 모른다. 아마도 우리 아빠나 조지 같은 남자들의 눈에 거슬리지 않으려고 한평생 애써왔기 때문일 것이다. 그래서 이제는 그런 태도가 엄마의 몸에 아예 무의식적인 반사 작용으로 굳어버린 것이다. 나는 그런 엄마가 안쓰럽고 화가 난다. 엄마의 이목구비를 들여다보며 그 안에서 지현이와 나 자신이, 우리가 기원한 모든 작은 조각이 엄마를 통과하며 뜨개질처럼 엮인 모습을 보면서 더 진하고 애틋한 분노를 느낀다. 엄마와 지현이, 그리고 나는 이 실타래 속에 영원히 한 뭉치로 얽혀 있다.

><:

다음 날 아침 엄마는 생각에 잠긴 표정으로 커피를 홀짝인다. "이상한 꿈도 다 꾸네." 엄마가 말한다. 조지가 없으니, 엄마는 화장하지 않은 본래 얼굴에다 오래된 플란넬 파자마 차림으로 편안한 모습이다. 낡은 파자마의 다리 쪽 시접에는 구멍이 뿡뿡 뚫려 있다. 늘어지게 하품을 하고 나서 엄마는 말을 잇는다. "꿈에서 내 방에 귀신이 와 있었어. 여자 귀신인데. 침대 발치에 오랫동안 서서 내가 자는 모습을 바라보는 거야. 그런데 신기하지, 무섭다는 생각은 전혀 안 들었어. 왠지 나와 아는 사이 같았거든. 이상하지 않니?"

"할머니 귀신이 왔었나 봐." 고맙게도 지현이가 적절한 제안을 해준다.

"아마 그랬을지도 모르겠네." 그 생각만으로도 위로가 되는지 엄마가 미소를 짓는다. "굉장한 일이잖니? 돌아가신 너희 할머니가 꿈속에서나마 날 살피러 와주시다니."

43

결혼식 날짜까지 석 달밖에 남지 않았는데, 온갖 잡일로 엄마의 주의를 흐트러뜨리고 때때로 긴장을 풀어주는 역할을 하는 조지가 없다 보니 엄마는 오직 완벽한 계획을 짜는 일에만 지나치게 몰두하게 된다. "석 달밖에 안 남았네." 잔뜩 당황한 엄마가 낮게 중얼거린다. 외출할 때 복장이나 머리카락도 정돈하지 않아 엉망진창이고, 피곤할 때 종종 늘어지는 눈 밑의 살에는 거무스름한 그늘이 져서 익힌 가지처럼 칙칙한 보랏빛이 되었다.

오늘 엄마는 퇴근 후에 지현이까지 끌고 다니며 자체 제작 소품 가게를 네 군데나 들렀다. 한두 시간 후, 그들은 색색의 휴지, 철조망용 가는 철사, 그리고 절연 테이프 등 여러 잡동사니로 빵빵하게 채운 쇼핑 봉투 열 개를 양손 가득 들고 돌아온다. 피로

와 짜증으로 잔뜩 구겨진 동생의 얼굴은 도무지 펴질 줄을 모른다. 내 옆을 지나칠 때마다, 지현이는 엄마가 나 대신 자기를 동행자로 골라 데려간 것이 마치 내 잘못이라도 된다는 듯 따가운 눈빛으로 나를 째려본다.

밤이 되자 TV 앞에 앉아서 엄마는 자신이 입을 웨딩드레스를 직접 수선한다. 이런 작업은 수선집에 맡기는 쪽이 더 편할 텐데, 어쩌면 가격 면에서도 오히려 그쪽이 더 싸게 먹힐 테고. 하지만 엄마는 본인이 한번 마음을 정한 일에는 황소처럼 고집을 꺾지 않는다.

"한번 실패한 결혼식 때 입었던 드레스를 다시 입는다는 게 재수 없지 않나?" 지현이가 불평한다. 나는 동생의 뒤통수를 찰싹 때린다.

"그런 소리 하지 마."

지현이는 도끼눈을 뜨고 나를 쏘아본다. "사실은 언니도 알면서. 인정하고 싶지 않은 것뿐이잖아."

우리는 한동안 엄마를 더 지켜본다. 손바느질이 서투른 엄마는 자꾸만 옷감 대신 자신의 손끝을 바늘로 찔러대고, 애꿎은 실수를 저지를 때마다 짧은 비명처럼 혀를 차며 상처 난 손가락을 입에 넣는다.

"언니가 보기엔 지금 이 상황이 얼마나 오래갈 것 같아?" 지현이가 묻는다. "결혼식 날까지 안 헤어지고 계속 버티기는 할까?"

나는 어깨를 으쓱한다. "누가 알겠어?"

엄마는 이미 공예품 가게 할인 코너에서 발견한 레이스 한두 롤을 활용해서 면사포를 완성했다. 누가 봐도 조잡하고 살짝 비뚤어진 모양이지만, 그 정도 결과에도 만족하는 것처럼 보인다. 드레스 수선 작업을 할 때면 엄마는 줄곧 그 면사포를 쓰고 있다. 가끔 나는 현관문과 신발장 쪽을 바라보는 엄마를 발견한다. 그럴 때면 아빠가 우릴 떠났던 날이 떠오른다. 심지어 지금도 엄마는 조지가 여행에서 돌아오지 않을까 봐, 그들의 결혼식을 앞두고 마음을 바꿀까 봐 걱정하고 있다. 엄마에 대한 그 남자의 마음이 변할지도 모른다는 염려가 엄마를 짓누른다.

한동안 웨딩드레스와 씨름하던 엄마는 이제 테이블 장식을 만들 거라며, 나와 지현이도 도와주면 좋겠다고 말한다. 엄마가 사 왔던 색 휴지, 쉽게 구부러지는 철사, 절연 테이프는 다름 아닌 가짜 꽃을 만드는 데 필요한 재료들이다. 생화 비용을 아끼기 위해, 인터넷을 검색해서 휴지로 꽃 만드는 방법을 배웠다고 했다. 이미 엄마가 연습 삼아 한 움큼 정도 만들어본 꽃봉오리들이 거실 탁자 위를 굴러다니고 있다. 한눈에 봐도 실제 꽃과는 확연히 달라 시들시들하고 어설픈 모양이지만, 지현이와 나는 애써 미소를 지으며 엄마가 만드는 방법을 차근차근 알려줄 때마다 열심히 고개를 끄덕인다.

망가진 우산들과 스웨터, 철 지난 크리스마스나 핼러윈 장식들과 아빠가 남기고 간 옛날 물건들이 들어차 있던 우리 집 수납

장은 이제 엄마의 결혼식에 쓸 장식이 담긴 상자들로 새로 채워
지고 있다.

빨간색과 하얀색이 바람개비 무늬를 그리는 그 페퍼민트 사
탕을 다시 본 것도 정말 오랜만이다.

44

알렉시스가 우리만의 축하 파티를 위해 샴페인 한 병을 사 왔다. 테이블 위에는 과자와 간식이 잔뜩 차려져 있다. 치토스 매운맛, 감자칩, 한 입 크기로 썰어둔 신선한 채소 모음, 갓 구운 초코칩 쿠키 한 접시. 멜리사는 집에 없었고, 우리 둘은 알렉시스의 작은 소파에 나란히 앉았다. 소파가 워낙 푹신해서 쿠션에 푹 파묻힌 우리 허벅지가 서로 맞닿았다. 알렉시스가 너무 가까워서 심장이 마구 두근거린다. 쿵쾅대며 뛰는 내 가슴을 알렉시스가 눈치채지 않기를 바라며 떨리는 숨을 가만히 내쉰다.

알렉시스의 집에는 샴페인 잔이 따로 없어서, 우리는 대신 투박하고 묵직한 커피 머그잔으로 깡 소리를 내며 힘차게 건배한 뒤 탄산이 부글부글 터지는 향기로운 액체를 꿀꺽꿀꺽 삼킨다.

엄마와 조지가 약혼 발표를 했을 때 한 모금 들이켰던 샴페인을 빼면 알코올이라곤 마셔본 적이 없었는데, 이번엔 술이 목구멍을 타고 내려가자마자 바로 머리가 핑 돌며 몸이 둥실 뜨는 느낌이 든다. 톡톡 튀는 하얀 거품이 증발하듯 내 긴장감도 사라지고, 혀도 느슨하게 풀어지기 시작한다.

"이거 진짜 맛있다!" 나도 모르게 트림이 크게 올라와 얼른 손으로 입을 가린다. "헉. 술에 취한다는 게 이런 건가?" 우리는 한참 동안 눈물이 날 만큼 킥킥대며 웃는다.

TV에서 흘러나오는 난잡한 쇼를 몇 분쯤 멍하니 보고 있는데, 알렉시스가 장난기 가득한 미소를 지으며 나를 쳐다본다.

"더 센 거 먹어볼래?"

"더 센 거?"

알렉시스는 소파에서 일어나 이 아파트의 유일한 침실로 사라진다. 나는 주저하며 그 뒤를 따라간다. 침실 안까지 들여다본 것은 이번이 처음이다. 벽에 붙어 있는 포스터들과 장식품을 호기심 어린 눈으로 둘러본다. "넌 이쪽에서 자는 거야?" 침대 옆의 탁자와 전등을 만지며 내가 묻는다.

"어. 가진 게 별로 없지." 알렉시스는 어깨를 으쓱하더니 방바닥에 납작 엎드린다. 침대 밑에서 신발 상자 하나를 꺼내더니 활짝 열어 보인다. "아하, 역시 있다!"

상자 안에는 호박색 액체가 든 유리병이 있었는데, 내 눈에는 테킬라로 보였다. 그 옆에는 보드카 같은 투명한 술병도 있었고,

내게도 이미 익숙한 흰 알약들도 있었다. 지난번에 알렉시스가 내게 주었던 수면제다. 그런 약물이 상자 속에 아무렇지도 않게 놓여 있는 모습을 보고 나는 속으로 꽤 놀란다.

알렉시스는 갈색 병을 움켜쥐곤 나를 데리고 다시 거실로 향한다. 나는 테킬라를 마셔본 적이 없어서 이런 쪽의 경험이 없다는 게 탄로 날까 봐 걱정도 들었지만, 알렉시스가 내 머그잔에 약간 따라주는 테킬라를 묵묵히 받아 들었다. 함께 건배하고 나자, 알렉시스는 머리를 뒤로 젖힌 채 자기 몫을 단숨에 마셔버린다. 나도 그를 따라 마신다. 불같은 액체가 목구멍 전체를 태우는 것처럼 따끔따끔하다. 나는 고통을 참지 못한 채 컥컥 기침하며 입에 남아 있던 액체 일부를 뿜어버리고, 알렉시스가 깔깔 웃으며 내 등을 두드려준다.

그러자마자 후끈한 온기가 몸 전체로 짜릿하게 퍼져나간다. 거울을 보지 않아도, 내 뺨이 빨갛게 달아올랐다는 게 느껴진다. 알렉시스가 또 웃음을 터뜨린다. "너 꼭 삶은 가재 같아!"

"고마워." 내가 중얼거린다. "넌 참 좋은 친구야."

"당연한 말씀을. 뒤늦게 싫은 척해도 소용없을걸. 막상 마셔보니까 나쁘지 않지?" 알렉시스는 잠시 쉬었다가 술을 한 잔씩 더 따른다. "난 이렇게 너랑 만나고 친해져서 정말 기뻐. 처음에 여기 이사 올 때만 해도 내 인생 최고의 시간을 보내게 될 줄 알았거든. 그런데…… 낯선 도시에서 혼자 지낸다는 게 꽤 힘들더라. 집이 그리워."

"나도 그래." 머그잔에 담긴 술을 한 모금 홀짝이며 내가 조용히 말한다.

알렉시스는 내 말이 농담인 줄 안다. "너는 참 나, 집이 그렇게 그리우면 그냥 집에 가!" 그가 장난스럽게 투정한다. "너희 집은 여기서, 한 10분밖에 안 걸리잖아?"

내가 그리워하는 집이란 단순한 장소가 아니라는 걸 그에게 어떻게 설명할 수 있을까? 그건 내가 내 삶을 속속들이 가뿐하게 이해할 수 있었던 시기였다. 인생의 모든 아귀가 제대로 들어맞던 시절.

나는 혀를 살짝 깨문다. "20분이거든."

그러다 문득 알렉시스와 함께 있는 시간이 종종 내겐 집처럼 느껴진다는 생각이 든다. 내가 간절히 찾고 있는 어떤 장소나 내가 잃어버린 장소와 정확히 똑같다는 건 아니지만, 그곳에 있을 때 느꼈던 기분만큼은 비슷하다.

"암튼, 지원이 넌 내가 대학 와서 처음으로 진심으로 사귀게 된 친구야. 그리고 어느새 이번 학년도 거의 다 끝났다네." 알렉시스가 내 생각의 흐름을 끊으며 말을 이어간다. "슬프지 않아?"

"별로." 난 떨리는 내 손을 가만히 내려다본다. "난 평생을 여기 LA에서 살았는데도, 내가 친구라고 말할 수 있는 유일한 사람은 알렉시스 너밖에 없는걸. 그게 슬픈 거지."

알렉시스의 표정이 부드러워진다. "그렇게 슬픈 건 아냐, 지원아. 적어도 우리는 둘이 함께 외로움을 견딜 수 있잖아."

"그런 말이 더 최악이야." 내가 웃음을 참으며 말한다. "너랑 나랑 같이? 내 인생은 비틀거림의 연속일 거야. 바로 네가 끼치는 악영향 때문이겠지, 보다시피." 나는 이제 텅 비어버린 테킬라 병을 가리켜 보인다.

알렉시스가 분노로 말문이 막힌 척 입을 쩍 벌리고 장난스러운 동작으로 나를 찰싹 때린다. "뭐래, 내가 바로 하늘에서 내려온 천사님이지!" 그가 항의한다. "둘 중에서 고르자면, 나쁜 영향 끼치는 불량 학생은 *네 쪽이잖아!*"

알렉시스가 내 갈비뼈 쪽에 손바닥을 살짝 댄 채 부드럽게 밀어내고, 나는 그의 손길에 나를 맡긴다. 알렉시스의 손이 내 몸에 닿는 느낌이 좋다. 나는 웃음을 터뜨리고 그도 웃는다. 그러다 알렉시스가 갑자기 웃음을 멈추고, 뜨거운 숨을 몰아쉰다. 점점 줄어드는 우리 둘 사이의 간격과 알렉시스의 몸에서 뿜어져 나오는 황금빛 향수 냄새와 별똥별처럼 빠르게 내 얼굴을 가로지르며 내 안색을 살피는 그의 눈동자를 나는 극단적으로 의식하고 있다. 내 심장이 튀어나오다 못해 내 귓가에서 뛰는 것 같다. 정신을 잃을 것만 같다. 그러나 바로 다음 순간 알렉시스가 손가락으로 자기 목을 더듬어보더니, 곧장 얼어붙는다.

"내 목걸이!" 알렉시스가 비명을 지른다. "없어졌잖아!"

나는 퍼뜩 정신을 차리고 알렉시스에게서 떨어진다. 서로 맞닿아 있던 다리가 풀려나가자 즉각적인 허전함이 느껴진다. 알렉시스는 당황한 모습으로 바닥에 엎드려 낡은 카펫의 올 사이 사이를 손끝으로 더듬기 시작한다.

"같이 찾아보면 분명히 나올 거야." 나는 반사적으로 말하며 바닥에 엎드려 알렉시스의 목걸이를 같이 찾는다. 내가 땀에 흠뻑 젖은 채로 가쁜 숨을 쉬고 있다는 걸 알렉시스는 눈치채지 못하는 것 같다.

왜 알렉시스가 네 시선을 피하는 걸까?
분명히 너 때문에 뭔가 마음이 불편해진 거야.

><

자정이 가까워질 무렵 우리는 완전히 취해서 비틀거리며 길거리로 나선다. 계절은 4월이고 봄이 한창이니 밤이 점점 더 따뜻해진다. 테킬라 때문인지 입에서 시큼한 맛이 난다. 머리는 구름이 낀 듯 흐릿하고 몸은 그 구름 위를 둥둥 떠다니는 깃털처럼 가볍다. 이렇게 취할 수 있다니 오히려 홀가분하다. 조지와 그의 눈, 결혼식, 엄마, 지현이마저도 아예 이 세상에 존재하지 않는 듯이 새카맣게 잊었다. 노숙자와 그 남자 얼굴에 뻥 뚫린 구멍도 전혀 생각나지 않는다. 내 머릿속엔 오직 알렉시스뿐이다. 이렇게 그와 함께 있다는 게 얼마나 좋은지, 지금 그의 눈앞에 내가 존재한다는 게 얼마나 기쁜지만 끊임없이 떠오른다.

알렉시스의 목걸이는 찾지 못했지만, 우리는 다행히도 알렉시스가 챙겨두었던 나머지 술까지 전부 마셔버리고 나서 목걸이에 대해선 금방 잊어버렸다.

"배고파." 알렉시스가 칭얼거리자 그에 대답하듯이 내 뱃속에서 꼬르륵 소리가 난다. 부끄러워서 나는 손으로 배를 가린다. 알렉시스가 낄낄 웃는다. "야, 너도?"

"죽을 것 같아." 내가 말한다.

우리는 팔짱을 끼고 신나게 거리를 따라 걷는다. 알렉시스는 자기가 먹고 싶은 것들을 생각나는 대로 전부 읊어댄다. 팟타이, 인앤아웃 버거, 아이스크림……. 그동안 나는 휴대폰으로 우리가 갈 만한 음식점을 검색한다.

"태국 식당은 문 닫았어." 내가 말하자 알렉시스가 실망스러운 소리를 낸다. "인앤아웃도 닫은 것 같은데."

"아냐! 장난하는 거지!" 알렉시스가 말한다.

"아님. 지금 먹을 걸로 장난하면 우리 둘 다 큰일 나." 내가 화면을 보여준다. 알렉시스는 내가 검색한 웹사이트 내용을 보느라 눈을 가늘게 뜬다.

"이제 우리 어떡하냐?" 알렉시스는 마치 세상에 종말이라도 닥친 것처럼 심각하고 우울한 표정을 짓는데, 나는 그런 그가 귀여워서 나도 모르게 피식 웃음이 새어 나온다. "지원아! 그만 좀 웃으란 말이야. 진짜 어떡하냐고? 우리 이러다 굶어 죽겠어!"

"너 배우 해도 되겠다." 내가 더는 웃음을 참지 못하고 알렉시스를 살짝 밀자 그도 나를 밀치려 한다. 우리는 길 한가운데서 마주 선 채 서로를 향해 깔깔 웃으며 일종의 밀어내기 씨름을 벌이고 있다.

"좋게 말할 때 포기해, 지원아! 너 나한테 안 될걸."

"그래, 알았어. 내가 졌다." 내가 항복하며 알렉시스에게서 한 발짝 멀어지자 그가 씩 웃는다. 달빛 아래 드러난 알렉시스의 치아가 하얗게 반짝인다.

"와, 이겼다! 그럼 나한테 뭐 해줄래? 상은 뭔가요?"

"무슨 뜻이야?" 비틀거리며 걷느라 거의 발을 헛디딜 뻔하며 내가 묻는다.

"내가 이겼잖아, 그러니까 너한테 상을 받아야지."

"네가 원하는 거 뭐든지." 내가 더듬대며 말한다. 손바닥에 땀이 나기 시작한다.

알렉시스가 곰곰이 생각에 잠기느라 침묵한다. 손으로 턱을 괴고 골똘히 생각하는 모습이다. "알았어. 그럼 너한테 질문 하나만 하게 해줘. 어떤 질문이든. 그리고 그 질문에 너는 무조건 솔직하게 대답해야 해."

"좋아."

"너의 가장 깊고 어두운 비밀이 뭔지 말해줘."

"내 비밀? 난……. 난 그런 거 없는데."

"뭐야, 거짓말. 세상에 비밀 없는 사람이 어딨니?"

우리가 함께 걷는 밤 풍경이 너무도 고요해서, 한순간 내가 사진 속에 갇힌 건 아닌지 의문이 들었다. 그러다 때마침 근처

도로에서 차들이 지나가는 소리가 들린다. 나는 부릉대는 그 엔진 소리에 애써 귀를 기울인다.

"자, 말해줘야지? 네 비밀이 뭔지?"

나는 알렉시스를 향해 혀를 빼꼼 내밀었다. "내 비밀은 바로, 남들이 나한테 비밀을 털어놓으라고 하는 걸 싫어한다는 거야."

알렉시스는 내 엉터리 대답에 항의하듯 다시 나를 밀었는데, 이번에는 내가 너무 무방비 상태로 있다 보니 그만 휘청대며 넘어져 엉덩방아를 찧고 말았다. 알렉시스 본인도 깜짝 놀라 겁에 질린 표정이 되었다. 그는 한 손으로 입을 가린 채 내 쪽으로 다른 손을 내민다. "세상에, 지원아. 너무 미안해! 그렇게 넘어질 줄 몰랐어."

나는 알렉시스의 손을 붙잡고 세게 끌어당긴다. 결국 알렉시스도 중심을 잃고 내 위로 쓰러졌다.

우리가 내는 소리가 어찌나 시끄러운지 온 동네가 다 놀라 깨어날 정도다. 하지만 나는 신경 쓰지 않는다. 알렉시스도 마찬가지다. 그러다 어느 순간, 길 끝에서 검은 옷을 입은 형체가 번뜩이는 눈으로 우리를 바라보고 있다는 걸 깨닫고 나는 비명을 지른다. 알렉시스도 따라 비명을 지르고, 우리는 공포에 싸여 서로를 꼭 끌어안는다.

그림자 속에 몸을 감추고 있던 그 형체가 앞으로 걸어 나온다. 마치 연출자의 신호라도 받은 것처럼 가로등이 깜빡이기 시작하고, 우리는 전등불 아래 비친 그 남자의 얼굴을 확인한다.

뜻밖에도, 수상한 인물의 정체는 제프리다.

"뭐야, 대체!" 내가 소리친다. "너 때문에 놀라서 기절하는 줄 알았잖아!"

"미안. 이 동네 산책하다가 이상하게 소란스러운 소리가 나서, 무슨 싸움이라도 난 줄 알고 와봤어. 그런데 여기서 너희와 마주치다니 엄청난 우연이네!"

알렉시스가 일어선다. 나도 옷을 털며 일어난다. 우리 둘 다 제프리를 노려본다.

"지원, 내가 너한테 몇 번이나 문자 보냈었는데 답장이 없더라. 무슨 일 있어? 혹시 나한테 아직도 화나 있는 거야?"

우리가 마지막으로 만나고 헤어진 이후 제프리의 메시지는 점점 더 괴상하고 불안하게 변해왔다. 메시지의 빈도도 급격히 늘어났고, 내용은 언제나 똑같았다. 제발 자기와 다시 얘기해 달라는 애원, 자신과의 우정을 회복해 달라는 탄원뿐이었다. 그 갈급한 호소는 정말 한심했고, 볼수록 화가 치밀 뿐이었다. 본인이 자랑스럽게 준비했다는 그 멍청하고 무례한 선물을 받고 나서 내가 얼마나 불쾌했을지 깨달았다면 내 무반응과 무응답이 무슨 뜻인지 알아듣고 사라져 줄 판단력은 있을 것으로 생각했다. 하지만 제프리는 정말 짜증스러울 정도로 끈질기고 집요하다.

"아니, 제프리." 내가 말한다. "그냥 바빠서. 시간 날 때 답장하려고 했어."

제프리가 경멸의 눈빛으로 알렉시스를 바라본다. 그리고 나는 제프리가 알렉시스에 대해 어떤 식으로 이야기했는지 기억해 낸다. 나는 둘 사이를 가로막고 서서 제프리의 시선을 차단한다. "얼른 가자." 나는 알렉시스에게 중얼거린다.

그 자리를 떠나기도 전에, 제프리가 내 팔을 붙잡는다.

"넌 지금 네가 무슨 짓을 하고 있는지 몰라." 그 남자애가 쏘아붙인다. 나는 갑자기 공포에 휩싸인다. 제프리의 얼굴이 괴상하게 일그러지면서 평소보다 더 나이 들고 성난 사람처럼 보였기 때문이다. 마치 처음 보는 사람처럼 낯설다. 그는 조지를 떠올리게 한다. "지원, 넌 나한테 큰 상처를 주고 있어."

"내 몸에서 손 치워." 내가 말한다. 심장은 마구 날뛰지만 내 태도는 침착하다. 그는 나를 놓아주는 게 사뭇 고통스럽다는 듯 내 팔을 잡은 손가락을 하나씩 차례대로 떼어낸다.

"좋아, 마음대로 해." 마침내 내 팔을 완전히 놓은 제프리가 이렇게 내뱉으며 저벅저벅 가버린다.

나는 그의 뒤통수를 뚫어버릴 듯 따갑게 응시한다.

> 한 번만 더 그런 식으로 나를 건드리면,
> 네 손가락을 하나씩 부러뜨릴 거야.

제프리가 모퉁이를 돌아 사라지는 것까지 지켜보고 나서, 알렉시스와 나는 서둘러 아파트로 돌아온다.

"걔가 어떻게 거기서 우릴 찾은 거야?" 알렉시스가 머리를 긁적이며 묻는다.

"나도 몰라." 내가 말한다. "솔직히, 네 말이 맞았어. 걔 진짜 이상해." 나는 잠시 멈춰 서서 휴대폰을 힐끗 들여다본다. "세상에, 이렇게 늦었는지 몰랐네. 엄마가 날 죽이려고 할걸."

"어쩌지." 알렉시스가 죄책감을 느끼는 표정으로 말한다. "미안. 어머니께 나 때문에 늦어졌다고 말씀드려."

"근데 뭐라고 하든, 내 말을 엄마가 믿지는 않을 듯." 내가 말한다. "가기 전에 나 잠깐 화장실 좀 써도 될까?"

"물론이지." 알렉시스는 복도 쪽을 가리켰고, 나는 일어선다. 방 안이 빙빙 돈다. 술기운은 여전히 가시지 않았고, 발걸음도 불안정하다. 걸음을 내디딜 때마다 뱃속이 울렁거린다. 그런데도, 나는 확고한 목적의식을 느낀다. 이제 나는 내가 무슨 일을 해야 하는지 안다.

운이 좋다. 알렉시스는 마침 통화하느라 바빠서, 화장실에 갔다 돌아오는 길에 내가 살짝 그의 침실로 들어가는 걸 눈치채지 못한다. 나는 침대 아래로 손을 뻗어, 알렉시스의 상자 속 하얀 알약 한 움큼을 내 주머니에 집어넣는다.

45

엘리베이터를 타는 대신, 술기운도 떨칠 겸 어떻게든 정신을 차리려고 노력하면서 계단으로 비틀비틀 내려온다. 맨 아래층에 도착해서 거리로 나 있는 건물 정문을 힘껏 밀어젖힌다.

그때 누군가의 뱃속에서부터 끓어오르는 듯 고통스러운 신음이 날카롭게 내 귓가를 찢는다. 순간 등골이 오싹해져서, 나는 문을 쾅 닫는다.

잠시 기다렸다가, 바깥을 살짝 내다볼 수 있을 만큼만 다시 문을 비스듬히 연다. 밖은 완전히 깜깜하다. 나는 머리를 빼꼼 내민다. 그리고…….

같은 신음이 또 들린다. 내 심장이 뛰는 소리가 귓속에 쿵쿵 울려 퍼진다. 음침한 신음은 문 바로 바깥에서 나고 있다. 이곳에 더 머무는 건 어리석은 생각이겠지만, 호기심이 나를 사로잡는다. 나는 휴대폰에 내장된 손전등을 켠다.

길바닥을 비추는 불빛 속에 보이는 건 누군가의 손가락이다. 거칠게 떨리고 있다. 전화기를 쥔 손을 한껏 높이 쳐들었더니, 내 전화기에서 흘러나오는 손전등 불빛도 그 손가락처럼 사정없이 흔들린다. 초점을 잡지 못하고 이리저리 현란하게 튕기는 조명이 주변에 흩어져 있는 잡동사니 쓰레기를 비춘다. 납작하게 구겨진 배달 음식 상자들. 찌그러진 음료수 캔. 길게 늘어진 끈. 나는 숨을 참아가며 전등 빛이 떨리지 않도록 꽉 잡고, 의문의 손가락 쪽으로 가까이 가져간다. 그 손가락과 이어진 누군가의 손이, 보도의 시멘트 블록을 더듬거리고 있다.

어떤 남자다. 벽돌을 쌓아 올린 건물 벽 바로 옆 길바닥에 엎드린 채 누워 있는 모습이다. 두 눈은 감겨 있다. 뺨 전체에 얼룩덜룩한 보라색 멍이 들었고, 이마의 긁힌 상처에서는 피가 조금씩 새어 나온다.

"세상에." 나는 몸을 숙이고 그 남자의 얼굴에 바로 전등을 비춘다. "어떡해, 도와드려요? 어디 다치셨어요?"

그가 다시 신음한다. 나는 망설이다가 그의 곁으로 조금 더 다가간다. "구급차 불러드릴까요?"

그 순간, 그 남자가 긴 속눈썹을 들썩이며 눈을 뜬다. 그의 홍채 빛깔이 내 숨을 멎게 한다.

새파란 빛깔. 그의 두 눈동자는 세상에서 가장 푸른색이다.

아무 생각도 하지 않고 나는 바로 손전등을 끈 채 휴대폰을 주머니에 쑤셔 넣는다.

여긴 엄청나게 어두워, 지원아.

네가 원하는 건 뭐든 할 수 있어.

내 눈은 점차 어둠에 적응한다. 내 거친 숨소리 말고는 아무것도 들리지 않는다. 골목길을 메운 공기에서 끔찍한 악취가 진동한다. 소변 지린내. 쓰레기. 그리고 썩어가는 것들의 냄새.

그런 냄새 속에서도 나는 헛구역질이 나올 만큼 간절한 허기를 느낀다. 견딜 수 없는 배고픔. 나는 반쯤 기절한 그 남자의 뺨을 손가락으로 쓸어내린다. 피멍이 든 곳을 엄지손가락으로 꾹 누르자, 그의 입에서 고통의 신음이 새어 나온다. 다시 감아버린 남자의 눈동자를 보고 싶다. 나는 그의 속눈썹을 건드린다. 길고 풍성한 털의 감촉이 부드럽다. 절묘하다. 남자의 눈꺼풀을 덮고 있는 피부 아래, 그의 안구가 탱글탱글하니 단단한 물질로 가득 차 있는 게 느껴진다. 그 살점이 얼마나 야들야들하고 연하게, 탐스러운 육즙을 품고 무르익었을지 상상이 간다. 어느새 입안에 침이 고인다. 나는 남자의 눈꺼풀을 들어 올리고 최대한 뒤로 까뒤집어서, 그 아래 반짝거리는 분홍색 조직을 바라본다.

난 이걸 원해. 이게 필요해.

나는 허옇게 드러난 그의 공막에 혀를 갖다 댄다. 짠맛이 느껴진다. 그가 흘린 눈물. 그의 땀. 나는 그 모든 걸 맛볼 수 있다.

가방 속에서 칼을 찾아 쥔다. 내 마음과 정신을 가득 채우고 있는 건, 단지 먹어버리고 싶다는 맹목적인 욕구뿐이다. 모든 뼈가 부서지도록 씹고 또 씹어 완전히 집어삼켜 버릴 거야. 나는 그의 살점이 정면으로 뚫리도록 칼날을 밀어 넣고, 남자의 얼굴 위로 피가 흘러내리는 모습을 지켜본다. 붉은 핏빛은 창백한 피부와 대비되어 더욱 선명해 보인다. 너무 아름다워. 안구를 둘러싸고 있는 연골 조직을 깨부수기 위해 눈구멍에 꽂힌 칼을 힘껏 내리누르자, 남자가 비명을 지른다.

칼이 바닥에 달칵 소리를 내며 떨어진다. 나는 벌떡 일어나서 번개처럼 쓰레기통 뒤쪽으로 몸을 숨긴다. 내 숨소리가 들리지 않도록 갖은 애를 쓰며 호흡을 가다듬는다.

남자의 비명 소리가 어찌나 컸던지 귀가 윙윙 울린다. 살해 현장을 발견한 사람들이 고함치는 소리와 경찰차의 사이렌 소리가 울리기를 가만히 앉아서 기다린다.

내 이마에 땀방울이 송골송골 맺힌다. 시간이 한없이 길게 느껴진다. 나는 일어날 수 있는 모든 끔찍한 시나리오를 상상한다. 내 머리를 겨누는 권총들. 수갑이 채워져 끌려가는 모습. 진압용 곤봉으로 구타당하는 나.

하지만 아무리 기다려도, 아무 일도 일어나지 않는다. 호기심 많은 이웃 사람들이 내다보지도 않고, 사이렌 소리도 울리지 않고, 경찰도 나타나지 않는다. 이 아름다운 파란 눈알 한 쌍과 나, 단둘만 남겨져 있다. 나는 쓰레기통 뒤에서 기어 나온다.

내 주머니칼은 그대로 길바닥 위에 떨어져 있다. 나는 칼을 집어 들고 다시 썰기 시작한다. 남자는 이제 조용하다. 아마 잠들어 버렸거나 통증을 느끼지 못할 정도로 무감각해진 거겠지. 그리고 나는 한시도 멈추지 않고 꼼꼼하게 작업을 이어간다. 남자의 눈꺼풀 한 귀퉁이를 잘라내자 갑자기 눈 전체가 훅 벌어진다. 눈꼬리가 찢겨나가며 핏물이 쫙 흘러내린다.

나도 모르게 비명이 터져 나오려는 걸 억누른다. 남자는 마지막 힘을 다해 울부짖으며 나를 꽉 붙잡는다. 내 손목을 부여잡은 그의 손가락이 뻑뻑하게 조여든다. 나는 한 걸음 물러서서 그의 손아귀를 풀어내려고 애쓴다. 그러나 남자의 악력은 상당하다. 죽어가고 있는데도 너무 힘이 세다. 남자가 나를 앞쪽으로 강하게 잡아당긴다. 칼이 내 손가락에서 미끄러져 내 손이 닿지 않는 곳에 떨어진다.

다른 한 손으로 칼을 잡으려 기를 쓰다 보니 어느 순간 팔의 관절 부위가 빠져버린 것 같다. 내 온몸의 근육이 비명을 지른다. 남자는 나를 더욱 세게 잡아당겨 바닥에 쓰러뜨린다. 나는 바닥에 등을 대고 누운 자세로 그에게 점점 더 가까이 끌려간다. 내 셔츠가 위로 들리면서 배꼽 부위의 맨살이 드러난다. 거친 콘크리트 바닥이 내 피부를 따갑게 긁는 게 느껴진다. 공황 상태의 머릿속에서 새된 비명과 울음소리가 연속해서 울려 퍼진다. 내 눈앞엔 정체를 알 수 없는 하얀 불빛이 유성우처럼 춤을 추며 번쩍인다.

도무지 어떻게 해야 할지 모르겠다. 어떻게 빠져나가야 할지 전혀 모르겠다. 나는 눈을 질끈 감는다. 발이 내닫는 대로 그 남자를 맹목적으로 걷어차며, 어디든 제대로 맞기를 바란다. 그의 팔, 갈비뼈, 배. 그 외에는 다른 방법이 없는 것 같지만, 아무리 발길질을 해도 타격감이 느껴지지 않는다.

그러다 마침내 내 발이 남자의 머리를 제대로 강타한다. 그의 목이 옆으로 돌아가 꺾인다. 소름 끼치는 쿵 소리와 함께 벽돌 벽면에 그 남자의 몸 전체가 부딪힌다. 즉시 그의 손아귀에서 힘이 빠져나가며 나도 풀려난다.

확인하지 않아도 알 수 있다. 그 남자는 죽었다. 파들파들 떨리는 몸으로 나는 그의 시체로 기어가 축 처진 그의 팔을 만져 본다. 그는 움직이지 않는다. 앉은 자세가 되도록 남자를 일으켜 세워보려 하지만, 목을 가눌 힘조차 없는 듯 그의 머리는 앞뒤로 흔들릴 뿐이다. 몇 번 더 그렇게 끄덕거리다가 남자는 다시 지푸라기 인형처럼 바닥에 쓰러지고 만다.

끔찍한 공포에 질려야 마땅하지만, 왠지 전혀 겁이 나지 않는다. 아무런 감정도 느껴지지 않는다. 나는 벽에 기댄 채 두 손에 머리를 묻고 엉엉 운다. 더는 감당할 수 없을 때까지 계속 흐느끼다가, 울음을 멈추고 일어선다. 두 발은 여전히 불안정하게 비틀거리지만, 이젠 전리품을 취해야 할 때다.

시체의 눈구멍 가장자리로 칼날을 밀어 넣는다. 첫 번째 눈알은 쉽다. 별로 애쓰지 않았는데도 매끄럽고 촉촉한 소리를 내며 깔끔하게 톡 밀려 나온다. 나는 일말의 망설임도 없이 시신경 다발을 잘라낸다. 두 번째는 훨씬 어렵다. 칼질을 잘못해서 이미 좀 망친 데다, 계속 흘러나온 피 때문에 더 미끌미끌하다. 각도가 제대로 잡히지 않아서, 지저분해도 어쩔 수 없이 내 손톱 끝으로 비틀어 파낸다.

그렇게 간신히 뜯어낸 소중한 눈알을 입에 넣고, 얇은 연골막을 와삭 깨문다. 입속에서 톡 터지자 목구멍 뒤쪽으로 감칠맛 나는 피가 쏟아져 내린다. 나는 가장 좋아하는 간식을 앞에 둔 개처럼 연신 낑낑거리는 소리를 낸다. 이런 자신이 좀 부끄러워도 어쩔 수 없다. 숨 막히는 아드레날린의 분출과 이 절묘한 맛의 조합은, 세상에, 어쩌면 이런 맛이, 내 몸 전체가 전기로 저릿저릿해지는 듯한 쾌락의 파도를 넘실거리게 한다. 나는 황홀감의 절정에 있다. 첫 번째 눈알을 와그작와그작 시끄러운 소리를 내며 씹어 삼키자마자, 이어서 두 번째 눈알도 게걸스럽게 입속에 욱여넣는다. 눈알에 고여 있던 피와 체액과 육즙을 한 방울도 빠짐없이 쪽쪽 빨아 먹고, 진한 내용물이 다 빠져나간 껍데기가 입안에서 천천히 사그라드는 걸 느끼면서 마지막 잔해까지 꿀꺽 삼킨다. 내가 입고 있는 청바지에 손을 쓱 닦고 나서, 나는 비틀거리며 보도로 걸어 나와 다시금 환한 불빛 안으로 들어간다.

46

봄 학기가 시작된다. 캠퍼스는 연녹색 나뭇잎과 활짝 핀 꽃으로 울창하게 번져간다. 벚꽃과 보랏빛 자카란다 꽃잎이 마치 축제에서 흩뿌려지는 색종이 조각처럼 산책로를 뒤덮고 있다. 밝은 분홍색 부겐빌레아 덩굴은 얇은 종이 같은 꽃잎을 가득 피워내며 콘크리트 벽면을 열심히 기어오른다. 촘촘하게 심긴 겨자꽃들은 서로 사이좋게 얽혀버릴 정도로 빽빽하게 자라나, 가까이 보이는 언덕들이 전부 노랗게 물들어 간다.

공강 시간마다, 학생들은 교정 잔디밭 위에 담요를 깔고 따스한 햇볕을 쬐며 낮잠을 청한다. 여름방학을 앞두고 마지막으로 한숨 돌리는 기간이라 전반적으로 여유가 있는 지금의 교내 분위기는 전보다 훨씬 덜 경직되어 있다. 알렉시스와 나도 틈만 나면 밖에 나가 일광욕을 즐긴다. 나란히 드러누운 우리 사이의 거리는 고작 몇 센티미터밖에 안 될 만큼 가깝고, 우리는 서로에게 편안히 다리를 기댄다. 우리는 함께 책을 읽고 과제를 한다. 펼쳐둔 교과서를 같이 보느라 골똘히 고개를 숙인 모습도 아마 닮아 있을 것이다. 쉬는 시간이면, 알렉시스는 단 하룻밤 사이에 약속이라도 한 것처럼 한꺼번에 피어난 민들레를 엮어 작은 꽃다발을 만든다. 선명한 녹색이 출렁이는 잔디밭 어디든, 샛노란 민들레 왕관이 점점이 빛나고 있다.

"예쁜 여자분께 어울리는 예쁜 꽃입니다." 알렉시스가 내게 꽃다발을 건네줄 때마다 하는 말이다. 나는 웃음을 터뜨린다.

그런데 오늘 오후, 우리가 잔디밭에 나와 있는 내내 알렉시스는 뭔가 다른 걱정거리가 있는 사람처럼 멍하다. 평소에 습관처럼 모으던 민들레꽃에는 눈길도 주지 않는다. 아무런 말도 하지 않는다. 그저 앉아서 무심하게 책장을 넘길 뿐이다.

나는 알렉시스가 입을 열고 말해주기만을 기다린다. 하지만 그의 침묵은 계속 이어진다.

"무슨 일 있어?" 결국 내가 묻는다.

"지난밤에 우리 아파트에서 누군가 강도를 만나서 살해당했대." 알렉시스가 숨죽인 목소리로 말한다. "우리 건물에 살던 남자였어. 뉴스에 사진이 나와서 한눈에 알아봤지 뭐니. 전에도 몇 번 오다가다 마주친 적이 있는, 낯익은 얼굴이었어. 나한테도 항상 친절했었는데." 그가 입술을 꾹 다문 채 시선을 돌린다.

"아는 사람이었다고?" 나는 깜짝 놀라 몸을 일으켜 앉는다.

"실제로 잘 아는 사이는 아니었지만, 그냥 마주칠 때마다 인사하는 정도. 한번은 그 남자가 키우는 개 이야기로 조금 대화도 한 적이 있고. 그래도 너무 충격이야. 그런 무시무시한 사건이…… 내가 사는 곳과 너무 가까운 데서 일어났다는 게."

나는 입술을 깨문다. 우리 머리 위로 새 한 마리가 외로이 하늘을 가로질러 날아간다. 알렉시스에게 무슨 말을 하면 좋을지 고민해 보지만, 어디서부터 말을 꺼내야 할지 도무지 생각이 나지 않는다. "끔찍하다. 지금 네 기분이 어떨지 상상도 안 돼."

"너무 겁이 나." 알렉시스가 비참하게 말한다. "무서워 죽겠어. 칼을 휘두르는 미친 살인마한테 쫓기는 악몽까지 꿨다니까."

알렉시스 본인은 전혀 모르지만, 사실 그는 내 얘기를 하는 셈이다. 나는 터져 나오는 웃음을 참느라 혼이 난다. 그날 밤, 알코올 기운이 내 몸에서 빠져나가기 시작하면서부터 생생히 느꼈던 승리의 도취감이 다시 떠오른다. 아파트 단지 밖의 스프링클러 발수 장치에 몸을 구부린 채, 얼음처럼 차가운 물줄기에 내 몸에 튄 혈흔이 몽땅 씻겨 내려갈 때까지 기다리는 동안 나는 계속 꿈을 꾸고 있는 기분이었다. 투명한 물에 흠뻑 젖은 옷이 피부에 찰싹 달라붙은 채로 내가 무릎을 꿇고 쓰러질 때까지, 내 머릿속에서는 같은 장면이 계속 반복해서 재생되었다.

두개골이 벽돌에 부딪히며 나던 둔탁한 파열음.
내 손에 흘러넘치던 피의 미끈거림…….

알렉시스는 여전히 말을 이어가는 중이다. 내가 사실은 완전히 다른 세계 속에 있다는 걸 전혀 모르겠지. 또 다른 우주에.

"지원아, 도대체 무슨 생각을 그렇게 해? 묻는 말에 대답도 안 하고."

나는 고개를 젓는다. "아무 생각도 안 했어. 미안."

"우리도 호신용 최루액 스프레이라도 사야 할지 물어봤는데. 어떻게 생각해? 그러니까 내 말은, 범인의 정체가 전혀 밝혀지지 않았으니까. 누구라도 이 살인마일 수 있어. 지금 이 교정에 우리랑 같이 앉아 있는 사람일 수도 있다고." 알렉시스는 우리와 가장 가까운 곳에 있는 사람들 몇 명을 곁눈질한다. "저 남자 좀 이상해 보이는데. 어쩌면 저 사람일지도 몰라."

"그런 스프레이 안 사도 돼." 내가 알렉시스에게 말한다. 우리가 깔고 앉은 담요 위로 까만 개미 한 마리가 기어다니고 있다. 나는 그 개미가 내 신발 가장자리를 타고 올라와 양말 부분에서 멈칫하는 걸 바라본다. 아무 생각도 하지 않고, 나는 손을 뻗어 엄지와 검지로 그것을 완전히 짓눌러 버린다. "너는 아무 걱정할 필요 없어."

><

집에 들어오니 여행을 마치고 돌아온 조지가 와 있다. 엄마는 그를 데리러 공항에 다녀오느라 평소보다 일찍 퇴근했다고 한다.

지현이도 함께 있다. 세 사람은 비좁은 소파에 빽빽하게 앉아서 실시간 뉴스를 보고 있었는데, 음향을 워낙 높여둔 탓에 내가 현관문을 열기도 전에 TV 소리가 복도까지 들릴 정도였다. 그들 모두 화면에 완전히 정신이 팔려서 거실에 들어서는 나를 쳐다보지도 않는다. 지현이 얼굴 앞에 내 손을 대고 흔들어봤지만, 동생은 걸리적거린다는 듯 찰싹 쳐내버린다.

"아야! 왜 때리고 그래?"

"비켜봐, 언니. TV 안 보이잖아."

나는 소파 앞 바닥에 풀썩 주저앉는다. "도대체들 뭘 그렇게 정신없이 보는 건데?"

지현이가 내게 조용히 하라고 쉿 소리를 낸다. "언니 학교 근처에서 사람이 두 명이나 죽었대. 연쇄살인인가 봐."

속이 확 뒤틀리면서 울렁거린다. 금방이라도 기절할 것 같았지만, 나는 한 손으로 거실 탁자를 짚어 간신히 몸의 중심을 잡고 태연한 척 고개를 돌려 동생을 바라본다. "뭐라고?"

"그러니까 입 다물고 들어봐."

TV 화면 속의 뉴스 진행자는 어두운 흑발에 밝은 선홍빛 립스틱을 칠한 여자다. 그의 입술이 뻐끔뻐끔 움직이는 건 보이지만, 내 몸속의 피가 어찌나 뜨겁고 빠르게 도는지 귓가가 멍멍할 정도라서 조금 전까지 그렇게 크게 들리던 목소리를 하나도 알아들을 수가 없었다.

"……당국은 사건과 관련하여 그 어떤 사소한 정보라도 알고 계신 분들의 적극적인 제보를 촉구하고 있습니다. 수사가 진행되는 동안 시청자 여러분과 가족 여러분도 안전하고 건강하시길 바랍니다."

여자의 모습이 사라지고 나자 곧이어 청소용 스프레이 광고가 나온다. 조지가 리모컨을 집어 들고 음 소거 버튼을 누른다.

"미쳤다, 말도 안 돼." 지현이가 말한다.

"경찰에서는 뭐라는데?" 내가 너무 날카로워 보이지 않으려고 애쓰며 묻는다. "제대로 못 들었어."

"언니 학교 캠퍼스에서 겨우 1.5킬로미터 떨어진 거리에서 남학생 한 명이랑 노숙인 남자 한 명이 살해당했대. 두 사건은 아마 밀접하게 연관되어 있을 것 같으니까, 시민들도 주의하라는 내용이었어. 강력 사건으로 수사가 진행 중이고 이 근처에 배치되는 경찰 인력도 더 많이 늘어날 거라고." 동생이 말한다.

그냥 나 혼자 오해하며 피해망상에 빠진 건지도 모르겠지만, 어쩐지 지현이가 나를 쳐다보는 눈빛에서 묘한 의심이 느껴진다. 나는 목구멍이 콱 조여드는 걸 느끼며 간신히 그 매서운 시선에서 몸을 틀어 빠져나온다.

배가 아프다. 나는 목까지 올라온 위액을 꿀꺽 삼킨다.

"너도 밖에 다닐 때 조심해야 해." 엄마가 말한다. 나한테 얘기하고 있으면서도 엄마의 눈길은 조지의 얼굴에서 떨어질 줄 모른다. 엄마의 손은 조지의 등 뒤에 착 달라붙어 있다. 마치 조지가 또 사라질까 봐 두려워하기라도 하듯, 엄마는 현관에 쌓여 있는 그 남자의 여행 가방들을 계속 힐끗댄다. 하지만 조지의 마음은 이미 우리 곁을 멀리 떠나 있는 것처럼 보인다. 그의 얼굴에는 꿈꾸듯 몽롱한 표정이 드리워져 있다.

"선물 사 왔어." 잠시 멍하니 있다가 조지가 말한다. 그는 눈꼬리 끝으로 나를 빤히 바라본다. "단, 제이더블유가 제대로 환영 인사를 하면 줄 거야." 엄마는 조지의 뒷말은 무시한 채, 벌써 기쁨의 비명을 지르며 흥분해서 손뼉을 친다. 엄마에게 선물이란 좋은 소식의 전조다. 선물 그 자체가 굴러든 복덩어리이며, 중요한 의미가 있는 물건이다. 선물을 사려면 돈이 드는데, 돈은 좀처럼 쉽게 벌 수 없기 때문이다.

"잘 다녀왔어요?" 내가 이 악문 소리로 말한다. 조지는 충분치 않다는 듯 차가운 웃음을 흘리지만, 그래도 자기 여행 가방을 가져와 소파 위에 훌쩍 올려놓는다. 딱딱한 가방 모서리가 내 발에 부딪히고 나는 그를 노려본다.

단 한 번의 날쌘 동작으로 조지는 여행 가방의 지퍼를 활짝 열어젖힌다. 가방 안을 슬쩍 들여다보니 그 남자의 옷가지가 눈에 들어온다. 누런 때가 묻은 민소매 내의와 더러운 양말, 우중충하게 빛바랜 흰색 면 팬티가 무더기로 쌓여 있다. 역겨워. 토할 것 같아.

고개를 돌리려는데, 그 순간 납작한 정사각형 모양으로 포장된 어떤 물건의 반짝이는 모서리가 내 눈에 들어온다. 그게 뭔지 어디서든 알아볼 수 있다. 의심할 여지 없이, 그건 콘돔이다. 다른 사람이 보기 전에 나는 얼른 그걸 집어서 내 주머니에 넣었다. 엄마가 그걸 보지 말았으면 했다. 적어도 지금은 아니다. 이런 방식으로 그의 정체가 밝혀지는 건 원치 않는다.

엄마를 위해 조지가 가져온 것은 도자기로 만들어진 꽃이다. 그가 엄마에게 사기 재질의 꽃을 건네자, 어린 여학생처럼 까르르 웃음을 터뜨리는 엄마는 도자기를 높이 들고 천장 조명에 자세히 비추어 보며 할 수 있는 한 모든 각도에서 그것을 감상하고 칭찬한다. 솔직히 말하자면 그건 멍청하고 무심할뿐더러, 태국이라는 여행지의 특색조차 찾아볼 수 없는 조악한 물건이다. 시내에서 완전히 똑같은 복제품을 쌓아놓고 파는 노점상들을 본적이 있다. 그러나 내 눈앞의 엄마는 그 무가치한 기념품을 소중히 들어 올린 채 감탄하며 연신 환한 미소를 짓는다. 행복의 물결로 뒤덮인 엄마의 표정이 내 마음을 아프게 한다. 나는 주머니에 든 콘돔 포장지의 날카로운 톱니 모양 모서리가 내 손톱 밑을 깊숙이 찌를 만큼 꽉 구겨 쥔다. 그 통증이 나를 다시 현실로 데려온다. 여기서 내가 해야 할 일이 남아 있다는 것을 상기시켜 준다.

><

한밤중에 나는 주방에서 깨어난다. 차가운 공기가 내 얼굴에 쏟아져 내린다. 냉장고 문이 열려 있고, 빛이 쏟아져 나오고 있다.

어리둥절한 상태로 눈을 찌푸린 채 조명을 응시하는데, 내 손에 삶은 달걀 하나를 쥐고 있다는 걸 깨닫는다. 입안에는 달걀노른 자가 가득하다. 정신을 차린 순간 울컥 숨이 막혀 연속으로 기침 을 하며 입안에 든 걸 뱉어낸다. 내가 뿜어내는 작은 노란색 덩 어리들이 비 오듯 바닥에 떨어진다. 유황처럼 톡 쏘는 강렬한 냄 새가 지독하게 가시지 않는다. 나는 싱크대에서 입을 헹구고 나 서 엄마의 침실로 향한다.

조지와 우리 엄마는 깊이 잠들어 있다. 엄마는 전혀 움직임 없이 고요하지만, 조지는 숨을 내쉴 때마다 몸을 움찔거리며 기 침을 해댄다.

삶의 마지막 한 조각까지 빠져나가며
마침내 숨이 멎는 순간을 지켜볼 거야.
그의 얼굴은 파랗게 질리겠지.

그 장면을 상상하는 것만으로도 너무 즐거워서, 한순간 나는 이불 위로 손을 뻗어보기까지 한다.

머지않았어.

47

몇 달 전, 조지가 처음으로 우리 집에 들어와 살게 되었을 때 그는 우리에게 자신의 '롤렉스' 손목시계를 잠깐 차보게 해주었다. 그는 우리에게 그 시계가 '가장 비싼 제품'이며 5년 전에 돌아가신 자기 아버지가 물려주신 것이라고 했다. 그 남자가 자기 아버지 이야기를 했던 건 그때 딱 한 번뿐이었다.

그때도 나는 그 시계가 아름답게 세공된 물건이라고 생각했다. 진줏빛 자개를 입힌 전면에는 다이아몬드가 점점이 박혀 있었고, 아예 시계 전체가 거대한 보석인 듯 번쩍거렸다. 그렇게 고가의 귀중품을 내 손안에 쥐어본 적이 없었다. 그리고 지현이와 내 가느다란 손목에 잠시나마 그 시계가 헐겁게 채워지도록 조지가 제 딴에 아량을 베풀었을 때, 나는 그게 어떤 결과를 가져올지 이미 알고 있었다.

"혹시라도 이걸 잃어버린다면 난 죽어버릴 거야." 내 손목에서 조심스럽게 시계를 끌러내며 조지가 말했다. 그는 엄마의 서랍장 위에 놓인 진녹색 가죽 상자 속에 시계를 다시 집어넣었다. "내 소지품 중에 가장 아끼는 보물이야. 게다가 이 시계를 잘못 다루면 하늘나라에 계신 우리 아버지가 내려와서 나를 괴롭히실걸. 나보다 이 시계를 더 사랑하셨으니까." 그는 농담처럼 말했지만 얼굴에는 웃음기가 없었다. 나는 그의 속내를 꿰뚫어 보았다.

네 아버지가 아들인 너보다 값진 시계를 더 사랑했다는 게 하나도 놀랍지 않네, 조지. 너는 탐욕스럽고 이기적이니까. 누가 어떻게 너 같은 인간을 사랑할 수 있겠어? 너는 아버지가 그리운 척 연기하지만, 사실은 그렇지 않아. 네가 신경 쓰는 건 오직 아버지가 네 앞으로 남긴 물건뿐이지. 혹은 네 경우대로 말하면, 아버지가 남기지 않았던 물건들. 네가 받지 못한 집에 대해서 지금까지 몇 번이나 불평했었니? 상속받은 재산도 결국 푼돈뿐이라며 계속 투덜거렸지? 너는 아버지의 사진 한 장조차 갖고 있지 않으면서 말이야.

오늘 밤, 나는 조지 아버지의 유령을 소환한다. 지금 내가 하는 행동을 고인도 인정해 줄 거라고 확신하기 때문이다. 고인이 살아 있을 때는 미처 할 수 없었던 방식으로, 그 아들에게 합당

한 처벌을 내릴 테니까. 나는 고인의 망령이 내 어깨 위를 으스스하게 맴돌며, 가죽 상자 속에서 묵직한 금시계를 꺼내는 내 모습을 묵묵히 지켜보고 있다고 상상한다. 정교한 부품들로 매끄럽게 연결된 금속 시곗줄이 내 손바닥에 닿는 느낌이 차갑다. 새벽 3시, 나는 아파트 밖으로 나와 조지의 트럭 옆에 선다.

달빛 아래서 바라보니 더욱 감탄이 나올 만큼 정말 멋진 시계다. 나는 시계 전면을 가로지르며 움직이는 바늘의 섬세한 움직임과 그 분절마다 아로새겨진 다이아몬드의 광채를 한참이나 경탄하며 바라본다. 모든 게 정확한 조화를 이룬다. 완벽의 경지. 이렇게 아름다운 물건을 내 손으로 파괴해야 한다는 게 안타깝지만, 결국 목적은 수단을 정당화하는 법이다.

><

아침이 되자 조지는 우리에게 인사도 하지 않고 바쁘게 집을 나선다. 한 손에 푸른색 실크 넥타이를 말아 쥔 채 서둘러 나가버린다. 그는 시계를 차는 것도 깜빡 잊었는데, 고객과 상담 일정이 잡혀서 정신이 없을 때면 종종 하는 실수다. 나는 내내 안절부절못하는 감정을 숨기지 못한 채 기다린다. 지현이가 등교하러 현관문을 나서면서 내 등을 찰싹 때린다. "왜 그렇게 안달복달이야, 그만 좀 진정해!" 동생이 의젓하게 명령한다.

"이게, 까불고 있어." 내가 대꾸한다.

지현이가 떠나자마자 조지가 문을 박차고 들어온다. 그의 손가락에서 피가 뚝뚝 떨어진다. 그 남자의 떨리는 주먹 안에는 완전히 박살 난 금시계의 처참한 잔해가 들려 있다.

"내 롤렉스." 조지가 신음한다. "내 롤렉스가……."

엄마가 안방에서 뛰어나온다. "이게 무슨 일이야?"

"아버지가 물려주신 시계인데. 이 귀한 보물이……. 완전히 망가졌어." 조지가 손을 벌리자, 고작 몇 분 전만 해도 그토록 아름답고 정교한 작품을 이루고 있던 금속과 철제 조각들이 바닥 위로 형편없이 떨어진다. 미세한 유리 파편이 우리 발등까지 튀었다. 조지는 두 손에 얼굴을 파묻고 그 옆으로 미끄러지듯 쓰러진다. 그가 고개를 들자 손의 피가 이마 전체에 묻어 한 줄로 굵은 핏자국이 나 있다.

엄마는 조지의 곁에 웅크려 앉아 그의 등에 손을 얹고 토닥인다. 엄마가 귓가에 뭔가 위로의 말을 중얼거리자, 그는 사납게 몸을 비틀며 엄마에게서 떨어진다.

그 뼈저린 상실과 절망감이 어떤 건지 나도 잘 알아.

아빠가 떠났던 날 나도 바로 그런 기분이었어.

조지의 손가락 사이로, 눈물로 얼룩진 그의 두 뺨이 보인다. 그는 자신이 울고 있다는 사실을 숨기려고 애쓰는 중이다.

"어젯밤 차에서 내리다가 내가 실수로 떨어뜨린 게 분명해." 조지가 울먹이며 중얼거린다. "난 뭐가 문제일까? 대체 나한테 무슨 일이 일어나고 있는 거야?" 그는 자기 얼굴을 쥐어뜯다시

피 손톱으로 꾹꾹 찍어 눌러, 눈물 젖은 두 뺨 가득 애처로운 초
승달 모양의 흔적을 남긴다.

조지의 눈에 고인 눈물 때문에 그의 홍채가 더욱 파랗게 보인
다. 나는 최고조에 달한 흥분을 감추려고 최선을 다하고 있지만,
사시나무처럼 떨리는 몸을 주체할 수가 없다.

희망이란 끔찍한 것이다.

희망은 몇 달이 지나도록 현관문 앞에서 기다리는 우리 엄마
다. 희망은 정성스러운 손맛으로 준비한 반찬과 별미가 가득 차
려져 상다리가 휘어질 듯한 저녁 식탁이다. 희망은 내 품에 파고
들어 내 어깨에 머리를 기대며 "아빠가 돌아올까?"라고 묻는 어
린 내 동생이다.

하지만 희망은 또한 조지이기도. 바닥을 기어다니면서, 눈에
보이지 않을 만큼 잘게 갈려 나간 유리 조각을 헛되이 긁어모으
고 있다.

><

이후 한두 주간 조지는 낙담에 빠져 있다. 샤워도 하지 않아 거
실은 그의 몸에서 나는 악취로 가득해지고, 암울한 부패의 기운
이 우중충한 그림자처럼 그에게 달라붙어 있다. 그는 제대로 먹
지도 않는다. 치즈 샌드위치, 베이컨, 마카로니 등 평소에 그 남
자가 제일 좋아하는 음식을 엄마가 사 오거나 직접 만들어줘도

묵묵히 거부할 뿐이다.

"아버지가 돌아가셨을 때 느꼈던 감정을 다시 처음부터 한 번 더 겪고 있는 것 같아." 조지가 침울하게 말한다. 그가 이렇게 연약한 면을 내보이는 건 드문 일이다. "그리고 계속 꿈속에서 아버지가 날 찾아와. 어젯밤 꿈에서는 내가 어릴 때 살았던 고향집에서 아버지의 옛날 사진을 보고 있었어. 당시엔 아버지가 돌아가신 직후라서 나는 울고 있었지. 그런데 사진 속 아버지가 갑자기 현실이 되어 그 사진을 뚫고 나오는 거야. 화가 나서 입이 크게 벌어진 무서운 표정으로, 얼굴에선 썩어 문드러진 피부가 툭툭 떨어져 내리는 끔찍한 모습이었어. 그 아버지가 내 멱살을 붙잡고 거칠게 흔들어대는데, 바로 그때……." 조지가 몸서리를 친다. "나는 그게 아버지 사진이 아니었다는 걸 깨달았어. 그건 바로 *내* 사진이었던 거야."

우리는 말문이 막혀 침묵한다. 이런 모습의 조지를 보는 게 익숙하지 않다. 엄마도 할 말이 없는 듯 목을 가다듬더니 식탁에서 멀어진다. 조지는 오랫동안 엄마를 바라보더니 천천히 일어나 침실로 다시 들어간다.

우리 아버지들이 우리에게 돌아오게 하는 데 필요한 게
결국 이건가?

48

계절은 늦봄으로 접어든다. 시계 파손 사건이 발생하고 보름 정도 지났을 무렵, 나는 교통 체증으로 꽉 막힌 길을 요리조리 용케도 뚫고 지나가는 조지의 트럭을 발견한다. 그는 평소보다 훨씬 빠르게 질주하고 있다. 그의 다급한 태도가 내 흥미를 자극한다. 아무 생각도 하지 않고 나는 일단 그의 차를 따라간다. 액셀 페달을 계속 밟아대며, 점점 속도를 높여간다.

우리는 코리아타운을 지나 다운타운 로스앤젤레스를 통과한다. 조지는 계속 휴대폰으로 누군가와 통화 중이다. 그를 따라 아트 디스트릭스의 어느 번화가에 도착하자, 조지는 도로변에 차를 주차하고 별 특색도 없는 작은 커피숍 안으로 사라진다. 나는 자동 주차 계량기 옆에 차를 세운 채 그가 다시 모습을 드러낼 때까지 기다린다.

몇 분 후 나타난 조지는 혼자가 아니었다. 작은 체구에 고운 피부를 가진 동양인 여자 한 명이 그와 함께 있다. 허리까지 길게 기른 검은색 머리카락은 가운데 가르마를 타서 늘어뜨렸고, 가느다란 팔과 어깨를 드러낸 꽃무늬 원피스 차림이다. 조지와 그 여자는 서로 정답게 손을 맞잡은 채 웃고 있다. 나는 한눈에 그 여자가 누군지 알아본다.

그들이 거리를 건너는 동안 나는 운전석 아래로 웅크려 숨었다가, 살짝 고개를 드는 순간 마침 조지가 손을 뻗어 그 여자의 헝클어진 귀밑머리 몇 가닥을 귀 뒤쪽으로 다정히 넘겨주는 모습을 포착한다.

나는 창문을 내려 그들의 대화를 엿듣는다.

"전화해 줘서 정말 고마워." 조지가 말한다.

"보고 싶었어. 자기가 없으니까 아파트 전체가 얼마나 허전한지…… 일 때문에 해외 출장이 많다는 건 알지만, 그래도…… 이건 좀 심하다고 생각하지 않아요?" 그 여자의 말투에서는 미세하게 동양인 특유의 억양이 느껴진다. 여자의 목소리는 그의 단아한 얼굴 못지않게 사랑스럽고 청초하다.

그들은 조지의 차가 있는 곳까지 걸어간다. 조지는 여자를 위해 친히 조수석 문을 열어주고, 여자가 트럭에 타는 것까지 도와준다. 그리고 그들이 차를 몰고 떠날 때, 나도 차 시동을 걸고 천천히 그들 뒤를 밟는다. 신호에 걸려 멈춰 서자, 두 사람은 서로에게 몸을 기대고 키스한다. 오늘 아침, 조지는 저것과 똑같은 자세로 엄마에게 키스했다. 불과 몇 시간 전에, 그는 저 억센 팔로 엄마의 허리를 끌어안고 헛된 약속들로 엄마의 귓가를 가득 채우고 있었다.

나는 그들을 따라 도심 한가운데 우뚝 솟은 고급 아파트 건물로 향했다. 젠의 아파트겠지. 조지는 기생충처럼 여기저기를 떠돌아다니며, 아시아 여자들을 먹잇감으로 노리는 남자다. 그는 동양인 여자들의 마음을 훔치고 그들의 침대 속으로 미끄러져 들어간다. 그는 여자들의 주거지를 점령한다. 그는 여자들이 모아둔 식량을 먹어치운다. 그 남자는 여자들이 가진 걸 빼앗고, 차지하고, 탈취하기만 할 뿐이다.

조지의 게임판에서 젠은 가장 힘없는 노리개 말에 불과할 뿐이다. 엄마가 그런 것처럼.

조지를 미행하느라 이미 강의 하나는 놓쳤다. 시간을 보니 오늘 수강하는 두 번째 수업은 어찌어찌 맞춰 들어갈 수도 있겠지만, 극도의 분노로 완전히 진이 빠져서 집으로 돌아가는 것 외에는 아무것도 할 수 없다. 혼자 생각을 정리해 보려고 서둘러 집으로 돌아온다. 하지만 현관문을 열자마자 잠옷 차림으로 TV 앞 소파에 앉아 빈둥대는 지현이를 발견한다. 무릎 위에는 과자 한 봉지까지 펼쳐놓고 있다. 난데없이 귀신을 본 듯 화들짝 놀란 동생의 입이 떡 벌어진다.

"너 지금 여기서 뭐 하는 거야?" 내가 묻는다.

"나…… 나 오늘 몸이 안 좋아서." 지현이가 더듬거리며 대답한다.

"정말?" 내가 동생의 이마에 손을 얹어본다. "괜찮은 것 같은데."

"배가 아파."

하지만 어딜 봐도 지현이는 전혀 아픈 사람처럼 보이지 않는다. 동생을 곁눈질하다 나는 문득 깨닫는다. "너 학교 안 가고 땡땡이쳤구나?"

"아니야! 그런 거."

"지현아, 대체 뭐 하는 짓이야? 학교 교육 잘 받고 제대로 졸업하는 게 얼마나 중요한지 알잖아! 아빠가 몇 번이나……."

아빠 얘기가 나오자마자 동생의 눈물샘이 팡 터진다. "아빠 얘기 듣고 싶지 않아! 아빠가 어쩌고저쩌고하는 말은 이젠 지긋지긋해!"

지현이는 나를 지나치며 우리 방으로 뛰어 들어가 문을 세게 닫는다. 나는 잠시 시간을 두고 기다렸다가 동생을 따라 방으로 들어간다. 지현이는 작은 두더지처럼 침대 이불 속에 파묻힌 채 코끝만 쏙 내밀고 있다. 조그맣게 흑흑 흐느끼는 소리가 난다.

"지현아. 왜 그래? 뭐 안 좋은 일 있어?"

"전부 다." 동생이 말한다. "전부 다 잘못된 일뿐이야."

"그렇게 슬퍼하지만 말고. 나한테 얘기해 봐."

동생이 큰 소리로 훌쩍인다. "아무도 나한테 신경 써주지 않아. 내가 뭘 원하거나, 내가 무슨 생각을 하는지 아무도 관심 없고……."

"나는 신경 써." 내가 도중에 끼어들며 말한다. "난 네 생각 엄청 많이 해. 너도 잘 알잖아. 그러면서 왜 그런 말을 해?"

"솔직히 지금은 그렇게 느껴지지 않아."

우리가 어렸을 때, 지현이와 나는 『알라딘』 이야기 속 램프의 지니 목소리를 흉내 내는 역할 놀이를 하곤 했다. 서로 번갈아 가며 지니가 되어 상대방의 소원을 들어주는 놀이였다. 물론, 우리가 비는 소원을 실제로 들어줄 수 있는 수단까지는 없었다. 어차피 이루어질 수 없는 소원이 대부분이기도 했다. 지현이는 귀여운 강아지들과 새끼고양이들을 엄청 많이 키우고 싶다고 빌었고, 한번은 닌텐도 위가 갖고 싶다고도 했다. 나는 산더미처럼 쌓인 돈다발과 나 혼자 쓸 수 있는 방이 있었으면 좋겠다고 빌었다. 비록 당장 눈앞에 생기는 건 아니라 해도, 어딘가에 자비로운 신이 이러이러한 소원을 듣고 있으리라 희망하며 우리가 품고 있는 터무니없는 소망과 욕구를 소리 내어 말하는 것 자체가 어린 우리에게 위안이 되어주었다. 그리고 어쩌면 언젠가, 그런 것들이 실제로 이루어질 수도 있겠지.

나는 이불 속을 더듬어 지현이의 손을 붙잡고 꼭 쥔다. "나는 지니다." 어릴 때처럼 지니 목소리를 흉내 내며 말한다. 꽁꽁 싸맨 이불이 한 뼘 벌어지고, 그 속에서 지현이가 얼굴을 빼꼼 내민다. 동생의 속눈썹마다 초롱초롱 맺혀 있는 눈물방울들이 마치 아침 이슬 같다. "그대의 마음이 원하는 건 무엇이든 들어줄 수 있다. 소원이 무엇인가?"

지현이는 망설이지도 않고 곧장 대답한다. "내 소원은, 엄마랑 조지가 결혼하지 않았으면 좋겠어."

"네 소원은 내게 주어진 명령. 그대로 이행하리라."

49

태국에서 돌아오고 난 후부터 조지는 '중요한' 고객을 상대로 한 프레젠테이션을 준비하느라 정신없이 바쁘다. 그 탓에 우리 집에서 우리와 함께 보내는 시간이 터무니없이 줄었다. 거의 매일, 저녁 식탁에서 그의 자리는 비어 있었다. 그 남자의 아파트도 '기적적으로 수리'되었고, 그는 '늦은 시간까지 야근'이 이어진다고 둘러댔다.

"며칠 동안 내 아파트에서 지내야겠어." 조지는 엄마에게 말한다. "당분간만이야. 일이 워낙 바쁜데, 큰 건을 맡았거든. 그런데 이 집에선 항상 제이더블유랑 제이에이치가 천방지축으로 뛰어다니니까 좀처럼 집중하기가 힘들어서."

소름 끼치는 변태 새끼야. 나는 다 봤어.

네가 데이팅 앱에 올려둔 프로필.

네가 검색하고 저장한 이미지들.

나는 조지의 두 눈을 빤히 쳐다본다. 콘크리트 바닥에 부딪힌 그 남자의 머리가 수박처럼 깨지며, 아래쪽으로 흘러내린 피와 뇌수가 물웅덩이처럼 고이는 모습을 상상한다.

엄마는 결혼식 준비에 완전히 몰두해 있다. 조지의 갑작스러운 활력과 애정 변화가 불안한 모양인지 몇 분마다 휴대폰을 확인하고 현관문 쪽을 힐끔거린다.

조지가 없는 동안 매일 밤 엄마는 결혼식 장식에 쓸 꽃을 접는 데 열중한다. 가끔은 지현이와 내가 불려 가 일손을 돕기도 한다. 우리 셋은 조용히 앉아서 얇은 휴지를 겹겹이 말아 가짜 꽃봉오리 모양으로 만드느라 손가락에서 피가 날 때까지 딱딱한 철사를 꼬아 돌린다. 나는 이 결혼식이 과연 성사될 수 있는 것인지, 아니면 처음부터 쭉 잔혹한 사기극이었던 건지 점점 강하게 떠오르는 의구심을 피투성이 손끝으로 꾹꾹 짓이긴다.

✕

기획안 발표 전날 밤, 조지는 우리 아파트에 머무른다. 행운을 부르기 위해 엄마가 직접 차려준 식사 한 끼를 먹고 가야겠다는 게 그의 말이다. 엄마는 오후 내내 가스레인지 앞에 서서 땀을 뻘뻘 흘리며 설렁탕을 끓인다. 오랜 시간 소뼈를 고아 우려낸 국물이 진하고 뽀얗다. 소고기 장조림과 깍두기도 있다. 고등어 한 마리를 통째로 구운 생선구이도 있는데, 눈알은 이미 제거되어 있다. "이건 조지 먹을 거." 앞접시에 따로 담은 고등어 눈알을 그에게 건네주며 엄마가 말한다.

음식은 다 맛있지만, 우리는 거의 먹지 못한다. 차려진 식사는 우리 가족 전체가 먹을 양이었지만, 그 절반 분량은 요리가 식탁에 올라오자마자 조지가 자기 입안에 쓸어 담듯 게걸스레 먹어버리기 때문이다. 그 남자는 음식을 먹는 도중에도 끊임없이 수다를 떨다 웃음을 터뜨리고, 그때마다 그의 입술 사이로 고기 조각이 튀어 식탁 위로 지저분하게 떨어진다. 나는 조지가 이빨을 드러내고 바싹하게 튀긴 생선 눈알을 와작와작 씹어대는 모습을 지켜본다.

그는 아무것도 잘못된 게 없다는 듯 완벽히 정상적으로 행동한다. 밤이 깊어져 모두가 잠들었을 때, 나는 어두운 거실로 살그머니 들어선다. 조지가 자기 노트북과 함께 서류 봉투를 놓아두는 장소가 있다. 두꺼운 서류 봉투 안에는 그의 업무 관련 메모들과 발표 기획안 전체의 인쇄본이 들어 있다.

조지의 노트북을 열고, 나는 그가 내일 발표를 위해 며칠에 걸쳐 만든 파워포인트 파일을 살펴본 뒤 완전히 삭제한다. 그러고 나서 똑같은 이름으로 새로운 파일을 만들어 저장한다. 내가 작업하는 동안 내 머리 위 시계 초침이 규칙적으로 똑딱인다. 작업을 끝내고 나서, 나는 봉투에 주의를 기울인다. 종이찍개로 박아 단단히 고정한 인쇄본을 펼쳐보았지만, 캄캄한 어둠 속에서는 다 흐릿해 보인다. 하나하나 다 신중히 교체해야 한다. 나는 조용히 작업을 이어간다. 연습한 대로 확실히 움직이는 내 손가락들을 믿는다. 모든 게 끝나자, 나는 종이들을 다시 서류 봉투 안에 넣고 이전과 다름없는 모습으로 여닫이 부분의 금속 탭을 단단히 봉한다.

50

아침이 되자 조지는 손가락으로 기름진 베이컨 한 장을 집어 든 채 집을 나선다. "이 계약 반드시 따낼 테니까." 어깨 너머로 그가 외친다. "내가 돌아오면, 우리 모두 축하 파티를 하는 거야!"

나는 오늘만큼은 집에 일찍 와야겠다고 생각하며 첫 강의를 들으러 간다. 강의실 문 앞에 망부석처럼 서서 나를 기다리는 제프리를 발견하지만, 한쪽 입가로만 작게 "안녕"이라고 웅얼대며 얼른 인사만 한 뒤 서둘러 그를 지나쳐 간다. 제프리에게 방해받고 싶지 않아서, 일부러 다른 두 학생 사이의 중간 좌석을 골라 앉는다. 내 시야 끝에서, 실망한 표정의 제프리가 뒷줄 빈 좌석으로 걸어가는 모습이 보인다. 이윽고 강의가 끝나자마자 나는 소지품을 챙겨 빠른 걸음으로 빠져나간다. 끈질긴 제프리가 내 뒤를 바짝 뒤쫓아 오며 나를 멈춰 세우려 한다……. "지원." 그가 다급히 말을 꺼내지만, 나는 고개를 젓는다.

"미안해. 바로 가봐야 해. 중요한 약속이 있어서."

과연 어떤 장관이 펼쳐지는지
내 눈으로 직접 보고 싶거든.

집에 돌아와 현관에서 신발 끈을 푸는 순간 조지가 씩씩대며 문을 박차고 들어온다. 그의 콧구멍은 벌름거리고, 목덜미는 벌겋게 터질 듯한 핏대가 울뚝불뚝 튀어나와 있다. 내게 한마디도 없이 집 안으로 들어선 그 남자는 마침 탁자에 놓여 있던 수제 종이꽃과 결혼식 장식을 담아둔 상자를 바닥에 내동댕이친다.

"저기요!" 내가 외친다. "대체 무슨 짓이에요? 엄마가 그거 만드느라 얼마나 고생했는데."

"내 알 바 아니야!" 조지는 엄마가 옷걸이에 걸어둔 웨딩드레스도 후려쳐 공중에 날려 보낸다. 나는 몸을 굽혀 아무렇게나 떨어진 드레스를 주우려고 했지만, 그 순간 그가 나를 바닥에 밀어 넘어뜨린다. 내 몸 위로 올라와 나를 완전히 제압한 자세로, 조지는 한쪽 손에 단단히 쥐고 있던 꾸깃꾸깃한 서류 봉투를 내 눈앞에 들이댄다. "누가 이랬어? 네가 꾸민 짓이야, 이 망할 년아?" 그의 입에서 분사기처럼 뿜어져 나온 침이 내 뺨 전체에 튄다. 나는 소매 끝으로 그 침을 닦는다.

"지금 무슨 얘기를 하는 건지 전혀 모르겠어요." 내가 말한다. 가슴속에서는 심장이 스타카토 박자처럼 짧고 빠르게 뛰어대지만, 나는 무심하고 침착한 표정을 유지한다.

"개소리! 개좆같은 헛소리야!"

"왜 이렇게 소리를 질러요? 꼭 미친 사람 같아. 직장에서 무슨 일이라도 있었나?" 조지가 봉투를 찢어 연다.

"이 꼴 좀 봐라……." 그는 서류 봉투를 가득 채우고 있는 종이를 한 장씩 꺼내 들어 공중에 내던진다. 여러 장의 인쇄물이 눈송이처럼 한꺼번에 흩날린다. 나는 공기의 저항을 받으며 사뿐히 떨어지는 그 종이에 찍혀 있는 사진을 힐끔 쳐다본다. 조지가 몇 날 며칠을 두고 작업해 왔던 복잡한 그래픽과 도표들은 어린 아시아인 여자들을 모델로 삼아 성을 착취하는 이미지들로 바뀌어 있었다. 사진 속 여자들은 아무것도 걸치지 못한 알몸으로 외설스러운 자세를 취하고 있다. 조지가 서류 더미를 더 꺼낼수록 사진들의 성적 수위도 더욱 노골적으로 변해간다.

"세상에, 이게 다 뭐야? 징그럽고 역겨워." 내가 몸을 틀어 종이 한 장을 집어 들며 말한다. 내 손에 들린 종이에는 겨우 지현이 또래로밖에 보이지 않는 여자아이가 찍혀 있다. 머리카락은 양 갈래로 땋아 늘어뜨리고, 검은색 브래지어와 팬티만 입은 채 막대사탕을 입에 물고 있는 모습이다.

"내가 한 게 아니야!"

"이해가 안 가. 그럼 누가 이런 끔찍한 짓을 하겠어요?"

"어디 네 입으로 말해봐라. 네 엄마 짓이야? 빌어먹을 사실대로 말해!"

"뭐라고? 엄마가 왜 이런 짓을 해요? 그건 완전 말도 안 되지. 엄마는 당신에게 푹 빠져 있는걸. 당신도 알잖아. 엄마는 당신에게 해가 될 일은 절대 하지 않아요."

"그러면 그 쪼끄만 쌍년이겠군. 네 동생. 제이에이치. 걔가 벌인 일이야?"

"지현이는 절대 이런 짓을 했을 리 없죠. 화가 많은 성격이긴 해도, 최소한의 분별력은 있는 애라고요. 게다가 걔가 이런 일을 할 만한 이유가 뭐가 있어요?"

"어떻게든 날 내쫓아 버리려고 안달이 난 년이니까!" 조지가 으르렁거린다. "걔는 날 싫어하잖아!"

"세상에나." 내가 양손을 들었다. "진정 좀 해봐요. 이런다고 어떻게 당신이 사라지겠어요? 오히려 직장을 잃는다면 우리 집에 더 오래 머물게 되지 않나? 그리고 어쨌든 지현이는 당신을 싫어하진 않아요. 그냥 좋아하지 않을 뿐이지."

이 대답도 조지의 마음을 달래주진 못한다. 그는 서류 더미를 한꺼번에 집어 벽에다 집어 던진다. 봉투가 터지면서 종잇조각들이 우리 주변을 온통 날아다닌다. 난잡한 외설물의 폭풍이 방 전체를 한바탕 휘말고 지나가 엉망진창으로 어질러진 꼴이다. 조지는 거실 한가운데 뻣뻣하게 선 채 턱을 앙다물고 있다.

"생각해 봐요. 우리 중 누가 왜 당신 일감을 망가뜨리려 할지? 분명한 동기도 없고, 아예 말이 안 되잖아요. 바꿔치기 된 건 이 서류뿐? 아니면 설마 실제 발표 파일까지?"

"내 실제 파일에도 장난질을 쳐놨어." 조지가 말한다.

"그럼 더 말이 안 되네. 우리 식구 중 누가 당신 컴퓨터에 로그인할 수 있겠어요? 암호가 걸려 있지 않나? 그러니까 내 말은, 당신 회사에서 같이 일하는 사람만 접속할 수 있는 거잖아요?"

나는 조지가 자신의 하찮은 뇌를 구성하는 작은 톱니바퀴를 뻐근하게 돌리는 모습을 지켜본다. "우리 사장……." 그가 천천히 말을 내뱉는다. "그 망할 개자식이 오래전부터 날 잘라버리려고 여러 차례 시도하긴 했었지." 조지의 분노는 반신반의하는 혼란스러운 감정으로 바뀌고, 그는 마음의 동요를 드러낸 채 우뚝 선 자세로 불안하게 고개를 갸웃거린다. 나는 속으로 크게 미소를 짓는다.

"그럼 사장일 수밖에 없네. 다른 누구도 이런 일을 할 수 없었을 테니까, 그렇죠?"

"사장 말곤 아무도 없어." 조지가 식탁에 기대며 풀썩 주저앉는다. 그 순간, 마치 기다렸다는 듯 조지의 휴대폰이 울린다. 그는 소스라치게 놀라, 전화기가 마치 폭탄이라도 되는 듯 자기 몸에서 멀리 떨어뜨린 채 들고 있다. "사장 놈이야." 그가 몸서리치며 말한다. "내가 뭐라고 말해야 하지? 어떻게 해? 이놈이 했다는 증거는 하나도 없는데……."

"아니! 지금은 이 사건을 따지면 안 돼요. 일단 그 사람이 뭐라고 하는지 들어보고 나서."

조지가 전화를 받는다. 나는 그 남자의 표정이 분노에서 슬픔으로, 그리고 절망으로 바뀌는 과정을 찬찬히 지켜본다. 조지의 사장은 처음부터 끝까지 크게 고함을 치고 있고, 스피커폰이 아닌데도 전화기 너머로 그가 외치는 말을 한마디도 빠짐없이 다 들을 수 있다. 마침내 전화가 끊어지고 나자, 조지는 손에 든 전화기를 멍하니 응시한다. "해고됐어."

조지의 눈이 나와 마주친다. 초점이 맞지 않는 눈동자는 내부의 반사광도 없이 흐릿하다. 나는 숨을 참는다. 방 안은 열기로 가득하고 우리는 너무 가까이 있다. 지저분한 외설 사진을 인쇄한 종이들이 우리 주위에 온통 흩어져 있다. 유혹이 점점 커지지만, 나는 마음을 다잡고 어질러진 바닥으로 시선을 돌린다.

"이거 빨리 치워야겠어요." 나는 몸을 굽히고 종이를 한 장씩 주워 모으기 시작하며, 머릿속에 낀 안개를 걷어내려 한다. 더러운 사진이 너무 많다. 100장은 족히 넘어 보인다. 그것들을 전부 찾아내는 데만 해도 상당한 시간이 걸린다. 특히 소파 밑으로 들어간 것들을 꺼내느라 애를 먹는다. 조지는 말없이 종이를 하나씩 주워 쓰레기통에 구겨 버린다. 나는 지현이나 엄마가 사진을 보지 못하도록 쓰레기통 위쪽에 다른 쓰레기를 쌓아둔다. 그 후, 조지는 입을 꾹 다문 채 공허한 표정으로 소파에 앉아 있다.

아빠도 우리를 떠나기 직전에 바로 저런 표정을 지었다.

51

"회의는 어떻게 됐어요?" 엄마가 묻는다.

젓가락으로 집은 반찬을 이미 입 쪽으로 가져가던 중이었지만, 조지는 그대로 젓가락을 내려놓는다. 어디선가 본 적이 있는데……. 잠시 후 나는 지금 조지가 쓰고 있는 젓가락이 제프리가 내게 준 선물이었음을 깨닫는다. 조지가 어떻게 그것을 찾았는지는 모르겠다. "나 회사에서 해고당했어." 그가 아무 설명 없이 무뚝뚝하게 대답한다.

엄마의 눈이 커진다. 나와 지현이를 번갈아 쳐다보며, 둘 다 입 다물고 있으라고 눈짓으로 경고한다. "해고?"

"그래, 해고." 조지가 신경질적으로 쏘아붙인다. "잘렸다고. 그 말이 무슨 뜻인지 알기나 해?"

지현이가 날카롭게 숨을 들이마신다. 나는 주먹을 꼭 쥔다. 조지가 자신을 조롱하고 있다는 걸 모르는 사람은 엄마뿐이다. 엄마는 위로하듯 조지의 팔에 손을 얹는다. "무슨 일 있었어요?"

"별로 얘기하고 싶지 않아."

엄마가 대답을 듣고자 아무리 달래고 애써봐도, 조지는 입을 굳게 다문다. 엄마는 한숨을 내쉰다. "괜찮아요." 엄마가 말한다. "자기는 내 남편이 될 거니까. 자기가 다시 일을 구해 자립할 때까지 우리 가족은 내가 벌어 오는 돈으로 먹고살면 돼요. 아무 문제 없어요." 엄마가 부드러운 손길로 조지를 토닥인다.

응원과 지지를 보내는 상냥한 표현이었지만, 사실상 엄마는 우리 앞에서 조지의 남성성을 거세한 셈이다. 아무 말도 하지 않고, 조지는 자리에서 일어나 침실 안으로 사라진다. 방 안에서 뭘 하는지 한참이나 부스럭거리는 소리가 들리더니, 몇 분 후 그는 짐을 꾸려 나온다.

"당분간 내 아파트로 돌아가 있을 거야." 그가 말한다. "머릿속이 복잡해서 생각 좀 정리하려고."

어머니는 현관문이 쾅 닫히는 모습을 지켜본다. 적어도 한 시간 동안은 그 문에서 눈을 떼지 않는다. 그리고 저녁 식사를 다 치우고 나서도 나는 그 밤이 다 가도록 자꾸만 문 쪽으로 시선을 돌리는 엄마를 본다. 결국 낙담한 표정의 엄마는 혼자 방으로 들어간다.

데이팅 앱에 올라온 조지의 계정을 찾아내는 데는 그리 오래 걸리지 않았다. 나는 몇 달 전 알렉시스가 개최한 시험 준비 모임에서 만났던 학생 중 한 명의 페이스북 사진을 도용한다. 물론, 그 학생도 동양인이다. 나는 이름도 기억나지 않는 그 애의 사진을 프로필로 올리고 임시로 가짜 계정을 만든다. 내가 조지의 프로필에 들어가서 휴대폰 화면을 오른쪽으로 밀어 마음에 든다는 표시를 하자, 화면 중앙에 하트가 떠오른다. 우리는 매칭이 된 것이다.

안녕, 내가 입력한다. 응답을 받으려면 어느 정도 기다려야 되겠거니 예상했는데, 마치 지금까지 나를 계속 기다려왔다는 듯 즉시 응답이 도착한다.

안녕 예쁜이. 넌 어느 계열이야, 한국인?

아니. 중국인.

나 중국에 살았던 적 있어. 중국어 할 줄 알아?

거의 못 해.

이어지는 한두 시간 동안, 나는 조지의 신뢰를 얻어내기 위해 적당히 양념을 친다. 누워서 떡 먹기보다 쉽다. 나는 '린지'라고 이름을 붙인 이 동양계 소녀의 고달픈 인생사를 한꺼번에 전부 지어냈다. 그의 가난한 부모는 고된 일을 하는 이민자 1세대로, 자녀들에겐 지나치게 엄격하다. 그들은 다 허물어져 가는 아파트에서 다 함께 살고 있고, 린지는 좁아터진 자기 방에 갇혀 온종일 공부만 해야 한다. 부모님은 린지에게 의사가 되기를 강요하지만, 린지가 진짜 되고 싶은 건 예술가다. 하지만 린지는 워낙 착하고 순종적인 여자아이라서, 부모님의 꿈을 대신 이루기 위해 자신의 꿈을 기꺼이 포기할 준비가 되어 있다.

조지는 정신없이 우유를 핥는 새끼 고양이처럼 그 모든 푸념에 열렬히 호응하며 맞장구를 쳐준다.

기분 전환 겸, 언젠가 나랑 직접 만나서 얘기해 볼래? 그가 묻는다.

응. 근데 당신 사진 먼저 보여줄 수 있어?

조지는 한 15년 전에 찍은 듯한 아주 오래된 사진을 보내온다. 사진 속 조지의 얼굴은 지금보다 훨씬 더 갸름하고, 머리카락은 더 풍성하지만, 새파란 눈빛만큼은 지금과 변함이 없다. 그는 멋진 정장 차림이고, 셔츠 목깃에는 이미 내가 여러 번 봐서 익숙한 푸른색 실크 넥타이를 매고 있다.

어때? 조지가 묻는다. 나는 젠의 아파트 화장실에 숨어, 밖에서 젠이 기다리는 동안 변기에 앉아 데이팅 앱 채팅을 하는 그 남자의 모습을 상상해 본다.

엄청 미남이야. 내가 응답한다. 타자로 치는 것뿐인데도 구역질이 올라온다.

이 말이 조지를 한껏 흥분시킨 것 같다. 우리 데이트하고 나서 쇼핑도 하게 해줄 수 있어. 옷 사는 거 좋아해? 구두는?

다 좋아해. 내가 대답한다. 지금은 잠깐 다른 지역에 와 있어서 그러는데, 2주 정도 있다가 만날래? 다음다음 목요일 어때?

아주 좋아. 그가 응답한다.

52

대학생이 되어 보낸 첫 1년이 끝나기까지 한 달이 남았다. 엄마의 결혼식까지도 한 달 남았다. 시간은 쏜살같이 흘러가고, 조지는 어느 날 뜬금없이 우리 삶에 끼어들었던 것처럼 갑자기 우리 생활에서 거의 사라져 버렸다. 가끔 예고 없이 나타날 때도 있었는데, 그럴 때마다 엄마는 필사적으로 그 남자에게 매달리곤 한다. 엄마도 조지가 자신의 포옹에서 빠져나가고 있다는 것쯤은 알고 있고, 아무리 그를 붙잡아 두려 해도 자신이 그에게 발휘하는 힘은 나약하기 그지없다는 것도 안다. 그 남자의 마음을 돌이키려 엄마가 간절히 노력할수록 조지는 더 완강하게 떠나려고 한다.

매일 밤 엄마는 색색의 휴지, 공예 철사, 그리고 절연 테이프를 발치에 가득 쌓아둔 채 현관문 옆에 앉아 있다. 엄마가 접는 종이꽃들이 조지를 다시 데려와 주기라도 할 것처럼, 엄마는 끊임없이 종이를 접고 또 접어 꽃을 만든다. 엄마는 절대 무너지지 않고, 떨지도 않고, 울지도 않는다. 창백한 잿빛 얼굴로, 각 꽃봉오리를 지탱할 딱딱한 철사를 쉬지 않고 구부리고 돌리고 꼬아서 결국 손가락 하나도 제대로 들어 올릴 수 없을 만큼 손이 망가질 때까지 계속한다. 지현이와 나는 새의 발톱처럼 구부러지고 거칠어진 엄마의 양손을 따뜻한 물로 찜질하고 주물러준다.

어느 밤중에 자다 깬 나는 엄마의 목소리를 엿듣는다. 엄마는 지현이와 내가 깨어나지 않도록 목소리를 낮추고 속삭이듯 통화하고 있다.

"결혼식 날짜가 하루하루 다가오는데." 엄마가 말한다. "내가 자기를 위해 얼마나 노력하는지 모르겠어요? 우리를 위해? 자기한테는 아무 상관 없는 일이야?"

잠시 침묵이 흐른다.

나는 조지가 무슨 말을 늘어놓고 있는지 궁금하다.

"혹시 결혼식을 취소하려는 거예요? 만약 그러면 비겁하게 굴지 말고! 그냥 사실대로 말해줘요. 내 딸들 앞에서 망신 주지 마세요."

나는 이 대화를 끝까지 들어보려고 기다리지만, 조지 쪽에서 일방적으로 전화를 끊은 게 분명하다. 울컥 흐느끼는 엄마의 소리가 들려온다. 아빠가 엄마에게 떠나겠다고 말했던 그때, 거의

1년 전의 시간으로 되돌아간 것 같다.

　그때나 지금이나 하나도 달라지지 않은 상황이 우습다. 한밤중에 깨어 갑자기 정신이 말똥말똥해진 내가 있고, 엄마는 옆방에서 숨죽여 울고 있다. 그리고 이번에도, 엄마에겐 아무런 힘이 없다.

53

그 주말 알렉시스는 저녁 식사를 같이하자며 자기 아파트로 나를 초대했다. 우리는 전자레인지에 돌린 치킨너깃과 크라프트 마카로니 앤드 치즈를 실컷 먹으면서 소파에 앉아 연애 리얼리티 쇼 〈러브 아일랜드〉를 시청한다. 알렉시스가 가장 즐겨 보는 예능 프로그램이지만, 나는 좀처럼 화면에 집중할 수가 없다. 엄마와 조지 그리고 결혼식에 관한 생각이 머릿속을 가득 채우고 있다. 나는 데이팅 앱을 켜고 조지의 프로필 상태를 또 확인해 보고 싶다는 욕구와 맞서 싸운다. 이미 오늘만 해도 100번쯤은 들어가 봤던 것 같다. '린지'와 약속을 잡은 이후 그는 새 메시지를 전혀 보내지 않았고, 계속 확인해 봤자 아무 의미가 없다는 걸 알면서도 강박적인 충동은 가라앉지 않는다.

"너 괜찮아?" 알렉시스가 묻는다. 그제야 나는 알렉시스가 TV 음향을 완전히 껐는데도 내가 한참이나 소리 없는 화면을 멍하니 쳐다보고 있었다는 걸 깨닫는다.

"어? 응, 괜찮아."

"요즘 너 정신없이 멍하게 있을 때가 많아. 걱정돼서 그래."

"난 아무 일 없어. 걱정 안 해도 돼."

알렉시스가 내 얼굴을 자세히 살펴본다. 날카로우면서도 염려 가득한 그의 시선을 받고 있자니 나 자신이 조각조각 갈라지는 듯한 느낌이다. "난 네 친구야, 지원아." 알렉시스가 말한다. "무슨 일이 있으면 나한테 말해도 돼. 난 널 판단하지 않을 거야. 절대로 그러지 않을 거야." 그가 다정히 내 얼굴을 어루만지려 손을 뻗는다. 그 순간…….

내가 알렉시스에게 느끼는 감정이 폭발해서 그런지도 모르겠지만, 머릿속을 찌르는 듯한 통증이 전신을 훑고 지나간다. "화장실 좀." 나는 숨을 훅 참으며 황급히 방에서 빠져나간다. 화장실 문에 등을 기댄 채 앉아 있는데, 맥박이 머리에서 뛰는 것처럼 골이 울리고 욱신거리는 느낌이 가시지 않는다. 조명이 너무 밝아 눈이 부시고, 세면대 선반에 놓인 양초의 향기는 코를 찌를 만큼 강렬하다. 뱃속이 울렁거린다.

알렉시스가 문을 두드린다. "지원아? 괜찮니?"

나는 알렉시스가 들어오지 못하도록 틈새만 살짝 보일 정도로 문을 연다. "사실 지금 몸이 안 좋아. 편두통이 있는 것 같아.

이만 가봐야겠어."

"진짜로? 그럼 머리 아픈 게 좀 나아질 때까지 여기서 쉬다 갈래? 그래도 괜찮은데……."

"아니, 괜찮아. 가야겠어." 나는 심장이 두근거릴 때마다 윙윙 울리는 관자놀이를 손끝으로 눌렀다.

"알았어. 그러면 내가 아래층까지 데려다줄게."

"싫어!" 그렇게 거칠게 말하려던 의도는 전혀 아니었지만, 이미 예상치 못하게 마음의 상처를 입혀버렸다. 내가 화장실 문을 박차고 나오자 알렉시스는 혼란스러운 표정으로 한 발짝 물러난다.

✄

밖에는 여름의 시작을 알리는 따뜻한 산들바람이 불고 있다. 토요일 밤이고, 거리는 이 근처 술집과 식당을 찾아다니는 학생들로 왁자지껄하다. 이 모든 소란이 내 머릿속에 깊이 박힌 통증의 뿌리를 더욱 자극하며 키워낸다. 나는 차 운전석에 앉아 좌석에 등을 기댄 채 저릿저릿한 두통이 멈추기를 기다린다.

간신히 고통이 잠잠해졌을 무렵에는 이미 자정이 넘은 시간이다. 나는 차 시동을 걸고 다음 블록까지 천천히 운전해 간다. 시끌벅적하게 떠드는 취객들의 말소리와 노랫소리가 이 구역에서 특히 크게 들린다. 밤마다 온갖 기상천외한 파티가 열리며 거친 무용담이 쏟아진다는 이 근처의 유명한 술집에서 들려오는 소리다. 알렉시스가 언젠가 자기 언니의 예전 신분증으로 몰래 들어가 그 바의 대표 메뉴인 AMF⊙를 주문했다고 말한 적이 있다. 보드카, 진, 럼주, 테킬라에 블루 큐라소를 섞어 만든 밝은 파란색 칵테일이다. 그걸 마시고 나서 알렉시스는 몇 시간이나 계속 토했다고 한다.

나는 주위를 빙빙 돌며 기다린다. 술집 입구에 모여 있는 사람들은 자기들만의 대화에 한참 심취해 있지만, 그들은 내 관심의 대상이 아니다. 마침내, 한 남자가 비틀거리며 밖으로 걸어 나온다. 야구모자를 푹 눌러쓴 탓에 얼굴 대부분은 가려져 잘 보이지 않지만, 그의 뺨이 분홍색이라는 건 확실히 눈에 들어온다. 내가 창문을 내리고 그를 부르자 그 남자가 고개를 든다. 잔뜩 만취해서 지금 여기가 어딘지, 자신이 뭘 하고 있는지도 잘 모르는 듯한 표정이다. 그의 눈은 바다처럼 깊은 푸른색이다.

"태워줄 사람 필요해?" 내가 묻는다. 그 남자가 휘청대며 거리 쪽으로 다가온다. 그는 너무 취해서 내 차의 조수석 문손잡이도 제대로 찾지 못하고 헤맨다. 몇 분이나 그 한심한 꼴을 답답하게 기다리다 못해, 나는 내 안전띠를 풀고 조수석 쪽으로 몸을 뻗어 안쪽에서부터 차 문을 열어준다. 그러자 그 남자는 망설이지도 않고 바로 차 안으로 뛰어든다.

⊙ 'Adios, Mother-Fucker'의 약어. 달콤한 과일 맛이 나지만 알코올 도수는 22%에 달하는 독한 칵테일이다.

밤길을 혼자 다니다가, 혹은 차를 잘못 탔다가
험한 꼴을 당할까 봐 노심초사할 필요가 전혀 없을 만큼
자신의 안전을 확신할 수 있다니 정말 좋겠네.

"우버 택시?" 혀가 꼬여 어눌해진 발음으로 그가 묻는다.

"맞아."

"아시아 여자애들도 우버 아르바이트 한다는 건 몰랐네." 그
남자가 중얼거린다. 이후로도 그는 계속해서 알아들을 수 없는
말을 횡설수설 쏟아낸다. 나는 대답하지 않는다. 그러자 그는 몸
을 뒤로 젖히고 입을 벌린 채 곧바로 잠이 든다. 남자의 모자가
아래로 굴러떨어진다. 나는 차 바닥에 떨어진 모자를 주워 그의
머리 위에 다시 얹어둔다. 곱슬곱슬한 금발 머리에 연분홍빛 뺨
을 한 그 남자의 모습은 마치 성화 속에 그려진 천사 같다. 뭔가
이상하리만치 낯익은 느낌이 드는 얼굴이다. 과속방지턱을 넘느
라 차가 한 번 크게 덜컹거리고 나서야 나는 그 이유를 깨닫는
다. 학년 초기에 교내 커피숍에서 봤던 그놈, 야구모자를 거꾸로
쓰고 본인의 전날 밤 이야기를 떠벌리던 그 녀석이다.

고속도로를 타고 본격적으로 속도를 내자 뱃속에서 꼬르륵
소리가 울린다. 배가 고프다. 단순히 허기를 느끼는 정도가 아니
라, 사실은 갑자기 폭발한 식욕을 참을 수 없을 지경이다. 내가
마지막 식사를 한 이후 상당히 오랜 시간이 흘렀다. 그리고 지금
내가 알게 된 정보를 더하면, 이번 식사는 아주 특별할 것이다.
만찬을 즐기기까지 남은 짧은 시간마저 견디기가 힘들다.

너무 흥분한 나머지, 나는 그늘 속에 숨어 있던 흑백 자동차 한 대를 보지 못하고 지나친다. 뒤늦게 발견했을 때는 이미 늦었다. 냅다 브레이크를 밟으며 급정거를 하자 아스팔트에 긁히는 타이어에서 높은 쇳소리가 난다. 빨강과 파랑 불빛이 번쩍이며 내 차 뒤에 바짝 다가서고, 사이렌이 사방으로 울려 퍼진다. 백미러로 그 모습을 바라보는 내 가슴이 철렁 내려앉는다.

"아무 말도 하지 마." 나는 '거꾸로 모자'에게 낮게 속삭여 경고한다. 사실 그는 여전히 아무것도 모른 채 깊이 잠들어 있긴 하지만.

내가 열어둔 차창으로 경찰관이 다가와, 내 얼굴을 향해 손전등을 비춘다. 나는 눈을 가늘게 뜨고 불빛을 마주 본다.

"제가 왜 정차하라고 했는지 알고 계십니까?" 남자 경찰관이 묻는다. 깊은 저음인 그의 목소리가 동굴 속에서처럼 울려 나온다. 그는 콧수염도 길렀다. 그리고 그 남자의 눈동자까지, 존나게 예쁜 푸른색이라 도저히 집중이 안 된다. 나는…….

"아가씨? 방금 제 말 들으셨습니까?"

"죄송해요. 들었어요. 저…… 혹시 제가 과속했다면 죄송해요, 경관님. 사실은 제 남자친구를 데리러 갔다 오는 길이었어요. 남자친구가 과음해서 저한테 데리러 와달라고 전화가 왔거든요. 그래서 시간도 늦었고 얼른 집으로 같이 돌아가려는 마음에……." 나는 조수석에 곯아떨어져 있는 거꾸로 모자를 가리키며 풀죽은 손짓을 몇 번 해본다.

경찰관은 조수석을 살펴보며 손전등을 깜빡인다.

깨어나지 마.

"오늘 밤 남자친구가 나갈 때 함께 외출하셨나요?"

"아니요."

"술 마신 적 있으십니까?"

"아니요."

"한 모금도요?"

"안 마셨습니다."

"운전면허증과 자동차 등록증을 소지하고 계십니까?"

"네, 여기 있습니다." 나는 그에게 신분증과 서류를 건넨다. 경찰관은 내 운전면허증을 대충 훑어본 뒤 고개를 끄덕인다.

"안전하게 귀가하시기 바랍니다." 그 남자가 말한다. "오늘은 경고만 하고 그냥 보내드리는 겁니다. 아가씨 나이치고는 책임감이 있네요. 남자친구한테 다음부터는 과음하지 말라고 전해주십시오."

그 말을 마지막으로, 경찰관은 순찰차에 올라타 차를 몰고 사라졌다.

극적인 탈출에 성공하니 흥분해서 날아갈 듯한 기분이다. 만일 내게 분별력이 있었다면, 거기서 차를 돌려 여전히 만취 상태인

거꾸로 모자를 캠퍼스 아무 데나 내려두는 걸로 이번 사건을 정리하고, 더는 내게 남은 운을 시험하려 들지 않았을 것이다. 하지만 나는 이 밤이 다 가도록 내게 주어진 것을 포기하고 싶지 않다.

나는 고속도로 출구를 빠져나와 수년 동안 개발 중이다가 공사를 멈춘 어느 공터로 방향을 튼다.

내가 어렸을 때만 해도, 아빠는 그 부지에 대해 끊임없이 불평했다. 당시에는 무성하게 자란 잡초의 지배하에 놓인 채 아무도 관리하지 않아 난장판이 된 풀밭이었다. "완전히 좋은 부지인데." 아빠가 안타깝다는 듯 혀를 차며 말했다. "이렇게 좋은 길목에다 아무것도 하지 않고 버려만 둘 거면, 잘 활용해 줄 사람에게 넘기든지 해야지!"

"아빠 같은 사람?" 지현이가 물었다.

"그래, 나 같은 사람."

"그럼 아빠는 여기다 뭐 할 건데?" 내가 물었다.

아빠가 눈알을 굴렸다. "너희들 진짜 몰라서 묻는 거냐?" 나는 알고 있었지만, 아빠에게 직접 듣고 싶었다. "이게 내 땅이라면, 난 여기다 방 세 개 딸린 커다란 집을 지을 거다. 하나는 네 방, 하나는 지현이 방, 그리고 하나는 엄마랑 아빠 방이지. 뒤뜰을 넓게 틔워서 어쩌면 우리 집도 개 한 마리 정도는 키울 수 있을 거야. 물론 너희 자매가 번갈아 가며 잘 돌봐주겠다고 약속하면 말이지."

엄마가 미소를 지었다. "방 네 개로 하면 안 돼요? 손님용 침실이 하나 있었으면 해서."

"우리 부인께서 방을 열 개 원하시면, 열 개 지어드리고. 자기 원하는 대로 뭐든지."

우리는 그 공터를 지나칠 때마다, 점점 더 기발하고 말도 안 되는 상상의 나래를 펼치며 각자의 부지 설비 계획을 얘기했다. 영화관과 볼링장에다 내부 오락실까지 딸린 집. 방이 스무 개나 되는 집. 10층짜리 집인데, 층마다 각기 다른 분위기의 수영장이 있는 집.

그러다 어느 날, 못 보던 간판이 세워져 있었다. 부지가 팔렸다는 것이었다. 우리는 길게 자란 잡초들이 말끔히 뽑혀나가는 것을 지켜보았고, 우리가 아닌 누군가가 우리의 기대와는 전혀 다른 낯선 집을 짓기 시작했다. 집은 한동안 점점 더 커지다가 어느 순간 공사가 중단되었다. 그 이후로 부지는 완전히 적막해졌다. 남아 있는 것은 집의 골조와 나무판자들, 그리고 여러 차례 비바람을 맞아 낡은 방수포뿐이었다.

나는 도로변에 차를 주차하고 시동을 껐다. 아무 소리도 들리지 않을 만큼 조용하고, 거리를 비추는 가로등은 모두 깨지거나 고장 나 있다. 제대로 불이 들어오는 가로등은 너무 멀리 있어서 우리한테까지는 불빛이 닿지 않는다.

"야, 일어나." 나는 거꾸로 모자를 흔들며 을러댄다.

그 남자는 흐릿하게 눈을 뜬다. 그의 파란 홍채를 보자 살짝 흥분해 몸이 떨린다. 그리고 나는 그를 더 세게 흔든다. "일어나, 도착했어."

남자가 차 의자에서 굴러떨어지면서 머리 위에 얹혀 있던 모자가 날아가 버린다. 나는 그를 부축해 일으켜 세우는데, 축 늘어진 그의 몸이 무겁다. 공터에는 잡초들이 다시 권력을 잡은 모양이다. 사방에 우거진 겨자풀이 맨팔을 간지럽힌다. 나는 가늘고 긴 줄기들을 한꺼번에 밀어내 간신히 통과할 수 있는 길을 낸다. 오랜 시간 녹이 슬어 갈색 얼룩이 금속판에 번져 있는 '통행금지' 표지판도 지나친다.

날카로운 냄새가 코를 찌른다. 뭔가 톡 쏘는 듯한 비릿한 냄새. 나는 코를 찡그렸다. 거꾸로 모자가 옷을 입은 채로 오줌을 싸버린 모양이다. 그 남자는 자신의 행동이 만족스럽기라도 한 듯 연신 끙끙거리고, 나는 그를 짜증스럽게 풀밭으로 밀어버린다. 남자는 납작하게 쓰러진 채 높이 자란 꽃들 사이로 사라진다. 나는 손에 칼을 쥔 채 그의 위로 몸을 기울여 하얗게 드러난 그의 목덜미를 감상한다.

이제부터는 까다로운 부분이다. 나는 그를 죽여야만 한다. 남자의 새하얀 피부를 어루만지며, 경동맥이 지나간다고 배웠던 지점에 칼날을 나란히 갖다 댄다. 숨을 참으며, 나는 그의 살 속으로 칼을 깊이 찔러 넣는다.

54

조용히 곱게 죽어줘도 모자랄 판에, 거꾸로 모자는 악을 쓰며 괴성을 지른다. 그의 눈이 툭 튀어나오며 사방으로 피가 튄다. 내 옷, 머리카락, 얼굴도 피투성이가 된다. 나는 손으로 그의 입을 틀어막지만, 그는 내 피부가 찢어질 정도로 세게 날 물어뜯는다. 나는 고통으로 울부짖으며 여전히 내 손에 단단히 박혀 있는 그의 이빨을 떼어내려 애쓴다.

"닥쳐! 입 닥치라고!" 내가 쉰 소리로 외친다.

그러나 그 남자는 계속해서 비명을 질러댄다. 그의 절규가 거리 전체에 메아리처럼 울려 퍼진다. 내 시야가 좁아진다. 나는 그의 목을 칼로 찌르고 또 찌르고 계속해서 찌른다. 날카롭게 짖어대는 소리가 더는 들리지 않을 때까지, 그의 살점을 계속 베어

내고 찌르고 자른다. 마침내 이 모든 소란을 묵직한 장막처럼 뒤덮어 버리는 기묘한 고요가 찾아온다. 풀숲의 귀뚜라미조차 감히 울지 못한다.

이제 한낱 고깃덩어리가 되어버린 시체가 쓰러져 있다. 나는 완전히 진이 빠진 채 고개를 숙여 그 얼굴을 바라보다가 깜짝 놀라 펄쩍 물러난다.

이건 거꾸로 모자가 아니다. 조지다. 나는 정신이 멍해지면서 눈을 깜빡거린다. 가슴에서 내 심장이 시한폭탄처럼 쿵쾅댄다. 호흡이 거칠어지며 목까지 차오른 숨을 쌕쌕 몰아쉴 때마다 침방울이 덩달아 튀어나온다. 나는 비틀거리며 앞으로 몇 발짝 나아가, 피에 흠뻑 젖은 그 남자의 턱을 움켜쥐고 달빛을 향해 그 얼굴을 들어 올려본다.

아니. 조지가 아니야. 이건 제프리야. 하지만 어떻게? 나는 손을 뿌리치고 휘청대며 뒷걸음질 치다 중심을 잃고 넘어져 흙바닥에 세게 부딪힌다.

아픔을 참으며 다시 시체를 향해 기어가 확인하고 나서야 마침내 환상이 사라진다. 내가 처음 커피숍에서 봤던 그 남자애가 맞다. 이번엔 확실하다.

팔이 아프고 무릎이 떨린다. 내 몸의 모든 부위가 쓰라리지만, 나는 남은 힘을 끌어모아 시체의 눈구멍을 찢고 안구를 통째로 파낸다. 두 눈알 모두, 복잡하게 이어져 있던 시신경 다발에서 쉽게 분리된다. 파들파들 떨리는 몸으로 나는 첫 번째 눈알을 내 입속에 집어넣는다. 어금니로 콱 깨물자, 바삭바삭한 표면이 터지며 입안 가득 핏물이 회오리친다. 입술 사이로 솟구친 핏방울 몇 줄기는 내 턱을 타고 흘러내린다. 나는 황홀함을 참지 못하고 신음을 내뱉는다.

두 번째 눈알이 손에서 미끄러져 흙 위로 굴러떨어진다. 선명한 푸른색으로 빛나던 홍채의 색감이 탁해지면서 흉측한 잿빛으로 물들어 버렸다. 그래도 어쨌든 그것이나마 주워 막 삼키려던 찰나에, 그 감칠맛을 제대로 맛보기도 전에 멀리서 시끄러운 자동차 엔진 소리가 들려온다.

나는 온몸의 힘을 쥐어짜 가능한 한 빨리 내 차로 기어간다. 머리를 쇠망치로 두들기는 듯한 두통이 이어지지만, 스스로를 채찍질하며 몸을 움직인다.

차 안으로 돌아왔을 때는 그야말로 엉망진창이 되어 있다. 흙길 위에는 내 몸을 질질 끌며 기어 온 흔적이 적갈색 선으로 남아 있다. 그 선명한 직선을 따라가면 거꾸로 모자의 시체가 두 팔과 두 다리를 쩍 벌린 채 대자로 누워 있는 지점으로 곧장 이어진다.

나는 손안에 쥐고 있던 눈알을 차 안의 컵 받침 안에 떨어뜨린다. 원래부터 그 안에 들어 있던 동전과 머리핀들 사이로 눈알은 부드럽고 촉촉한 소리를 내며 퐁 떨어진다. 내 머릿속의 통증은 오직 그걸 빼면 아무런 감각도 느끼지 못할 때까지 점점 강해진다. 나는 시동을 걸고, 지금 어디로 향하는 건지도 모른 채 차를 몰고 간다.

1.5킬로미터쯤 도로를 타고 내려가다 도저히 운전을 계속할 수가 없어서 차를 세운다. 주변의 모든 것이 하얗고, 눈이 멀 것처럼 뜨겁고, 뱃속에서부터 올라오는 이 강렬한 허기를 더는 무시할 수가 없다.

눈알. 난 그게 필요해.

나는 이미 피투성이가 된 셔츠로 눈알에 묻은 흙먼지를 최대한 닦아낸 후, 입안에 통째로 욱여넣는다.

맛있어. 너무 맛있어.

눈물이 뺨을 타고 흘러내린다. 나는 정신없이 혀로 눈알을 핥으며 표면의 두꺼운 껍질을 깨부순다. 바삭바삭한 것이 덩어리째 톡 터지는 소리가, 저녁 식탁에 앉은 엄마의 이 사이에서 시끄럽게 부서져 내리던 노릇한 생선구이 껍질을 떠올리게 한다.

마지막까지 다 먹고 나서, 나는 차창에 머리를 기댄 채 울음을 터뜨린다.

55

나는 더러워진 몸을 씻어내러 아파트 근처 주유소에 들른다. 머릿속에는 아무 생각도 들지 않는다. 거울에 비친 내 모습을 바라보며 그저 기계적으로 움직일 뿐이다. 피부의 미세한 틈새마다 마른 피딱지와 흙먼지가 낀 듯한 느낌이다. 세면대 위에 몸을 숙인 채, 손이 닿는 모든 신체 부위를 닦아낸다.

주차된 차와 화장실을 반복해서 오가면서 시트에 묻은 피를 닦아낸 종이 수건을 화장실 변기에 넣고 물을 내린다. 핏자국이 잘 지워지지 않는다. 나는 얼룩이 모두 사라질 때까지 박박 문질러 닦는다. 몸은 힘들지만, 마음은 평화롭다. 적어도 그와 비슷한 상태다. 내가 저지른 일을 되돌릴 수는 없지만, 최소한 그 일의 흔적은 없앨 수 있으니까.

바닥에서, 부드럽게 물결치듯 컬이 잡힌 머리카락 한 올을 발견한다. 금빛으로 빛나는 머리카락은 거의 투명한 실 한 가닥처럼 보인다. 나는 그것을 주워 차창 밖으로 후 불어 날려 보낸다. 머리카락은 한가로이 공기 중을 떠다니다 바람에 실려 저 멀리 사라진다. 나는 그 모습을 보며, 지현이가 내 뺨에 떨어진 속눈썹 한 가닥을 떼어주곤 하던 기억을 떠올린다.

"소원 빌어야지." 동생은 말하곤 했다. "비는 김에 크게!"

속눈썹은 아니지만, 나는 눈을 감고 소원을 빈다.

내가 막 떠나려는 순간, 주유소 주인이 가게 안에서 나와 차문을 쾅쾅 두드린다. "저기요." 그 남자가 말한다. "여기서 뭐 하는 거요?"

"아무것도 아니에요. 지금 갈 거예요."

"당신들 말이야, 밤마다 여기 찾아와서 화장실에서 온갖 이상한 짓을 하는데. 그럼 안 되지!" 남자는 고개를 절레절레 젓는다. "물건 사러 오는 게 아니면 다신 여기 나타나지 마쇼."

나는 남자가 나를 더 꾸짖기 전에 차를 몰고 도망친다. 백미러에 비친 남자를 훔쳐보니 그는 팔짱을 끼고 서서, 내가 정말로 가는지 끝까지 확인하고 있었다.

＞＜

늦은 시간이라 집으로 가야 하지만, 좀처럼 가라앉지 않는 혈기가 내 혈관을 타고 흐른다. 알렉시스가 보고 싶다. 그와 얘기를 나누고, 아까 내가 했던 행동에 대해 사과하고 싶다. 나는 일부러 멀리 돌아가는 길을 택한다. 지금은 죽어버린, 눈알 없는 친구를 태웠던 술집 앞을 지나친다. 드디어 알렉시스의 아파트가 보이기 시작하자, 나는 잠시 머뭇거린다. 알렉시스가 사는 5층 방 창문에 불이 들어와 있는지 확인한다.

불은 꺼져 있다. 당연히 자고 있겠지.

나는 거리에 차를 세우고 밖으로 나온다. 어떻게 해야 할지 잘 모르겠다. 알렉시스에게 전화를 걸어 목소리를 듣고 싶지만, 괜히 잠을 깨워 걱정 끼치고 싶진 않다. 보도 위에서 서성이다가 다시 차 문을 열고 운전석에 앉는다. 별수 없이 차 열쇠를 반쯤 돌려 시동을 걸려는 순간, 지금 나를 이해해 줄 사람은 오직 알렉시스뿐이라는 생각이 번쩍 든다.

전화기를 들고 나는 알렉시스의 번호를 누른다. 신호음이 울린다. 한 번, 두 번, 그리고 나자 반대편에서 잡음 섞인 소리가 들려온다. "지원이?" 잠이 덜 깬 목소리로 알렉시스가 묻는다. 나는 파자마 차림으로 침대에 누워 있는 알렉시스를 상상한다. "무슨 일이야, 너 괜찮아?"

"아니." 내가 말한다. 울음을 참을 수가 없다. "나 안 괜찮아."

전화기 반대쪽에서 한참 부스럭거리는 소리가 나더니, 갑자기 알렉시스의 목소리가 훨씬 또렷해진다. "무슨 일 생겼구나. 어떻게 도와줄까?"

"아니, 나…… 나 네 아파트 앞에 와 있어."

"지금?"

"응." 나는 알렉시스의 창문에 불빛이 깜빡이며 켜지는 모습을 지켜본다. 창밖으로 알렉시스가 얼굴을 힐끔 내민다. 나를 발견하고 손을 흔든다. 나도 마주 손을 흔든다.

"내려갈게. 잠깐만 기다려."

알렉시스가 1층까지 내려오는 데는 몇 분이 걸린다. 그 짧은 시간 동안 나는 속으로 나 자신을 얼마나 몰아붙였는지 땀을 뻘뻘 흘리고 있었다.

알렉시스는 파자마 위로 재킷을 하나 걸쳐 입고 나왔지만, 그 아래로 파자마 무늬가 살짝 보인다. 크리스마스 장식의 겨우살이 줄기. 갑자기 그 무늬가, 지금 이 상황이, 너무 부조리하고 뜬금없게 느껴져 나는 와락 웃음을 터뜨린다. 알렉시스가 당황한 표정으로 나를 본다. "왜, 뭐가?"

"왜 크리스마스 파자마를 입고 있는 거야? 지금 6월인데."

"너 지금 한밤중에 날 깨워 불러놓고, 왜 내가 크리스마스 잠옷을 입었는지 묻는 거야?" 알렉시스가 팔짱을 낀다. "진짜 너 오늘 내 손에 죽어봐야겠구나." 그의 입술에 미소가 희미하게 맴돈다.

"그래, 해봐. 안 말릴 테니까." 나는 목을 길게 구부려 알렉시스에게 내민다. 알렉시스가 내 경정맥이 지나가는 곳을 장난스럽게 쿡 찌르자 그의 긴 손톱이 피부를 살짝 긁고 지나간다. 그

촉감에 온몸이 떨린다. 나는 몸을 똑바로 세우고 알렉시스의 눈동자를 똑바로 바라본다. "내가 뭔가 나쁜 짓을 했더라도, 나 계속 좋아할 거야?"

알렉시스가 정색한다. "무슨 말이야? 대체 뭘 했는데?"

"아무것도 안 했어." 내가 재빨리 대답한다. "그냥 가정해서 말해보는 거야. 만약에 내가 뭔가 했어도, 넌 계속 내 친구로 남을까?"

"그러면⋯⋯. 난 그렇다고 말하고 싶지만, 네가 실제로 무슨 짓을 했는지에 따라 달라지겠지. 혹시 네가 살인이라도 했다, 그러면⋯⋯. 그 사람이 얼마나 죽어 마땅한 짓을 했는지를 봐야겠지." 알렉시스는 웃음을 터뜨렸고 내 눈에 눈물이 핑 도는 걸 알아채지 못한 것 같았다. 나는 눈을 깜빡여 눈물을 참았다. "지원아, 너 진짜 괜찮은 거야? 은근히 걱정시킨다."

"괜찮아. 그냥 요즘 주변 모든 일이 너무 힘들어서. 그뿐이야." 알렉시스는 무슨 기분인지 이해한다는 표정으로 나를 바라보더니, 나를 끌어당겨 꼭 안아준다. 알렉시스가 정말 따뜻하다. 나는 그의 목을 안고 귓가에 속삭인다. "얼른 올라가서 다시 자. 내일 전화할게."

56

"너희 둘 중 조지 소식 들은 사람 없니?" 엄마가 시계를 보며 묻는다. 바보 같은 질문이다. 엄마가 조지한테 연락을 받지 못했는데 지현이나 내가 따로 소식을 들었을 리가 없잖아.

"나한테는 아무 얘기 없었는데." 내가 엄마를 쳐다보지도 않고 대답한다.

"나도."

엄마가 한숨을 쉰다. "오늘은 저녁 식사 시간에 맞춰서 집에 온다고 했었는데."

"아마 새 직장 찾느라 바쁘겠지." 지현이가 말한다. 엄마의 눈에 눈물이 고인다.

"나도 모르겠다." 엄마가 심드렁하게 말한다. "하지만 아무리 전화를 해도 받질 않아서. 괜찮은 걸까? 경찰에 신고라도 해야 하나?"

"아냐, 그건." 내가 말한다. "분명히 뭔가 급한 일이 있는 거겠지."

식탁 위에 차려진 저녁 식사가 빠르게 식어가는데, 우리는 침묵 속에 앉아 있다. 지현이의 뱃속에서 꼬르륵 소리가 울린다.

오늘 밤, 엄마는 불고기를 만들었다. 조지가 가장 좋아하는 한국 음식이다. 양념한 소고기에 볶은 참깨를 뿌리고 채 썬 양파, 마늘, 풋고추를 얹어낸 요리다. 보기만 해도 군침이 흐르지만, 지현이가 젓가락을 가까이 댈 때마다 엄마가 동생의 손을 찰싹 쳐낸다.

"조지가 올 때까지 기다려야지." 엄마가 말한다.

우리는 기다린다. 계속 기다린다. 된장찌개와 쌀밥에서 솟아오르는 뜨거운 김이 공기 중에 섞여 사라진다. 음식이 차갑게 식어갈수록, 나는 점점 더 화가 치민다. 고통스러울 만큼 긴 30여 분의 침묵이 흘러간 후, 완전히 지치고 허기진 지현이가 겨우 말한다. "우리 이제 *제발* 좀 그냥 먹으면 안 돼?"

엄마가 벌떡 일어나자 의자가 뒤로 밀려 벽에 부딪힌다. "난 그렇게까지 배고프지 않구나. 오늘은 일찍 들어가 자야겠어."

생각할 틈도 없이 내 입에서 말이 튀어나온다. "지금 뭐 하는 거야?"

엄마가 천천히 몸을 돌린다. 괴로운 표정에다, 두 뺨 위로 눈물 자국이 반짝인다. "뭐가?" 엄마가 속삭인다.

나는 분노로 떨리는 몸을 일으켜 엄마를 마주 본다. "내 말 들었잖아. 엄마한테 관심도 없는 남자 하나 때문에 왜 이러는 거야?"

지현이의 눈이 충격으로 커진다. "언니⋯⋯." 동생이 작게 소곤거린다.

나는 손을 흔들어 동생의 말을 끊는다. "한심해. 도저히 이해가 안 가. 지현이랑 나까지 이 난장판에 끌어들여 놓고는, 뒷수습은 우리한테 떠넘기고 있잖아. 엄마가 하는 행동이 우리한테 어떤 영향을 미치는지 신경도 안 쓰지? 엄마는 엄마밖에 몰라."

엄마의 입술이 파르르 떨린다. 그리고 뒤돌아서서 침실로 급히 들어가더니 문을 쾅 닫아버린다.

><:

우리 방에서 지현이는 베개를 가슴에 끌어안고 말한다. "언니가 그런 말을 했다는 게 믿기지 않아."

"왜? 넌 그렇게 생각 안 해?" 내가 날카롭게 쏘아붙인다. "뭐, 이제 너랑 조지랑 절친이라도 됐어?"

지현이가 자신 없이 더듬거린다. "아니, 난⋯⋯."

"그럼 뭔데?"

지현이는 터지는 눈물을 참느라 애를 쓰지만, 나는 신경 쓰지 않는다. 내가 느끼는 분노를 동생과 엄마가 이해할 때까지, 그들을 마구 휘젓고 흔들어대고 싶다. 얼굴을 일그러뜨린 채 침대 가장자리에 앉아 찍소리도 못하고 있는 지현이의 풀죽은 꼴이 보기 싫다. 동생이 뭐라고 입속으로 웅얼거리는데, 무슨 말인지 잘 알아듣지 못하겠다.

"제대로 말해봐!"

"청소하다가 소파 밑에서…… 사진을…… 하나 찾았는데."

나는 잠시 멈춘다. 치밀었던 화가 순간적으로 가라앉는다. "사진이라고?"

지현이가 고개를 살짝 끄덕인다. 지금 나한테 겁먹은 모습이다. 방금 동생에게 신경질적으로 소리를 질렀던 게 후회된다. "어디 보여줘 봐." 나는 말투를 부드럽게 고쳐 말한다.

지현이는 옷장 속으로 사라졌다가 손에 종이 한 장을 들고 다시 나타난다. 몇 번이나 접어서 구김이 가 있지만, 나는 그 종이의 정체를 바로 알아본다. 조지의 발표 인쇄본 대신 들어 있던 사진 중 하나다. 내가 조지와 함께 그 모든 흔적을 없애버릴 때 이 한 장은 놓쳤던 게 분명하다. 짧은 치마를 입은 동양 여자가 찍혀 있는 사진이다. 다리에는 분홍색 새틴 리본이 점점이 달린 얇은 흰색 양말을 신고, 상체엔 아무것도 입고 있지 않아 가슴과 유두가 드러난 모습이다.

"이게 대체 뭐야? 역겹다."

지현이가 불편한 표정으로 사진을 다시 가져가더니 정사각형으로 반듯하게 접는다. 그걸 옷장 뒤쪽에 깊숙이 밀어 넣고 이렇게 중얼거린다. "아마 조지 거 같아. 우리 없을 때 소파에서 포르노 사진 보나 봐."

"당연히 그 인간 거지. 그럼 누구 거겠어?"

지현이의 턱이 흔들리고 입술이 떨리는 모습이 우리 엄마를 똑 닮았다. 동생은 이제 대놓고 소리 내며 울고 있다. 숨을 쉴 때마다 딸꾹질을 반복한다. "앞으로 무슨 일이 일어날지 너무 걱정돼."

"걱정하지 마." 내가 말한다. 나는 이제 차분해졌다. "그냥 나만 믿어."

지금까지 내가 해온 일, 그리고 앞으로 하게 될 일까지, 그 모든 게 결국 우리 엄마와 동생을 위한 것이라는 사실이 더욱 확고해진다.

　　　　　내가 그들을 보호하지 않는다면, 누가 하겠어?

57

"지원, 우리 얘기 좀 할 수 있어? 제발?"

제프리다. 강의가 끝나자마자 그는 내가 앉은 자리로 서둘러 다가왔다.

나는 놀라지 않은 척한다. 제프리는 지난번 내게 말을 붙여보려 했던 때, 내가 조지의 롤렉스를 부쉈던 그날 이후 줄곧 나와 거리를 두고 있었다. 나는 자리를 뜨며 말한다. "말해. 뭔데?"

강의실을 우르르 빠져나가는 학생들의 무리를 제프리가 내 어깨 너머로 힐끔 쳐다본다. "우리 좀 더…… 조용한 데로 갈 수 있을까?"

나는 망설인다. "제발." 그가 애원한다. "1분만 시간을 내줘."

"알았어."

우리는 묵묵히 걸어서 캠퍼스 부지를 넘어 한적한 길로 접어드는 지점까지 도착한다. "도대체 어디까지 가는 건데?"

"곧 알게 될 거야." 제프리가 미소 짓는다. 나는 웃어주지 않고 무표정을 유지한다.

그는 어느 아파트 앞에 멈추더니 그 앞에 놓인 계단을 가리킨다. 차만 종종 지나다닐 뿐, 인적이 드물다. 먼저 콘크리트 계단에 털썩 주저앉은 제프리가 옆자리를 톡톡 두드린다. "앉아."

"됐거든. 여긴 누구 아파트야? 너희 집?"

"아니, 난 여기 안 살아. 우리 집은 저쪽으로 30분쯤 더 가야해." 그가 손가락으로 가리키는 지점을 따라가 보며, 나는 쏟아지는 햇빛 속에 눈을 깜빡인다. "밸리 쪽이야."

"누구 집인지도 모르는 건물 앞에 왜 앉아 있어야 해?"

"그냥 앉아, 지원. 날 믿어봐. 겁날 게 뭐 있어?"

"알았어." 나는 제프리 곁에 앉는다. 공간이 너무 좁아서 그와 무릎이 부딪힌다. 나는 다리를 움츠려 제프리와 거리를 두려 하지만, 그는 다리를 더 벌려 가까이 닿아올 뿐이다.

"이렇게 너랑 얘기할 기회가 생겨서 정말 기쁘다." 제프리가 입을 열기 시작한다. 그의 시선은 내 얼굴을 제외한 사방에 맴돌고 있어서, 나는 그가 무슨 말을 할지 걱정스럽다. "이 말을 어떻게 너한테 전하면 좋을지 계속 고민하고 있었는데, 쉽지 않네. 지난 몇 달 동안 너에 대해서 어떤 감정이 생기기 시작했거든." 제프리가 크게 숨을 들이쉰다. "사실 나 너를 정말 좋아하게 됐어, 지원. 평범한 친구 이상으로 말이야." 그가 스치듯 내 손을 잡으려 하자, 나는 곧장 뿌리치며 계단에서 일어나 버린다.

"미안." 내가 말한다. "난 너에게 그런 감정이 전혀 없어. 혹시 내 쪽에서도 그런 감정을 느낀다는 인상을 받았다면 미안해."

"그러지 말고." 제프리가 자리에서 벌떡 일어나며 말한다. "지금 내가 하려는 말만이라도 끝까지 하게 해줘."

"네가 오해하게 하고 싶지 않아."

"하지만 넌 나에 대해 거의 모르잖아. 난 너를 알아가려고, 또 내가 어떤 사람인지 너한테 알려주려고 정말 열심히 노력했어. 그런데 나한테 기회도 주지 않았으면서. 믿어봐, 지원. 만약 네가 내 마음을 받아주기만 한다면 분명히 너도 날 좋아하게 될 거야. 그럴 거라고 맹세해. 내가 백인이라서 안 되는 거니?"

"아냐! 그런 건 전혀 아니고……."

"나 꽤 괜찮은 사람이야, 모르겠어? 네가 아는 다른 남자들과는 달라. 너희 엄마 남자친구처럼, 아시아 여자만 밝히는 놈 아니니까 그런 쪽으론 걱정 안 해도 돼. 내가 얼마나 책을 많이 읽는지 너도 알잖아. 나는 인종과 성별에 관해 거론되는 거의 모든 주제를 상당히 심도 있게 공부했어. 특정 인종을 페티시로 삼는 건 억압의 한 형태지. 난 억압자가 아니야. 난 너의 동지, 앨라이라고! 널 향한 내 감정은…… 아니, 너에 대한 내 사랑은…… 인종을 뛰어넘는 거야. 나는 너라는 사람의 내면을, 있는 그대로의 너를 사랑해." 제프리는 손가락으로 내 피부를 쓸며 날 만지려고 한다. 나는 그를 밀어낸다. "더는 아닌 척 태연하게 지낼 수가 없어. 네가 겨우 몇 발짝 떨어진 자리에 있다는 걸 알면서, 너랑 한 강의실에 모른 척 있을 수가 없어. 우린 함께여야 해."

나는 비틀거리며 뒷걸음질로 계단을 내려오다 넘어져서, 땅에 손바닥을 세게 긁힌다. 머릿속이 찢어질 듯 아프고, 어떻게든 여기서 도망쳐야 한다는 생각뿐이다. 허겁지겁 일어나면서 나는 숨을 들이켠다. "아니, 제프리. 난 널 좋아하지 않아. 제발. 지금은 이런 얘기 못 들어주겠어."

나는 다시 캠퍼스 쪽을 향해 전력으로 달린다. 한 발짝 내디딜 때마다 관자놀이가 쿵쿵거린다. 등 뒤 어디쯤에서 제프리가 나를 쫓아오고 있는데, 그래서 더욱 빨리 달리느라 심장이 터질 것만 같다. 마침내 교정 안뜰까지 도착하고 나서야 나는 미끄러지듯 멈춰 서서 한참이나 빙빙 주변을 맴돈다.

제프리는 보이지 않는다. 빨리 더 많은 공기를 채우라고 내 폐가 비명을 지르는 것 같다. 나는 가슴을 들썩이며 몸을 굽히고 가방 속 물병을 찾아 손을 뻗는다. 하지만 내 배낭이 있어야 할 어깨가 허전하다. 나는 눈을 질끈 감는다.

나는 떨리는 몸으로 덤불 가장자리에 서 있다.

가방을 어디에 뒀지? 제프리한테 두고 왔나? 나는 뒤돌아서서, 아까 앉았던 계단이 어디였는지 기억해 내려고 노력하며 다시 그 자리를 향해 걷기 시작한다. 서둘러 빠져나오느라 어느 교차로를 지나왔는지 제대로 보지 못했다.

제프리를 달래려면 뭐라고 말해야 할지 머릿속으로 생각해 본다. 우리의 우정이 얼마나 소중한지 강조할 수도 있겠지. 아니면 사실 나는 뼛속까지 형편없는 사람이라고 설득해야 하나?

나는 의도적으로 사람들에게 상처를 입혀.
열두 살 때는 사촌의 게임보이도 훔쳤어.
나는 내 친구들을 속이고 이간질해서
그들의 진심을 이기적으로 이용했어.

기가 찰 노릇이다. 우리 학교를 둘러싼 아파트는 전부 비슷비슷해 보인다. 모두 벽돌 건물에다, 살짝 녹이 슨 적갈색 페인트로 칠한 마감도 똑같다. 블록마다 자카란다 나무가 줄지어 서 있고, 그 보랏빛 꽃잎들이 아스팔트 위를 카펫처럼 뒤덮고 있다. 눈에 익은 거리와 자동차들을 골라내려고 노력할수록, 비슷한 풍경들이 모두 겹치며 도저히 구별할 수 없는 하나의 덩어리로 뒤죽박죽 흐릿해진다.

그냥 포기하려던 순간 눈앞 교차로에서 협죽도 덤불 하나가 용케 눈에 들어온다. 그러니까 이 지점에서 몸을 돌려 왼쪽으로 걸어가면, 제프리와 앉았던 계단이 바로 여기에 있어야 할 텐데…….

나는 아까 그 장소로 제대로 찾아왔지만, 내 가방은 어디에도 없다. 나는 말문이 막힌 채 그 자리에 서 있다가, 조심스럽게 불러본다. "제프리? 여기 있니?"

그의 모습은 보이지 않는다. 나는 손으로 얼굴을 감싸고 다시 기억을 더듬어본다. 강의를 들으러 갔을 때는 분명히 배낭이 있었다. 그런데 제프리가 나를 궁지에 몰아넣었던 순간에는 가방을 갖고 있었는지 확실히 기억나지 않는다. 나는 발걸음을 되짚어 가려다, 협죽도 덤불 앞에 서서 잠시 생각에 잠긴다.

어렸을 때, 엄마가 협죽도를 조심하라고 일러준 적이 있다. 모든 부분에 독성이 있는 식물이라고 했다. "이건 만질 생각도 하지 마." 엄마는 손가락을 흔들며 엄숙하게 말했다. "잘못하다 죽을 수도 있어."

"어떻게?" 내가 물었다.

"한국에서 뉴스로 나온 적이 있어. 젊은 여자애랑 남자애가 소풍을 나왔는데 젓가락을 안 가져온 거야. 마침 근처에 있던 협죽도 가지를 꺾어서 그걸 젓가락 삼아 음식을 집어 먹었는데 그러고 나서 둘 다 죽었다지 뭐야. 협죽도 독이 올라서."

나는 엄마 말을 믿지 않았다. 분홍빛 꽃을 활짝 매달고 있는 나뭇가지가 너무 예뻐서, 독을 품고 있을 것 같지 않았다. 그래서 그다음에 지현이와 내가 협죽도를 스쳐 갈 때, 나는 인도로 늘어진 가지 쪽으로 동생을 떠밀며 말했다. "먹어봐." 내가 키득거렸다. "꽃에서 딸기 맛이 난다."

어린 지현이가 나를 빤히 쳐다봤다. 내 말이라면 홀라당 믿어버리는 이 순진한 녀석. 내가 동생을 다시 밀었다. "얼른! 뭐야, 너 겁쟁이야?"

지현이가 꽃잎을 입속에 막 넣으려던 순간 엄마가 그 모습을 봤다. 번개처럼 달려온 엄마는 내 동생의 손을 찰싹 쳐냈다. 어찌나 세게 때렸는지 지현이는 그만 울음을 터뜨리고 말았다. 그리고 엄마도 눈물이 그렁그렁해진 채 내게 몸을 돌렸다. 구겨진 종잇장처럼 주름이 가득하고 일그러진 표정이었다. "너는 어떻게 동생이 그런 짓을 하게 내버려둘 수 있니? 언니가 되어서, 동생이 위험해지지 않게 잘 돌봐야지!"

"난 몰랐는걸." 내가 시무룩하게 말했다.

"까딱하면 애 죽을 수도 있었어!"

나는 입을 다물고 지현이를 노려보았다. 어릴 때부터 동생은 툭하면 질질 짜는 어리광쟁이였다. 어쨌든 식물을 먹지도 않았는데, 뭐가 그리 큰일이라고? 나는 여전히 엄마 말이 사실인지 미심쩍었다. 하지만 바로 그때 엄마가 나랑 지현이를 한꺼번에 끌어안았고, 엄마의 익숙한 냄새가 우리 자매를 감싸안았다.

"너희 둘 다 정말 조심해야 해." 엄마가 말했다. "겉보기에 예쁜 꽃나무라는 건 엄마도 알아. 하지만 독은 어디에나 있어. 너희가 전혀 예상하지 못한 곳에도 말이야."

58

나는 사방을 살펴보았다. 내 배낭은 강의실에도 없고, 분실물 보관소에도 없다. 아예 처음부터 없었던 물건처럼 사라져 버렸다. 나는 내 부주의함을 탓하며 잃어버린 가방 속에 뭐가 들었는지 하나씩 떠올려 본다. 내가 즐겨 쓰는 펜, 지난 몇 년간 지현이 필통에서 몰래 훔쳐 쓰고 있는 연필 한 다발, 줄이 엉킨 이어폰, 휴대용 충전기 정도일까. 도서관에서 다시 프린트하면 되는 과제물 몇 장. 대체할 수 없을 만큼 중요한 건 아무것도 없는 것 같지만, 그래도 여전히 헤아릴 수 없는 상실감과 찜찜함이 느껴진다.

집에서, 옷장 속에 뒹굴고 있던 낡은 책가방을 찾아내고 지현이 연필을 한두 자루쯤 더 훔친다. 가방끈에 팔을 끼워 넣고 거울에 비친 내 모습을 본다. 볼품없긴 하지만, 당장은 이걸로 충분하다.

다음 날 학교에 도착해 보니 학생들 사이에는 팽팽하게 긴장된 분위기와 불안감이 떠돈다. 강의실에 들어서자마자 몇몇 사람이 침통한 표정으로 목소리를 낮춰 수군거리는 소리가 들린다. 알렉시스가 평소에 항상 앉곤 하는 앞줄 좌석에서 내게 손짓한다. 나는 서둘러 다가가 그 옆에 앉는다.

"무슨 일이래?" 내가 묻는다.

"1.5킬로미터 정도 떨어진 곳에서 또 다른 시체가 발견됐다는데. 우리 학교 학생이야." 내 뺨에 와 닿는 알렉시스의 숨결이 뜨겁게 느껴진다.

열기가 혹 돌아 살짝 따끈따끈해진 얼굴로 나는 알렉시스를 바라본다. "또 시체가?"

"어. 사람들이 슬슬 걱정하고 있어. 여기 다니는 학생들을 노리는 연쇄 살인범의 등장이라고. 학부모들이 학장한테 전화를 걸어서 교내 보안과 보호 조치를 강화해 달라고 요청하고 있다나 봐. 학장실 전화가 쉴 새 없이 울리고 있대."

"뭐? 완전 미쳤네." 내가 중얼거린다. 주변을 둘러보는데 등골이 오싹해진다. 거꾸로 모자의 시신이 이렇게 빨리 발견될 줄은 몰랐다. 적어도 며칠, 아마도 몇 주는 걸릴 거로 생각했다. 경찰이 어떻게 그놈을 이렇게 빨리 발견했던 거지?

알렉시스가 몸서리친다. "나도 잘못될까 봐 무서워."

"무서워할 것 없어." 내가 반사적으로 대답한다.

혈액. 지문. 네 DNA가 어디에나 남아 있어.

그들이 조금만 들여다보면 다 드러날 거야.

그리고 칼. 그걸 버려야 해.

LA 강물에 던져서 바다로 흘러가게 하자.

네 죄를 태평양 깊이 가라앉게 해.

이 생각은 내 마음에 작은 위안을 가져다준다. 내가 쓴 칼날이 물 밑으로, 아래로, 심해의 모래 속으로 가라앉아, 작은 게들이 종종걸음을 치며 드나드는 녹슨 집이 되고, 느릿느릿 춤추는 해초들 사이에서 잠든 물고기들의 보금자리로 남은 풍경. 상상속 그림에 더 집중하느라 내가 눈을 감고, 알렉시스도 강의실 앞쪽을 향해 몸을 돌린 순간 끔찍한 깨달음이 나를 후려치고 간다.

그 칼. 그게 내 가방 속에 들어 있었다.

><:

수업이 끝나자마자 알렉시스에게 잘 가란 인사도 없이 서둘러 강의실 밖으로 튀어 나간다. 당황한 알렉시스가 내 뒤통수에 대고 부른다. "지원아, 무슨 일 있어?"

나는 대답하지 않는다. 전력 질주로 주차장을 가로질러 정신 없이 차까지 뛰어가서, 문을 힘껏 비틀어 연다. 좌석 아래를 더듬어 만져보고, 차의 구석구석을 들여다보며 도무지 말도 안 될 법한 장소까지 찾아본다. 손에 오래된 먼지 부스러기와 머리카

락들이 묻어난다. 화석처럼 딱딱하게 굳은 감자튀김 한 개가 좌
석 커버 아래 박혀 있었다.

여기엔 없어.

나는 운전석에 앉아 손으로 머리를 감싸고 눈을 꾹 감는다.

열쇠를 돌려 시동을 걸고, 발밑에서 차체가 부드럽게 진동하
는 것을 느낀다. 뒤도 제대로 확인하지 않고, 요란하게 타이어
소리를 내며 주차장을 빠져나와 아파트 쪽으로 질주한다. 집에
는 가방이 없다는 걸 알면서도 너무 당황해서 거의 아무 생각도
할 수 없다. 신호등에 멈춰 설 때마다 사람들이 나를 빤히 쳐다
본다. 나는 정면에 시선을 고정한다.

내 왼쪽에 있는 차를 힐끔 쳐다본다. 운전하는 남자가 나를
전혀 신경 쓰지 않는다는 걸 확인하자, 빠르게 뛰던 내 심장도
조금 진정되는 것 같다. 하지만 그때 남자가 내 쪽으로 고개를
돌린다. 뭔가 인간이 아니라 로봇이 움직이는 것처럼 위화감이
드는 동작이다. 그리고 나를 보는 순간, 그의 눈이 커진다. 이 거
리에서도 그 눈의 광채가 얼마나 푸른지 똑똑히 보인다. 남자는
내게 차창을 열라고 손짓한다. 나는 고개를 저었지만, 그는 집요
하고 끈질기게 내게 손가락질한다. 점점 커지는 남자의 동공을
견딜 수가 없어 결국 창문을 내린다.

"살인자!" 남자가 쉰 목소리로 협박한다.

"아니야!" 내가 떨면서 말한다. "나는 아무 잘못도 하지 않았
어!"

"너는 살인자야." 남자가 재차 말한다. 이번에는 더욱 크고 위협적인 목소리다.

이 대화를 들은 사람이 또 있는지 확인하려고 나는 주변을 돌아본다. 공포가 그 차갑고 축축한 손가락으로 나를 사정없이 쥐어짜는 것 같다. 주변 차에 타고 있던 사람들도 고개를 돌려 우리를 지켜보고 있었다. 그들의 표정에는 전부 차가운 비웃음이 떠올라 있다. 그들의 입술이 달싹이며 같은 단어를 메아리처럼 반복한다. 살인자.

"아니야." 나는 신음한다. 문을 걸어 잠그고 운전석 깊숙이 몸을 가라앉혀 보지만, 그래봤자 아무 소용이 없다는 걸 나도 알고 있다. 끝났다. 모든 것이 다 끝났다.

내 뒤에서 빵빵대는 경적이 크게 울리고, 나는 그 소리에 깜짝 놀라 움츠린 몸을 펴고 바로 앉는다. 내 왼쪽 차를 바라봤지만, 운전자는 나를 보고 있지 않다. 사실은 아무도 나를 보고 있지 않다. 가만히 앉아서 방금 무슨 일이 일어났던 건지 곱씹어 보는데 또 다른 경적이 신경질적으로 울린다.

내 뒤에서 누군가가 고함친다. "빨리 안 가고 뭐 해, 새끼야! 너 때문에 다들 신호 놓치겠어!"

><

아파트에 돌아와, 나는 네 발로 엎드려 기어다니며 소파와 침대

밑을 샅샅이 뒤진다. 가방은 집에 없는 게 확실하다. 가슴에 맺힌 매듭이 점점 조여오는 느낌이다. 무릎을 꿇은 채 가만히 앉아 있는 내 몸이 덜덜 떨린다.

오늘 아침, 지현이가 내 물건을 뒤졌다는 식으로 툭 농담을 던졌다. 동생은 못 보던 팔찌를 차고 있었는데, 자세히 살펴보니 내 거였다.

"야!" 나는 지현이의 손목을 낚아챘지만, 동생은 팔을 비틀며 내 손아귀에서 빠져나갔다.

"이제 내 거지롱." 지현이가 나를 향해 혀를 날름 내밀며 말했다. "찾은 사람이 임자고, 잃은 사람만 손해지 뭐. 어차피 언니는 이거 쓰지도 않잖아. 언니 옷장에 재밌는 게 엄청 많지 뭐야……."

나는 서둘러 우리 방으로 가서, 옷장을 열고 지현이가 사용하는 쪽을 뒤져본다. 동생의 옷과 신발과 일기장까지 아무렇게나 한 무더기로 쌓여 있는 곳이다. 나는 먼저 지현이의 일기장을 펼치고 나에 대한 언급이나 내 가방에 관한 얘기가 나오는지 샅샅이 훑어본다. 놀라울 만큼 텅 빈 일기장에는 동생의 반 친구들이나 학교에 관한 생각만 몇 줄 끄적여 있을 뿐, 지난번에 슬쩍 살펴보았던 이후로 새롭게 추가된 내용이 없다. 나는 옷장이 완전히 빌 때까지 그 안에 쌓여 있던 물건을 어깨 너머로 하나씩 내던진다. 가방은 여기 없다.

나는 후다닥 일어서서 엄마의 침실로 달려간다. 조지가 여기와 있었던 게 일주일 전이니, 그때 그가 어떤 모습이었는지 기억해 보려 애쓴다. 거의 소파를 떠난 적이 없었던 것 같은 그의 태도는 조용하면서도 소극적이었고, 발치에 앉아 있던 엄마와 뭔가 대화를 나누기보다는 묵묵히 계속 TV만 보는 쪽이었다. 어쩌면 조지가 내 가방을 가져갔는지도 몰라. 아니면 엄마가. 하지만 엄마의 침실은 말끔히 비어 있고, 아파트의 다른 어느 구석에서도 가방을 찾을 수 없다.

나는 비명을 막기 위해 두 손으로 얼굴을 감싼다. 가슴이 터질 것처럼 꽉 조여든다. 머릿속에는 무슨 방법을 써서라도 내 가방, 그리고 내 칼을, 반드시 되찾아야 한다는 생각뿐이다.

59

그날 밤, 알렉시스가 내 가방을 뒤지고 있는 모습을 발견한다. 내 책상 위로 몸을 숙인 형상이 영락없이 알렉시스다.

"뭐 하는 거야?" 내가 묻는다.

"난 지원이 네가 무슨 짓을 했는지 알아. 그 칼을 찾아내서 경찰에 너를 신고할 거야. 그 방법밖에는 없어……."

"난 아무것도 안 했어!" 허둥지둥 다가서서 가방을 뺏으려고 했지만, 가방을 단단히 움켜쥔 알렉시스의 힘이 너무 세다. 그는 나를 노려본다. 활활 불타오르는 그의 분노가 생생히 느껴진다. 그제야 나는 알렉시스의 눈동자가 평소처럼 황금빛 꿀처럼 영롱한 갈색이 아니라는 것을 깨닫는다. 그의 눈은 파란색이다. 충격으로 두 손에서 힘이 빠진다.

"알렉시스?"

"이제 넌 다 끝났어, 지원아." 그가 윗입술을 말아 올려 이를 드러내며 비웃는다. 알렉시스의 손가락 사이에서 칼날이 번득이는 광채를 낸다. "내가 널 좋아하고 소중하게 여기는 줄 알았니? 난 처음부터 알고 있었어. 전부 다 알았지. 넌 네 정체를 숨길 수 없어. 넌 괴물이야. 내가 널 완전히 부숴버릴 거야."

"안 돼." 나는 바닥에 쓰러져 알렉시스의 다리에 매달린다. "알렉시스, 제발 그만해."

내 몸을 꽉 붙잡는 그의 피부가 얼음처럼 차갑다. 내가 그를 밀어내며 빠져나가려 안간힘을 쓰자, 칼이 땅바닥으로 굴러떨어진다. 알렉시스의 손톱이 내 팔에 박혀 파고든다. 피부가 찢어지며 피가 흘러나오지만, 나는 고통을 참으면서 어떻게든 땅에 떨어진 칼 손잡이를 움켜쥐려 사투를 벌인다.

내 위에서 알렉시스가 고대의 악마처럼 소름 끼치는 쉿소리로 고함을 치고 있다. 그 소리가 내 머리를 둘로 쪼개버리는 듯하다. "그만해!" 내가 비명을 지르지만, 이미 늦었다. 알렉시스의 고성이 내 귓가에서 윙윙 울리며 내가 종(鍾)의 몸통이라도 된 것처럼 안팎으로 나를 뒤흔든다.

멈춰야 해.

아무 생각도 없이, 나는 접힌 칼을 펴서 알렉시스의 가슴에 찔러 넣는다. 그의 입이 쩍 벌어지고, 눈에 고인 눈물 때문에 파란 눈이 한층 더 선명해진다. 알렉시스가 바닥에 허물어지듯 쓰러진다. 그 아래로, 끈적끈적한 핏물이 웅덩이가 되어 고인다. 나는 알렉시스 위로 몸을 웅크려 숙인 채, 그의 아름다운 얼굴을 내 손으로 감싸안으며 비명을 지른다.

"안 돼!!!"

내가 벌떡 몸을 일으키자, 지현이가 잠결에 손바닥으로 나를 내리친다. 동생은 뭔가 웅얼거리다가 곧 몸을 뒤집고 다시 잠에 빠져든다.

나는 지현이의 팔 아래 눌린 자세에서 빠져나와, 책상 위 충전기에 꽂혀 있던 휴대폰을 뽑아 들고 거실로 살그머니 나간다. 심장이 너무 크게 뛰어서, 그 소리에 머릿속의 모든 생각이 썰물처럼 떠밀려 빠져나간다.

한참 숨을 고른 뒤에, 알렉시스의 번호를 누르고 전화기를 귀에 바짝 갖다 댄다.

늦은 시간인데도 알렉시스는 전화를 받는다. "지원이니?" 잠에서 덜 깬 목소리로 말한다. 나는 크리스마스 무늬 파자마를 걸친 알렉시스가 비몽사몽 침대에 누워 있는 모습을 상상한다. 나도 모르게 침이 꿀꺽 넘어간다.

"네가 내 가방 갖고 있어?" 내가 묻는다.

"뭐?" 한결 또렷해진 목소리로 알렉시스가 되묻는다. "무슨 말이야?"

"가방이 없어졌어. 혹시 네가 갖고 있나 해서."

"그걸 왜 내가 갖고 있겠어?" 알렉시스의 어조는 무뚝뚝하고 퉁명스럽다. 열받은 게 틀림없다.

"나도 모르겠어. 내 생각엔……." 나는 손바닥으로 머리를 내리친다. "미안. 괜한 걸 물어봤어. 내가 바보야. 제대로 생각을 못 했어."

"가서 자, 지원아. 좀 쉬어."

"나한테 화났어?" 알렉시스가 아무 대답도 하지 않는다. "여보세요? 아직 듣고 있니?" 가슴이 내려앉는다.

"듣고 있어. 지원아, 화 안 났고. 그냥 좀 피곤해."

강의실에서 만난 알렉시스의 태도는 냉랭하다. 나는 알렉시스에게 사과하기 위해 말을 걸어보려고 하지만, 그는 아무 말도 없이 내 곁을 지나쳐 가버린다. 어정쩡하게 서 있는 나를 내버려둔 채, 알렉시스는 바쁜 걸음으로 모퉁이를 돌아 사라진다.

"내 진심은 그게 아니었어." 나는 멀어지는 알렉시스의 뒷모습에다 대고 작게 말한다.

무엇보다 사라진 칼의 행방에 대해서, 그리고 범인으로 잡힐지도 모르는 사태에 대해서 가장 크게 걱정해야 할 텐데 지금은 오직 알렉시스 생각밖에 안 난다. 알렉시스를 힐난했던 것이 후회막심하고 미안하지만, 동시에 씁쓸하기도 하다.

알렉시스는 네 친구여야 하는데.

널 이해해 주는 사람이라고 생각했는데.

그런데도 다른 사람들이랑 전혀 다를 바 없네.

60

모든 게 엉망진창이 되어가고 있다.

조지는 엄마의 연락에 간헐적으로만 응답했고, 게다가 결혼식 이야기만 나오면 대화를 거부하며 입을 꾹 다물었다.

"2주밖에 안 남았어요!" 얼마 전 밤에 엄마는 조지와 통화하다 거의 비명을 지르다시피 언성을 높였다. 엄마의 입에서 침방울이 튀어 공중으로 날아갔다. "결혼식장에 나타나긴 할 거예요?"

지현이는 친구 집에 가 있었고, 집에는 엄마와 나 둘뿐이었다. 나는 내 방 안에 틀어박힌 채, 지난번에 내가 공개적으로 엄마를 비난했던 폭탄 발언 이후로 쭉 그랬던 것처럼 엄마가 계속 날 무시해 주기를 바라고 있을 뿐이었다. 하지만 전화를 끊고 나서, 엄마는 방 안으로 들어와 내 무릎에 머리를 얹었다. 엄마의 눈에서 강물처럼 흘러내린 눈물이 내 바지를 완전히 적셨다.

우리 둘 다, 지난번 내가 엄마에게 던졌던 끔찍한 비난의 말에 대해선 전혀 언급하지 않았다. "요즘 상황이 너무 힘들어져서 미안하구나." 엄마가 말했다. "하지만 조지는 정말 좋은 사람이고, 우리에게 상처 주는 일은 절대 없을 거야. 걱정할 필요 없어. 아빠가 떠난 뒤로 우리 딸내미들이 힘들어했던 것 나도 알아. 하지만 엄마가 약속해. 결혼식만 무사히 끝나면 조지는 여기서 우리랑 같이 살 거고, 너랑 지현이에게 좋은 아빠가 되어줄 거야. 맹세해."

엄마가 그렇게 펑펑 울고 있지만 않았더라도, 나는 엄마에게 내겐 이미 아빠가 있다고 말했을 것이다. 그리고 그 아빠도 조지처럼 그냥 남자일 뿐이라고.

결국 이 모든 게 그들의 탓이라고 분명히 말했을 것이다. 엄마의 절망. 우리 가족의 해체. 살인. 이 모든 불행의 원흉이 다 그들이라고.

어쩌면 지현이 말이 맞을지도 모른다. 정말 저주 같은 게 씐 걸까. 보이지 않는 어떤 독성이 우리 핏속에 흐르고 있는지도.

61

나는 도서관의 공용 열람실에 앉아 있다. 접수대에서 빌린 노트북 화면을 코앞까지 끌어당겨, 근처 공사장들의 위치를 확인해보고 있지만 좀처럼 집중이 되지 않는다. 작은 소리에도 흠칫 놀라 나도 모르게 가만히 있지 못하고 움찔거린다. 과도하게 분출된 아드레날린 때문에 초조와 불안이 밀어닥치고, 손바닥은 식은땀으로 흠뻑 젖었다. 나는 화면에 뜬 글자들을 빤히 쳐다보며 같은 단어를 몇 번이고 반복해서 읽지만 도무지 머릿속에 내용이 들어오지 않고 나중에는 단어의 의미 자체가 끊어져 기호만 남은 이미지가 되어버린다.

내 가방은 어디 있는 거야? 그리고 칼은?

나는 내 손톱이 손바닥을 찔러 파고들 만큼 주먹을 꽉 쥔다.

즉각적인 육신의 통증이 내 주의를 분산시켜 준다. 아픔을 느끼는 이 감각이 없다면 나는 금방이라도 무너져 내리고 말 것이다. 내 몸이 수천 개의 작은 파편으로 부서져, 깨진 유리병처럼 바닥에 산산이 흩어지는 모습을 상상한다.

누군가 의자를 거칠게 빼내 내 맞은편 좌석에 앉는다. 철제 의자 다리가 바닥을 긁는 소리가 끔찍하게 거슬려서 내 몸이 움츠러든다. 나는 그쪽을 슬쩍 바라본다.

그 사람은 다름 아닌 제프리다. 그가 나를 향해 씩 웃고 있다.

"안녕." 그가 속삭인다.

나는 얼굴을 찌푸린다. "어."

"우리가 지난번에 얘기했던 거 생각해 봤어?"

"제프리. 난 진짜 너한테 그런 감정 없다니까."

내 옆자리의 여학생이 우리 쪽을 못마땅하게 바라보며 얼굴을 찡그린다. 조용한 열람실에서 제프리와 내 목소리가 너무 시끄러운 탓이다. 나는 노트북을 팔 밑에 끼고 자리에서 일어난다. 제프리도 재빨리 내 뒤를 따라온다. 사람이 거의 오지 않는 서가 구역에 들어설 때까지 내 뒤에서는 계속 제프리의 발자국이 들린다. 주변엔 온통 책장뿐이고, 천장의 조명이 워낙 밝아서 카펫 위로 그림자들이 길게 드리워진다.

"시도해 보지도 않았잖아." 제프리의 목덜미가 벌겋게 달아오른다. "시도도 안 해보고 무조건 거절하는 법이 어딨어."

"뭘 시도해 봐?"

"날 좋아해 보려는 시도! 난 그렇게 나쁜 사람이 아닌데, 넌 내가 무슨…… 변태라도 되는 듯이 무조건 거절하고 있잖아."

"누군가를 좋아한다는 건 강요해서 생기는 감정이 아니야, 제프리. 그런 식으로 되는 게 아니라고."

"난 아무것도 강요한 적 없어!" 제프리가 한 발짝 가까이 다가오자 나는 반사적으로 물러나다가 벽에 등을 부딪힌다.

"나는 최대한 배려하려고 했어. 우리 관계가 자연스럽게 발전하도록 온갖 애를 썼고. 그런데 지원, 네가 다 망쳐놨어!"

"내가 망친 게 뭐가 있다고……."

"아무것도 모르는 척 잡아떼지 마. 맨날 알렉시스랑 붙어 다니면서 시간만 나면 둘이서 노는 거 다 봤어. 원래는 나하고 보냈어야 할 시간이잖아. 네가 걔를 우리 사이에 끼어들게 한 거야. 우리가 함께 나눌 수 있었던 모든 걸 걔가 다 망쳐놨어." 제프리는 머리카락을 쓸어 넘기며 한숨을 쉰다.

모든 것이 퍼즐처럼 맞아떨어진다. 그동안 계속 누군가에게 감시당하고 있다는 생각이 들었다. 버스에 탔던 수상한 사람. 주차장에서의 사건. "너…… 여태까지 날 몰래 따라다녔던 거야?"

"당연하지. 널 보호해야 했거든. 네가 안전한지 확인해야 안심할 수 있었으니까. 사랑에 빠지면 그렇게 되는 거야, 지원."

나는 본능적으로 뒷걸음질한다. 머릿속에서 날카롭고 찢어질 듯한 경보음이 울린다.

"그만해." 내가 제프리에게 말한다. 등 뒤의 벽이 딱딱하게 등을 파고든다. "넌 날 사랑하는 게 아니야. 넌 나를 전혀 몰라."

"난 널 잘 알아, 지원. 네가 모르는 동안에도 계속 널 지켜보고 있었거든. 너에 대해 모르는 게 없어. 예를 들면, 공교롭게도 최근에 가방을 잃어버렸다는 것도 알고 있지."

"네가 가져갔어?" 나도 모르게 말을 더듬는다. "도대체 왜?"

"왜냐하면 너도 깨닫는 바가 좀 있어야 하니까, 지원. 너한테 좋은 선택이 뭔지 너 자신도 모른다면, 내가 직접 가르쳐줄 수밖에. 네가 그럴 자격이 있다는 걸 증명해 낸다면 네 물건을 다시 돌려받을 수 있어. 우리 집, 자물쇠를 채워둔 내 방에 아무도 손대지 못하게 잘 보관해 뒀지."

"너 미쳤어?" 내가 격분을 참지 못한 쉰 목소리로 대든다.

"지원, 그러지 말고. 우리 운명이 정해준 대로 함께 해피 엔딩을 맞자. 내가 널 도와주고 있잖아. 하지만 네가 협조하지 않으면 나도 어쩔 수 없어."

"네 도움 같은 거 필요 없어!"

제프리가 내 손목을 붙잡더니 꽉 움켜쥔다. 나는 울컥 눈물이 솟아오르는 걸 참기 위해 이를 악문다. 제프리는 나를 빤히 바라보더니 내 쪽으로 점점 몸을 기대온다. 그가 천천히 입을 벌리며 혀를 내밀자 그의 뜨거운 입김과 구취가 확 끼쳐온다.

우리 위쪽에 빨간 불빛을 깜빡대는 보안 카메라가 있다. 나는 그 카메라에 시선을 고정한 채 제프리를 뿌리치고 간신히 빠져나온다.

"너 이렇게 까다롭게 구는 짓 좀 그만했으면 좋겠는데." 제프리가 인상을 구기며 말한다. "하지만 네가 얼마나 충격을 받았을지 나도 아니까. 나는 이해심 많은 남자거든, 지원. 그러니까 차근차근 생각할 시간을 좀 줄게. 네가 다시 나한테 와줄 걸 난 이미 알고 있어." 그는 내 어깨를 스치듯 가볍게 두드리더니 자리를 떠난다.

손이 너무 떨려서 주머니 깊숙이 넣어둔 휴대폰을 꺼내려다 바닥에 떨어뜨릴 뻔했다.

내가 널 망가뜨려 버릴 거야.

62

사흘 동안, 엄마는 직장에 병가를 내고 집에 줄곧 틀어박혀 있다. 밤이 새도록 침대에 누워 한국 드라마만 본다. 결말에 이르면 주인공들이 전부 죽어버리는 슬픈 이야기뿐이다. 엄마는 마치 드라마 속 죽어가는 인물이 된 것처럼 매 장면마다 온몸을 부여잡고 훌쩍거린다.

만약 결혼식 당일이 아니라 지금 취소한다면 적어도 일부 금액은 환불받을 수 있을지도 모른다. 하지만 내가 그 얘기를 꺼낼라치면, 엄마의 감정이 상하지 않도록 아무리 부드럽게 돌려 말해도, 엄마는 벌컥 화를 내며 울음 섞인 목소리로 시끄러운 신세한탄을 늘어놓기 시작한다. 그래서 나는 결국 아무 말도 하지 않게 되었다.

지금도 엄마는 결혼식에 쓸 장식을 붙들고 있다. 엄마는 직접 수선한 웨딩드레스를 입고 한쪽이 찌그러진 면사포까지 쓴 채 TV 앞에 앉아 내내 종이꽃을 만든다. 간단하지만 생각보다 손이 많이 가는 지루한 작업이다. 먼저 철사를 왼쪽으로 한 바퀴 돌려서 첫 번째 잎의 형태를 잡는다. 그 윤곽을 따라 녹색 휴지로 감싸서 잎을 만든다. 그리고 철사를 오른쪽으로 한 바퀴 돌려 반복하면 두 번째 잎이 된다. 그 위쪽에서 철사를 중간 크기의 고리 다섯 개로 구부리고 분홍색과 보라색 휴지로 감싸 꽃봉오리처럼 보이게끔 다듬어준다.

　"단색으로 하기보다 두 가지 색을 함께 쓰면 입체감이 생겨." 엄마가 말한다.

　마지막에는 휴지로 감싼 꽃잎들이 흐트러지지 않도록 밑바닥 부분을 테이프로 고정한다. 테이프를 붙인 부분이 눈에 띄지 않도록 녹색 리본을 두르고 나비 모양 매듭을 지어 마무리한다. 솔직히 말하면, 이 종이꽃들은 처음 만들기 시작했을 때부터 이미 서툴고 조악하기 그지없는 모양새였다. 하지만 엄마가 그것들을 끌어안고 하염없이 눈물을 뚝뚝 흘려댄 탓에 얇은 휴지가 젖어 이제는 완전히 사용할 수 없는 상태가 되었다. 발밑에는 망가진 꽃송이들만 계속 쌓여가는데도, 엄마는 멈추지 않는다.

　엄마는 종종 내게 이 세상 그 누구보다 지현이와 나를 잘 안다고 말하곤 했다. "내가 너희 둘을 뱃속에 품고 아홉 달 동안 키워냈잖니." 엄마는 입버릇처럼 말했다. "지금 너희 몸의 모든 부분을 엄마가 만들어낸 거야. 너희가 누구를 만나든, 무엇을 하든, 너랑 네 동생을 가장 잘 알고 있는 사람은 이 어미일 거다."

어렸을 때는 이 말이, 엄마가 내 마음을 손바닥처럼 훤히 들여다볼 수 있다는 뜻인 줄 알았다. 실제로 엄마는 내가 거짓말을 할 때마다 귀신같이 알아차렸다. 내가 나쁜 짓을 저질렀을 때도 단번에 알아냈다. 그러나 한 해 한 해 나이가 들수록 나는 이 말이 엄마의 수많은 허위 중 하나라는 걸 깨닫게 되었다. 사실 엄마는 전혀 몰랐다. 만약 알았다면 이런 식으로 행동하지 않았겠지. 나를 아프게 하고, 슬프게 하고, 눈물 짓게 하는 일은 하지 않았겠지. 무엇보다도, 조지를 우리 집에 들이는 일은 절대 없었을 것이다.

63

엄마가 집에서 생선 요리를 하지 않은 지가 한참 되었지만, 오늘 밤에는 웬일인지 냉동 굴비 한 마리를 사 왔다. 주방 조리대 위에 둔 비닐 포장 속에서 누런 참조기가 나를 노려본다. 완전히 해동되고 나자 엄마가 팬에 생선을 던져 넣었고, 지글지글 구워지는 소리가 아파트를 가득 채운다. 나는 엄마 곁에 서서 생선 껍질이 갈색이 되도록 바싹하게 익어가는 모습을 지켜본다. 여느 때처럼 식탁 위에는 우리 세 식구 말고도 여분의 자리가 하나 더 마련되어 있다. 오늘 밤에는 쓰이지 않을 게 분명한 수저와 식기.

지난 며칠 동안 나는 조지의 아파트 앞을 몇 번이나 지나쳤다. 멀리서도 한눈에 알아볼 수 있는 그의 트럭은 항상 거기 주차되어 있다. 한두 번은 조지와 젠이 함께 있는 모습을 본 적도 있다. 그 남자는 항상 젠의 어깨에 팔을 두르고, 그 여자의 작은 체구를 반쯤 끌어안고 있다.

엄마는 유순하고 처량한 눈빛으로 발코니 창밖을 멍하니 바라본다. 그놈의 종이꽃을 죽어라 만드느라 거칠어지고 찢어져 피투성이가 된 엄마의 손가락이 내 눈에 들어온다. 엄마의 열 손톱은 완전히 뜯겨 나가 연분홍색 속살이 드러나 있다.

"엄마, 몇 숟갈이라도 떠야지."

엄마는 깊은 한숨을 내쉰다. 뺨이 홀쭉하다. 눈 밑도 거무스름하니 푹 꺼져 있다. 마치 심각한 병을 앓고 있는 사람처럼 보인다. 새삼 놀랄 만큼 엄마는 야위었다. 저러다 어느 순간 공기 중에 스며들어 흔적도 없이 사라져 버릴 것만 같다.

64

목요일 아침, 잠에서 깨어보니 아파트 전체가 섬뜩하리만치 고요하다. 지현이는 학교에서 주최하는 특별 과외가 있어서 평소보다 일찍 나갔다지만, 엄마의 방은 왠지 모르게 쥐 죽은 듯 조용하다. 오늘부터는 정상 출근 하기로 이 점장님과 약속했으니까 지금쯤이면 슬슬 머리도 손질하고 외출 준비를 해야 할 시간인데 말이다. 나는 살그머니 문 앞으로 다가가 방 안의 기척을 살피고 나서 문을 두드린다.

"엄마? 방에 있어?"

아무 대답이 없다. 갑자기 무서운 마음이 들어 문을 확 열어보니, 침대 위에 꼼짝도 하지 않고 누워 있는 엄마의 모습이 보인다. 창백한 안색으로 식은땀을 죽죽 흘리며, 천장을 멍하니 응시하고 있다. 내가 다시 엄마를 불렀을 때에야 엄마는 천천히 내 쪽을 돌아본다. 엄마는 울고 있었다.

"엄마?"

"이놈의 팔자가 뭔지, 나는 왜 이 모양 이 꼴이냐?" 엄마가 쉰 목소리로 넋두리한다.

"그게 무슨 소리야?" 엄마와 조심스럽게 거리를 유지하면서, 나는 엄마 침대 가장자리에 걸터앉는다.

"나한테 무슨 문제라도 있는 걸까? 인생살이에 왜 이런 흉한 일이 계속 일어나는지 모르겠다. 내가 무슨 뿔 달린 괴물 새끼, 마귀라도 되니?"

"말도 안 되는 소리 하지 마."

　　　　　　　　정말로 이 아파트 안에 괴물이 살고 있다면,
　　　　　　　　　　그건 다름 아닌 나겠지.

"그럼 조지는 왜 도망간 걸까? 또 네 아빠는 왜 떠났을까? 우리 부모님도 어린 날 두고 왜?" 엄마가 흐느낀다.

나는 입을 다물었다가 다시 연다.

"사실 나…… 요전 날에 조지를 몰래 따라갔었더랬다. 그 사람 아파트까지." 엄마는 눈을 질끈 감은 채 이야기를 계속했다. "거기서 조지가 어떤 여자랑 함께 있는 것도 봤어." 나는 손가락을 조금 움직여 엄마의 손을 잡았다. "그 여자는 나이도 한참 젊고, 어찌나 화사하고 예쁘장한지. 놀랄 일도 아니야. 그러고도 남겠지. 암, 그렇고말고." 엄마는 나지막하게 혼잣말하듯 중얼거린다. 풀죽은 엄마가 중얼대는 몇몇 한국어 단어들은 너무 빠르게 스쳐 지나가 나도 미처 알아들을 수 없다. "네 아빠에 대해 내가 전에 했던 이야기 기억하니? 사실은 그것도 엄마가 거짓말한 거였다."

"무슨 이야기 말이야, 엄마?"

"네 아빠가 나를 만나자마자 첫눈에 반했다고 말했었지. 그거 엄마가 꾸며낸 말이야. 사실은 전혀 그렇지 않았는데." 엄마는 마음 아픈 미소를 지어 보였다. "네 아빠를 만났을 때, 결혼하자고 먼저 설득한 쪽은 나였어. 당시 나는 아무런 장래가 없었고, 정체되어 갇혀 있는 듯한 삶을 어떻게든 새롭게 시작하고 싶다는 심정으로 절박했거든. 내 청혼을 받고서도 아빠는 별로 내키지 않아 했지만, 얼마 지나지 않아 엄마와 결혼하게 되었단다. 그때 나는 이미 미국 시민권을 가지고 있었고, 아빠는 그렇지 않았다는 게 아마 큰 요인으로 작용했겠지."

나는 이 충격적인 이야기를 듣고 말을 잇지 못한다. 지금 엄마가 어떤 기분인지 조금이나마 알 것 같다. 언제나 외톨이고, 항상 거절당하는 사람이 된다는 것. 이제껏 나는 누군가의 첫 번째 선택이었던 적이 없다. 엄마도 나보다는 지현이를 더 사랑한다. 아빠도 나보다 다른 사람이 더 중요하다고 여겼기에 우리를 저버리고 다른 여자를 선택했다.

나는 심호흡을 한다. "엄마, 이제 일어나야지. 오늘 신씨 아줌마가 차로 데리러 올 거라고 하지 않았어? 벌써 8시야. 15분 뒤에 도착하실 텐데."

엄마를 힘껏 침대에서 일으켜 화장실로 데려가서, 양치질을
도와주고 머리도 빗어 깔끔하게 한 갈래로 묶어준다. 어린 시절
아침이면 엄마가 나를 학교에 보내기 전에 이렇게 준비시켜 주
던 기억이 떠오른다. 지금 우리의 역할이 서로 뒤바뀌었다는 점
에서 웃음이 날 법도 한데, 오히려 감정이 마비된 듯 아무런 느
낌도 들지 않는다.

엄마가 신씨 아줌마의 차를 타고 떠나는 모습을 끝까지 바라
보며 손을 흔들어준다. 그들이 가자마자 나는 후다닥 위층으로
올라간다. 마지막 기말시험을 준비해야 한다. 혈관 속에서 맹렬
한 기운이 꿈틀대고 있다. 분노. 그보다 훨씬 더 격렬한 폭력. 벌
받아 마땅한 놈들을 응징하고, 정의를 실현하려는 욕구. 오늘
밤, 조지는 마침내 대가를 치르게 될 것이다.

65

오후 3시. 시험을 다 치른 학생들이 들뜬 모습으로 강의실에서 쏟아져 나온다. 내일이 기말시험 마지막 날이지만, 대부분은 나처럼 오늘이면 모든 학사 일정이 끝난다. 한결 홀가분해진 마음으로, 머리를 뒤로 젖힌 채 푸른 하늘을 바라본다. 조지의 눈동자 같은 하늘빛, 바다처럼 깊은 파란색. 푸른, 파란, 파랑.

벤치에 앉아 잠시 햇볕을 쬔다. 따스한 여름 공기가 내 얼굴을 어루만지도록 내버려둔다. 나는 조지를 처음 만났을 때 입었던 하늘하늘한 치마와 크림색 블라우스를 입고 있다. 여전히 좀 약 냄새가 은은히 나긴 해도, 몸에 닿는 느낌이 좋다. 얇은 치마 끝이 산들바람에 흩날려 다리에 가볍게 휘감기는 감촉이 상쾌하다. 유리창 앞을 지날 때마다 투명한 표면에 비치는 내 모습을 살펴본다.

무릎 위에 둔 휴대폰에서 신호음이 울린다. 조지의 메시지가
뜬다.

우리 오늘 저녁에 만나는 거 맞지?

응. 5시? 내가 답장한다.

그럼 이따 봐.

한 시간 뒤 벤치에서 일어난다. 다리가 뻐근하다. 차를 몰고
조지와 만나기로 약속한 커피숍으로 향한다. 참을 수 없는 흥분
으로 온몸이 떨린다. 주차장에 차를 세우고, 알렉시스 집에 갔을
때 훔친 수면제를 꺼낸다. 남아 있는 세 알을 모조리 빻아 고운
가루로 만든다.

커피숍은 어수선하다. 여럿이 모여 서성거리는 학생들도 많
은 데다가, 내부 장식도 독특하다. 눈을 가리고 무작위로 꾸몄나
싶을 정도다. 가게의 벽면마다 다양한 레코드판과 그림이 빼곡
하게 들어차 있다. 화풍이나 이미지가 제각각이다. 여물통에 코
를 박고 게걸스레 물을 마시는 돼지 한 마리를 그린 풍자화도 있
다. 그 그림을 보니 조지가 떠오른다.

공기 중에는 볶은 원두 향이 물씬 풍겨온다. 나는 깊게 숨을

들이마시며 그 향취를 즐긴다. 계산대에서 블랙커피 두 잔을 주문하고, 동전 한 움큼으로 계산한다. 곧바로 주문한 커피가 나온다. 김이 모락모락 피어오를 만큼 뜨겁다. 나는 평소에 봐왔던 조지 취향에 맞춰서, 크림 세 통에 설탕은 다섯 포까지 찢어 넣는다. 그리고 별도의 크림과 설탕을 한 줌씩 주머니에 넣고, 가게를 빠져나와 차로 향한다.

한쪽 커피에 수면제 가루를 붓자, 약한 거품이 일면서 분말이 밑바닥으로 가라앉는다. 나는 모든 입자가 완전히 녹을 때까지 꼼꼼히 젓고 나서 아주 조금 마셔본다. 혀끝에 쓴맛이 살짝 감돌긴 하지만, 조지가 알아챌 정도는 아닌 것 같다. 그래도 혹시 모르니 설탕 한 포를 더 뜯어 넣는다.

가로등이 깜빡거리며 하나둘 켜진다. 조지가 이제 곧 도착할 것이다. 나는 숨을 죽인 채 휴대폰 화면을 켜고 제프리의 번호를 누른다.

정확히 5시 1분에 조지의 트럭이 주차장 안으로 들어선다.

나는 조지가 주차하자마자 커피를 들고 그를 향해 돌진한다. 내가 번개처럼 조수석 문을 열고 앉아 약물이 잘 녹아든 커피를 조지의 손안에 밀어 넣었기 때문에, 그는 깜짝 놀랄 틈도 없이 얼빠진 상태다.

순간 귀신을 본 듯한 조지의 눈알이 머리에서 튀어나올 만큼 불룩해진다. 내 뱃속이 훅 뒤틀릴 만큼 매혹적인 색깔이다. 완벽해. 아주 맛깔스러워. 그 눈동자에 푹 빠져 있느라 내게 뭔가 다급히 묻고 있는 조지의 목소리가 아득하게 들린다. "아니, 제이더블유? 네가 여기 웬일이야?"

"우리 얘기 좀 해요."

"음." 조지가 당황한 표정으로 주위를 둘러본다. "나중에 해도 될까? 지금 당장은 내가 좀 바쁘거든. 몇 분 뒤에 누굴 만나기로 해서…… 그러니까…… 고객과 선약이 있어서 말이야."

"고객 없다는 거 알아요. 당신이 앱에서 만나기로 한 상대는 나예요."

"뭐라고?" 조지의 눈이 휘둥그레진다. "어떻게…… 어떻게 네가…….." 그가 말을 더듬는다.

"그냥 당신과 얘기하고 싶을 뿐이에요. 싸우러 온 게 아니라는 의미로 이렇게 커피도 사 왔잖아요? 그러니까 그냥 커피 한 잔만 해요." 갑자기 내 머릿속에 하얀 섬광이 번쩍이듯 날카로운 통증이 느껴진다. 나는 눈을 한 번 꾹 감았다 뜨며, 의식적으로 고통을 걷어내려 애쓴다.

조지는 말없이 침울한 표정으로 좌석에 등을 깊이 기대 앉는다. 엉거주춤 뻗은 그의 손에 들린 일회용 커피 컵은 여전히 그의 입가에서 멀리 떨어져 있다. 나는 내가 들고 있는 커피를 일부러 한 모금 크게 들이켜고 조지를 쳐다본다. 한숨을 푹 쉬면서, 조지도 결국 자기 커피를 한 모금 마신다.

"네가 지금 여기서 뭘 하려는 건지 설명을 듣고 싶구나, 제이더블유. 지금 대체 뭐 하자는 건지. 그러니까 나보고 골탕 좀 먹어보라고, 네 딴에는 장난이랍시고 이런 짓을 한 거니?"

"아니, 그런 게 아니에요." 관자놀이가 욱신거리는 게 느껴지지만 나는 무시한 채 대답한다. "다 설명할 수 있는데, 시간이 조금 필요해요. 일단 지금은 식기 전에 커피나 마시자고요."

조지의 목젖이 위아래로 흔들린다.

바보는 두 눈 멀쩡히 뜨고도 코를 베인다더니.

나는 창문에 기대 차가운 유리가 내 피부에 닿는 걸 느끼며 기다린다. "결혼식 일정은 어쩔 작정인지 얘기해 보고 싶었어요. 요즘 엄마 몸이 좀 안 좋아졌거든요. 최근에 엄마랑 대화는 해봤어요? 설마 결혼식 당일에 도망친다거나, 더 멍청한 짓을 하려는 건 아니죠?"

조지는 한숨을 쉰다. "그건 나와 네 어머니의 일이야."

"우리 엄마 일이 제 일이거든요."

조지의 표정이 흔들린다. 그는 노을 속에서 빨갛게 지는 해를 바라본다. 하늘에는 거대한 붓으로 그은 듯한 분홍빛 광선이 펼쳐져 있고, 그 빛 속을 반짝이며 지나가는 깃털처럼 부드럽고 얇은 구름이 조지의 맑은 연못 같은 홍채에 비쳐, 온 우주의 빛과 먼지가 그의 눈동자 안에 잠시 머물러 있는 것 같다. 조지와 너무 가까이에 있다 보니 그의 눈 주위와 홍채의 구석구석까지 빠짐없이 확실하게 보인다. 그의 눈매를 이루는 모든 선, 모든 고리, 살짝 파인 흠까지도. 피부 곳곳에 흩어져 있는 금빛 얼룩들. "이거 하나만은 확실하군." 조지가 어딘가 쓸쓸한 목소리로 말한다. "넌 좋은 딸이야, 제이더블유. 정말 착하고 순종적이지." 잠시 나는 그가 이러다 내 머리를 강아지처럼 쓰다듬을지도 모른다고 생각했다.

나는 고개를 털고 조지의 눈을 똑바로 바라본다. "당신은 나에 대해 전혀 몰라요. 아무것도."

"난 알아."

"아니, 진짜로 몰라."

조지가 손을 들어 올린다. 탄탄한 손바닥이 내 쪽을 향해 있다. "이것 봐, 나는 너와 논쟁하려고 여기 온 게 아니야. 네가 나를 여기로 데려왔잖아. 네가 떠나면, 나도 내 갈 길을 갈게."

아니, 넌 못 갈 거야.

네 행동이 가져온 결과를 마주해야지.

"하고 싶은 말이 또 있어." 내가 천천히 말한다. 머릿속에서 심장박동이 느껴진다. 쿵쿵 소리를 내며 크게 울려댄다.

"그래, 이왕 말 꺼냈으니 다 뱉어봐."

"당신이 나랑 내 동생에 대해 얘기하는 거 들었어."

"네가 무슨 말을 하는지 나는 전혀 모르겠다." 조지는 입술을 꾹 다물고 운전석 시트를 젖힌 채 몸을 기댄다. 그의 손이 팔걸이를 꽉 부여잡은 모습을 나는 슬쩍 바라본다.

"내 귀로 직접 들었거든." 이번에는 더욱 단호한 어조로 내가 말한다. "어느 날 집에 와보니까, 내가 온 줄도 모르고 누군가와 신나게 전화 통화를 하고 있었지. 진짜 역겨운 대화였어. 조지, 넌 더럽고 역겨운 사람이야."

조지가 나를 노려본다. "이런 근거 없고 일방적인 비난이 대체 어디서 튀어나오는 건지 모르겠네."

나는 피가 끓는 주먹으로 대시보드를 마구 내리친다. "넌 내 동생을 감히 '걸레 년'이라고 불렀어. 지현이가 아직 한참 어린 나이라는 거 알면서, 그렇지? 도대체 얼마나 망가진 인간쓰레기인 거야? 네가 평소에 우리를 어떤 식으로 훔쳐보는지도 난 이미 봤어. 우리를 하녀처럼 함부로 대하는 그 태도도. 넌 그래도 된다고 생각하는 이유가 대체 뭔데?"

조지는 이제 거의 재미있어하는 목소리다. "그러면 왜 여기까지 날 데려왔니? 나한테 훈계라도 하시려고?"

나는 어금니를 꽉 깨문다.

"그래, 제이더블유." 그가 말한다. 나는 조지의 대시보드에 떠 있는 시계를 힐끗 쳐다본다. 빨간 디지털 숫자들이 불개미 떼처럼 기어가고 있다. "들켰네. 난 남자야. 남자들이 다 하는 걸 나도 해. 이제야 알았다면 축하해. 이제 가도 되지?"

조지는 커피를 들고 내게 축배를 권하듯, 거의 제왕적인 우월의식으로 가득 찬 표정을 지으며 한참을 벌컥벌컥 마셔댄다.

내 자신감이 흔들린다. 절망의 감각이 짙어져 오는 게 느껴진다. 왜 제대로 안 된 거지?

갑자기 조지가 이마를 만진다. "어윽⋯⋯."

"왜 그래?"

"속이 굉장히 안 좋아. 토할 것 같아." 조지가 고개를 절레절레 흔들며 중얼거린다.

나는 조지의 등을 토닥여 준다. 축축하고 땀에 젖은 셔츠의 불쾌한 촉감 때문에 소름이 쫙 돋지만, 꾹 참고 몇 번 더 등을 쓸어내린다. "도와줄 사람 불러와야 하나?"

"됐어!" 조지가 쌀쌀하게 쏘아붙인다. 그 남자는 자기 머리를 손에 감싼 채 앞으로 고꾸라진다. 완전히 정신을 잃은 상태는 아니지만, 어지럽고 혼란스러워하는 건 확실하다. 그는 입을 쩍 벌린 채 숨을 헐떡이며, 시큼한 냄새가 나는 구취를 연속으로 내뿜는다.

"내가 대신 운전할 테니 우리 아파트로 가자." 내가 말한다. "괜찮아. 엄마한테 미리 전화해서 조지 몸이 안 좋다고 알려주면, 엄마가 잘 돌봐줄 수 있어." 우리 주변으로 손에 커피를 든 사람들이 지나간다. "게다가, 당신이 아끼는 이 멋진 트럭 안에다 토하고 싶진 않잖아, 그렇지?"

"맞아." 조지가 중얼거린다. 나는 서둘러 트럭에서 내려 운전석 문을 연다. 조지는 불안정한 걸음걸이로 휘청대며 차에서 내린다. 한두 번 크게 넘어질 뻔한 위험한 순간이 있었지만, 마지막 순간에는 스스로 몸을 일으킨다. 나는 조지가 조수석에 올라타 앉도록 도와주며 차 안으로 밀어 넣는다. 그리고 트럭 운전석에 앉을 때는 내 얼굴이 외부에 드러나지 않도록 조심한다.

"준비됐어?" 내가 조지에게 묻는다.

"으흠." 조지의 눈이 게슴츠레하다. 손을 뻗어 안전띠를 그의 몸 위로 팽팽하게 당기고, 버클을 채우자 만족스러운 딸깍 소리와 함께 잠긴다.

내 소중한 화물을 굳이 손상할 필요는 없지.

나는 조지를 태운 트럭을 운전해서 주차장을 빠져나온다. 백미러에 비친 엄마의 고물 혼다 자동차가 내 시야에서 멀어지면서 점점 작아지는 모습을 주시한다. 내 옆 좌석에는 조지가 머리를 축 늘어뜨린 채 앉아 있다. 그는 혼미한 정신을 추스르려고 안간힘을 쓴다. 나는 근처의 텅 빈 공사장으로 가서 인적 없는 잔디밭 위에 조용히 차를 세운다.

"여기가 어디야?" 조지가 어눌한 발음으로 중얼거린다. 그의 말은 거의 알아들을 수 없다.

"집." 내가 그를 향해 미소를 지으며 말한다.

조지는 아무 대답도 하지 않는다.

길 건너편에는 작은 주택들이 모여 있는 막다른 골목이 있지만, 우리 시야에서는 가려져 있다. 주택 단지와 공터 사이에는 울창한 잡목림이 가로막고 있어서 그 나무들 사이를 뚫고 온전한 시야를 확보하기란 불가능하다. 나무들이 빽빽하고 울창하게 자라나 있는 데다, 이쪽 길에는 변변한 가로등이나 조명도 없다.

완전히 어둡다. 제프리가 여기 도착하기 전에 빨리 일을 끝내야 한다.

몇 초 동안 가만히 앉아 짜릿하게 나를 뒤덮어 오는 흥분감을 음미하고 나서, 가방에서 엄마의 주방용 과도를 꺼낸다. 조지가 눈을 감은 채 누워 있는 조수석 위로 내 몸을 숙여 자세를 고정한다. 조지의 호흡이 얕게 느껴진다. 나는 그가 등을 대고 평평하게 눕도록 좌석을 완전히 젖힌다.

드디어 내가 그토록 고대하던 식사를 앞에 둔 만큼, 이제 속속들이 맛을 즐기며 먹어볼 참이다.

나는 조지의 눈꺼풀에 손끝을 대본다. 너무 따뜻하다. 종잇장처럼 얇은 피부 사이로 연약하게 뛰고 있는 그의 맥박이 느껴진다. 보송보송한 깃털처럼 촘촘한 속눈썹도 부드럽기 그지없다. 조지의 눈꺼풀 아래로 손톱을 찔러 넣고 안구의 매끄러운 감촉을 느끼자, 내 입술 사이로 신음이 새어 나온다.

나는 칼날 끝을 잘 조준하여 조지의 눈꺼풀 아래로 단번에 밀어 넣는다. 내가 절개한 부위를 따라 가느다란 핏줄기가 흘러내린다. 그러자…….

눈꺼풀이 날아간 채로 그의 눈이 번쩍 뜨인다. 나는 비명을 지르며 조수석 문에 등이 부딪혀 차 바깥으로 넘어지고 만다. 그 와중에 손에 쥐고 있던 칼도 그만 놓쳐버렸다. 칼이 땅바닥 어딘가에 떨어지고 나자, 솥뚜껑처럼 커다랗고 털이 북슬북슬한 조지의 손이 내 어깨를 단단히 붙잡고 내 몸을 흔들어 이가 딱딱

맞부딪힌다. 그가 정신없이 내지르는 포효는 내가 알아들을 수 있는 그 어떤 언어도 아니다. 찢어진 눈에서 뚝뚝 흘러나오는 피가 사방으로 어지러이 튄다. 조지는 앰비언 효과로 불안정한 상태였고, 그가 앞으로 한 발짝 비틀대며 나서다 제풀에 쓰러지면서 그의 무게로 인해 나까지 함께 바닥에 굴러 넘어진다. 조지가 내 몸 위로 떨어지자 내 뼈가 부서지는 소리가 난다.

"엄마!" 내가 숨을 쥐어짜 비명을 지른다. 나는 여기서 조지의 손에 죽고 말 거야. 조지는 내 숨통을 꽉 막은 채, 내 몸을 땅바닥에 패대기친다. 내 머리가 흙바닥에 거칠게 부딪힐 때마다 두개골이 조금씩 깨져나가는 느낌이 든다. 조지는 내 목을 조르면서 짧은 폭발음처럼 알아들을 수 없는 말을 식식대며 내뱉는다. 그의 오른쪽 눈구멍은 이제 완전히 피로 가득하다.

자동차 헤드라이트가 도로를 따라 황급히 다가오는 모습이 보인다. 시야가 점점 흐려져서 눈앞에 보이는 풍경 가장자리는 검게 탄 것처럼 어두워진다. 나는 숨을 헐떡이고 있다. 난 살아 있는 걸까? 저 차는 진짜 현실인가? 그 차가 날카로운 급정거 소리를 내며 우리 옆에 멈춰 서더니, 제프리의 울부짖는 고함이 내 고막을 찢는다.

"지원!" 제프리가 크게 외친다.

"여기야." 나는 마지막 힘을 다해 우리 옆쪽 바닥에 떨어져 있는 칼을 가리켰다. 제프리는 당황한 것 같지만, 잠시 후 손을 뻗어 칼을 집어 든다. 그리고 엉망진창이 되어 있는 나와 조지를 여차하면 덮칠 듯한 자세로 칼을 쥔 채 앞쪽으로 주춤주춤 다가온다. 내 목숨을 최후의 한 방울까지 쥐어짜 내는 데만 혈안이 된 조지는 제프리의 존재를 아예 인식하지 못하는 것 같다.

뭔가 둔탁하고 묵직한 물체가 쿵 부딪치는 소리가 난다. 조지의 손이 스르르 풀려나간다. 나는 숨을 헐떡이며 가능한 한 많은 공기를 들이마신다. 또다시 들리는 쿵 소리. 제프리가 휘두르는 팔이 계속 아래로 향하는 모습이 보인다. 그는 떨리는 손으로 칼이 아닌 돌멩이를 쥐고, 조지의 머리통을 내리치고 있다. 돌이 조지의 두개골에 맞부딪칠 때마다 단단한 타격음이 공중에 메아리치듯 울려 퍼진다. 무자비한 공격이 이어지던 어느 순간, 조지는 나를 완전히 놓아버리고 땅바닥에 미끄러지듯 쓰러져 두 손을 위로 올린다. 그러고 나서는 움직임을 완전히 멈춘다.

제프리는 땅바닥에 무너지듯 주저앉는다. 희미한 불빛 아래 비치는 그의 낯빛은 모든 색이 빠져나가 버린 듯 창백하다. 제프리는 바들바들 떨고 있다. 그의 입에서 내뱉어지는 숨결은 가쁘고 불규칙하다.

공기라는 게 이렇게 달콤한 것이었던가. 나는 입을 최대한 크게 벌리고, 한껏 그 공기를 삼킨다. 가슴속의 폐가 뻐근하게 확장되는 게 느껴진다.

순간 또 한 번의 날카로운 고통이 전기 충격처럼 내 머리를 관통한다. 나는 눈을 질끈 감고 통증이 지나가기를 기다린다. 왼쪽에서 가냘프게 흐느끼는 소리가 들린다. 제프리가 조지의 트럭 타이어에 기대앉아 울고 있다. 그는 땅에서 무언가를 집어 들더니 덤불 속으로 던져버린다. 제프리의 발밑에는 꿈쩍도 하지 않고 아무런 반응도 없는 조지가 축 늘어져 있다. 그의 몸 아래 깔린 잔디는 피로 흠뻑 젖었다.

저 멀리 어딘가에서 사이렌 소리가 들려온다.

모든 것이 새까맣게 어두워진다.

66

나는 깊은 구덩이의 밑바닥에 있다. 다리가 흙에 푹 파묻혀 움직일 수 없다. 누구든 도와달라고 외치려고 입을 벌리는데, 갑자기 구덩이 위쪽 가장자리에서 사람 머리 하나가 불쑥 솟아오른다. 너무 어두워서 이목구비도 거의 보이지 않는다. 나는 가늘게 뜬 눈으로 빤히 쳐다보다가 문득 그 사람이 조지라는 걸 깨닫는다. 그는 이마에 땀을 흘려가며 맹렬하게 흙을 파내고 있다. 어둠 속에서도 파랗게 빛나는 그의 눈동자는 숨이 멎을 만큼 아름답다. 삽으로 뜬 흙더미가 내 몸 위로 소나기처럼 쏟아져 내린다.

"그만해!" 내가 비명을 지른다.

그러나 조지는 내 몸이 거의 파묻힐 때까지 멈추지 않는다. 그리고 그가 다시 나를 내려다보는데, 다시 보니 조지가 아니라 제프리였다. 본래의 갈색 눈 대신 파란 눈을 가진 제프리. 나는 놀라서 숨을 헉 들이켠다. 흙먼지가 내 입안으로 들어와 혀와 목구멍까지 덮어버린다. 나는 팔다리를 마구 허우적거리며, 캑캑대고 기침을 하는데, 갑자기 엄마가 내 곁에 나타난다. 내 머리를 두 손으로 끌어안고 엄마가 흘린 눈물이 내 옆으로 고이며 주변의 모든 것이 젖어버린다. 다음 순간 나는 물속에 빠져 익사하기 직전이다.

"일어나, 지원아! 얼른 일어나!" 엄마가 말한다.

"엄마 미안해." 나는 중얼거린다. 이 모든 게 진짜가 아니라는 걸 알면서도, 여전히 나는 엄마를 만져보고 싶다. 엄마를 위로해주고 싶다. "좋은 딸이 못 돼서 미안해." 엄마는 너무 멀리 있고, 내 팔은 천근만근처럼 무거워서 전혀 움직일 수가 없다.

"그게 무슨 말이니?" 엄마가 부드러운 목소리로 말한다. "우리 딸이 최곤데."

꿈속의 엄마가 내 입을 다물게 한다. 그 눈빛에서 나는 경고의 의미를 읽는다. *더는 아무 말도 하지 마.* 엄마는 이렇게 말하는 것이다. 나는 입을 꾹 닫고 공허 속으로 완전히 빨려 들어가기를 기다린다. 하지만 아래로 가라앉는 대신 내 몸은 점점 가벼워지고, 나를 둘러싸고 있는 어둠은 밝아진다. 나는 혼란에 빠져 눈을 깜빡인다.

내가 죽은 건가?

나는 병원 침대에 누워 있다. 내 뒤에서부터 주기적으로 삑삑대는 알림음이 울린다. 몸을 일으켜 앉는데, 내 팔에 꽂힌 정맥 주사 링거 줄이 팽팽하게 당겨지는 느낌이 든다. 머리가 욱신거 린다. 손을 들어 머리를 만져보니 머리카락 절반이 완전히 깎여 나가고 없다. 면도하듯 깨끗하게 밀어버린 쪽에는 꿰맨 자국이 울퉁불퉁하게 도드라져 있다.

"지원아!" 엄마가 새된 비명을 지른다. 엄마는 나를 끌어안고 내 뺨에 계속 키스를 퍼붓느라 정신이 없다. "아유, 하느님 감사 합니다. 세상에, 정말 감사합니다!"

엄마 옆에는 지현이가 눈물범벅이 된 얼굴로 미소를 짓고 있 다. 동생이 내 손을 꼭 잡는다. 나는 주위를 둘러보며 정신을 차 려보려고 애쓴다. "무슨 일이 있었던 거야?"

엄마와 지현이가 서로를 쳐다보며 눈빛을 교환한다. "언니한 테 뇌종양이 있어." 동생이 부드럽게 말한다. "그러니까, 있었지. 지금은 제거했으니까."

나는 놀라서 입이 딱 벌어진 채 지현이를 바라본다. "뇌종양 이라고?"

지현이가 고개를 끄덕인다. "언니가 병원에 실려 왔을 때, 뇌 진탕이 의심돼서 MRI를 찍었어. 그런데 검사 영상에서 뭔가 다른 게 보였대. 그래서 바로 응급 수술을 해야 했어. 병원에서 는…… 언니가 수술 후에 깨어날 수 있을지 장담할 수 없다고 했어."

"무슨 말인지 이해가 안 돼."

지현이가 머뭇거리며 엄마를 힐끔 쳐다본다. "우리도 잘 몰라."

"내가 얼마나 오래 여기 있었는데?" 내 목소리가 쉬어 있다.

"4일째야."

"그리고 종양은? 혹시 언제부터 생긴 건지 말해줬어?"

"발병 시기는 추측하기 어렵대. 어쩌면 평생 갖고 있었을 가능성도 있고. 의사들도 정확히 모른대."

나는 눈을 감고 얄팍한 베개에 등을 기댄다. 감은 두 눈꺼풀의 어두운 안쪽에 푸른 구체가 아른거리고, 나는 그 이미지에 집중한다.

조지의 두 눈.

머릿속에서는 선명하게 떠오르지만, 그저 기억일 뿐, 그와 연결된 그 어떤 쾌감이나 욕망도 전혀 느껴지지 않는다. 열심히 집중해 봐도 아무 느낌이 없다.

이게 무슨 뜻이지? 내 안에서 희망이 보글보글 끓어오른다. 어쩌면 평생 머리가 깨질 듯한 고통을 견뎌내며 산다는 건 처음부터 내 운명이 아니었는지도 모른다. 어쩌면 나도 남들처럼 평범한 삶을 살아가도록 태어났던 건지도 모른다.

나는 엄마를 바라본다. "조지는 어딨어?"

엄마가 걱정스러운 시선으로 내 병실 문을 슬쩍 쳐다본다.

"살아 있어?"

"응." 엄마가 작게 속삭인다.

"언니 친구가 완전히 피떡을 만들어놨지." 지현이가 말한다.

"제프리는 내 *친구가* 아니야." 내가 쏘아붙이자 지현이는 깜짝 놀란 눈치다. 나는 목을 가다듬는다. "그래서 어디 있는데?"

어색한 침묵이 흐른다. 두 사람이 뭔가 말하기 어려워하고 있다는 게 느껴진다. 결국 엄마가 말한다. "넌 이제 안전해. 아무도 널 해칠 수 없어."

"그렇지만 진짜로 무슨 일이 있었던 거야?" 내가 묻는다.

"우리도 알아내려고 노력 중이야. 우리가…… 또 경찰이…… 알아낸 바로는, 언니랑 조지랑 제프리는 어느 버려진 공사장에서 발견됐어. 버몬트 외곽에 있는 곳이야. 조지가 깨어나자 경찰이 질문을 해보려고 했지만, 조지가 하는 말은 온통 횡설수설뿐이었어. 제프리는 언니가 거기서 만나자고 했다고 주장하고, 자기가 도착했을 때는 언니가 이미 조지랑 같이 있었대. 제프리 말로는 조지가 언니 목을 조르고 있어서, 언니를 보호하기 위해 어쩔 수 없이 조지를 쓰러뜨려야 했다고 해."

나는 내 목을 만져본다. 연한 피부가 여전히 부어올라 있다. 조지는 어느 병실에 있는지 궁금해진다.

"다행히도 마침 그 근처에 사는 사람이 개랑 산책하는 중이었어. 그 여자가 공사장에서 나는 비명을 듣고 경찰에 신고해 준 거야. 경찰이 도착했을 때는 언니랑 조지 둘 다 의식을 잃은 상태였고, 그리고…… 뭐, 경찰이 제프리를 체포해서 감옥에 넣었지." 지현이가 내 쪽으로 몸을 기울이며 속삭인다. "진짜 그런 일이 일어났던 게 맞긴 맞아? 언니가 조지랑 거기서 대체 뭘 하고 있었길래……?"

"지현아!" 엄마가 동생의 팔을 찰싹 때린다.

"언니 깬 거 알면 어차피 경찰이 와서 또 물어볼 텐데." 지현이가 말한다. "우리한테 먼저 얘기하는 게 낫지."

"지현이 말이 맞아." 엄마가 동생과 말다툼하기 전에 내가 말한다. "내가 먼저 조지한테 만나자고 했었어. 결혼식에 관해서 얘기하고 싶었거든." 엄마가 내 어깨에 손을 얹는다. "미안해, 엄마." 내가 엄마에게 사과한다. "내 맘대로 나서기 전에 엄마하고 먼저 의논했어야 했는데. 내 딴에는 엄마를 챙겨주려고 그랬던 거야." 엄마가 고개를 끄덕이며 보이지 않는 눈물을 닦아낸다. "하지만 조지가 도착하고 나서 내가 이것저것 캐묻기 시작하니까, 조지는 점점 더 화가 났고 결국 우리는 걷잡을 수 없이 감정이 격해져서 싸우게 됐어. 그러다 제프리가 나타났지."

지현이가 옆 탁자에서 내 휴대폰을 집어서 내게 건네준다. "제프리는 매일 하루도 빠짐없이 언니한테 전화를 걸고 문자도 보내오고 있어. 며칠 전에는 여기 오려고도 했는데, 간호사들이 막았어."

"누가?" 내가 혼란스러워하며 묻는다.

"제프리."

"감옥에 갔다며……."

"보석으로 나왔어." 지현이가 말한다. "경찰 말로는 제프리

쪽 주장을 반박할 증인이 없어서, 하루이틀 이상 가둬둘 수는 없다고 했어."

지현이의 폭로를 듣고 나서 우리는 침묵에 빠진다. 나는 내가 입원해 있는 병실을 둘러본다. 방은 텅 비어 있다. 창문조차 없다. 구석에 틀어박혀 있는 TV는 너무 작아서 과연 화면이 제대로 보일까 싶을 정도다. 한쪽 벽에는 내 옆방과 통하는 것처럼 보이는 문이 하나 있다.

><:

엄마는 지현이와 나만 병실에 남긴 채 어디론가 사라진다. 왠지 모르게, 동생은 그 때문에 화가 난 것 같다. "왜 그래?" 내가 묻는다.

"아무것도 아니야."

"나는 네 속까지 다 꿰뚫어 볼 수 있거든, 알다시피."

지현이가 입술을 깨물며 숨죽여 중얼거린다. "엄마 조지 보러 간 거야." 동생이 속삭인다. 온몸이 뻣뻣하게 굳는 느낌이 든다.

몇 분 후에 엄마가 돌아온다. 면회 시간이 다 되어 떠나기 전에 지현이가 내 가방을 건네준다.

"언니 전화기는 충전하고 있어. 뭐든 필요한 게 있으면 나한테 전화해. 우린 내일 다시 올게."

나는 두 사람이 갈 때까지 기다렸다가 침대에서 일어난다. 몸이 내 생각대로 움직이지 않는다. 한 걸음씩 내디딜 때마다 유리를 통과하는 듯 따끔따끔하고 위태롭다. 하지만 불타오르는 호기심이 나를 이끌어준다. 내 눈으로 직접 조지를 보고 싶다. 그가 어디 있는지 알아야 한다. 나는 내 팔에 연결된 링거대를 내옆에 바짝 붙여 끌고 간다. 비닐로 마감된 복도 바닥 위를 구르는 바퀴 소리가 시끄럽게 덜컹거린다. 나는 병동 안을 내려다보며, 벽을 따라 늘어선 병실 문들을 하나하나 살펴본다.

그 남자는 어디 있는 거야?

67

깊이 잠들어 있는 내게 한 쌍의 손이 다가와 내 목둘레를 감싼다. 손이 점점 세게 조여오더니 내 호흡을 차단하며 목을 조른다. 나는 필사적으로 빠져나가려고 그 손등을 마구 때리지만, 상대는 너무 힘이 세다. 그리고 내 눈은…… 왠지 모르겠지만, 뭔가 접착제 같은 걸로 붙여 놓은 듯 단단히 감겨 있다. 눈꺼풀 위로 끈적거리는 액체가 흘러내리는데, 도무지 눈을 뜰 수가 없다.

앞은 전혀 보이지 않지만, 나는 상대가 누군지 안다. 가쁜 숨소리. 돼지처럼 끙끙대는 신음. 바로 조지가 마침내 내 목숨을 빼앗으려는 것이다.

나는 손톱을 바짝 세워 조지의 손등을 찍어버린다. 그 남자는 고통스러운 비명을 지르며 나를 놓아준다. 나는 절망감 속

에서 미친 듯이 눈을 비벼대고 어떻게든 눈을 떠보려고 노력한
다…….

아니. 내 눈은 *이미* 뜨여 있어. 눈이 멀어서 보이지 않는 거야.
내 눈알이 있어야 할 곳은 텅 비어 있다. 내 눈알이 없어졌어. 내
앞쪽 어딘가에서 조지가 아작아작 이를 가는 소리가 들린다. 지
금 그가 내 눈알을 맛있게 씹어먹고 있다는 걸, 보이지 않아도
알 수 있다.

내 목구멍을 찢으며 비명이 터져 나온다. 나는 침대에서 벌떡
일어나 내 얼굴, 내 눈꺼풀, 내 눈알을 만져본다…….

전부 제자리에 있다.

그냥 나쁜 꿈을 꿨던 것뿐이야.

><

일주일 후, 깜짝 손님이 나를 찾아온다. 알렉시스다. 그는 나를
반갑게 끌어안고 기쁨의 환성을 지르며, 내 몸에 맞지 않는 병원
복과 내 머리 절반을 꿰매놓은 자국을 두고 호들갑을 떤다.

"이 말은 꼭 해야겠어, 지원아. 새로운 머리 모양이 진짜 잘
어울린다고." 알렉시스가 웃음을 터뜨린다.

"수술한 환자를 이렇게 놀리다니 믿기지 않네." 내가 짐짓 얼
굴을 찡그려 보이며 말한다. "못됐긴!"

"놀리는 거 아니거든." 알렉시스가 천진하게 말한다. "정말

마음에 들어. 뭔가…… 멋있잖아."

알렉시스는 내 옆의 푹신한 의자에 앉더니 등받이를 젖혀 내 쪽으로 여유롭게 몸을 기댄다. 나는 그의 길고 우아한 속눈썹을 감상하며 밤하늘에 별을 뿌려놓은 듯한 그의 주근깨를 하나하나 세어본다. "그래서…… 무슨 일이 있었던 거야?" 알렉시스가 묻는다. "나한테 얘기해도 되는 건가?"

나는 엄마와 지현이에게 했던 말을 그대로 알렉시스에게도 들려준다. 내 이야기를 들으면서 알렉시스는 놀라움을 감추지 못하고 입을 떡 벌린 채 연신 숨을 들이켠다. "완전히 미쳤다."

"그렇다니까."

"그 후에 제프리하고 대화해 본 적 있어?"

"아니." 내가 전화기를 집어 든다. "그런데도 걔는 나한테 매일 전화하고, 문자도 보내. 내 쪽에서 답장은 일절 안 하는데도 멈출 기색이 없네." 내가 알렉시스에게 화면을 보여준다.

괜찮아???

지원, 빨리 나한테 전화해 줘. 얘기할 게 있어. 경찰이 내가 뭔가 나쁜 일을 저질렀다고 생각한다니까.

여보세요??? 내 문자 보고 있어?

널 보러 가려고 했는데 병원에서 나를 들여보내 주지 않아. 내가 널 구한 사람이라고, 면회해도 괜찮다고 얘기 좀 해줄래? 제발.

알렉시스가 얼굴을 찌푸린다. "와, 세상에. 그냥 이쯤에서 차단해 버려."

"그래야 할까 봐." 내가 한숨을 쉬며 전화기를 내려놓는다. 불쾌한 기분을 떨쳐버리려는 듯 고개를 흔들었다.

"너도 쉬어야겠다." 알렉시스가 나를 바라보며 말한다. "난 이제 가볼게."

금방 다시 보러 오겠다는 약속을 들으면서도 막상 알렉시스가 돌아간다니 안타까운 기분을 감출 수가 없다. 하지만 그 역시 아쉽게 떠나는 모습을 보니 내 가슴에 따뜻한 온기가 퍼진다. 알렉시스가 나를 용서해 주었다는 것, 그리고 우리가 다시 친구가 되었다는 것이 진심으로 감사하게 느껴진다.

✂

하루에 네 번씩, 간호사가 알약이 가득 담긴 컵을 들고 내 병실을 방문한다. 그 남자는 매번 열정적이면서도 수다스럽게, 내 기분이 어떤지 그리고 아픈 정도는 어떤지 자세히 묻는다. 고개를 끄덕일 때마다 산산이 깨져 나간 유리 파편이 두개골을 뚫고 밀려 들어오는 느낌이 들지만, 나는 그의 쾌활한 태도에 맞추느라

이를 악물고 애써 명랑하게 군다.

나는 그가 주는 약을 전부 먹는 척하면서 사실은 알약 두 개를 몰래 빼돌리고 있다. 조그만 글씨로 R과 P라고 새겨진 작고 둥근 알약, 이 두 개는 남자 간호사가 병실 문을 나갈 때까지 혀 밑에 숨겨둔다. 그가 완전히 가버렸다는 게 확실해지면, 삼키지 않았던 알약 두 개를 뱉어 베개 아래 감춘다. 이 진통제가 뾰족한 유리 같은 통증을 뭉툭하게 없애준다는 걸 알지만, 지금 나에게 아픔이란 오히려 중요한 요소를 잊지 않도록 상기시켜 주는 역할을 하기 때문이다.

68

의사들은 이런 일을 겪고도 내 현재 상태가 매우 좋다고 말한다. "수술 후에 이렇게 빨리 회복하는 환자는 드물어요." 엄마의 얼굴에 햇살처럼 환한 미소가 떠오른다.

"우리 지원이는 남들과 달라요. 특별한 아이거든요." 엄마가 자랑스레 말한다.

"지금 회복 상태를 보니 집에서도 편하게 지낼 수 있겠어요. 한두 주만 있으면 다시 본인 침대에서 자게 될 거예요. 신나죠?"

나는 그 말을 거의 흘려들으며 건성으로 고개를 끄덕인다.

엄마는 나를 보러 올 때마다 화장실에 다녀온다거나 잠시 간식을 먹고 온다는 핑계를 대면서 자주 자리를 비운다. 하지만 지현이와 나는 둘 다 엄마가 진짜로 뭘 하는지 알고 있다. 그런데

도 우리는 모르는 척 딴청을 부리느라 둘만 남겨졌을 때 어색한
분위기가 커져만 간다.

의사들은 내가 워낙 회복이 빨라서 조금씩 밖에 나가서 신선
한 공기를 쐬어도 좋다고 허락해 준다. 엄마와 지현이는 내가 무
리하지 않는지 잘 지켜보라는 의료진의 엄격한 지시를 받는다.
"환자가 너무 많이 걷게 하면 안 됩니다." 그들은 내 얼굴 앞에
손가락을 흔들며 말한다.

정말 아름다운 날이다. 오랜만에 쐬는 바깥 공기는 상쾌하고
청명하다. 나는 머리를 뒤로 젖혀 하늘을 바라본다. 눈이 시릴
정도로 새파란 하늘이 쏟아지듯 눈에 들어온다. 이 병원 건물 어
딘가에 조지도 잠들어 있다는 사실을 생각해 본다. 그 남자의 눈
동자는 내가 기억하는 것만큼 파란색일까?

주변에는 같은 환자복 차림의 다른 사람들도 여기저기 돌아
다니고 있지만, 나는 그들을 무시한다. 우리는 산책로에서 벗어
나 덤불로 가려진 외곽 끝까지 걸어간다. 푸른 잎이 우거진 숲에
서 기분 좋은 바닐라 같은 꽃 냄새가 풍긴다. 나는 향기를 깊이
들이마시며 더 가까이 다가가 살펴본다.

협죽도였다.

><

나는 병실에서 나간 엄마의 모습을 창문 너머로 바라본다. 엄마

는 오른쪽으로 몸을 돌려 사라진다. 내 방 우측으로는 병실이 다섯 개 있고, 그 끝에 엘리베이터가 있다. 나는 건물 구조를 머릿속에 그려보려 노력한다. 조지는 나와 같은 층에 있을까? 아니면 다른 층에?

"물 좀 갖다줄 수 있어?" 나는 지현이에게 부탁한다. 동생은 내 옆에 있는 물통을 가리킨다. "싫어." 내가 불평한다. "찬물이 마시고 싶어. 얼음도 넣어서."

지현이가 자리에서 일어선다. "그럼 내가 가져올게. 또 필요한 건 없어?"

"뭔가 먹을 것도 좀 있었으면 좋겠다."

동생이 자리를 뜨자마자, 나는 침대에서 일어나 복도를 내다본다. 간호사 한 사람이 내 모습을 보더니 서둘러 다가와 묻는다. "뭐 필요한 거 있으세요?"

나는 고개를 내젓는다. "저희 엄마를 찾고 있었어요."

"제가 어머니께 전해드릴게요." 간호사는 어딘가 어색한 미소를 지어 보인다. 나는 간호사가 비켜주기를 기다리지만, 그는 내 병실 문 앞에 버티고 선 채 꿈쩍도 하지 않는다. "환자분, 지금은 쉬셔야 해요. 혼자서 돌아다니시면 안 됩니다."

"알았어요." 내가 발을 질질 끌며 침대로 돌아가는데, 옆방에서 귀에 익은 목소리가 들린다. 엄마다. 한껏 소리를 낮춰 조용히 이야기하고 있지만, 엄마라는 걸 바로 알아챈다.

이제야 모든 게 맞아떨어진다. 조지는 내 병실 바로 옆방에

있는 것이다. 두 병실을 연결해 주는 철문에 귀를 바짝 갖다 대
보니 엄마의 목소리가 더 또렷하게 들린다. 나는 문손잡이를 살
짝 돌려보지만 잠겨 있다. 손가락 마디로 문을 똑똑 두들겨본다.

"엄마?"

갑자기 엄마가 말을 멈춘다. 나는 다시 두들긴다. "엄마, 거기
있어?"

문이 열리는 소리가 들리더니, 살짝 열린 문 틈새로 인상을
찌푸린 엄마가 보인다. "지원아, 뭐 필요한 거 있니?"

"엄만 거기서 뭐 해?" 내가 문을 밀어 여는 순간 침대 위에 누
군가 누워 있는 것이 보인다. 조지다. 제대로 살펴보기도 전에
엄마가 황급히 들어와 문을 쾅 닫아버린다.

"네 동생은 어디 갔니?"

"물 좀 가져다 달라고 보냈어."

"아, 그래. 그렇구나." 엄마가 정신없이 말한다. "나는 네 병실
찾다가 길을 잃고 다른 방에 잘못 들어갔지 뭐니."

나는 미소를 지으며 엄마의 손을 토닥인다. "그랬겠지. 괜찮
아, 엄마. 걱정하지 마."

69

엄마와 지현이는 하루도 빠짐없이 나를 찾아와서, 면회 시간이 끝나 당직 간호사들한테 쫓겨나다시피 할 때까지 한참을 머물다 간다. 알렉시스도 일주일에 한 번은 병문안을 와준다. 올 때마다 다양한 간식거리를 몰래 들여오는데, 우리 둘이서 몇 분이면 완전히 거덜 내버리는 스웨디시 젤리 한 팩, 표면에 설탕을 두껍게 입혀 집에서 정성껏 만들어 온 브라우니, 시끄럽게 바스락대는 겉봉지 소리 때문에 가방에서 꺼내기도 전에 이미 그 정체를 맞출 수 있는 매운맛 치토스 등이다. 그 밖에도 이 병실에 여러 손님이 다녀갔지만, 의아하리만치 전혀 얼굴을 비추지 않는 유일한 사람은 바로 우리 아빠다. 나는 언젠가 아빠가 병실 문을 열고 들어오길 계속 기다렸지만, 단 한 번도 오지 않았다.

"아빠도 알아?" 내가 엄마에게 묻는다. 흠칫 놀라는 엄마의 얼굴이 유독 핼쑥해 보인다.

"뭘 알아?" 엄마가 딴청을 피우며 되묻는다. 엄마의 동요한 시선이 사방으로 흩어지는데, 내 눈과는 절대 마주치지 않는다.

"내가 여기 있는 거."

엄마가 묵묵히 고개를 끄덕인다. 꾹 다문 엄마의 입술은 얇고 가느다란 선이 되어, 입안으로 말려 들어가서 거의 보이지 않을 지경이다.

"그래서? 아빤 뭐래?"

"걱정하고 있대."

"그게 다야?" 나는 몸을 일으켜 침대에 앉는다. 엄마가 서둘러 의자에서 일어나 나를 도우려 한다. "됐어." 내가 쏘아붙인다. "다른 말은 없었어? 아빠는 왜 여태껏 날 보러 오지도 않아?" 무슨 일이 일어나고 있는지 미처 인식하기도 전에, 목이 꽉 메면서 커다란 울음덩어리가 가슴에서부터 불쑥 치솟아 올라온다. 어느새 서러운 흐느낌과 뒤섞인 채 훌쩍이는 말들이 내 입에서부터 시린 맹독을 품은 산(酸)처럼 뚝뚝 쏟아져 내린다. "왜 아빠는 나한테 아무 관심도 없는 거야?"

따스한 손이 내 등을 어루만진다. 나는 달콤한 딸기향이 나는 지현이의 익숙한 샴푸 냄새를 들이마시며 두 눈을 감는다.

"네 아빠는 지금 바빠." 엄마가 부드럽게 말한다. 등 뒤에서 내 몸을 받쳐주는 지현이가, 마치 어린아이를 달래듯 한껏 포근하게 나를 끌어안아 주는 동안 엄마는 다시 의자에 앉는다. 이어서 엄마는 자신의 거친 손을 물끄러미 내려다보며 한쪽이 깨져나간 손톱의 거스러미를 뜯는다. 뽑힌 피부 조직에서부터 배어나온 핏방울이 큐티클을 가득 채운다. 반사적으로 손끝을 입에 넣고 피를 쪽 빨아들이는 엄마의 뺨이 움푹 들어간다. "지원아, 네 몸이 더 좋아질 때까지는 말하고 싶지 않았는데……. 네 아빠, 아기를 가졌대." 고통스럽고, 끔찍한 침묵이 뒤따른다. 나는 지현이를 쳐다본다. 지현이도 나를 마주 본다. "축하할 소식이지 않니?" 엄마가 힘없이 말한다. "아들이래. 조만간 너희한테 남동생이 생기는 거야!"

><:

엄마와 지현이가 돌아가고 나서 한참 후, 나는 앉아서 창밖을 바라본다. 남동생이라. 아들. 아빠가 그토록 바라던 꿈이 드디어 이루어지는구나.

나는 지현이가 병실을 나가기 전에 괜찮으냐고 물었다.

"괜찮아." 지현이가 말했다. 나와 눈을 마주치는 걸 피하면서도, 동생은 내 목을 꼭 끌어안는다. "어차피 우리가 할 수 있는 게 아무것도 없는걸."

70

조지는 깊이 잠들어 있는 것처럼 보이지만, 내겐 더 좋은 방법이 있다. 그 남자를 보러 가기 직전에, 나는 그동안 몰래 모아두었던 옥시코돈⊙ 알약을 곱게 빻아서 크랜베리 주스에 녹여 넣는다. 그리고 조지의 입을 벌리고 그 액체를 흘려 넣으면서, 나는 지난 며칠 동안 생으로 참아왔던 내 모든 고통에 그만한 가치가 있었다는 걸 다시금 깨닫는다. 주스를 다 삼킨 조지의 호흡이 점점 느려지고, 조금씩 희미해지더니 결국 완전히 멈춰버린다.

도톰한 식사용 냅킨으로 단단히 감싼 칼 손잡이를 쥐고, 조지의 안구를 뽑아내는 작업을 하는 동안 나는 주변의 아무것도 건

⊙ Oxycodone. 아편 성분과 유사한 구조의 마약성 진통제. 중독성이 강하여 주의를 요하는 약물.

드리지 않도록 조심한다. 텅 빈 두 눈구멍에서 피가 솟아오른다.

흰 냅킨은 어느새 분홍빛으로 물들었다. 나는 한 걸음 물러서서, 나의 깔끔한 작업 솜씨를 잠시 감상한다. 내 손안에 구슬처럼 쥐어진 두 눈알의 무게감도 뿌듯하게 느껴진다. 모든 게 순식간에 끝나자마자 내부 철문을 통해 재빨리 내 병실로 돌아왔다.

오늘 저녁 간호사들이 내게 가져다준 식사는 닭고기 요리와 밥, 채소 수프, 그리고 체리 맛 젤리 한 컵이다. 나는 침대 가장자리에 앉아 밥그릇 한가운데를 오목하게 파고 조지의 두 눈알을 떨어뜨린다. 여전히 푸른빛을 간직한 홍채가 나를 말끄러미 바라본다.

포크와 나이프를 사용해 눈알의 흰자를 아주 조금 잘라낸다. 수란처럼 탱글탱글한 표면이 터지면서 투명한 액체가 새어 나온다. 나는 한 입 먹어본다.

입속에서 말 그대로 천국이 펼쳐진다. 내가 기억하는 그대로의 맛. 짭조름하면서도 은은한 단맛이 감돌며, 마치 소의 신선한 생간 요리를 먹을 때처럼 살짝 비릿하게 톡 쏘는 감칠맛으로 마무리된다. 눈알 전체를 입술 사이로 쏙 빨아들여 한 번에 다 깨물어 먹어버리고 싶다는 유혹에 저항하느라 무진 애를 쓴다. 먹고 싶다. 삼키고 싶다. *마음껏 탐닉하고 싶다.*

그럴수록 나는 더욱 천천히 세심하게 이 모든 순간을 조절해야 한다.

밥 한 술을 크게 떠서 입에 가져간다. 깊고 진하게 퍼지는 맛

사이에서 잠시 숨을 돌리게 해준다. 나머지도 작은 조각으로 잘라 최대한 아껴 먹으면서, 환상적인 그 별미를 조금도 낭비하지 않고 알뜰하게 맛본다.

접시에 남은 음식이 한두 숟갈밖에 남지 않았을 때쯤, 나는 내 전화기를 집어 들고 부재중 전화 목록을 쭉 훑어본다. 모두 제프리가 걸어온 전화다. 제프리의 번호를 누르고 신호음에 귀를 기울인다.

"제프리?" 내가 말한다. "나 지원이야. 잠깐 얘기 좀 할 수 있어?"

71

병실 문을 두드리는 소리가 들린다. 창문 너머로, 유리를 통해 내부를 훔쳐보려는 제프리가 보인다. 나는 냅킨으로 입을 닦으며 그를 향해 안으로 들어오라고 손짓한다.

방금 저녁 식사를 마친 참이다. 배가 불러 든든하다. 지금까지 살면서 이렇게 느긋하고 만족스러운 기분은 처음 느껴본다. 그리고 드디어 나를 만나게 된 제프리는 흥분한 기색이 만연하다. 더없이 진지한 표정이 그의 얼굴에 떠올라 있다.

"지원, 이렇게 보니까 너무 좋다!" 제프리가 환하게 웃는다. "내가 여기 오는 거 간호사들한테 들키면 바로 쫓겨나서, 당직 데스크에 아무도 없을 때를 기다렸다가 몰래 들어와야 했어……. 와, 이게 뭐야?" 내 접시에 남아 있는 붉은 얼룩을 보며 그가 묻는다. "맛있어 보인다." 내가 들고 있는 유리잔을 보고서는 얼굴을 찡그린다. "너 환자인 주제에 와인 마시는 거야? 그래도 괜찮아?"

"크랜베리 주스야."

"아. 그렇구나." 제프리는 한 걸음 더 다가와 은근슬쩍 내 어깨를 꽉 쥔다. 나는 말없이 그의 손을 치운다. "네가 전화해 줘서 정말 기뻐. 계속 면회 오려고 했었는데, 경찰들 말로는 내가 너한테 접근하는 게 금지되어 있다고 하더라고. 진짜 보고 싶었어, 지원. 진심이야, 맹세해도 좋아."

"맹세 안 해도 네 말 믿어. 본격적으로 얘기하기 전에, 일단 이것들 좀 치워줄 수 있어? 여기 이대로 놔두면 불편하거든. 편안하게 말하고 싶어서." 나는 뻣뻣하게 움직이며, 내 무릎 위에 놓인 쟁반과 접시들을 가리킨다. "이거 좀 들어서 저쪽에 갖다 놓아줄래? 아, 그리고 이 나이프도 같이." 제프리가 자연스럽게 칼의 손잡이 부분을 잡는다.

나는 제프리가 모든 것을 옆으로 치우는 모습을 지켜본다. 그는 접시를 내려놓자마자 곧장 내게 돌아와서 의자에 앉는다. "있지, 전화해 줘서 진짜 고마워. 상황이 완전히 미쳐 돌아가고 있어서 말이야. 경찰은 공사장에서 대체 무슨 일이 일어났는지 계속 나를 심문하면서, 내가 널 도와줬다는 말도 별로 안 믿는 눈치였어." 제프리가 내 손을 그러잡는다. 나는 그에게 손을 잡힌 채 잠시 기다렸다가 이내 그 손을 떨쳐낸다. "나는 괜찮은 남자야, 지원. 저질스러운 사람이 아니라고. 계속 너한테 얘기했던 것처럼. 나한테 딱 한 번만 기회를 주면 돼. 게다가……." 그가 자랑스레 가슴을 부풀리며 말한다. "지원, 넌 나한테 크게 빚진 셈이잖아. 내가 그 남자한테서 널 구해냈으니까."

"맞아, 그랬지." 내가 고개를 끄덕인다. "그래도 아직…… 난 너무 무섭고 걱정이 돼서." 내가 목소리를 낮추고 시선을 내리깐다.

"왜? 뭐가 걱정인데?"

나는 벽에 있는 철문을 몸짓으로 가리킨다. "조지 때문에. 그 남자, 바로 저기 있어. 꿈을 꾸면 그가 나한테 했던 짓이 계속 떠올라서……." 나는 내 목을 만지며, 누군가 내 목을 조르는 것처럼 울컥 흐느끼는 소리를 토해낸다.

"뭐라고?" 격분한 제프리가 자리에서 일어선다. "지금 장난해? 그놈이 지금 네 옆방에 있다고? 경찰도 병원도 다 미쳤네. 나는 쫓아내면서, 왜 그 새끼는 여기 있게 하는 거야? 그놈이 너한테 한 짓을 다 알고도?"

"끔찍해. 그 남자가 이렇게 가까이 있다는 걸 아니까, 밤에는 잠도 제대로 못 자." 나는 입술을 깨물고 솟구치는 눈물을 애써 참는 척 혼신의 연기를 펼친다.

"안 돼." 제프리가 고개를 젓는다. "이건 절대 옳지 않아." 그가 옆방과 연결된 철문을 향해 돌진한다. 그리고 제프리가 거칠게 문손잡이를 비틀어 여는 순간, 나는 내 침대 옆에 있는 응급

호출 버튼에 손을 갖다 댄다.

곧이어 옆방에서 깜짝 놀라 숨을 크게 들이켜는 소리가 들린다. 내 침대에서는 제프리가 보이지 않지만, 그가 지금 조지의 피투성이 시신과 머리에 뚫린 구멍을 바라보고 있다는 걸 알 수 있다. 벼락 맞은 나무처럼 몸을 떨면서, 자신의 눈에 비친 이 공포의 현장이 대체 무슨 의미인지 이해하려고 애쓰는 제프리의 모습이 안 봐도 눈에 선하다. 하지만 그에게는 시간이 별로 없을 것이다. 내가 이미 새된 비명을 지르기 시작했으니까.

72

나는 경찰 여러 명이 제프리에게 수갑을 채워 연행하는 모습을 지켜본다. 제프리는 그들에게 계속 말을 걸며, 변명하고 회유하느라 입을 쉴 새 없이 놀리고 있지만, 경찰은 그를 철저히 무시한다.

곧이어 경찰은 하얀 천이 덮인 조지의 시신도 운반해 간다. 경찰관 중 젊은 남자 한 명이 내게 다가와 말을 붙인다. 음울한 표정을 보니 그도 시신의 상태를 직접 본 게 분명하다. 아마 그 남자가 죽을 때까지 결코 잊지 못할 장면이겠지. "충격이 크시죠. 사실 몇 가지 질문을 드려야 하는데, 혹시 지금 말씀하기 어려우시다면……."

"아니에요, 말할 수 있어요. 그런데…… 조지는 괜찮은가요?"

경찰이 나를 향해 안타까운 표정을 지어 보인다. "조지 테일러 씨는 사망하셨습니다." 그가 말한다. "정말 유감입니다."

"세상에. 세상에. 어쩌면 좋아. 우리 엄마한테도 누가 알려드렸나요?" 내가 경악하며 쉿소리를 낸다.

"아직 말씀드리지 못했습니다. 곧 전해드릴 거예요. 어디 다친 곳은 없으십니까?"

"아니요. 저는…… 저는 자고 있었어요. 그런데 깨어나니까, 제프리가 칼을 들고 제 머리맡에 서 있었어요. 저를 협박했어요. 자기가 방금 조지한테 했던 짓을 저한테도 할 거라면서……." 나는 몸서리를 친다. "완전히 미친 사람처럼 굴었어요. 그래서 제가 그때 호출 버튼을 눌렀고요."

경찰관이 투명한 비닐백을 들어 올린다. 내 나이프가 들어 있다. "이게 뭔지 알아보시겠습니까? 제프리 밀러 씨가 이걸로 당신을 협박했나요?"

나는 고개를 끄덕이고 이어서 목소리를 낮춰 속삭인다. "제프리가 조지한테 무슨 짓을 한 건가요? 설마 그걸로 조지를 찔렀나요?"

경찰관은 잠시 머뭇거린다. "그에 대해서는 제 권한상 지금 당장 확정해서 말씀드리기 어렵습니다." 그가 말한다. "하지만 이것만큼은 확실히 밝히고 싶은데요. 제프리 밀러는 당신이 그에게 전화를 걸어 여기서 만나자고 했다고 주장하고 있습니다. 오늘 저녁에 벌어진 사건과 자신은 무관하고, 전혀 아는 바도 없다면서요. 밀러가 본인 휴대폰을 보여주었는데, *실제로* 오늘 밤 9시 47분에 당신이 그에게 전화를 걸었던 기록이 있었습니다. 이와 관련하여 뭔가 기억나는 것이 있으신가요?"

"네." 내가 말한다. "제프리는 매일 일방적으로 저한테 전화를 걸어오고 있었어요. 가끔은 하루에 열 번, 스무 번씩 전화할 때도 있었고, 문자 메시지는 수백 통이 넘었고요. 너무 부담스러웠어요. 그래서 오늘 제가 전화를 걸었던 건, 제발 그만 연락해달라고 부탁했던 거예요. 그런데 그게……. 제가 그를 자극했던 게 실수였나 봐요." 나는 눈을 꾹 감았다. "간호사 선생님들께 들으셨는지 모르겠지만, 매주 제프리는 저를 보겠다며 막무가내로 병원에 찾아오기도 했어요. 하지만 그때마다 병원 측에서 막아줬죠. 세상에. 이걸 어떡해……. 혹시 제가 괜한 짓을 한 걸까요? 제가 입 다물고 가만히 있기만 했어도, 조지는 아직 살아 있었겠죠?"

"아닙니다, 임지원 씨. 당신 잘못이 아니에요. 제가 봤을 때는 밀러 씨의 정신 상태가 불안정하고, 극도로 난폭하며 반사회적인 성향을 지닌 걸로 보입니다. 당신이 그 남자에게 무슨 말을 했든지 상관없이, 이런 종류의 사건은 일어날 수밖에 없었습니다. 절대 자책하지 마십시오." 경찰관이 한숨을 쉬며 자리에서 일어선다. "시간 내주셔서 감사합니다. 또 질문드릴 게 생기면 다시 연락드리겠습니다."

그 경찰관이 다시 내게 연락하는 일은 없을 것이다. 내가 조지를 죽일 때 썼던 칼은 제프리의 지문으로 뒤덮여 있다. 경찰이 그의 집을 수색하면 또 다른 살인 흉기도 발견하겠지. 제프리가 자기 방 안에 감춰두었다는 내 가방 속의 주머니칼. 그 칼은 내가 앞서 살해했던 희생자 세 명의 사건과도 법의학적으로 일치하는 주요 증거물이 되겠지. 그리고 그동안 제프리가 계속 나를 미행하며 따라다녔으니, 수사관들이 그의 휴대폰 위치를 추적하면 살인이 발생한 장소 근처마다 그가 배회하고 있었다는 사실도 밝혀낼 수 있을 것이다. 밸리에 있는 제프리의 집과는 매우 동떨어진 장소들이다. 공들여 생각할 필요도 없이 명명백백하게 해결되는 연쇄 살인. 범인 확정, 수사 종료.

73

조지와 함께하며 겪은 모든 일에도 불구하고, 엄마는 그 남자의 죽음에 넋이 나가 있다. 내 옆에 앉아 있는 동안 엄마는 계속 흐느끼며 조지를 애도한다. 지현이와 나는 엄마가 우는 걸 조용히 지켜보며 침묵한다.

우리 가족에게 일어난 일을 두고 엄마를 탓했던 내가 잘못되었다는 걸 이제야 알게 되었다. 그리고 지금은 엄마의 슬픔에 반감을 갖지도, 엄마를 원망하지도 않는다. 그것은 오랫동안 축적된 나약함이나 무력감에서 비롯된 것이다. 엄마는 본인의 인생에 남자들이 끼어들어 마음대로 자신을 통제하고, 무엇을 해야 할지 명령하고, 삶의 방향을 좌우하는 중요한 결정들을 대신 내리도록 허용했다. 그러니까 그들이 없으면 엄마도 길을 잃고, 망망대해를 표류하는 상태가 되어버린다.

우리 엄마는 너무 유약해서 자신을 보호할 수 없고, 내 여동생은 아직 너무 어리다. 하지만 나는 약하지도 어리지도 않다. 의사들은 내가 매일 더 강해지고 있다며 경탄한다. 내가 이미 얼마나 강한 존재인지, 그들은 생각조차 못 하겠지. 한두 주만 더 지나면 나는 순조롭게 퇴원할 것이다. 그러면 이 모든 일에 책임을 져야 할 사람, 궁극적인 원흉을 직접 찾아가 보려 한다. 바로 아빠라는 자.

나는 그가 우리에게 저지른 모든 일의 죗값을 물어 그를 처벌할 것이다. 내 어머니에게, 내 여동생에게, 우리 가족에게 그가 행한 일.

그 남자가 두 번 다시 우리를 상처 입히지 못하도록, 이번에는 확실히 처리할 것이다.

감사의 말

먼저 이 기묘하고 오싹한 작은 책을 현실로 만들어주고, 내가 상상했던 것보다 훨씬 더 나은 작품으로 빚어준 대단한 편집자 다이애나 포와 로밀리 모건에게 깊이 감사드린다. 또한 에레혼 북스와 브레이즌 북스의 훌륭한 팀원들에게 진심으로 감사드린다.

이 책과 나를 믿어준 멋진 에이전트 니콜라 바에게도 감사의 마음을 전한다. 아울러 벤트 에이전시의 모든 분, 특히 당당하고 든든한 제니 벤트에게도 깊이 감사드린다.

그동안 내 눈에는 보이지 않던 가능성을 먼저 알아봐 주고, 나를 믿어준 많은 분이 있었다. 늘 격려하고 응원해 주셔서 감사드린다.

이 과정을 함께하며 나를 지지해 준 최고의 친구들이 있어 정말 행운이었다. 한 사람 한 사람에게 진심으로 고마움을 전하며, 여러분의 눈알은 절대 먹지 않겠다고 약속드린다.

이 책을 쓰는 동안 온갖 끔찍한 질문들을 견뎌준 할리에게 백만 번의 감사를 보낸다. 당신을 나의 가장 친한 친구라고 부를 수 있어 정말 행운이다.

끝없는 웃음을 선물해 주고, 일이 뜻대로 되지 않을 때도 계속 나아가라고 격려해 준 북클럽 친구들에게도 고맙다. 특히 내 모든 원고—형편없는 것들까지도—지치지 않고 베타 리딩해 준 엔젤과 바이바브에게 특별한 감사를 전한다.

레딧의 멋진 r/PubTips 커뮤니티에도 감사의 인사를 전한다. 쿼리 레터의 세계를 소개해 주고, 예비 작가들에게 값진 자원이 되어주었다.

지난 몇 년간 한결같은 사랑을 보내주고 내 꿈을 믿어준 펄과 제리에게도 고맙다.

내 동생들, 로런스와 필립에게 사랑한다고 말하고 싶다. 늘 여동생이 있었으면 좋겠다고 말하곤 했지만, 너희도 꽤 괜찮은 것 같아.

이 책 속의 어머니와는 전혀 다른, 내가 아는 가장 강하고 친절하며 사랑이 넘치는 사람인 엄마에게 감사드린다. 엄마는 언젠가 내게 "너는 '나 같은' 좋은 엄마를 만나서 행운이야"라고 말씀하셨다. 나는 한동안 엄마가 사용한 '만나다'라는 단어를 곱씹어 보았다. '만나다'라는 말에는 우연의 뉘앙스가 담겨 있다. 마치 동전을 던진 결과처럼, 내가 다른 누군가의 딸이 될 수도 있었던 것처럼. 하지만 나는 그것을 우리의 운명이라 생각하고 싶다. 우리의 팔자라고. 엄마가 없었다면 나는 존재하지 않았을 것이다.

마지막으로 나의 가장 친한 친구이자 공범인 당신에게 고마움을 전한다. 당신이 없었다면 이 책은 나올 수 없었을 것이다. 글쓰기는 때로 지독히 외롭고 불가능한 일처럼 느껴지지만, 당신과 함께라면 나는 무엇이든 해낼 수 있다. 내 삶의 모든 순간에 헤아릴 수 없는 기쁨을 가져다줘서 고마워요. 다시 처음으로 돌아간다고 해도, 나는 매번 당신을 선택할 거예요. 사랑합니다.

저자 인터뷰

'눈'에 매혹된 이유는 무엇인가요?

오래전, 우리 가족의 저녁 식탁에서였습니다. 제가 어렸을 때 엄마는 생선을 머리부터 꼬리까지 통째로 바삭하게 튀겨주시곤 했습니다. 그러고는 우리 남매들에게 눈알이 제일 맛있다고, 먹으면 행운이 온다고 신나게 말씀하시곤 했습니다. 어린 시절 형제들과 누가 생선 눈알을 먹을지를 두고 다투던 이야기를 들려주시기도 하고요. 언제나 마지막에는 엄마가 젓가락으로 생선 눈알을 쏙 파내 입에 넣곤 했습니다. 그 모습을 보고 우리는 경악했습니다.

Q 『눈알이 제일 맛있단다』를 쓰게 된 계기는 무엇인가요?

처음에는 어린 시절의 경험에서 출발했습니다. 하지만 곧 저는 대중문화 속에서 아시아인이 어떻게 묘사되는지에 대해 이야기하고 싶어졌습니다. 특히 저는 아시아 여성에 대한 왜곡된 이미지에 분노했습니다. 아시아 여성은 순종적이고 얌전하며 약한 존재로 묘사되는 동시에 과도하게 성적 대상화 되기도 합니다. 코로나 팬데믹 기간 동안 미국에서는 아시아인 혐오 범죄가 급증했고, 우리를 향한 폭력 사건들이 거의 매주 뉴스에 등장했습니다.

이 분노가 제 안에서 폭발한 계기는 2021년 3월 애틀랜타에서 발생한 사건이었습니다. 아시아 여성 여섯 명이 마사지 업소에서 잔혹하게 살해되었습니다. 범인은 스스로 '섹스 중독자'라고 주장하는 백인 남성이었습니다. 그는 나중에 자신의 '유혹'을 없애기 위해 그들을 죽였다고 말했습니다. 다시 말해, 우리를 없애려 했다는 뜻이지요. 소설을 쓰는 동안, 저는 삶을 빼앗긴 그 이민 여성들을 떠올렸습니다. 그리고 아시아 여성에 대한 교묘한 고정관념이 종종 아무런 도전도 받지 않은 채 방치되면서 이런 비극이 가능해진다는 사실을 생각했습니다. 그래서 저는 이 소설을 통해 그런 고정관념과 싸우고 싶었습니다. 백인 남성의 시선에 맞서고, 여성들에게 자신이 원하는 존재로 살아갈 힘이 있음을 보여주고 싶었습니다.

Q   최근 호러 장르가 점점 인기를 얻고 있습니다.

　　이유가 무엇이라고 생각하시나요?

　지금의 세상은 10년 전과 완전히 다릅니다. 수많은 위기가 동시에 닥쳐왔습니다. 전쟁, 기후 위기, 정치적 양극화, 소셜미디어, 팬데믹 이 모든 것이 우리가 익숙하게 여겨왔던 질서를 완전히 흔들어놓았습니다. 이처럼 불확실한 시대에 호러라는 장르는 하나의 탈출구가 될 수 있습니다. 우리가 두려워하는 것들을 마주하고 표현하는 방식이 될 수 있기 때문입니다. 또한 호러 장르는 유연하게 경계를 넘나듭니다. 그래서 정치적 메시지를 담는 공간이 되어줍니다. 저는 상처받고 고통을 겪은 여성이 여성혐오, 인종차별, 그리고 아시아 여성에 대한 페티시화에 맞서 싸우는 이야기를 쓰는 과정에서 큰 카타르시스를 느꼈습니다.

Q   이 소설을 쓰면서 한국 문화에 대해 새롭게 알게 된 것이 있나요?

　　이 책을 쓰는 과정에서 한국 문화뿐 아니라 '한국계 미국인' 문화와 제가 속한 공동체의 독특한 이민 경험에 대해서도 많이 알게 되었습니다. 제 어머니는 1985년 로스앤젤레스로 이주해 1992년에 미국 시민권을 취득했습니다. 저는 어머니가 이곳에 오기 위해 가족과 친구, 고향을 떠나야 했다는 사실을 오래전부터 알고 있었습니다. 하지만 이제는 또 다른 사실도 깨닫게 되었습니다. 어머니는 자신의 일부 역시 포기해야 했다는 것입니다. 자식들을 위해 어머니는 기꺼이 두 세계 사이에 영원히 끼어 있는 사람이 되었습니다. 태어난 나라의 권리를 포기했지만, 동시에 문화적 자본이나 영어 능력을 충분히 갖추지 못했다는 이유로 미국 사회에서도 완벽한 미국인으로 받아들여지기 어려웠습니다.

사람들은 흔히 책을 읽으면 사람이 변한다고 말합니다. 첫 책을 쓴 작가로서 저는 여기에 한 가지를 덧붙이고 싶습니다. 책을 쓰는 일 역시 사람을 변화시킨다는 것입니다. 오랫동안 저는 제 정체성과 불화하는 느낌을 가지고 살아왔습니다. 로스앤젤레스에 살면서도 "영어 할 줄 아느냐"거나 "'진짜' 출신이 어디냐"는 질문을 받는 일이 흔했습니다. 한때 저는 이민자의 이야기를 쓰기에 내가 충분히 '한국인다운지' 스스로 의심하기도 했습니다. 하지만 소설이 출간된 지 1년이 지난 지금, 제 가족의 역사에 공감하는 독자와 작가들을 만났습니다. 그 경험은 제게 중요한 사실을 다시 일깨워 주었습니다. 우리의 정체성은 누군가가 정해 주는 것이 아니라는 사실입니다. 우리는 스스로 우리가 누구인지 결정할 수 있습니다. 그리고 세상 어디에 있든, 우리가 속한 공동체를 만들고 북돋울 힘 또한 우리에게 있습니다.

옮긴이 박소현

서울에서 태어나 여덟 살 때 과테말라로 이민했다. 2년 뒤 귀국하여 부산과 대구에서 청소년기를 보냈다. 어린 시절 익혔던 스페인어를 거의 다 잊었다가 열일곱 살 때 미국 로스앤젤레스를 거쳐 다시 과테말라로 이주했다. 스물한 살 때 가족을 남겨둔 채 혼자 한국으로 돌아왔다. 잦은 환경 변화 속에서도 언어에 대한 깊은 매료와 애정은 변치 않았다. 성균관대학교에 진학하여 프랑스어문학과 영어영문학을 전공했고, 서울대학교 대학원 영어영문학과에서 영미 시를 공부했다. 현재 전문 통역사 및 출판 번역가로 활동 중이다. 옮긴 책으로 김주혜의 『작은 땅의 야수들』, 스티븐 그린블랫의 『세계를 향한 의지』, 엘리자베스 길버트의 『빅매직』, 나오미 앨더만의 『불복종』, 익명인의 『산소 도둑의 일기』, 조지프 버고의 『수치심』, 하닙 압두라킵의 『재즈가 된 힙합』, 캐서린 맨스필드의 『뭔가 유치하지만 매우 자연스러운』, 다시 스타인키의 『완경 일기』, 애나 캐번의 『아이스』 등이 있다.

눈알이 제일 맛있단다

초판 1쇄 인쇄 2026년 4월 1일
초판 1쇄 발행 2026년 4월 8일

지은이 모니카 김
옮긴이 박소현
펴낸이 김선식

부사장 김은영
콘텐츠사업본부장 임보윤
책임기획 박하빈 **책임편집** 박하빈 **디자인** 박영롱 **책임마케터** 최민경
콘텐츠사업2팀장 김보람 **콘텐츠사업2팀** 박하빈, 채윤지, 김영훈, 박영롱
마케팅사업1팀 이고은, 지석배, 최민경, 김은지 **홍보1팀** 김민정, 홍수경, 변승주
브랜드사업본부장 정명찬
브랜드홍보팀 오수미, 서가을, 박장미, 박주현 **영상홍보팀** 이수인, 염아라, 이지연, 노경은
저작권팀 성민경 **편집관리팀** 조세현, 김호주, 백설희
재무관리팀 하미선, 임혜정, 이슬기, 김주영, 오지수
인사관리팀 강미숙, 김재경, 김혜진, 김주림, 황종원
제작관리팀 이소현, 김소영, 유미애, 이지우, 이승협
물류관리팀 김형기, 김선진, 주정훈, 양문현, 채원석, 박재연, 이준희, 최대식

펴낸곳 다산북스 **출판등록** 2005년 12월 23일 제313-2005-00277호
주소 경기도 파주시 회동길 490
대표전화 02-704-1724 **팩스** 02-703-2219 **이메일** dasanbooks@dasanbooks.com
홈페이지 www.dasanbooks.com **블로그** blog.naver.com/dasan_books
종이 한솔PNS **인쇄 및 제본** 정민문화사 **코팅 및 후가공** 제이오엘앤피

ISBN 979-11-306-8700-1 (03840)